Collana
Mystery Pocket

LEONARDO GORI

I DELITTI DEL MONDO NUOVO

Mystery

Postfazione di Franco Cardini

HOBBY & WORK

Dello stesso autore presso Hobby & Work:

Nero di maggio

Il passaggio

La finale

Prima edizione in questa collana: giugno 2003
ISBN 88-7133-304-7
www.hobbyework.it - info@hobbyework.it

I DELITTI DEL MONDO NUOVO

Amen dico vobis, quia nemo propheta acceptus
est in patria sua

Luca 4, 24

We hold these truths to be self-evident, that all men are created
equal, that they are endowed by their Creator
with certain inalienable Rights, that among these are Life,
Liberty, and the pursuit of Happiness.

Dichiarazione di Indipendenza delle Tredici Colonie

Lilliburlero, bullen a la.
Ho, by my shoul, it is de Talbot,
Lilliburlero, bullen a la,
And he will cut all de English throat.
Lilliburlero, bullen a la.

Filastrocca popolare irlandese

L'Appennino pistoiese ai tempi di Pietro Leopoldo.

PERSONAGGI

PIETRO LEOPOLDO:	*granduca di Toscana*
COSIMO ANZIATI:	*aristocratico fiorentino*
FIAMMETTA:	*moglie di Anziati*
VINCENZO SCARPA:	*mercante veneziano*
BARTOLOMEO TADDEI:	*ingegnere*
FRANCESCO PRATELLESI:	*consigliere di Pietro Leopoldo*
LADY GWENDOLYN:	*nobildonna inglese*
MATTEO LEONETTI:	*frate e matematico*
GIULIO BIANCHI:	*rettore delle Scuole Pie di Firenze*
ANDRÉ DUCHAMP:	*emissario delle colonie ribelli d'America*
MARIA TERESA D'AUSTRIA:	*madre di Pietro Leopoldo*
GIUSEPPE II:	*fratello di Pietro Leopoldo*
IL LUPO:	*brigante*

a mia madre, Ughetta.

NOTA DELL'AUTORE E RINGRAZIAMENTI

I delitti del Mondo Nuovo è un romanzo giallo, nonché, almeno nelle mie intenzioni, un omaggio riconoscente alla letteratura d'appendice europea, alla narrativa d'avventura degli Stati Uniti e alle ballate popolari della mia Toscana. Di conseguenza, si tratta di un'opera di pura fantasia. Molti personaggi del romanzo sono realmente esistiti (a partire da Pietro Leopoldo, Thomas Jefferson, Benjamin Franklin, Filippo Mazzei), altri no; in ogni modo, non farò un elenco di questi ultimi. Tengo solo a precisare che i "cattivi" espressamente nominati appartengono esclusivamente alla seconda categoria; e vorrei altresì sottolineare che molte delle affermazioni di Pietro Leopoldo (soprattutto quelle più iconoclaste e precorritrici dei tempi), così come vengono riportate nel corso della narrazione, sono davvero *sue*: in proposito mi sono limitato a un mero "taglia e incolla", estrapolando delle frasi dal loro contesto originario ma sforzandomi di non tradirne il senso, il significato, il valore.

Molte persone mi hanno aiutato per *I delitti del Mondo Nuovo*, a partire dal mio editor Luigi Sanvito, che ha affiancato la genesi del libro fin dalla prima stesura, e il cui apporto si è rivelato prezioso sotto molteplici profili. A Gigi, dunque, va il mio primo grazie.

La cornice del racconto è frutto di accurata documentazione, mentre l'idea del romanzo è nata da lunghe e appassionanti chiacchierate con Giulio M. Manetti, mio grande amico e storico di Pietro Leopoldo. Anzi, Giulio è intervenuto in modo determinante nell'elaborazione della trama, guadagnandosi la mia riconoscenza *sub specie aeternitatis* (senza contare che le citazioni dal progetto di Costituzione toscana, poste all'inizio di ogni "parte" del romanzo, sono tratte dalla sua monografia: *Pietro Leopoldo Granduca di Toscana: dalla riforma comunitativa al progetto di costituzione*. Firenze, Centro Editoriale Toscano, 1991). Anche i consigli di Andrea Carta sono stati assai utili, specie nella fase in cui ho dovuto rivedere e ricucire tutti i fili dell'intreccio.

Altri amici e conoscenti occasionali mi hanno dato una mano nel tentativo di ricostruire un Settecento vivo (il che resta comunque un'utopia, almeno per me), con consigli, ricerche o in altro modo. Fra i tanti, ringrazio Franco Cardini per la sua autorevole postfazione al romanzo, lo storico Giorgio Batini per le notizie su Firenze antica; il professore dell'Università di Cambridge (e anche lui carissimo amico) Francesco Stajano, per quanto attiene alla crittografia; Moreno Burattini per la storia della Montagna Pistoiese; i partecipanti al *newsgroup* dei *boy scouts* italiani per le tecniche di orientamento; i professori Enrico Giusti e Marco Barlotti del Dipartimento di Matematica dell'Università di Firenze per le questioni scientifiche; Andrea Sani per le citazioni in francese, greco e latino; Giuseppe Cuscito per quelle in croato e la gentile *frau* Doris Carl per quelle in tedesco.

Infine, per quanto mi consideri uno scettico e rivendichi la mia mentalità positiva (non necessariamente positivista), un vago ma grato pensiero va anche al defunto Granduca Pietro Leopoldo di Asburgo Lorena, che a volte ho sentito quasi presente, mentre cercava di usarmi per difendere il suo onore e la sua dignità. Lo ha fatto, se lo ha fatto, con ripetuti segni lievemente inquietanti, che sarebbe singolare e forse inopportuno riportare in questa sede...

PROLOGO

Inverno

Primieramente non potrà variarsi in modo alcuno l'ordine di successione alla sovranità del Granducato devoluta alla nostra descendenza secondo che attualmente si trova stabilito...

dal progetto di Costituzione toscana di Pietro Leopoldo

CAPITOLO I

Colonie britanniche ribelli d'America, 24 dicembre 1775

Col primo sole del mattino, troppo debole per sciogliere il gelo, il capitano Elias Mitchell degli *Independents* vide alzarsi lentamente la nebbia. Sotto quel bianco fumante, scorse i berretti neri e le giacche rosse dei soldati nemici. Avanzavano in silenzio da ogni parte, ma il capitano dei ribelli era più stupito che spaventato. Quegli inglesi erano troppi per un accampamento provvisorio così piccolo come il suo. Dovevano essere venti a uno: erano lì per caso, oppure *sapevano*?

Mitchell scosse il braccio di Abel Mullins, coltivatore di cotone e suo sergente.

— Li hai visti?

— Sì, signore. Temo che ci abbiano già circondato.

Elias Mitchell fu subito certo che non avrebbe più rivisto sua moglie Sarah e il figlio Jonathan, a Filadelfia, nella casa di Gravel Lane, lasciata ormai da quasi un anno. In qualche sporadica occasione le truppe di Sua Maestà facevano prigionieri, come era accaduto nel giugno precedente, nel corso della terribile battaglia di Breeds Hill, sulla collina sopra Boston. Però stavolta – Mitchell ne era del tutto consapevole – non ci sarebbe stata alcuna misericordia. Specie se davvero sapevano chi avevano davanti, e il segreto che custodivano.

Ma Elias, a torto o a ragione, si sentiva un vero soldato, molto più degli altri ufficiali, coltivatori e mercanti prestati alla causa. Si riscosse, e pensò al da farsi.

— Chi custodisce i tubi di cuoio?

— Ezechiel. Il sergente Ezechiel Doty, voglio dire.

— Bene, corri subito da lui. Che prenda tutto e cerchi di fuggire, di tornare al comando sopra Boston oppure, meglio, di riparare a Filadelfia. In ogni caso dovrà portare i contenitori al comitato segreto del Congresso. Ma subito, perdio, fra poco saremo massacrati.

Il cuore del sergente Abel smise per un momento di battere. Aveva appena capito cosa stava per accadergli, e sembrava paralizzato dalla paura. Il suo capitano gli lesse l'orrore negli occhi.

— Vai da Ezechiel e portagli l'ordine di sganciarsi. Subito! E fallo anche tu, se credi, ma non dire niente agli altri. Dobbiamo impegnare gli inglesi il più possibile.

Abel Mullins, a differenza del capitano Mitchell, non si sentiva un vero soldato, e voleva rivedere a tutti i costi la sua famiglia, aspettare il raccolto, mietere di nuovo il grano e in estate vendere i suoi prodotti al mercato. Ma voleva anche compiere il suo dovere, desiderava come gli altri cacciare i dannati inglesi. Così gli scesero larghe lacrime sulle guance bruciate dal vento, quando eseguì l'ordine del suo amico e superiore gerarchico. Mentre Abel correva verso la capanna dietro i due grandi aceri, debitamente chinato per non farsi scorgere, il capitano Elias Mitchell pregò un istante per la propria anima e per quella dei suoi commilitoni, quindi li fece disporre a semicerchio per accogliere gli aggressori inglesi. Se questi non fossero stati tanto superiori di numero, gli americani avrebbero potuto anche farcela. I soldati di Sua Maestà combattevano in modo tradizionale, a file serrate, completamente esposti alla fucileria nemica. I ribelli, invece, avevano sviluppato un sistema di guerriglia che contemplava le imboscate e le ritirate in ordine sparso, in spregio alle regole consolidate. Non di rado dieci contadini americani riuscivano a battere un plotone di soldati scelti di Giorgio III. Ma quella volta non c'era scampo. Elias Mitchell pensò che stava morendo con la spina dorsale ben dritta e gli stivali ai piedi, e si apprestò a farsi accompagnare all'inferno da un buon numero di giubbe rosse.

Tuttavia, come ufficiale aveva un difetto: era un po' lento a capire. E infatti, solo quando il fronte degli inglesi si divise in tre parti, e una soltanto, quella centrale, proseguì l'attacco, si rese conto che per Abel e i tubi di cuoio non c'era scampo. Anche lui, così, pianse amaramente, prendendo la mira col suo lungo fucile e facendo esplodere la testa al primo soldato inglese che venne a portata di tiro. Ebbe la fortuna di essere a sua volta colpito subito, alla spalla sinistra, che quasi si staccò dal corpo. Sentì un dolore atroce, ma che si addolciva a poco a poco, mentre le palpebre gli si chiudevano in un sonno gelido.

Il sergente Mullins, sotto il crepitio delle schioppettate, riuscì a raggiungere Ezechiel Doty, a prendere i tubi e a cercare un varco dietro le linee, per scappare da quell'inferno. Ma dopo cinquanta metri i due si trovarono di fronte a un numero soverchiante di inglesi a sbarrar loro la fuga, forse quaranta o più. Ezechiel urlò come un orso ferito, lasciò cadere i tubi e fuggì senza ritegno, solo per essere ammazzato con due fucilate nella schiena. Abel Mullins, molto meno devoto del suo ormai defunto capitano, esplose in una atroce bestemmia, mentre i nemici lo prendevano di mira e lo squassavano con quattro palle di piombo. I soldati raccolsero con cura i tubi di cuoio dalla neve rossa e li portarono al loro diretto superiore. Quando la breve battaglia fu conclusa, un ufficiale britannico radunò le truppe, fece caricare i contenitori su un cavallo, comandò quattro uomini di scorta e si mosse verso il quartier generale del reggimento.

La notizia che i tubi di cuoio erano caduti in mano agli inglesi raggiunse Thomas Jefferson, Filippo Mazzei e Benjamin Franklin solo due giorni più tardi. Dei tre, il patriota di origine italiana fu il meno sorpreso, vista la piega che avevano assunto le cose. Molto più colpito, e soprattutto preoccupato, fu invece Thomas Jefferson: non solo era necessario farsi rispedire di nuovo tutto quanto, ma anche il segreto era probabilmente perduto per sempre.

Il contenuto dei tubi fece un lungo viaggio, con numerose tappe intermedie. A Boston fu studiato attentamente da uno specialista britannico, che passò alcune notti insonni per renderlo comprensibile ai suoi compatrioti. Poi fu imbarcato sullo *Europe*, un legno veloce che attraversò l'Atlantico su una rotta segreta. Giunto a Londra, il materiale fu preso in consegna dal segretario del Primo Ministro di Sua Maestà re Giorgio III, che fungeva anche da collegamento col capo dell'*intelligence* per la guerra contro i ribelli americani. Questi fu sorpreso dalla natura del materiale, del quale sospettava appena l'esistenza, e lo pose immediatamente all'attenzione del Consiglio della Corona. Dopo una settimana di discussioni riservate, alcune delle quali non furono mai portate alla conoscenza del sovrano, venne redatto un rapporto riservatissimo, che fu scrupolosamente numerato e archiviato, lasciando in sospeso ulteriori decisioni.

Una copia del rapporto, che conteneva solo la parte più sconcertante delle rivelazioni giunte con quel curioso mezzo dalle Colonie d'America, uscì dalla porta principale del Consiglio inglese e cominciò a circolare nei santuari del potere, pur mantenendosi sempre in poche e molto rispettabili mani. Messo di nuovo in cifra e corredato di riferimenti precisi per attestarne l'autenticità, prese la via del continente con la posta ordinaria. Destinazione, un funzionario dell'ambasciata inglese a Vienna. Come tutta la corrispondenza di una certa importanza, il plico finì alla Camera Nera della capitale asburgica, venne aperto col vapore, decifrato, tradotto, copiato, sigillato di nuovo e inoltrato finalmente al suo originale destinatario. Com'era naturale, dopo pochi giorni la traduzione in tedesco fu sul tavolo dell'imperatore Giuseppe II, che pensò subito a una sorta di tranello teso alla Corona imperiale dagli inglesi, per chissà quale misteriosa ragione. Ma gli austriaci furono ancora più sorpresi quando un altro rapporto, che riguardava la stessa materia, giunse nelle loro mani alla fine del mese successivo. Questo nuovo plico fu portato direttamente all'imperatrice Maria Teresa da un italiano, tal Danilo Cecchini, che non aveva alcun rapporto con i britannici, i quali anzi lo segnalarono, su richiesta dei servizi d'informazione viennesi, come elemento radicale e pericoloso, compromesso coi ribelli.

Confrontando il plico con l'incartamento inglese, non ci fu più alcun dubbio sulla autenticità delle notizie. La macchina farraginosa ma efficiente dei servizi segreti imperiali prese quindi a muoversi con una velocità per essa assolutamente inusuale, in vista del bene dell'Impero, della sacralità dello Stato e della sicurezza dei popoli.

Non molto tempo dopo questi avvenimenti, perdurando uno sconcertante silenzio dall'Europa, partirono per l'Italia, da località diverse delle colonie britanniche, due americani, uno dei quali riuscì a sbarcare nel porto internazionale di Livorno e a portare a termine la sua missione. O meglio, a iniziarla...

CAPITOLO II

Firenze, granducato di Toscana,
2 febbraio 1776

La pioggia fittissima rendeva impossibile perfino la vista ai cocchieri. Le poche carrozze in giro, tutte private, erano ferme ai lati dell'angusta via che portava oltre Palazzo Pitti. Nessun passante osava avventurarsi a piedi sotto quel diluvio, così le strade erano deserte, e benché fosse mezzogiorno, sembrava fosse passata più di un'ora dal tramonto. Il fragore assordante dell'acqua sulla pietra copriva il suono lento e cristallino della campana di Santa Felicita, poco distante. L'uomo dentro la carrozza, un giovane che veniva da Venezia, di famiglia ricca ma plebea, rabbrividiva dal freddo nonostante si fosse vestito con una marsina pesante e un costoso mantello di lana. Batté più volte sul legno, noleggiato per poche ore e con grande difficoltà, per esortare il cocchiere a muoversi, ma questi non ne voleva sapere. Poi, vista l'insistenza del passeggero, il conducente mise la testa dentro il finestrino e urlò:

— Non si vede a un passo! Come volete che faccia?

— Ho fretta; andate piano, ma muovetevi!

Quando la pioggia sembrò calare un poco di intensità, il cocchiere si decise a dare un colpetto al cavallo e a incamminarsi di nuovo verso la destinazione del suo cliente, un palazzotto d'angolo, in una via secondaria. Il legno attraversò il ponte a Santa Trinita, e il giovane, vedendo l'Arno giallo, gonfio di pioggia, avvertì una fitta di nostalgia per la sua città lontana. Firenze d'inverno era davvero gelida, nonostante fosse tanto più a sud.

La carrozza si fermò davanti a un palazzo di tre piani, con la facciata di pietra a vista, grosse inferriate alle finestre e un portone irto di chiodi. Il giovane confrontò mentalmente quelle linee severe con la grazia lieve dei palazzi che si affacciavano sul Canal Grande, la città da cui era partito quindici giorni prima. Non riusciva a piacergli, Firenze, e non capiva quelli che la decantavano. Ma aveva un compito da svolgere. Pagò il pattuito al conducente, che brontolava chissà cosa, e tirò il campanello del portone riparandosi alla meno peggio dalla pioggia che cadeva ancora violenta. Dopo un minuto venne ad aprirgli un servo decrepito, che lo osservava senza profferire parola.

— Sono Vincenzo Scarpa. Il conte mi aspetta.

Il servo si ritirò subito, senza invitare il visitatore ad entrare.

Tornò dopo cinque esasperanti minuti, e stavolta fece cenno al giovanotto di seguirlo.

Il vecchio conte Cosimo Anziati non sopportava il suo prossimo in generale, e trovava quel volgare popolano irritante in sommo grado. Ma benché fosse ridicolmente giovane, era pieno di soldi, mentre lui, l'ultimo rampollo di una famiglia fiorentina di nobiltà non alta ma antica, aveva perfino difficoltà a vivere di giorno in giorno. Come li odiava, i nuovi plebei danarosi, sicuri delle loro fortune, inconsapevoli di tutto, irrispettosi verso chiunque. Le riforme granducali gli permettevano di vendere la terra e salvarsi dal tracollo economico, ma lui disprezzava il nuovo ordine anche quando giocava in suo favore. Vincenzo Scarpa ricambiava in pieno il disprezzo del conte, per identici e opposti motivi. Per lui Anziati era solo un parassita, un relitto. Ma doveva badare al suo scopo, senza lasciarsi distrarre dalle emozioni.

— Signor conte, avete preso una decisione? O sì, o no.

— Un tempo vi avrei fatto schiaffeggiare per questa insolenza. Vi sarò grato se rimarrete in piedi. Come vorreste sfruttare la mia terra di montagna? È una miseria, solo bosco e un po' di pascolo, pochissimi campi coltivati.

— Mi servirà per il mio commercio di legname.

— Che venite a fare in Toscana? Non li avete i boschi nelle Venezie?

— Il vostro granduca Pietro Leopoldo ha liberalizzato i commerci e la compravendita delle proprietà. La fattoria che avete a Melo, poi, è vicina alla strada nuova che sarà completata fra pochi mesi.

Il vecchio conte viveva tranquillo, o meglio rassegnato, nel suo palazzotto fiorentino, assediato dai creditori. Poi era spuntato questo ventenne facoltoso col suo commercio di legnami, che aveva tanto insistito per parlargli, gli aveva prospettato tutti i possibili vantaggi, lo aveva convinto a informarsi direttamente dall'ingegnere della strada Regia Modena-Pistoia. Era andato addirittura fin lassù, per chiarire bene la cosa.

— Conte Anziati, intendo concludere oggi. Non posso permettermi di perdere altro tempo.

— Ventimila scudi, se volete le mie terre. E subito: domani mattina, dal mio notaio.

Scarpa represse a stento una bestemmia.

— No, signor conte: novemila, e solo se tutto andrà a buon fine. Contratto subito e pagamento in primavera.

— Ma cosa cambia? Per la vostra vile mercatura, è la stessa cosa.

— Cambia eccome, signor conte. Cambia il prezzo: quel che vi do è oro, non un mucchio di carta scarabocchiata.

— Il prezzo, se mai deciderò di alienare le mie terre, sarà lo stesso. E ora toglietevi dal mio cospetto.

Ma il giovanotto era così risoluto che il conte Anziati non riuscì a contrattare. Non aveva figli maschi che potessero aiutarlo, era solo. Con una moglie giovane e bella che gli prosciugava ogni residuo avere. Versava nell'indigenza, quel denaro significava la salvezza. Vincenzo Scarpa lo sapeva bene, e non si muoveva.

— E se il raccordo della strada non passasse dalle terre?

Scarpa rise, un po' volgarmente.

— Oh, passerà, passerà. Ma è chiaro che se non venisse approntato il collegamento, allora vi pagherò solo cinquecento lire, perché dovrò costruire una strada io stesso.

Anziati si alzò in piedi di scatto, e con un calcio mandò per terra un vecchio tavolino e il nero libro di orazioni che vi era appoggiato.

— Siete un volgare pirata!

— Sono un uomo d'affari, signor conte. Un mondo nuovo sta bussando alle porte. Imparerete ad apprezzarne le novità, ne sono sicuro.

Vincenzo Scarpa uscì di nuovo all'aperto mentre il cielo si schiariva e la pietra forte dei palazzi fiorentini riacquistava il suo colore tagliente. Le ottime fognature avevano prosciugato la strada, e il traffico era ripreso regolarmente. A Firenze non esistevano carrozze pubbliche, e il giovane dovette andare a piedi. Due uomini lo seguirono nei suoi spostamenti per la città, fino alla partenza, e ogni suo movimento fu diligentemente annotato su piccoli fogli di carta gialla. Vincenzo Scarpa lo sapeva. Ma sapeva che al cantiere della strada postale vicino a Cutigliano, l'indomani, un giorno molto importante, sarebbe stato solo.

PARTE PRIMA

Primavera

Alli errori e alli abusi, che il tempo induce nell'amministrazione della giustizia come della economia pubblica, devono i corpi predetti aver cura che, mediante le loro deliberazioni, venga rimediato, eccitando la volontà del Sovrano ad unirsi nelle risoluzioni più efficaci per liberare i sudditi dalli disordini che ne nascono a danno di tutti, quando l'errore o l'abuso diventa costume.

dal progetto di Costituzione toscana di Pietro Leopoldo

CAPITOLO III

**Montagna pistoiese,
3 aprile 1776**

La neve di aprile copriva ancora gran parte della montagna pistoiese, dal crinale in giù, verso Cutigliano e il grosso paese di San Marcello. Era neve vecchia, fradicia e sporca: per tutto l'inverno aveva compresso un alto tappeto di foglie morte di faggio, che ora spuntavano qua e là, specie sui declivi più ripidi o sulla scarpata della strada nuova di valico.

Nella radura, tra gli alberi spogli, fumava lentamente da giorni la carbonaia, una montagnola di rami di faggio disposti con antica sapienza. Il guardiano se ne era allontanato un po' troppo, in cerca di rami secchi, e ormai era in vista della strada nuova, dove si sarebbe concesso qualche istante di riposo. Il bianco della neve e il colore quasi nero delle foglie, dei tronchi e dei rami nudi formavano un contrasto sempre uguale, ossessivo: il carbonaio doveva camminare con gli occhi chiusi come due fessure, per resistere alla luce abbacinante del mezzogiorno.

In tutto quel bianco e quel nero, la macchia rossa si notava da lontano, spiccava come uno strano e gigantesco fiore fuori stagione. Il carbonaio avvertì un moto di paura, perché se si trattava di un capriolo o di un muflone sbranato dai lupi, non c'era troppo da scherzare. Poteva tenere facilmente a bada un animale solitario, con il bastone, ma un branco affamato non avrebbe esitato ad attaccarlo. Prese coraggio e si avvicinò esitante a quel rosso vivo. La macchia era proprio a cavallo di una canaletta di scolo di fianco alla strada nuova, un lungo tratto ormai terminato ma ancora chiuso al traffico.

Quando arrivò sul bordo del fosso, il carbonaio sentì lo stomaco che gli si torceva. Non era un animale, quello sbranato dai lupi, ma un uomo: forse un disgraziato che si era perso a piedi in quella zona desolata, e che aveva sperato di trovare la salvezza nella strada di valico. Giaceva sdraiato in fondo al fosso, in una posizione scomposta, la marsina tutta inzuppata di sangue rappreso da poco. La neve e la terra smossa del cantiere gli coprivano la testa, ma la gola appariva libera e intatta. Proprio questo, nell'orrore della scena, sconcertò di più il carbonaio, perché la presenza di tutto quel sangue non tornava. I lupi azzannavano alla gola, alle gambe, ai fianchi, e poi infierivano sulle parti molli del corpo. Invece quell'infelice sembrava intatto, con il pomo d'Adamo integro e quasi proteso verso il cielo grigio. Che fosse morto di stenti, o di freddo? Era possibile, ma allora perché c'era tutto quel sangue intorno al capo e al petto?

Un dubbio si insinuò nella mente del carbonaio, un pensiero nero fatto di briganti e imboscate. Con la punta del bastone cercò di scostare gli abiti del morto, alla ricerca del foro di entrata di una palla di schioppo, ma non ne vide. Si chinò, allora, e con la mano spostò un po' della neve che copriva il viso e la testa. Da un lato c'era la parrucca, con il codino legato da un fiocco rosso. Quando spuntarono gli occhi spalancati e fissi nel vuoto, occhi chiari inchiodati a un terrore infinito, il carbonaio si alzò di scatto e si fece due volte il segno della croce. Ma poi tornò in ginocchio, per liberare dallo sporco la testa del disgraziato, spostando la parrucca da un lato.

In quel momento lanciò un urlo acuto, disperato, che riecheggiò nella valle sottostante, e fuggì a gambe levate, con lo stomaco che gli si stringeva in una morsa invincibile.

Il capitano di giustizia del paese di Cutigliano, sull'Appennino sopra Pistoia, ai confini col ducato di Modena, si recò sul luogo dove giaceva il cadavere cinque ore dopo che questo era stato scoperto dal carbonaio. Il morto fu identificato subito per Bartolomeo Taddei, ingegnere sovrintendente alla costruzione del quarto tratto di valico della strada Reale postale dell'Abetone, destinata a collegare la capitale del granducato di Toscana al ducato di Modena e all'Austria, che in seguito sarebbe stata conosciuta come Giardini-Ximenes, dai nomi dei suoi ingegneri progettisti. Un'opera colossale, uno sforzo di ingegneria quale mai si era visto dai tempi dei romani, modernissimo per concezione ed esecuzione, con ponti arditi e una massicciata potente gettata sull'aspro Appennino.

Il riconoscimento era stato possibile perché il volto dell'infelice era intatto, ed era ben conosciuto nella zona. Quel che mancava era la parte posteriore della testa: tutta la nuca, coi capelli ancora attaccati e legati in un codino fermato da un nastro rosso, era stata tranciata da un'arma da taglio pesante, ed era caduta sulla neve. A prima vista, sembrava proprio una parrucca. Il colpo aveva portato via anche parte della spalla destra, lasciando scoperto l'osso della scapola e contribuendo al diluvio di sangue che inzuppava tutto il fosso.

Nessuno poteva dire quanto tempo fosse passato dal momento dell'omicidio. Probabilmente più di un'intera giornata, ma il clima ancora assai freddo della montagna aveva impedito agli animali del bosco di completare lo scempio del corpo: le estremità delle dita erano state mangiate dai piccoli roditori, ma il fosso non brulicava ancora di insetti. Il carbonaio, che aveva raccontato la sua scoperta all'osteria del villaggio di Melo, era stato arrestato dai birri, completamente ubriaco, legato e trascinato sul luogo. Anche il capitano di giustizia non era lucido: d'altra parte, un paese di montagna non offriva molti svaghi a chi accettava l'incarico di amministrare la giustizia in un luogo come quello, e per soli diciotto mesi. Specie se non nutriva alcuna passione per la letteratura, o magari sapeva a stento leggere e scrivere. In vista del cadavere, il capitano aveva avuto un moto di ribrezzo e si era pentito, come faceva ogni giorno, dell'occupazione che aveva scelto per sbarcare il lunario. Interrogò sbrigativamente il carbonaio, che farfugliava a fatica le risposte, minacciando più volte di farlo percuotere e persino torturare, mettendo in dubbio la sua buona fede e infine licenziandolo senza aver raccolto alcun elemento utile all'indagine. Un soldato si permise addirittura, per congedare il carbonaio, di tirargli una pedata, seguita da una sonora bestemmia e da un coro di risate, alle quali si unirono anche quelle del capitano. Senza il medico disponibile – si erano dimenticati di avvertirlo – decisero di prendere loro stessi il corpo e di trascinarlo fino al paese. Persero anche, per la strada, una scarpa del povero ingegnere, e non videro neppure una busta con dei fogli, vicino al morto, e una vanga sporca di sangue in fondo alla piccola scarpata.

Al paese, il cadavere fu consegnato all'unico medico residente, un anziano e rotondo pistoiese che nella vita, oltre al vino, non aveva trovato di meglio che un lavoro stentato fra quelle montagne. Il capitano cercò di darsi da fare, per quanto fosse seccato, nonché un po' spaventato, e avesse poca voglia di impegnarsi direttamente. In attesa che tutto passasse a Firenze, l'indagine si indirizzò ai perdigiorno, vagabondi e tipi sospetti che giravano in zona. Il capitano ebbe un ripensamento e fece riacciuffare il carbonaio che aveva scoperto il cadavere: stavolta gli furono somministrati davvero dei tratti di corda, del tutto inutilmente, perché il pover'uomo era estraneo al fatto. Anche se in precedenza avesse voluto raccontare qualche altro dettaglio, ora nessuno lo avrebbe convinto a parlare. Numerose altre violenze gratuite furono compiute durante gli interrogatori, condotti a casaccio, senza un barlume di logica.

Eppure la mattina seguente, dopo aver passato tutta la sera e parte della notte all'osteria di Cutigliano, il paese dove risiedeva, il capitano di giustizia si presentò ai suoi uomini con un'espressione particolarmente soddisfatta stampata sul viso, e ordinò che le indagini riprendessero da zero. Aveva del materiale nuovo e una pista sicura da seguire, adesso, e lo ripeteva continuamente, fra un boccale di vino e un altro.

Il campanone del Duomo di Firenze, corretto al calendario riformato, batteva il tocco del 3 aprile 1776, indizione nona. Mentre l'eco si smorzava lentamente, Sua Altezza Pietro Leopoldo di Asburgo Lorena, granduca di Toscana, usciva dalla villa del Poggio Imperiale, la sua residenza preferita sulle colline a sud della città. Era vestito con la livrea da cerimonia, ricamata d'oro, che odiava con tutto il cuore. Lo precedevano un dignitario in tenuta rossa sgargiante, dieci dragoni, la guardia nobile e una piccola folla di notabili. Il corteo arrivò sulla piazza del Granduca, per sostare in Palazzo Vecchio e poi prendere parte a una processione religiosa che sarebbe partita dal Duomo, percorrendo la stretta via Calzaioli. Il giovane, intelligente, colto e moderno Pietro Leopoldo osservava nel cielo quasi turchino di Firenze il volo di uno stormo di rondini. Quell'anno erano assai precoci, tantissime, più del normale: compivano giri vorticosi sopra i tetti rossi della città, dalla cupola del Brunelleschi a quella di San Lorenzo, e poi Oltrarno, al di là del fiume, sulle vigne e gli oliveti aggrappati ai dolci pendii già intiepiditi dal sole. Aveva il cuore gonfio di gioia; l'unica punta di amarezza era il richiamo a Vienna per alcuni giorni di urgenti consigli definiti "di famiglia", che erano certamente in relazione alle sue nette simpatie politiche, alla sua ansia riformatrice e alle sue pericolose amicizie internazionali.

Pietro Leopoldo, figlio di Francesco Stefano, Imperatore, a

sua volta successore dell'ultimo dei Medici, l'imbelle Gian Gastone, era animato dai migliori sentimenti e da una buona volontà che stupiva perfino i membri più importanti della sua corte, senza contare la madre Maria Teresa d'Austria e il fratello Giuseppe II, imperatore tedesco. Si sentiva profondamente fiorentino: di spirito, se non di sangue. Amava perciò i rituali medievali e rinascimentali, pallide ombre della defunta potenza di Firenze, ma in una parte del suo cuore e del suo cervello li detestava. Era il vecchio mondo che cercava ogni giorno di sedurlo con le sue belle e decadute suggestioni, mentre lui aspirava al potente afflato del Nuovo. Leopoldo, ormai, non si sentiva più un Asburgo e nemmeno un Lorena, per quanto fosse affascinato dalla storia secolare della sua famiglia: era il mondo intero il suo orizzonte, e di Vienna apprezzava soltanto le affascinanti *Blühende Mädchen* e i verdissimi giardini di Schönbrunn, in cui far correre le sue fantasie per vedere se sopportavano l'azzurro del cielo del nord come i caldi e ondeggianti rilievi su cui erano nate.

La processione fu particolarmente stancante, soprattutto perché il granduca aveva addosso gli occhi di tutti, e non poteva concedersi neppure un attimo di pausa. Quando finalmente il corteo rientrò in Palazzo Vecchio, Pietro Leopoldo poté ritirarsi in una sala del primo piano, e fu felice di trovarvi Francesco Pratellesi, uno dei suoi consiglieri più fidati e intelligenti. Amava parlare con lui delle novità internazionali, di politica, di progetti futuri.

— Altezza, il problema con Anziati è quasi risolto.

Pietro Leopoldo, perso con la mente e il cuore in un mondo a venire che nessun altro vedeva chiaro e luminoso come lui, sembrò per un istante non capire, poi si riscosse e si voltò verso il suo collaboratore.

— Ah, sì, buon per lui. E anche per noi, s'intende.

Pratellesi, con il pessimismo dell'uomo non ancora vecchio

ma provato dall'esperienza, colse lo sguardo del giovane principe e lo fissò intensamente, cercando di fermarne per un momento i pensieri e di interessarlo a problemi che per lui erano sicuramente meschini.

— Altezza, non voglio dire che i tipi come il conte Anziati siano pericolosi, tutt'altro.

— Bene, allora perché parlarne ancora, amico mio?

Pratellesi cambiò tono: la sua strategia ellittica era sbagliata, bisognava andare al sodo. Sudava nonostante non facesse davvero caldo, e la parrucca costituiva un martirio.

— Ecco... non dobbiamo abbassare la guardia. Occorre essere più attenti nei confronti degli oppositori della vostra politica.

— È naturale che ci siano oppositori, amico mio. Inevitabile, sarebbe ben strano il contrario! Ma il popolo della Toscana è di animo buono, aperto, leale. Sono sudditi fedeli. Hanno capito la bontà, o meglio, l'inevitabilità delle nostre riforme, molto più dei nobili e del clero incartapecorito.

— Altezza, il punto è proprio questo. Molti non hanno capito a sufficienza...

— Ma se non comprendono, non significa necessariamente che siano ostili nei fatti. Il *faut risquer*, bisogna osare, anche per il bene dei reazionari.

— Condivido, ma è mio dovere ricordarvi un fatto spiacevole. C'è chi si approfitta della situazione. Chi, in virtù della vostra opera liberalizzatrice, viene da fuori e mette in atto forti speculazioni.

Il granduca, giovane non ancora trentenne, pieno di energie nonostante la corporatura poco robusta, rincorreva altri pensieri in quella limpida giornata primaverile, e non riusciva a prendere seriamente il capo dei suoi affari riservati.

— Molto bene! Circolerà ancora più denaro!

— Non solo, altezza, non solo... Qualcuno ci rimetterà, e non saranno solo latifondisti e ordini religiosi. A volte gli antichi privilegi, pur apparendo odiosi, tutelano in qualche modo una parte del popolo più minuto, che vive proprio grazie a questi relitti del Medioevo: lasciati in preda al libero mercato, perderebbero anche quelle minime risorse.

Pietro Leopoldo divenne più attento, perse il tenue sorriso e guardò negli occhi Pratellesi, cinquantenne fin troppo provato per la sua età.

— Può darsi, amico mio. Ma per quanto ciò mi dispiaccia, è necessario usare il coltello del chirurgo anche in questi casi, forse soprattutto in questi casi.

— Alcuni borghesi ricchissimi cercano di acquistare terre in Toscana, dai nobili fiorentini privi di liquidità.

Gli occhi del granduca, naturalmente tondi, si spalancarono con il consueto effetto quasi comico, che ispirava in tutti un moto di tenerezza.

— È ben questo che desideriamo, no? Mettere finalmente a frutto le terre incolte, impiantare industrie, aumentare la produzione, che, libera da vincoli, distribuisca ricchezza.

Pietro Leopoldo si infervorava, ma in realtà non aveva una gran voglia di parlare di quegli argomenti, che pure gli stavano a cuore. Aveva un appuntamento molto importante, e poco tempo per prepararsi. Non voleva tardare per alcun motivo, per cui cercò di troncare il discorso.

— Insomma, amico mio, se vedete tutti questi pericoli, avrete certamente pensato a un rimedio.

— Sì, altezza... la cosa di cui vi ho parlato più volte.

— Oh, mio Dio, altre spie! Non vi bastano quelle che circolano adesso in Toscana? Ce n'è un visibilio! Mi dicono che perfino l'Impero Ottomano mantiene una casa di agenti qui, nella Dominante, a due passi da piazza Pitti.

— Altezza, il problema sono i nostri. Pochi e malfidati.

— Cosa chiedete, infine?

— Altri venti uomini, che vorrei scegliere personalmente, per usarli in investigazioni riservate. Che facciano capo solo a me e a voi.

Il granduca non riuscì a trattenere una sonora risata.

— A noi! Oh, Pratellesi, a volte siete impagabile! Mi terrete segreti perfino i loro nomi. Ma sta bene così.

La legazione del Regno d'Inghilterra nella Dominante era ospitata nel palazzo Manetti di via Santo Spirito, al di là del fiume: una strada sempre in ombra, tipica di un quartiere che conciliava il contorto tessuto medievale con le solari, ampie e dritte arterie che correvano verso la campagna per poi arrestarsi davanti alle verdi colline a sud della città murata. Era presieduta fin dal 1740 da sir Horace Mann, che inizialmente era stato segretario d'ambasciata, prima di diventare ministro plenipotenziario presso la Corte granducale di Toscana. Sir Mann, fra le altre mansioni, aveva quella di procurare copie di opere d'arte ai compatrioti di riguardo, occupazione che amava assai di più di quelle istituzionali, peraltro quasi esclusivamente onorifiche.

Nel palazzo Manetti i più importanti fra i sudditi di Sua Maestà Britannica si riunivano assai di frequente, sia in modo informale, sia per le feste ufficiali. Quel 3 aprile 1776, le sale della Legazione erano state tutte illuminate con centinaia di costose fiaccole, all'uso rinascimentale. La facciata risplendeva nell'oscurità della strada, immersa nella notte senza luna. Firenze costituiva uno straordinario richiamo per molti aristocratici europei, ma gli inglesi sembravano nutrire una particolare predilezione per la cosiddetta città fiorita. Purtroppo tanto amore non era sempre disinteressato sul piano politico, e le spie pullulavano. Molta responsabilità era proprio dei letterati e degli artisti:

Ignatius Hugford, un discreto pittore di soggetti religiosi, aveva maggior fama come critico d'arte, collezionista e mercante. Insieme a Thomas Patch, altro pittore di non disprezzabile talento, provvedeva a soddisfare le richieste dei "granturisti" in visita a Firenze... e a passare informazioni ai migliori offerenti sulla piazza.

C'erano anziani aristocratici che avevano acquistato antiche ville sulle colline; militari addetti all'ambasciata (anche loro per lo più spie, ovviamente), spesso con le famiglie. Il terzo conte Cowper era un vero e proprio mecenate, in amicizia con scienziati famosi come Alessandro Volta. La sua massima ambizione era ottenere il titolo di principe del Sacro Romano Impero dal fratello di Pietro Leopoldo, Giuseppe II, senza badare a spese. Aveva avuto una relazione con una certa signora fiorentina, e si diceva che neppure le preghiere del padre morente lo avessero convinto a tornare in Inghilterra.

Presente assai spesso alle feste di Palazzo Manetti era anche il poeta Gray, che pare avesse dichiarato che Firenze era *"un luogo eccellente ove sfogare tutte le nostre sensazioni animalesche"*, dimostrando poca riconoscenza per l'ospitalità ricevuta, ma anche un notevole acume e una franchezza brutale e in fondo lodevole.

Ma la figura più popolare fra gli ospiti assidui dell'ambasciata era certamente lady Gwendolyn, la giovane e biondissima moglie di lord Ausbury, colonnello addetto alla Legazione, da mesi assente da Firenze per alti e misteriosi incarichi a Londra. Lady Gwendolyn coltivava idee decisamente moderniste, e certo non si curava di dissimularle. Inevitabilmente, il suo stile di vita irritava in sommo grado la maggior parte delle altre dame della comunità, mentre le nobildonne fiorentine osservavano le sue piroette in pubblico con supremo distacco, se non addirittura nella più totale indifferenza. Quello che feriva le altre *ladies* inglesi, però, non era tanto quel che si mormorava della sua vita privata più intima, ma certi eccessivi, insopportabili atteggiamenti informali. Non era davvero la sola, in realtà, ad ostentare un comportamento spregiudicato: lady Orford, ad esempio, ricca vedova animata da un furore non proprio sacro, che abitava a Villa Medici, sulla collina di Fiesole, aveva perso la testa per il cavalier Mozzi, molto più giovane di lei, e per quanto sir Mann facesse continui sforzi per convincerla a tornare in patria, la matura nobildonna non ne voleva proprio sapere. Il problema, per la colta e aggraziata lady Gwendolyn, era che passava davvero il segno, perché amava comportarsi spesso come un uomo. Molti erano certi che il fatto di arrivare a cavallo, da sola, in pantaloni di foggia maschile e stivali, anche alle occasioni più importanti, fosse puro esibizionismo. Altri lo giudicavano un comportamento assolutamente riprovevole, e se ne erano lamentati anche presso sir Mann, che naturalmente non se ne curava affatto, ma anzi si divertiva più degli altri a certi eccessi. Per lady Gwendolyn rappresentava un'affermazione di indipendenza, ed erano proprio le dame inglesi più conservatrici a cogliere il significato autentico delle sue presunte bizzarrie, che suscitavano la loro sorda invidia, e in molti casi il loro astio stizzito. Tanto più che tutta Firenze chiacchierava della sua vita privata, ma ben pochi potevano spettegolare a ragion veduta, perché la bellissima dama inglese, oltre tutto, era assai versata nell'arte del mistero e della discrezione.

Anche la sera del 3 aprile 1776, lady Gwendolyn arrivò in abiti maschili a Palazzo Manetti. Il suo ingresso fu accolto dal solito mormorio misto di ammirazione e riprovazione, di cui lei non si curò. La sua specialità era, una volta annunciata dal maestro di cerimonie, entrare nel salone provocando un rumore di tacchi col passo svelto e deciso, poi fermarsi mentre era al centro dell'attenzione generale, togliersi il cappello, slacciarsi i capelli e far sì che la chioma bionda, con una sapiente mossa del capo, ricadesse sulle spalle. Molti aristocratici, più o meno giovani, attendevano quell'entrata teatrale con ansia e si struggevano di ammirazione per la bellissima amazzone, che poi si dirigeva immancabilmente verso un gruppo in cui gli uomini fossero in maggioranza, per discutere animatamente di politica. Quella sera fu particolarmente lieta di incrociare lord Carnavon, che aveva fama di essere assai duro nei confronti delle colonie britanniche d'America, in guerra con la Corona.

— My lord, che piacere trovarvi qui.

Il vecchio aristocratico esitò un attimo, imbarazzato da quella sorta di inconsueta aggressione, poi si decise a inchinarsi leggermente.

— Lady Ausbury, sono sopraffatto dalla vostra bellezza.

— Ci danno parecchio filo da torcere, George Washington e gli altri americani, mi dicono…

Lord Carnavon incassò l'impertinenza, che d'altra parte si aspettava, con autentico *fair play* britannico, che ebbe però il difetto di durare un battito di ciglia.

— Lady Gwendolyn, quei signori si bruceranno quella parte del loro corpo che, benché la foggia dei vostri abiti mi porti a pensare il contrario, non posso nominare in questa sede e soprattutto davanti a voi.

Gli altri uomini, ufficiali e borghesi, risero sommessamente. Lady Gwendolyn, invece, non si scompose affatto.

— Lord Carnavon, sono certa che Jefferson, Franklin e Washington tengono alle loro intimità in debita misura. Spero che anche i nostri soldati mandati Oltreoceano abbiano cura delle loro, perché, a quanto sento, gli americani hanno già – perdonate l'ardire – *disonorato* molti reparti.

La ragazza non aveva perso un filo del suo stile e della sua soavità, mentre lord Carnavon diventava rosso come la croce di San Giorgio, e cominciava ad agitarsi.

— I ribelli sono dei contadini, pensano ai loro campi, non capiscono nemmeno perché combattono. Abbiamo preparato una lista dei loro capi, gente sediziosa, in malafede: puniremo soltanto loro, e in modo esemplare, mentre Sua Maestà si degnerà di perdonare gli altri, i quadri intermedi e la truppa.

— Mio caro amico, voi avete scarsa considerazione degli americani. È reciproca, questa disistima? Oserei dire che sarebbe assai pericoloso, in caso contrario, mandare allo sbaraglio le nostre truppe. Pare che George Washington si stia preparando con grande cura ai prossimi scontri.

— My lady, i vostri amici saranno schiacciati da una forza da sbarco mai vista prima d'ora.

Lady Ausbury chinò leggermente il capo.

— Non sono miei amici, lord Carnavon. Sono una fedele suddita di Sua Maestà Britannica, come del resto mio marito.

Il vecchio ufficiale inglese ridacchiò senza ritegno, imitato, seppur molto più timidamente, da altri invitati. Che pensasse lord Ausbury dell'atteggiamento a dir poco disinvolto di sua moglie era un altro mistero insondabile, su cui tutti fantasticavano senza approdare a nulla.

— I signori uomini forse pensano che lord Ausbury debba essere compatito o deriso? Non è dello stesso avviso Sua Maestà, che gli ha conferito alti incarichi, mi permetto di ricordar loro. D'altra parte sarei felice di incrociare il mio fioretto con qualcuno di voi: per puro sport, naturalmente, però all'ultimo sangue, per rendere meno noiosa la cosa. Lungi da me voler vendicare l'onore offeso di un uomo, s'intende...

Lady Gwendolyn rise, con una grazia e una forza che fecero ammutolire gli astanti. I quali, oltretutto, sapevano che la bellissima donna non scherzava affatto, e che sarebbe stata capace di infilzare a duello un uomo senza neanche accelerare la frequenza del suo polso. Lady Gwendolyn, infatti, non si limitava a scandalizzare con le sue manifestazioni esteriori di modernismo, ma seguiva da anni lezioni di scherma presso la più esclusiva scuola fiorentina.

Lord Carnavon fu abbastanza saggio, o segretamente pauroso, da smorzare presto i toni.

— My lady, nessuno di noi si permetterebbe di insinuare alcunché. D'altra parte voi dimostrate simpatia per i ribelli, o così pare, a volte.

— Sono uomini coraggiosi, e io li ammiro. Non io soltanto, credo, bensì mezza Europa.

— Ma non tutti sono come voi pensate, lady Gwendolyn. Ci sono due tipi di ribelli americani: alcuni, come voi dite, sono uomini veri, rozzi ma tutti d'un pezzo, e finora gelosi delle loro tradizionali libertà inglesi. Non ho difficoltà a riconoscere che Washington e Jefferson sono fra questi, e sarà un vero peccato impiccarli dopo la guerra. Ma altri sono veramente indecisi, ignoranti, addirittura più realisti di noi.

Lady Gwendolyn si fece improvvisamente seria e ascoltò con attenzione. Lord Carnavon aveva gli occhi accesi da una luce nuova.

— Molti sono autentici reazionari, che vorrebbero arricchirsi col mercato degli schiavi, sfruttare in proprio quella terra generosa, sterminare i nativi senza seccatori inglesi fra i piedi, cioè senza Stato. Altri sono molto più raffinati e quindi pericolosi, e vorrebbero porsi in una posizione di forza per poi proporre un armistizio e tornare sotto la protezione della Corona, più fedeli di prima, ma più potenti e dotati di maggior potere ricattatorio... Ebbene, mia signora, sbagliano tutti.

Quella sera Lady Gwendolyn, giunta alla legazione inglese come sempre senza accompagnatore, passò dal braccio di un aristocratico a quello di un altro, con straordinaria, solare disinvoltura. Quando fu il momento delle danze, tutti attesero con ansia la sua consueta metamorfosi: come al solito, sparì per pochi minuti e poi fece un secondo ingresso trionfale, vestita con uno splendido abito di seta bianca dalla gonna molto più ampia di quel che dettava la moda. Fu letteralmente assediata da numerosi cavalieri, che se la disputarono per il primo ballo fra il livore delle altre dame. Ma, come talvolta accadeva, lady Gwendolyn letteralmente scomparve, spegnendo la festa come se avesse soffiato sulle cento e più fiaccole e gli innumerevoli candelabri.

Quella sera ancora fredda di aprile, lady Gwendolyn si cambiò ancora d'abito, indossando di nuovo il completo di foggia maschile, ma cucito su misura per lei dal miglior sarto fiorentino, e partì al galoppo per le strade selciate del centro di Firenze, deserto per l'ora tarda. Giunta nel dedalo delle viuzze nei pressi del fiume, sempre a gran carriera, voltò verso il Ponte Vecchio e raggiunse una torre trecentesca, defilata e anche piuttosto malmessa, che non lasciava minimamente immaginare a chi e a che cosa servisse. Scesa da cavallo, ansante per la corsa, bussò con un segno convenzionale alla porta. Fu riconosciuta da un servo fedele che guardava da uno spioncino e introdotta nello stretto ingresso. Per chi la aspettava, non aveva bisogno di sciogliere teatralmente i capelli come aveva fatto all'ambasciata.

Fu molto fredda l'alba del 4 aprile 1776, nei prati sopra Cutigliano, fra i costoni ancora bianchi e brulli delle montagne a nord della città di Pistoia, ma poi il sole primaverile cominciò a scaldare un poco le pietre e l'erba bianca di neve, scendendo velocemente giù per i pendii, fino alle valli incassate.

Col sole, le mosche e altri insetti presero a cercare nutrimento, fra gli escrementi degli animali selvatici e di quelli allevati con eterna fatica dai pastori della montagna pistoiese, nel Secolo dei Lumi come ai tempi dei Romani, e ancora avanti a loro, per migliaia di anni a ritroso. Le mosche sembrarono, a un guardiano di porci, più numerose del solito, in fondo a una piccola scarpata, sotto la strada nuova di valico. Il ragazzino abbandonò un attimo i maiali e guardò di sotto. Scorse un attrezzo da operai, simile a quelli dei contadini ma assai nuovo e più moderno nella foggia: sembrava sporco di terra, e si chiese perché le mosche vi si accanissero. Considerò anche la possibilità di appropriarsi dell'oggetto; magari avrebbe potuto scambiarlo vantaggiosamente al paese.

Scese giù per la scarpata, lo recuperò scacciando le mosche e tentò anche di pulirlo sfregandolo sull'erba umida. Lo caricò in spalla e lo portò a casa, alla fine della giornata. I suoi fratelli furono subito incuriositi dall'attrezzo, e glielo strapparono di mano così rudemente che il ragazzino si mise a piangere in un angolo. Ma il maggiore notò un segno sul manico, ne ebbe subito paura e lo portò in paese, dal parroco, spiegando, più a gesti che a parole, che il suo fratello più piccolo l'aveva trovato vicino al cantiere della strada Regia.

Il parroco osservò il segno, un marchio a fuoco, ma non se ne curò più di tanto, perché non collegò quell'oggetto insignificante alla morte dell'ingegnere della strada, un evento che aveva scosso tutti in paese, specie quelli che speravano si trattasse della mano di Dio scagliata contro i profanatori venuti dalla città a sconvolgere le cose. Poi il parroco, finalmente, capì qualcosa e consegnò al capitano di giustizia la vanga sporca di sangue. Il funzionario si sentì assai sollevato alla vista dell'attrezzo. Fece chiamare subito uno dei capomastri dei cantieri più vicini al paese, e questi vi riconobbe il marchio granducale. Si trattava quindi di un oggetto in dotazione agli operai che lavoravano alla Strada Postale, che passava a poca distanza dal paese e sulla quale aveva trovato la morte il Taddei. Il capitano di giustizia si lasciò scappare un urlo di trionfo. Si trattava adesso di interrogare gli operai, che abitavano in un quartiere di baracche costruito nei pressi del cantiere.

Intanto il medico del paese, incaricato di scrivere un rapporto sullo stato della salma, si era svegliato ed era sorprendentemente sobrio. Aveva portato il cadavere del Taddei nel suo studio e ne aveva constatato la morte per sfondamento e sfacelo della scatola cranica. Unica persona istruita fra quei funzionari, avvertì il capitano che era opportuno mandare subito qualcuno a Firenze, dall'auditore fiscale che doveva comunque seguire un caso di omicidio. Ma il capitano di giustizia decise per il momento di non farne nulla, di prendere tempo e continuare nelle indagini con uno zelo per lui inconsueto. Prima dell'alba seguente, avrebbero messo in guardina altri sospettati, stavolta con qualche elemento indiziario a giustificare la misura restrittiva. Poi avrebbero stabilito il da farsi. Il dottore scrollò le spalle, decise che di quella strana storia gliene importava ben poco e tornò allo studio per sistemare provvisoriamente il cadavere, in modo che non gli ammorbasse la casa, mentre diluiva in un bicchiere un po' d'alcol puro per scolarlo alla salute dei vivi e dei morti di quel posto maledetto.

La vanga era ancora tutta sporca di sangue, e non solo di quello. Il capitano di giustizia di Cutigliano si accorse con raccapriccio che c'erano frammenti di cute con attaccati dei capelli, e della roba secca che aveva tutta l'aria della materia grigia. Tanto fu l'orrore che un paio di birri, incoraggiati dal loro superiore, si affrettarono a pulire ben bene l'attrezzo, così che poi potesse essere mostrato ai magistrati con più decenza.

L'indagine, a quel punto, seguì la strada più ovvia. Una processione di uomini capeggiata dallo stesso capitano di giustizia, e composta da quattro dei birri, dal medico e da uno scrivano, si recò ai capanni degli attrezzi al cantiere della strada Regia, che era su di un poggio assolato, già completamente sgombro di neve.

Il gruppo di indagatori constatò che, delle quattro baracche di legno, tre erano regolarmente chiuse. Le serrature apparivano intatte e le chiavi, come fu chiarito in seguito, erano in possesso del capo cantiere, un fiorentino alle dirette dipendenze del defunto ingegner Taddei. Si evitò di incomodare il buon uomo, visto che la quarta baracca aveva invece la porta spalancata e presentava tracce evidenti di scasso; segno che chi aveva rubato l'attrezzo, se l'aveva preso di lì, non aveva accesso alle chiavi. L'ovvia constatazione fu espressa dallo stesso capitano di giustizia, e il gruppo assentì gravemente.

All'interno della baracca tutto era in ordine, e fu presto trovato il posto da dove la vanga era stata sottratta. Allora il capitano, inorgoglito dal prestigio che gli pareva di aver guadagnato sul campo, osservò che chi aveva sfondato il capanno lo aveva fatto certo di cosa vi avrebbe trovato, e che quindi, escludendo coloro che avevano accesso alle chiavi, bisognava cercare fra gli operai.

Forte di questo sillogismo, il capitano di giustizia dispose per il fermo e l'interrogatorio degli operai che avevano accesso a quella baracca. Si trattava di dieci uomini, quasi tutti con famiglia. Alcuni venivano da lontano, specie dal sud dello Stato, dalla Maremma senese; altri invece erano abitanti della zona, operai alla giornata nei miseri campi d'intorno, beneficiari di un'antica rete di obblighi di origine feudale – concessioni, servitù, residui diritti di *corvées* – che univa il popolo della montagna ai nobili proprietari.

Presa la decisione del fermo e dell'interrogatorio, il gruppo degli inquirenti si divise. Il capitano e i birri tornarono a Cutigliano, dove passarono il resto della giornata, e tutta la notte seguente, nella più fornita osteria del paese. Il medico e lo scrivano, assai controvoglia e borbottando per tutta la strada, si recarono a Melo per vedere se era disponibile un locale adatto sia da prigione che da luogo per gli interrogatori.

Lady Gwendolyn Ausbury si risvegliò tra le braccia di Pietro Leopoldo, granduca di Toscana, nel loro ritrovo segreto. Era una piccola stanza arredata con pochi mobili recuperati dalle varie residenze del principe, ma scelti con buon gusto. La camera faceva parte di un minuscolo appartamento che custodiva un segreto noto a pochissimi membri della corte granducale: era collegato, tramite una serie di passaggi, in parte sotterranei, a una torre trecentesca posta vicino a Ponte Vecchio, al di là del fiume. Da quell'antica costruzione, svettante sulle acque lente dell'Arno, Pietro Leopoldo poteva accedere a Palazzo Pitti attraverso il corridoio vasariano.

Il principe, innamorato come un quindicenne di quella donna dagli occhi chiari e dalla pelle candida e sottile, le passava delicatamente le dita intorno alle orecchie, immergendosi ogni tanto nei capelli biondissimi che aveva tentato inutilmente di sciogliere senza svegliarla.

— Cosa dicono, quei barbagianni inglesi, della mia simpatia per gli americani?

— Non nascondono la loro irritazione, amore mio.

Lady Gwendolyn indossava solo delle calze bianche, fermate appena sotto il ginocchio da giarrettiere azzurre, e i lunghi capelli biondi erano raccolti sul capo e fissati aderenti al cranio stretto e lungo con uno spillone dalla capocchia di madreperla. Aveva tentato di rivestirsi, qualche ora prima, e di tornare a casa avanti l'alba, ma il suo amante non glielo aveva concesso.

— E cosa sanno, di preciso? Hai contatti con le loro spie più importanti.

— Come devo interpretare la tua domanda? Forse come una manifestazione di gelosia?

Pietro Leopoldo guardò da un'altra parte, verso una piccola porta che dava su delle strette scale che avrebbe salito di lì a poco, per tornare dalla granduchessa e dai suoi numerosi figli.

— Gwen, per quello che tu puoi riferire... come giudicano gli inglesi l'interesse dimostrato dagli Stati europei nei confronti dei ribelli delle colonie americane?

— Be', ce l'hanno a morte con la Francia, con te, con tutti quelli che li aiutano, direttamente o sotto banco. Sono inferociti per le armi che partono da Siviglia e da Livorno. Naturalmente si limiteranno a rendere la vita difficile ai convogli diretti di là dall'Atlantico, quando potranno farlo senza urtare troppo la suscettibilità dei regnanti filoamericani. Il vero problema resta comunque la Francia, perché aiuta spudoratamente i ribelli: lo fanno sia la Corona che soprattutto i radicali, e anche gli avventurieri un po' ambigui come il marchese De La Fayette. I miei compatrioti non possono far altro che cercare di spezzare la schiena a Jefferson e compagni, con sempre più uomini per combatterli senza quartiere. Conosci bene le mie simpatie, ma la situazione, per l'esercito raccogliticcio di George Washington, non lascia ben sperare.

— Lo so. Me ne parla molto Filippo Mazzei, che è diventato quasi un oracolo per gli americani, per quanto non mi ami affatto... E poi, naturalmente, mi racconta tutto anche Jefferson.

Lady Gwendolyn si alzò sui gomiti, offrendo alla vista di Pietro Leopoldo il suo seno roseo e rotondo, e gli accarezzò teneramente i radi capelli stopposi.

— Il mio buffo principe idealista, che si dimentica troppo spesso di essere un regnante... — mormorò col tono della madre che si rivolge a un figlio un po' discolo. — Mazzei è un vero rivoluzionario, un radicale tutto d'un pezzo; è ovvio che non può dimostrare troppo amore per te. Diverso è il caso di Jefferson; lui è uomo pragmatico, e anche assai più colto e innamorato dell'Italia, come lo sei tu.

— Ma gli inglesi cosa pensano di me in particolare? — insistette Leopoldo. — Non mi fido dei rapporti dei miei agenti. Tu sicuramente hai sentito qualcosa.

— Sono tranquilli, perché il Granducato di Toscana, per quanto giuridicamente indipendente, è una naturale propaggine dell'Impero, e tuo fratello, che giust'appunto è l'imperatore, non ha intenzione di aiutare più di tanto i ribelli delle colonie. Tanto meno tua madre, l'imperatrice Maria Teresa.

Lady Gwendolyn parlava col sorriso sulle labbra, come se scherzasse, ma Pietro Leopoldo si era adombrato sinceramente, e le guance gli erano tornate rosse come quando facevano l'amore.

— Il Granducato è indipendente davvero, mia cara, malgrado il mio nome: così ha voluto la Provvidenza, che ha impedito un passaggio diretto dello Stato nelle proprietà della Corona. Io manterrò questa indipendenza per me, per mio figlio secondogenito, e per i suoi discendenti. I quali vivranno da uomini liberi, fra uomini liberi, in una Toscana libera e asservita solo a se stessa. E al diavolo i giochi dinastici, in fin dei conti!

Lady Gwendolyn, che intanto aveva cominciato a rivestirsi, guardava ridendo il giovane granduca vestito solo della camicia, senza parrucca, seduto sul letto, che declamava le sue idee come fosse stato davanti a una folla, gli occhi fissi a un orizzonte lontano e misterioso.

— Amore mio, la tua ingenuità è pari al tuo fascino. In ogni modo, gli inglesi non danno troppo peso ai tuoi contatti con Jefferson, Franklin e gli altri; sanno che ogni tua energia è rivolta alla politica interna. Ma continuerò a tenermi informata, come vuoi tu. E...

— E?

Lady Gwendolyn sospirò, scuotendo lievemente il capo.

— Solo una cosa, Leopoldo — disse con voce improvvisamente seria. — Il mondo è un brutto posto per i sognatori idealisti, compresi quelli che detengono il potere; anzi, soprattutto per loro. Ti prego, non lo scordare mai.

CAPITOLO IV

Il gruppo cercava di farsi strada fuori dai sentieri segnati, vicino al valico, alla luce della luna piena. Era ancora assai freddo, di notte, sulla montagna pistoiese, e gli uomini erano coperti con grandi pastrani neri, che servivano anche per confondersi con le ombre e per nascondere le armi.

In tutto erano sette, più due muli carichi di provviste e altri bagagli. Avevano facce dure, erano alti e grossi, li si sarebbe detti subito forestieri, forse nemmeno italiani. Venivano da molto lontano, da remote montagne, oltre fiumi dai nomi strani. Si erano cambiati più volte d'abito, dividendosi per certi tratti, riunendosi poi appena dopo Bologna, quando le colline a sud della città dello Stato della Chiesa annunciavano gli aspri contrafforti dell'Appennino. Avevano seguito valichi dimenticati fra boschi fittissimi, perfino con un po' di timore nei loro cuori abituati a ogni sorta di orrori. Una volta varcato il confine naturale con la Toscana, il paesaggio si era fatto più dolce, l'aria meno tagliente, e gli animi si erano un po' risollevati. Non si erano mai fermati in paesi o villaggi, evitando le strade, quelle più importanti come quelle secondarie, tagliando per pascoli ancora in gran parte innevati, campi aridi e macchie grigie di vegetazione spoglia, antichi viottoli che si individuavano a stento fra le pietre taglienti e l'erba ispida del crinale.

Chi li guidava era il tipo più singolare che si fosse mai aggirato da quelle parti. Non si fermava mai, non esitava neppure un istante, e gli uomini lo maledicevano per quella sua forza apparentemente inesauribile. Si poteva definirlo un vero gigante, doveva essere alto quasi due metri. Ma quello che incuteva più soggezione era il suo sguardo: due occhi chiari, grigi come il ferro appena battuto, che spiccavano da una foresta di capelli biondi e di barba folta. La fitta chioma, che contrastava curiosamente con la pelle scura, era in parte raccolta sulla nuca e legata con un nastro di pelle nera. Sembrava che quel gigante conoscesse la montagna meglio dei suoi abitanti. Saltava sulle pietre come un daino, incitando i compagni a stargli dietro. E per quanto lo odiassero per questo suo eccezionale vigore fisico, incredibile anche per l'età – indefinibile e sconosciuta a tutti, ma certo non più verde – lo obbedivano senza discutere.

Il singolare individuo alla guida del gruppo fu tanto abile che nessuno si accorse del passaggio di quella piccola carovana. Nemmeno le spie che si aspettavano il suo arrivo, né i contadini dei piccoli paesi aggrappati alle montagne, né i pastori nelle radure. Allestirono l'ultimo campo al limite estremo, oltre il quale sarebbero stati senz'altro notati dagli abitanti dei centri vicini. Scelsero una piccola valle scura, incassata fra pareti scoscese, e si disposero per trattenersi due o più giorni.

Il capo andò da solo in esplorazione, trovò la vecchia strada di valico e lasciò incisi su un paio di tronchi dei segni convenzionali. Non ignorava che l'avviso di agire sarebbe giunto con poche ore di anticipo, ma questo non gli dava alcuna preoccupazione. Nessuno, in realtà, sapeva davvero quel che gli passava per la testa, certo non chi lo aveva assoldato e spedito lì sull'Appennino, e forse nemmeno lui ne era pienamente cosciente.

Il Lupo, come era conosciuto in varie parti d'Europa, soprattutto all'est, guardò attentamente oltre le chiome degli alberi, da uno sperone roccioso, e vide il bianco nastro di una strada nuova, bella e incredibile, che segnava il fianco di una collina. Sorrise, e si dispose ad attendere.

— Ebbene, quali notizie mi portate dall'America?

Pietro Leopoldo era seduto sul bordo di un divano laccato, imbottito con stoffa rossa di velluto, che al messaggero americano parve molto prezioso. Teneva però le gambe distese su uno sgabello modesto e di tutt'altra fattura, che stonava con il resto dell'arredamento: già da vari anni, dopo aver assunto il potere, il principe aveva coinvolto anche la reggia di Palazzo Pitti in un'ardua impresa di risanamento economico, attirandosi dai fiorentini, che non perdonavano nulla a nessuno e avevano nostalgia per lo sfarzo mediceo, la fama di sovrano avaro. Anche Pietro Leopoldo osservava con curiosità l'abbigliamento dell'inviato che aveva davanti, latore di un messaggio verbale, personale e riservato, di Thomas Jefferson. Era un uomo sui trent'anni, non molto alto, di occhi e capelli neri, con abiti curati che si potevano definire eleganti. Ma i suoi vestiti denotavano una foggia leggermente attardata, come se fossero stati comprati a Londra dieci anni prima e non fossero mai stati indossati. Con ogni probabilità, quel messaggero aveva conservato la marsina accuratamente piegata in un baule durante tutto il suo lungo e avventuroso viaggio. Pietro Leopoldo osservò divertito che l'abito, sia pur fuori moda, era certamente più costoso del suo, e se ne compiacque.

L'americano, invece, era mortalmente stanco. Il viaggio, compiuto nella massima segretezza, era stato più lungo di quanto pensasse, e ormai i tempi stringevano. Non sapeva bene quale fosse l'etichetta alla corte di Toscana; fu quindi spontaneo e venne subito al dunque.

— *Je vous prie de m'excuser si je parle vous en française.*

Pietro Leopoldo parlava e scriveva quasi sempre in italiano, anche con Thomas Jefferson, ma pensò che quell'uomo non ne capisse una parola. D'altra parte il francese era usato a Corte altrettanto comunemente, specie nelle conversazioni con i diplomatici stranieri.

— *Mais naturellement. Nous parlons toujours en française!*

L'uomo disse innanzitutto che in Toscana probabilmente se ne sapeva più di lui, degli ultimi fatti delle Colonie: il viaggio fino a Livorno era durato quasi tre mesi ed era stato decisamente infernale, con varie complicazioni e perdite di tempo. Cercò comunque di rendere un quadro realistico dell'atmosfera che già si respirava in America fra il dicembre e il gennaio precedenti. Gli animi erano eccitati dal coraggio dimostrato dall'Assemblea del New Hampshire, che aveva adottato, per prima, una vera Costituzione. Mentre si imbarcava, il messaggero era riuscito a procurarsi una copia del *Common Sense* di Thomas Paine, un fascicolo di cinquanta pagine pubblicato a Filadelfia e andato subito a ruba, in cui si criticava apertamente Re Giorgio.

Pietro Leopoldo sorrise. Aveva letto quel *pamphlet*; se lo era procurato tramite il suo libraio parigino di fiducia, che aveva smosso le montagne per arraffarne una copia in tempi rapidissimi. Lo aveva fatto tradurre dall'inglese, lingua che conosceva ben poco, e ancora non poteva trattenersi dal ridere al ricordo dei volti scandalizzati del traduttore e del suo segretario personale, quando glielo avevano riconsegnato. *"Noi abbiamo adesso il potere di dare un nuovo inizio al mondo... L'America prenderà una posizione netta non solo per sé, ma anche per l'Umanità"*.

Il messaggero non sapeva altro, e fu quindi lo stesso granduca a metterlo al corrente degli sviluppi più recenti, conversando amabilmente con lui come se fosse stato un diplomatico o addirittura un pari rango. Grazie alle sue spie a Londra e a Parigi, Leopoldo sapeva che già dai primi di maggio i rivoluzionari americani avrebbero ricevuto ufficialmente il supporto straniero per la loro lotta: Luigi XVI intendeva stanziare l'equivalente di un milione di dollari in armi e munizioni. C'erano anche promesse di assistenza materiale da parte della Spagna. Il messaggero allora spiegò brevemente, ma senza tralasciare alcun particolare, che il Congresso era grato al governo granducale di Toscana per gli aiuti ricevuti, come lo era alla Francia e alla Spagna, ma che la situazione militare e politica restava assai problematica. Thomas Jefferson pregava Sua Altezza di voler comprendere la situazione di emergenza in cui le ex colonie britanniche si trovavano, e quindi la grande fretta. Il documento inviato nel dicembre precedente era andato perduto in una fatale disgrazia, appena giunto in territorio americano – su questo punto il messaggero era stato istruito di non scendere in dettagli – prima che se ne potesse produrre una traduzione o farne una copia. Ma Jefferson confermava la sua assoluta fiducia nell'amico e autorizzava l'invio immediato del protocollo definitivo, sigillato e firmato.

— Mister Jefferson scongiura per atto ufficiale, al più presto.

— Ma dunque parlate anche italiano! Ditemi, perché usate il francese?

— Io sono francese, altezza, almeno di nascita. E mia conoscenza lingua italiana è assai limitata. Mi scuso. Il francese più svelto, il tempo manca a me e al Congresso.

— Cosa sapete, di preciso, del documento che siete venuto a prendere?

— Niente, signore, solo che è necessario a mister Jefferson.

Pietro Leopoldo ritenne che quell'uomo non fosse davvero al corrente di tutto. Avrebbe scritto all'amico quanto prima per avere maggiori particolari: ora doveva seguire le sue istruzioni senza discutere.

— L'atto ufficiale, certo. Ma se il primo invio è andato perduto, non vorrete rischiare di nuovo.

— No. Porterò personalmente in America. Se voi concederete la nave speciale, come suggerisce mister Mazzei.

Pietro Leopoldo capì subito cosa intendeva il suo amico pratese che si era unito ai ribelli d'Oltreoceano, grazie soprattutto al suo aiuto. Dunque aveva concertato l'operazione con Jefferson, dopotutto.

— D'accordo. Quella nave partirà da Livorno entro pochi giorni, con a bordo voi e il documento. Dove siete sceso, a Firenze?

— Dormo all'ostello degli indigenti, con mio vero nome. André Duchamp.

Il granduca non poté reprimere un'espressione stizzita. Avrebbe voluto offrirgli una sistemazione migliore, ma non era il caso di dare troppo nell'occhio.

— Sta bene. Avete una nuova chiave di Jefferson, immagino. O devo usare quella vecchia?

Il messaggero porse immediatamente a Leopoldo un piccolo foglio ripiegato che aveva tenuto nascosto fino ad allora in un comparto segreto della sua cintura di cuoio. Il granduca aprì il biglietto e ne lesse brevemente il contenuto.

— Non ne avete altre copie, suppongo?

— No.

— Non siete mai stato fermato dagli inglesi o da altri?

— Certamente no.

— Bene, allora raggiungete i vostri alloggi e riposatevi. Se avete bisogno di qualcosa, non esitate a venire a Palazzo e a chiedere di Francesco Pratellesi, il mio consigliere di fiducia.

Mentre Duchamp usciva dalla stanza, Pietro Leopoldo mise il foglietto in un taschino della sua modesta marsina. Incontrò con la mano una specie di libriccino di pelle, che portava sempre con sé, e cedette alla tentazione di guardarlo di nuovo. Era in realtà una piccola custodia, chiusa con un nastro rosa. La tolse dal taschino e la rigirò fra le mani. Slacciò il fiocco di seta e contemplò il minuscolo ritratto, con la stessa pena di sempre. Ma fu questione di un attimo, richiuse la custodia e la mise di nuovo al sicuro.

La notizia dell'omicidio di Bartolomeo Taddei, ingegnere sovrintendente al tratto di valico della strada postale Regia, ormai completata tranne per un paio di ponti e per le rifiniture, giunse a Firenze nella giornata dell'8 aprile. Il primo ad averne notizia fu Francesco Pratellesi, grazie alla sua rete di spie, forse non completamente fidata ma certo efficiente. Un messaggero entrò in Firenze all'alba, dalla porta San Gallo. Affidò alle cure di uno stalliere pubblico il cavallo sfinito dalla lunga galoppata sull'impervia strada di valico, e si avviò a passo lesto verso la sua destinazione. I quartieri erano in parte ancora addormentati, ma le strade risuonavano del lavoro degli artigiani e dei commercianti: suoni di pietre scalpellate, di chiodi battuti, di merce scaricata dai carri, che davano alla grande città il ritmo di una rinnovata energia produttiva.

Il messaggero, stanco e affamato, si rifocillò in una taverna oltre il Ponte Vecchio, all'insegna del giglio, a pochi passi dalla reggia di Palazzo Pitti. Aveva con sé una borsa che era scampata ai pericoli di un viaggio per niente sicuro, con soste in locande sporche e cupe, tenute da osti e albergatori che avevano molte somiglianze coi tagliagole che spesso incrociavano fra valli e crinali in cerca di prede. Ma non conteneva valori.

Il sole era già alto quando si fece annunciare al nobile Francesco Pratellesi. Il portiere continuò a voltarsi mentre si allontanava, curvo, nell'androne scuro e fresco del palazzo. Scuoteva la testa, in segno di una disapprovazione che probabilmente neanche lui avrebbe saputo motivare. Il messaggero doveva consegnare personalmente la missiva che recava nella borsa al nobile Pratellesi, e quindi attese fiducioso. Il servo tornò dopo pochi minuti, e fece cenno all'uomo sporco e maleodorante di seguirlo. Continuava a scuotere la testa quando gli ordinò di fermarsi, in un salone pieno di splendidi quadri e di sculture romane, davanti a una grande porta intarsiata e con stucchi dorati. Bussò, entrò con un profondo inchino, disse qualcosa che il messaggero non capì e poi lo invitò a passare.

Lo studio di Francesco Pratellesi era sorprendentemente piccolo. Il consigliere del granduca, non alto e di corporatura tozza, indossava una ricca veste da camera ricamata di fili d'oro e aveva sulle ginocchia una candida parrucca, che stava ammorbidendo con una grande quantità di talco.

– Entrate, entrate. Mi portate notizie fresche, spero.

Il messo accennò goffamente a un inchino, e non rispose. Si limitò ad aprire la borsa e a porgere al signore che aveva davanti una grande busta chiusa con sigilli rossi di ceralacca. Pratellesi prese il plico, lo rigirò fra le mani, osservò con attenzione, con un paio di occhiali dalla montatura d'argento, le figure impresse sulla resina bruna e poi congedò sbrigativamente il messaggero. Il quale, ben contento di aver finalmente portato a termine il suo delicato incarico, si ritrovò in un baleno fuori del palazzo, in strada, con un po' di soldi e un'intera giornata libera per ubriacarsi in un ampio giro di rinomate taverne e con la prospettiva di almeno un paio di bordelli di cui si faceva un gran parlare fra Modena e Pistoia. Pratellesi, invece, lesse e rilesse la notizia riportata sul foglietto. Sospirò, chiuse il plico in un cassetto segreto del suo tavolo scrittoio e tornò alla sua prosaica occupazione. Occorreva che la notizia non trapelasse creando turbamento fra il popolo. Per ora, era meglio non suscitare argomenti di conversazione e di scandalo pubblico.

A Melo, in montagna, appena fuori del villaggio, circa un'ora prima del levar del sole, i birri del capitano di giustizia di Cutigliano fecero irruzione nelle capanne degli operai, vicino al cantiere della strada regia postale. Due coppie di armati si misero di guardia alle opposte uscite del gruppo di baracche, costruito a ridosso del cantiere, per impedire eventuali fughe. Altri quattro sfondarono le porte delle capanne, fra le urla delle donne e il pianto disperato di alcuni bambini. I dieci operai furono individuati immediatamente, e per quanto si protestassero innocenti, alcuni decisi inviti coi calci dei fucili li convinsero a farsi incatenare senza troppe storie e a seguire i birri verso il paese. Più difficile, per le guardie, fu liberarsi delle donne, alcune delle quali, soprattutto quelle senza figli, si aggrapparono disperatamente alle vesti dei mariti piangendo e gridando senza ritegno, e poi pregando in ginocchio gli armati di lasciare andare i propri uomini.

I contadini, operai improvvisati della Regia strada postale per Modena, vanto del Granducato di Toscana e meraviglia dell'ingegneria europea, scesero uno dietro l'altro, incatenati come schiavi, la scarpata sassosa adiacente al cantiere, quindi attraversarono i prati spruzzati di neve e i sentieri attraverso la macchia, fino al paese di Melo. Qui, in attesa che fossero istruite le pratiche necessarie per la loro incriminazione, furono rinchiusi, tutti tranne uno, in un'angusta capanna che era stata eletta per l'occasione a prigione locale: una costruzione posta appena fuori del paese, davanti a un piccolo castagneto in cui si stava provvedendo a un moderato taglio, dopo che l'anno precedente erano stati tolti i rigidi divieti.

Il capitano di giustizia era, come tutti i suoi colleghi, un uomo rozzo e ignorante, che aveva accettato quella carica, disprezzata dalle persone di talento, per rimediare da vivere per un tempo limitato. Molti pari suoi non sapevano nemmeno leggere e scrivere, e – per fortuna loro e del Paese – nemmeno avevano a che fare con casi criminali di quella gravità, estremamente rari in tutto il Granducato, e specie in campagna. La contorta procedura giudiziaria, la cui radicale riforma era fra i progetti del granduca e dei suoi collaboratori, prevedeva in ogni caso di comunicare subito a Firenze la cattura degli assassini, un arresto che andava evidentemente giustificato e circostanziato.

Nonostante le intenzioni espresse in precedenza dal capitano, non ci fu alcun interrogatorio dei disgraziati che erano stati rinchiusi. Furono anzi tenuti isolati, senza possibilità di comunicare con l'esterno e con le famiglie, e uno solo fu portato al cospetto dell'inquirente. La prima sera ci si dimenticò perfino di dar da mangiare e da bere agli sciagurati, e furono soltanto le loro donne, che circondarono mute il corpo di guardia, con pezzi di formaggio e brocche d'acqua, a rimediare alla situazione. Poi la giornata passò tranquilla, e anche quella del secondo giorno dopo l'arresto.

Il guaio grosso avvenne la terza sera, quando i prigionieri cominciavano a rumoreggiare con sempre maggiore veemenza. Agli operai erano state tolte imprudentemente le catene ai piedi, quella mattina. Inoltre, il capitano di giustizia aveva bisogno di soldati per sistemare la grondaia del tetto della sua abitazione, che la neve dell'inverno aveva danneggiato in più punti. Di guardia alla prigione rimase solo il più giovane dei birri, tal Lapo Ferrati, che in seguito si sarebbe difeso disperatamente dalle accuse di negligenza cercando di tirare in ballo sia il capitano che i suoi commilitoni. Fatto sta che qualcuno aveva dimenticato di sprangare la porta, i prigionieri se ne erano accorti e avevano escogitato un piano, brutale ma efficace. Sfondarono l'uscio con una panchina di legno, si precipitarono all'esterno e sopraffecero il povero Ferrati, che però fece in tempo a urlare disperatamente per chiedere aiuto. I prigionieri, saggiamente, si sparpagliarono fra i castagni e le grandi fascine di sterpi, ma ebbero un'amara sorpresa. Con incredibile tempismo, i birri erano già ritornati verso la prigione e si erano disposti a ventaglio proprio all'interno del bosco, così da trovarsi i fuggitivi di fronte.

Nessuno riuscì mai a chiarire la meccanica dei fatti, anche per le difficoltà che sopraggiunsero in seguito. Di certo gli evasi non obbedirono all'intimazione degli armati; forse la disperazione fu tanta, mista alla cocente delusione della libertà appena acchiappata e subito sfuggita, da indurli a una sconsiderata resistenza, al lancio di pietre o di legni raccolti nel bosco.

I birri spararono con gli schioppi ad altezza d'uomo, fulminando subito quattro dei nove operai. I rimanenti furono rincorsi per oltre cinquecento braccia nel fitto del bosco, finché anche loro, nessuno escluso, non caddero sotto le schioppettate.

La notizia della strage fu accolta con raccapriccio da tutti gli abitanti del luogo, fino a Cutigliano e oltre, e con disperazione infinita dalle donne nelle baracche e dagli altri operai, per i quali, inferociti, si dovette ricorrere alle botte e in qualche caso all'arresto.

L'auditore fiscale non seppe nemmeno allora dell'incriminazione degli operai e della strage. La suprema magistratura criminale fiorentina fu in realtà messa al corrente dei fatti in via ufficiosa, ma in mancanza di una comunicazione del capitano di giustizia, evitò di muoversi: non mandò agenti a Cutigliano e non chiese udienza al principe. Del resto, la vanga che aveva ucciso l'ingegner Taddei era stata riconosciuta come appartenente agli attrezzi in dotazione a uno degli operai, il più giovane, orfano e solo, che si era salvato dalla carneficina perché in quel momento era sottoposto a un interrogatorio a base di ripetuti tratti di corda. Aveva poi finito per ammettere la sua colpa e per tirare in ballo gli altri nove. Vero è che il ricorso alla tortura era stato insolito e particolarmente crudele, essendo la pratica stessa ormai in disuso in tutto lo Stato toscano, e l'interrogatorio parecchio affrettato, senza verbale per inadeguatezza dei carnefici (si ricorse poi a una trascrizione a memoria) e conclusosi tragicamente con la morte dell'inquisito. Il movente dell'omicidio del Taddei pare stesse nel suo comportamento lascivo con le donne degli operai, circostanza che lasciava piuttosto interdetti, perché le donne stesse, pure fra le proteste, i pianti e la disperazione per la morte dei loro uomini, negarono recisamente la cosa, e il Taddei era conosciuto come individuo morigerato, scapolo e assai poco interessato all'altro sesso.

La tragedia non terminò con l'avvenuta uccisione dei presunti colpevoli, ormai per tutti accettati definitivamente come tali, perché le donne e i bambini, senza più chi provvedesse loro, rischiavano di morire di fame, e fu deciso (anche in questo caso affrettatamente) di riportare al più presto in Maremma coloro che provenivano da quella regione, e di accodare ad esse anche le native di Melo o di Cutigliano che erano rimaste vedove.

Questa era la situazione a Melo, sull'Appennino pistoiese, nei pressi della magnifica strada postale dell'Abetone, ormai praticamente ultimata, quando fu preparato un rapporto segreto per Francesco Pratellesi, che prese immediatamente la via per Firenze con un corriere riservato.

Padre Matteo Leonetti, frate e matematico, ansimava pesantemente, perché aveva camminato quasi a passo di corsa – per quanto gli consentiva l'età e la corporatura non certo esile – lungo tutto il Borgo di Piazza, diretto a Palazzo Pitti, la reggia nel centro di Firenze. Era stato convocato dal granduca con la consegna tassativa della puntualità, e teneva stretta al petto una cartella piena di documenti assai delicati, con il terrore che gli cadesse per terra.

Pietro Leopoldo era reduce da un impegno ufficiale con il capo di una legazione straniera e si era cambiato d'abito con l'aiuto di un solo cameriere personale, negli appartamenti privati al piano nobile dell'immenso palazzo, indossando di nuovo il vestito anonimo, quasi dimesso, che portava quotidianamente. Aveva una gran voglia di tornare alla villa del Poggio Imperiale, quella che considerava la sua vera casa, in cui viveva come un borghese insieme alla moglie e ai figli. Leonetti fu ammesso in un piccolo salotto privato, e quando il servo, dopo averlo annunciato, ebbe richiusa la porta alle sue spalle, si prostrò in un profondo inchino. Il granduca fece un rapido gesto con la mano per invitarlo ad assumere un atteggiamento meno formale.

— Mio caro padre, immagino che avrete lavorato tutta la notte...

— Proprio così, vostra altezza. È tutto materiale francese, stavolta, e io ho delle difficoltà con quella lingua.

— Lo so, Leonetti, ma mi fido della vostra proverbiale precisione. Posate quelle carte su un tavolo, che diamine, sarete ben stanco!

Leonetti sorrise e finalmente si liberò del suo delicato fardello. Pietro Leopoldo lo invitò a sedersi e aspettò che il respiro affannoso del vecchio frate si calmasse.

— Dunque, padre, vi ho convocato perché è necessario prepararci a un lavoro della massima delicatezza, di quelli che riguardano solo me e voi.

Il frate non cercò nemmeno di nascondere la sua eccitazione, dopo lunghi mesi dall'ultima volta che il granduca lo aveva coinvolto in qualcosa di veramente segreto: si muoveva sulla sedia come se friggesse. Il giovane Leopoldo, invece, appariva calmo e serio, e lo guardava negli occhi con una punta di preoccupazione.

— Dobbiamo dedicarci a un lavoro davvero importante, e purtroppo con grande urgenza. È bene, in questo momento assai delicato, che nulla trapeli. Ce ne occuperemo domani stesso. Una mia lettera è già nelle mani del rettore: date ordine ai vostri assistenti di sostituirvi *in toto*, e non accennate alla cosa con chicchessia.

Al matematico brillarono gli occhi. Era la promessa di un giardino di delizie.

— Sempre ai vostri ordini, altezza! Con gioia!

— Amico mio, vi prego, moderate il vostro entusiasmo; non saremo chiamati a un gioco intellettuale. Vi presenterete domani da me, alla villa della Petraia.

Adesso Pietro Leopoldo sembrava nervoso, e anche un po' imbarazzato. Controllò l'ora al prezioso *Baillon de Fontenay* d'oro, ottone e smalto che portava in un taschino della sua marsina domestica, legato a una catenella, anche quella d'oro, che si intravedeva appena.

— Ecco, è arrivato il momento di scendere in giardino. Ovviamente non farete parola di questo colloquio con i nostri ospiti.

Il giardino di Boboli, dietro la montagna di pietra rossa del Palazzo Pitti, era disteso su un grande declivio, delimitato in alto, sul crinale dei colli, dal nastro continuo delle severe mura trecentesche che abbracciavano la città anche oltre il fiume. Al di là di quel confine c'erano campi coltivati, piccoli boschi, ruscelli nascosti in piccole valli sempre ombrose, sparsi cascinali e chiese antiche. Nella parte privata della reggia, invece, il grande spazio era stato suddiviso in una griglia razionale, che alternava interpretazioni ben riuscite di boschetti dell'Arcadia a viali e sentieri inghiaiati, che si incrociavano ad angoli retti e si incardinavano in rigida prospettiva su due punti focali: una grande fontana ispirata al ninfeo dell'imperatore Adriano, a Tivoli, e una terrazza panoramica, alta su Firenze. Il granduca aveva da poco aperto al pubblico il parco, esclusa una piccola sezione per sé e per la famiglia, lasciando estasiata tutta la comunità straniera e in specie la colonia britannica.

Matteo Leonetti camminava per i viali più intimi del giardino, alla sinistra del principe, quattro passi indietro. Faceva freddo, e solo i sempreverdi davano colore a quel grande parco che offriva ancora un'immagine vivente dello sfarzo mediceo, tanto osteggiato dallo zelo riformatore dei morigerati sovrani lorenesi. Il frate stava per lo più in silenzio, anche per risparmiare il fiato, ascoltando i suoni lontani della città e quelli più prossimi dei giardinieri al lavoro. Vide due uomini seduti sulla panca di pietra che girava attorno alla grande fontana. Uno era di mezza età, basso di statura ma con occhi vivissimi; il secondo alto e dall'aspetto fiero, lievemente arrogante. Riconobbe subito nei due Francesco Pratellesi e il senatore Francesco Maria Gianni, che era conosciuto da tutti come il vero capo del Governo toscano, così come Pratellesi era il responsabile occulto degli affari riservati. Entrambi uomini di cultura, avevano ricevuto da Pietro Leopoldo un potere enorme: insieme ad altri sapienti, erano i veri padroni della Toscana, nessuna loro decisione poteva essere discussa. E tutto sembrava andare verso la trasformazione del Paese nel più moderno Stato del mondo. Quando vide Gianni, Pietro Leopoldo gli si fece incontro con grande cordialità, le braccia in avanti.

— Oh, eccovi qua! Quali nuove sulle leggi economiche che abbiamo in preparazione?

Il senatore, rilasciato un sorrisino di circostanza, si accostò al granduca, camminando un po' al suo fianco, accanto a un'aiuola ricolma di primule in fiore che spandevano nell'aria un profumo pungente.

— La legge dell'11 marzo ha fatto gridare allo scandalo

parecchi relitti filomedicei — dichiarò con voce ossequiosa. — Ma l'abolizione delle servitù nel contado e nella montagna di Pistoia è stata un'opera di risanamento fra le migliori che vostra altezza abbia concepito.

— Mio caro, che abbiamo concepito, semmai.

Accanto a Pietro Leopoldo e a Gianni camminava Francesco Pratellesi, lo sguardo rivolto a terra, le mani dietro la schiena. Ascoltava, ma intanto poneva mente ai suoi problemi. Dietro al gruppo trotterellava padre Leonetti, a cui il principe, con la testa ormai alla politica interna e alle sue amatissime riforme, non pensava proprio più. Il buon padre scolopio l'aveva capito, ma non poteva certo allontanarsi senza prima essere congedato.

— Altezza, i proventi a sollievo degli abitanti di quei distretti sono stati un'idea tutta vostra, che il governo ha adottato come propria.

— Suvvia, senatore, non facciamoci i complimenti a vicenda, non siamo alla Corte spagnola. Come procede la faccenda della privativa del lavoro dei chiodi?

— Andrà in vigore il prossimo primo luglio, per quanto debba confessare di non aver seguito da vicino l'*iter* del provvedimento.

Gianni non riusciva ancora a capacitarsi di come Leopoldo passasse con tanta naturalezza dalle grandi leggi alle gabelle sui chiodi. Il granduca era un uomo colto, intelligente, e quindi assai curioso. Ma era insaziabile, come per una malattia. Si interessava degli aspetti più minuti del governo di uno Stato piccolo come la Toscana, perfino di particolari che sarebbero parsi trascurabili anche al capo di un'amministrazione comunale.

— Bene, caro amico, rimandiamo a domani sera l'esame dei provvedimenti in corso di attuazione. Ora dobbiamo dare spazio anche alle questioni della sicurezza. Potete andare, se volete.

Gianni si esibì in un impercettibile inchino e si allontanò

verso l'ingresso laterale del giardino, che dava sulla strada, ignorando completamente il timido saluto di padre Leonetti. Il quale, resosi conto che per quei grandi uomini lui ormai non esisteva più, attese quanto poté, quindi tossicchiò leggermente. Ebbe fortuna, perché Leopoldo si voltò e gli sorrise.

— Perdonatemi, padre. Naturalmente anche voi, se lo desiderate, potete tornare ai vostri uffici.

L'inchino di Leonetti fu quasi eccessivo, assai più formale e profondo di quello simbolico di Gianni. Tirò il fiato e fece per voltarsi.

— Solo una cosa, padre — lo trattenne con un sussurro il granduca. — All'appuntamento venite con un piccolo bagaglio. Effetti personali che riterrete strettamente necessari.

Leonetti rimase un momento imbambolato, incerto se chiedere spiegazioni, poi capì che era meglio soprassedere e si allontanò in fretta, pensando all'inquietudine degli altri frati che lo attendevano al convento.

Pratellesi si rivolse al giovane principe sorridendo, con le braccia finalmente distese lungo i fianchi, e Pietro Leopoldo fu altrettanto cordiale. Ma l'età, il rango e l'educazione non gli permettevano di abolire tutti i formalismi a cui era abituato.

— Altezza, non crediate, vi prego, che la vostra politica interna non sia importante anche per me. Anzi, sono certo che si tratti dell'opera che consegnerà il vostro nome alla Storia.

— Amico mio, questo è un momento di svolta per il mondo. Un mondo nuovo, che cambierà radicalmente i rapporti tra gli uomini. — Era tipico del carattere di Pietro Leopoldo evocare i massimi sistemi dietro ogni minuzia, con un eloquio tanto ricercato quanto sincero e sinceramente sentito. Pratellesi lo sapeva, e si adeguava senza proteste. — Mi sarete assai utile fra poco tempo, molto prima di quanto pensiate. I vostri uffici segreti mi sono essenziali; sapete bene quanta antipatia nutra per chi ha la pretesa di controllarmi da fuori, anche con le migliori delle intenzioni.

Pratellesi abbozzò una smorfia che assomigliava a un sorriso, cogliendo il riferimento del granduca ai consiglieri viennesi che aveva dovuto sopportare per tanti anni.

— Altezza, le vostre riforme sono state davvero rivoluzionarie. E ciò benché forze potentissime come la Chiesa vi siano in parte ostili. Però non possiamo tralasciare di guardarci le spalle: l'insidia, il colpo a tradimento, sono sempre possibili.

Un guizzo di malizia brillò per un istante negli occhi chiari del granduca.

— Abbiamo alleati anche nei campi che ufficialmente ci sono avversi.

— So a chi vi riferite, altezza, e sarà certamente un collaboratore aperto al Nuovo come voi lo intendete. Ma altri, a Firenze e a Roma, sono invece dei nemici dichiarati. E poi, naturalmente, ci sono avversari ancora più lontani.

Pietro Leopoldo si fermò e scrutò Pratellesi negli occhi, chinando leggermente la testa.

— Amico mio, vi prego di essere esplicito. Il nostro tempo è prezioso, non sprechiamolo in allusioni vaghe.

Pratellesi sospirò, seguendo a distanza di un passo il principe che aveva ripreso a camminare.

— Mi stanno in pensiero alcuni circoli a voi assai ostili, qui in città. Ho anche motivo di ritenere che la vostra politica estera stia attirando troppe spie nella Dominante. E quando le spie aumentano, significa che qualche esercito è in fermento...

Il granduca si arrestò di colpo e si voltò verso il suo collaboratore.

— La Toscana non ha nulla da temere dai suoi vicini. Siamo piccoli, i nostri armati così deboli da non poter offendere nessuno. Le circostanze ci tengono, per grazia di Dio, fuori dall'immonda oscenità della guerra. Che volete che mi importi se Firenze pullula di spioni? Al diavolo loro, e gli stramaledetti militari, e le corti intriganti che li mettono su. Insomma, Pratellesi, ci siete voi, non è così? Confido nella vostra opera!

Il capo dei servizi segreti, nel suo intimo, ebbe un moto di esultanza per la vittoria strategica appena conquistata.

— Questo scopo, altezza, tenere a bada le spie e i complottatori, interni ed esterni, è la ragione stessa della mia esistenza. Ma le forze non mi bastano.

— E voi chiedete più potere, naturalmente. Amico mio, avete appena ottenuto altri venti uomini per le operazioni riservate...

Pratellesi sembrò ignorare il bonario rimprovero del suo sovrano.

— Sì, mi serve più potere. E la possibilità di avere accesso agli archivi riservati della nobiltà fiorentina.

— Godete già di questa possibilità, se non sbaglio. Ma che vi hanno fatto, i nobili?

— Dobbiamo seguire le mosse di un gruppo di reazionari un po' troppo attivi. Per prevenire cose spiacevoli.

Pietro Leopoldo rise senza ritegno.

— Dio mio, i nobili! Ne avete davvero paura?

— Meglio aver paura che buscarne, altezza. Abbiamo bisogno di poter indagare in tutti gli archivi cittadini senza destare allarme alcuno negli individui che teniamo sotto osservazione, se mi passate l'immagine. Basterebbe che voi aveste la felice idea di nominare alcuni funzionari di rango importante, fra una rosa di nomi che vi fornirei io stesso.

Pietro Leopoldo non rispose subito alle nuove richieste del suo collaboratore. Girò ancora con lui per il grande giardino, osservando da lontano il lavoro di alcuni operai che curavano nelle serre grandi piante di limone in vasi di terracotta, per prepararle alla stagione calda, quando avrebbero rallegrato, con i loro fiori e il profumo dolce e persistente, i giardini più intimi del Palazzo. Arrivò poi l'ora di congedare anche Pratellesi, che ritornò al suo ufficio privato assai soddisfatto, nonostante che per quelle sue ulteriori richieste non avesse ancora ottenuto il consenso del sovrano.

CAPITOLO V

Due uomini erano seduti sulle ruvide panche di legno non verniciato della solitaria chiesa di San Procolo, a Firenze, già sede della confraternita di San Antonio abate, protettore dei macellari. Inginocchiati, uno dietro all'altro, sembravano pregare con fervore.

— Quindi non si sono mossi, e non è prevedibile che lo facciano ora...

— Non si sono mossi nel modo che immaginavamo noi. Magari avevano paura, o non ne erano convinti. Credo che tutto finirà in burletta.

— Siete certo di questo? Non può essere che poi ci ripensino, e si diano da fare tutti insieme?

— Penso proprio di no, li abbiamo tenuti sotto osservazione per molto tempo. Se non lo hanno fatto finora, non lo faranno più. Le cose procederanno per la via alternativa.

L'individuo più anziano esitò un attimo, poi decise che poteva mettere a parte il suo giovane interlocutore della buona notizia appena ricevuta.

— Pare che ci daranno altri uomini, è giusto notizia di ieri.

— Bene, ne abbiamo bisogno.

— In ogni modo, non so se li avremo a disposizione in tempo perché siano davvero utili.

Un silenzio improvviso calò sulla coppia. Una vecchia era entrata e si era messa a pregare all'altare della Vergine. Quando furono certi che non sarebbero stati uditi, i due ripresero a parlare, ma a voce più bassa, quasi sussurrando.

— Le conseguenze potranno essere molto gravi, se tutto non andrà esattamente per il suo verso.

— Questo lasciatelo a noi, voi preoccupatevi solo del vostro lavoro. Le persone più pericolose vanno seguite a ogni ora del giorno e anche della notte, se è necessario.

— Non lo discuto affatto. Vi esprimevo solo i miei timori.

L'uomo più anziano si tolse la parrucca, sospirò e si grattò con ben poco stile il cuoio capelluto.

— Timori che ora non hanno ragione di esistere. Insomma, basta con queste storie, occorre andare avanti senza esitazioni. Ogni persona pericolosa, o in qualche modo potenzialmente delicata, in questa fase non deve essere persa di vista un attimo.

Si alzò per primo e si girò verso l'uscita, senza farsi neppure il segno della croce.

— Ci vediamo qui al prossimo appuntamento.

Il più giovane rimase ancora inginocchiato, da solo, per una buona mezz'ora. Non pregava affatto, ma i suoi pensieri erano comunque gravi. Uscì dalla chiesa solitaria che il sole era già tramontato da un pezzo, e si incamminò verso casa stando sempre rasente ai muri, attento a ogni ombra e a ogni volto che incrociava, la mano stretta sull'impugnatura di un pugnale che teneva nelle pieghe dell'ampia camicia.

Il Lupo comandava i suoi uomini con un potere assoluto che comprendeva il diritto di vita e di morte. Eppure lo seguivano tutti volontariamente: più volte, negli anni, si erano trovati nella possibilità di tradirlo, venderlo a qualcuno dei suoi molti nemici, intascare l'impunità e molto denaro per poi vederlo dondolare settimane intere, cosparso di catrame, appeso a qualche palo. Non avevano mai neppure pensato di farlo, perché il loro capo possedeva un tipo d'autorità naturale, che non ammetteva discussioni né aveva bisogno di dare prova di sé. Il Lupo sembrava derivare il proprio potere da una trasmissione per sangue, per stirpe antica, con un'origine persa nei tempi più lontani, quando erano pochi gli uomini che camminavano per la terra d'Europa, che ancora non aveva quel nome.

Nessuno pensò quindi di contraddirlo quando scelse la torre sopra la scarpata come rifugio e punto di osservazione. Il capo dei briganti non la conosceva, o almeno così aveva detto ai suoi sottoposti. Non la si notava da lontano, ma dalla sua sommità, viceversa, si poteva controllare un orizzonte molto ampio. Camminando per sentieri non segnati, e poi nel fitto della macchia ancora arida, il muro arcano si era parato davanti all'improvviso, dietro delle foglie larghe di rampicanti verdissimi. Sembrava fatto di tanti piccoli mattoni quadrati, murati fra loro in una griglia diagonale, e non era a base quadrata ma circolare. Impiegarono pochi minuti a ripulire il terreno tutto intorno alla costruzione, scoprendo così che subito sotto si aprivano una comoda conca e uno sperone roccioso proiettato come un balcone sulla vallata.

La torre sembrava disabitata da secoli, ma aveva ancora, miracolosamente, un solaio e un piano superiore. Il Lupo decise che quello sarebbe stato il loro rifugio. Mancava poco al tramonto quando i briganti, come animali da tiro instancabili e muti, trasportarono armi, munizioni e attrezzi fino a quell'ignoto rudere, alto eppure invisibile. I due muli furono legati in una radura un poco distante, ma non vennero mai utilizzati. Il Lupo andava e veniva dalla vecchia strada di valico: due volte fra l'alba e mezzogiorno, due volte dopo il calar del sole. Gli uomini ogni volta lo guardavano in volto e capivano che il momento non era ancora giunto.

Padre Matteo Leonetti svolgeva un ruolo insospettabilmente cruciale nella macchina politica di Pietro Leopoldo. Il granduca infatti, aperto e liberale per le cose economiche e comunque interne, si preoccupava in modo ossessivo per la segretezza in politica estera, con una pedanteria che quasi tutti giudicavano francamente patologica.

In verità, ne aveva motivo. L'apparentemente idilliaca Toscana del 1776, che vista con occhi innocenti sembrava proprio il Regno d'Utopia, era affetta da una straordinaria proliferazione di spie ed eversori. La capitale, Firenze, era poi teatro di una rete di intrighi che non risparmiava nessuno, a partire dallo stesso granduca, il quale ovviamente mal tollerava questa fastidiosa ragnatela, e aveva preso le sue contromisure. Senza dargli un nome preciso, Pietro Leopoldo aveva creato un efficiente servizio di controspionaggio, diretto da Francesco Pratellesi, che era utile anche per nutrire i tedeschi con molte informazioni false o fuorvianti, e perfettamente attrezzato per svolgere spionaggio in proprio: rivolto verso le principali capitali europee, naturalmente, ma anche verso l'interno.

Tuttavia, pur avendoli personalmente creati dal nulla, Pietro Leopoldo non si fidava nemmeno dei suoi servizi segreti: certo, riponeva fiducia in Pratellesi, che ne era a capo, ma giudicava i suoi uomini molto insicuri. Così aveva dato vita, in modo ancora più informale, a un ulteriore livello di *intelligence*. Questo si occupava solo delle cose di massima delicatezza, ed aveva una caratteristica davvero singolare: era composto solo da due agenti, ovvero lo stesso granduca e padre Matteo Leonetti, professore di matematica alle Scuole Pie Fiorentine, in corrispondenza con l'Università di Pisa. Leonetti, più anziano di Pratellesi, uomo di Chiesa pio e osservante, nutriva una straordinaria ammirazione per il suo principe e gli era così devoto da obbedirgli sempre col cuore, oltre che con le azioni. Pietro Leopoldo sapeva di poter contare in modo totale su quel frate, tanto umile quanto geniale nella sua scienza, sempre chiuso nel convento e quindi abbastanza al riparo dagli attacchi dell'esercito di spie che infestava i salotti, i teatri, le chiese e praticamente ogni luogo della città.

La mattina dell'8 aprile 1776, padre Matteo Leonetti, col modesto bagaglio di effetti personali che gli era stato ordinato di portare con sé, raggiunse villa La Petraia, dove il granduca lo attendeva con ansia. La grande costruzione medicea era ancora priva dell'animazione di contadini, giardinieri, servitù, e degli strilli acuti dei numerosi figli di Leopoldo, che avrebbe ospitato in estate, e gli parve perciò fredda e triste. Si aspettava un testo in chiaro o solo parzialmente cifrato dallo stesso principe, magari nelle parti più delicate e riservate. Invece Leopoldo gli fece trovare sul tavolo una pergamena con un lungo testo assolutamente incomprensibile. Il povero padre scolopio non riuscì a evitare di aprire la bocca, che rimase per un lungo attimo muta ma spalancata, come se volesse profferire la sua protesta a dispetto del cervello che l'aveva bloccata appena in tempo. Mormorò soltanto una constatazione obiettiva.

— È già in cifra...

Leonetti non aggiunse altro. Si limitò a guardare sconfortato quella serie interminabile di segni senza senso. Aveva già capito cosa era successo e non riusciva a dissimulare la delusione. Il granduca se ne accorse.

— Mi dispiace, ma questo testo è troppo importante. Conoscete bene la mia ossessione per le spie: ho ragione di ritenere che il messaggio, una volta giunto a destinazione, possa correre seri pericoli. Per la vostra stessa sicurezza, è bene che non ne conosciate il contenuto. Se vi può consolare, vi dirò che non ne verranno a conoscenza neppure i consiglieri di Stato, almeno per il momento. Ditemi, padre, voi...

Leopoldo sembrò esitare, pentirsi di quello che stava per dire. Poi alzò entrambe le sopracciglia e fece un gesto con la mano, come per scacciare scrupoli eccessivi.

— Avete ancora tutta la libertà di movimento che vi ho fatto a suo tempo accordare dal rettore delle Scuole Pie?

Leonetti sapeva di potersi assentare quando voleva, di giorno o di notte, senza che nessuno dei suoi confratelli osasse chiedere qualcosa.

— Sì, altezza.

— Bene, allora preparatevi a compiere un piccolo viaggio. Non temete, sarete accompagnato da una persona che gode della mia fiducia.

Il frate fissava il suo sovrano con un misto di curiosità e preoccupazione.

— Mi è lecito chiedere dove dovrò recarmi?

— Anzitutto occupiamoci del nostro lavoro. Subito. Poi rimarrete a dormire qui in villa, e domani mattina vi darò tutte le istruzioni.

— Come potete pensare che io possa passare sopra un affronto di questo genere?

Francesco Pratellesi attendeva che il conte Anziati finisse di sfogare la sua rabbia. Non intendeva sedersi, nonostante il vecchio servo gli avesse offerto la poltrona di riguardo per tre volte, ben oltre quanto prescriveva l'etichetta. Il capo dei servizi segreti di Toscana – per quanto non fossero conosciuti con quel nome e sulla carta addirittura non esistessero – non voleva dare un carattere troppo ufficiale alla visita. Era in quel palazzotto fiorentino, che aveva visto tempi assai migliori, in veste strettamente informale, e restare in piedi sottolineava la precarietà dell'incontro. Il conte Anziati, invece, stava seduto su una poltroncina di velluto rosso vivo, la schiena rigida, i pugni ossuti stretti intorno ai braccioli. Era furioso, ma si sentiva anche assolutamente impotente, e questo, come logico, non faceva che acuire il suo cupo risentimento verso il granduca tedesco. Pratellesi attese che l'anziano nobiluomo si calmasse, poi riprese a parlare, con voce pacata e a ritmo lento, cercando di conservare un tono impersonale.

— Signor conte, è evidente che il nostro sovrano non ammette alcunché. Sapete benissimo che questo non riguarda l'Istituzione che lui rappresenta, ma una prassi antica. Non possiamo intavolare una discussione e stabilire un accordo di massima, se continuate a parlare di affronto. Ed è ora di concludere: è passato oltre un anno da quello spiacevole episodio.

Anziati sibilò un'ingiuria.

— Il principe illuminato, il grande riformatore, a quanto pare fa il suo comodo quando si tratta di affari privati!

— Se volete, signor conte, posso anche tornare un'altra volta. Oppure, sempre se lo gradite, possiamo ricondurre la conversazione sul piano che le compete.

Anziati strinse ancor più forte, fino a sentir male, le vecchie mani sui leoni intagliati due secoli prima nel suo avito sedile. Sapeva che Pratellesi aveva ragione: doveva accettare le regole dell'antico gioco, soprattutto visto che lui era uno dei più accesi fautori della Tradizione, in opposizione al mondo nuovo voluto dal reggitore straniero.

Pratellesi lo vide rilassarsi improvvisamente, e approfittò subito di quella schiarita.

— D'altra parte, signor conte, dobbiamo convenire che il vostro problema è serio. E il granduca intende offrirvi una congrua riparazione. La villa di Montaione, per esempio, potrebbe assicurare alla vostra famiglia il clima e la tranquillità adeguati. È oltretutto ben fornita di servitori, fra cui un giovane moro gigantesco, eccezionalmente abile come primo cameriere. Il granduca sarebbe felice di mettere la casa a vostra completa disposizione, in nome della vostra fedeltà alla sua persona e in omaggio al vostro rango di antico aristocratico.

Anziati, uomo assolutamente estraneo al senso dell'umorismo, non avvertì l'ironia nelle ultime parole di Pratellesi.

— Voglio credere che, in un modo o nell'altro, il vostro principe intenda darmi soddisfazione. E se non gradite che usi questi termini, allora dimenticateveli. L'accordo mi può anche andar bene, su questa linea, purché poi non intervengano ripensamenti.

Francesco Pratellesi pensò, mentre sorrideva conciliante allo spiantatissimo conte Cosimo Anziati, che se Pietro Leopoldo lo avesse voluto, lo avrebbe fatto allontanare da Firenze insieme alla sua troppo giovane moglie, la contessa Fiammetta, in quattro e quattr'otto. Ma lasciò correre, permettendo al vecchio di sfogare il fiume di rabbia che sgorgava dal suo smisurato orgoglio ferito. I pesci piccoli come lui erano talvolta infidi: odiavano il granduca perché le sue temerarie riforme, che sgretolavano giorno dopo giorno privilegi incrostati da secoli, andavano inevitabilmente a detrimento degli interessi di molti, specie di chi viveva su servitù antiche e non produceva alcunché.

L'assolutismo dava al brillante Leopoldo piena libertà di riformare lo Stato in senso moderno. Pratellesi, dentro di sé, indugiò un istante su quel paradosso, che lasciava al principe e ai suoi consiglieri la possibilità di tentare in Toscana un esperimento che non aveva paragoni nella storia d'Europa: il passaggio dalla vecchia monarchia inefficiente a uno Stato fondato sulla produzione, la libertà imprenditoriale e l'abolizione dei privilegi. Era un sogno che molti trovavano entusiasmante, e che si stava realizzando in pieno. Sapeva però, a differenza di Pietro Leopoldo, che c'era un'altra faccia di quella bella favola idealista: chi era ostile alle novità doveva essere controllato e neutralizzato, e certamente era suo dovere mettere sotto osservazione i tipi come il conte Anziati e i suoi amici, che sospettava coltivassero velleità cospiratorie. La sorveglianza sarebbe stata ovviamente assai più rigorosa se qualcuno avesse pensato di attentare addirittura alla sacralità della Corona. Doveva vagliare la possibilità di infiltrare degli uomini nei posti giusti, e non lasciare che le cose andassero per proprio conto, ma anzi sfruttarle a proprio vantaggio.

La vita del conte Anziati era diventata frenetica, e certo la novità non gli era gradita. Solo la prospettiva di ritirarsi nella tranquilla Montaione non lo disturbava affatto, a differenza di sua moglie, che non mancava di rinfacciargli la sua inettitudine, la sua povertà e, assai crudelmente, la sua vecchiaia. Il giorno in cui la notizia del grave fatto di sangue nei pressi di Cutigliano, sull'Appennino pistoiese, divenne di dominio pubblico – a dispetto degli sforzi di Pratellesi per mantenere il segreto – il conte fu tra i pochi a non venir raggiunto dal passaparola: era chiuso nel suo studio a consultare tutte le sue carte e a preparare dei mucchi di documenti destinati alla distruzione, in vista del trasloco. Non si aspettava la visita del mercante veneziano, ma non si stupì affatto quando questi gli fu annunciato.

Il giovane Scarpa entrò nello studio di Anziati con un'espressione assai preoccupata stampata in volto. Questo al conte parve singolare, perché quel veneziano, a lui sommamente odioso, sfoggiava sempre un'allegria artificiale.

— Siamo nei guai — esordì Scarpa senza alcun rispetto per il *bon ton*.

Anziati non tradì alcuna emozione visibile. Solo ostentò un lieve stupore.

— A cosa vi riferite?

— Oh, la notizia probabilmente non è ancora di dominio pubblico, mi rendo conto. Ma non vi è stata portata da qualche vostro fattore?

— Insomma, che intendete dire?

— Il sovrintendente alla costruzione della strada è morto ammazzato. Il fatto è avvenuto proprio vicino ai poderi di Melo.

— E allora? Questo cosa significa? Per noi… cosa cambia?

Scarpa diventò ancora più cupo. Non c'era più traccia del suo consueto tono sarcastico, e fissò dritto negli occhi il vecchio aristocratico, che invece lo sfuggiva.

— Avete lasciato qualcosa di scritto in giro? Qui in casa, o su a Melo?

— Cosa dite? Ma insomma, io dovrei entrarci in qualche modo in questa faccenda?

— Se qualcuno collega voi al sovrintendente, ci entrate eccome, amico mio.

— E voi no? Ci siete anche voi, nella partita.

— Io non ho ancora comprato nulla… e non lo farò più di certo, a questo punto.

Il conte Anziati lasciò cadere per terra le carte che aveva ancora in mano.

— Voi, miserabile…

— Calmo, conte, calmo. Risparmiatemi la scena dell'aristocratico offeso. Distruggete tutto quello che avete in casa e che riguarda i nostri affari. Io farò lo stesso con le mie carte.

— Ma io non ho nulla di cui rimproverarmi.

Scarpa tornò a sorridere amaramente.

— Dite? Giurereste su di me? Io non lo farei su di voi.

— Impertinente, vile plebeo!

— *Merde*! — sbottò Scarpa in francese, come per accreditare ai suoi modi diretti una nota di eleganza snobistica, che mal si conciliava col tutto resto. — Signor conte, il sovrintendente è morto ammazzato, e il fatto che sia stato ucciso sulle vostre terre, o molto vicino ad esse, non ci aiuta affatto. Di conseguenza, voi farete quello che vi dico, qualsiasi cosa succeda su a Melo...

— Chi siete voi, per darmi ordini?

— Un uomo che guarda lontano ma non distoglie lo sguardo da quello che ha sotto gli occhi. Datemi retta, nel vostro stesso interesse. So quel che faccio.

L'anziano aristocratico fiorentino, subito dopo il colloquio con Vincenzo Scarpa, cercò di mettersi in contatto con i suoi uomini a Cutigliano e nel vicino villaggio montano di Melo, dove erano le sue terre. Faticò tutta la mattina per trovare un messaggero abbastanza fidato che potesse andare e tornare nel giro di un giorno. Per pagarlo, fu costretto a ricorrere a fondi di emergenza che aveva giurato a se stesso di non toccare. Ma si trattava appunto di una cosa grave, e urgente.

Il messaggero fu individuato nella persona di Matteo Ceccherini, che era figlio di un contadino della fattoria del conte Lanteri, amico di Anziati. Il Ceccherini era un giovanotto di spalla tonda, che aveva poca voglia di continuare il duro lavoro di suo padre e dei suoi antenati, e cercava in ogni modo di arrangiarsi, di farsi benvolere dal padrone e dai suoi amici, ed era felice se poteva svolgere, appunto, qualche commissione in città o fuori, approfittando per prendersi qualche svago. Il giovanotto ebbe un cavallo e venti scudi per ogni evenienza, e all'alba del 10 aprile partì per Pistoia, con la consegna di fare il più presto possibile.

Matteo Ceccherini, leggermente ubriaco, bussò alla porta del conte Anziati a notte fonda. Aveva dovuto chiedere un permesso speciale per poter entrare in città ed era disfatto dalla stanchezza.

— Ho visto il capitano di giustizia. Gli ho riferito il vostro messaggio.

— E la risposta? Dimmi la risposta!

— Non mi ha dato alcuna risposta, signor conte. Mi ha ordinato di tornare subito a Firenze.

— Ma ti sei spiegato bene? Gli hai consegnato il biglietto?

— Sì, e lui mi ha detto di riferirvi che è sempre servo vostro, e che farà di tutto per favorirvi. Ma ha detto anche che la giustizia deve fare il suo corso. Ha aggiunto che non dovete preoccuparvi di nulla, giacché nessuno si permetterà di ficcare il naso in casa vostra.

Anziati spalancò gli occhi per la sorpresa.

— Tutto qui?

— Tutto qui, signor conte.

— Ma il biglietto, il biglietto, lo ha visto?

Il giovane contadino fissava l'anziano aristocratico con un'aria fin troppo scopertamente infastidita.

— Ve l'ho già spiegato, signor conte. L'ha preso e l'ha letto, quindi mi ha riferito quelle cose che vi ho raccontato or ora.

Per Anziati erano giornate troppo pesanti; in vita sua non aveva mai dovuto sopportare simili strapazzi, e di tutto ciò faceva sempre una colpa al granduca straniero e alla sua cricca di senza Dio, ai malvagi mercanti forestieri, al destino maledetto. Quella notte pianse, guardando dalla finestra la bianca e lenta luna nel cielo turchino di Firenze addormentata.

CAPITOLO VI

Il messaggio che il granduca doveva spedire nell'aprile del 1776 era straordinariamente lungo rispetto a quelli che padre Leonetti aveva cifrato in precedenza. Anche questo sconcertò il buon frate, uomo di curiosità pari almeno alla grande intelligenza. Il testo originale, già in partenza apparentemente senza senso, era disteso su un grande tavolo. Leonetti e Pietro Leopoldo, con l'aiuto di alcuni singolari dischi di rame e della chiave concordata in precedenza col destinatario, lo codificarono ulteriormente: il frate via via scriveva la cifra risultante su sottili strisce di carta, che il granduca provvedeva a copiare su un altro foglio di pergamena. Una preoccupazione decisamente eccessiva, quest'ultima, ma che dava a Leopoldo l'illusione di rendere ancora più oscuro, al buon padre Leonetti, il contenuto del testo da cifrare. Per completare l'opera ci vollero diverse ore, perché non era tollerabile la minima svista, se si voleva che poi il testo potesse essere messo di nuovo in chiaro dai destinatari. Alla fine il granduca raccolse tutte le strisce, le mise in un vaso di ceramica e passò la pergamena scritta di suo pugno a Leonetti, che gli consegnò quella di partenza. Per sicurezza, fu fatto un doppio conteggio totale dei caratteri nei due testi: il conto tornava, le lettere risultarono ben 6916 in entrambi.

Il frate fu congedato, e quando il principe rimase solo osservò le due pergamene, quella cifrata in modo semplice da lui stesso e quella “sicura”, passata attraverso le abili e velocissime mani di Leonetti. Dette un’occhiata preoccupata al vaso che conteneva le strisce col testo in cifra. Non si trattava delle uniche copie esistenti di quello scritto tanto importante: una, in chiaro, era nel suo studiolo segreto a Palazzo Pitti, inaccessibile a chiunque. Per un’elementare misura di sicurezza, il granduca chiamò il suo segretario e gli ordinò di bruciare in sua presenza le strisce di carta nel grande vaso. Osservò le fiamme gialle e azzurre che danzavano ignare su quei nastri tanto carichi di cuore e di intelletto, e gettò nel piccolo falò anche la pergamena che era servita da base per la cifratura. La sala si era riempita di un fumo acre, e due servitori si precipitarono a spalancare le imposte. Ma fu lo stesso Pietro Leopoldo a disperdere le ceneri da una finestra, con la stessa solennità che avrebbe riservato ai resti di un eroe omerico consumato su una pira.

Il granduca trattenne padre Leonetti per la notte a villa La Petraia, ma la mattina dopo lo fece svegliare di buon’ora per la sua missione. Lo ricevette in una grande sala che dava sulla terrazza, inondata dal sole. Su un lungo tavolo di noce c’erano un lasciapassare firmato, una borsa con del denaro e una busta azzurra. Pietro Leopoldo era in piedi, e non aveva intenzione di far perdere troppo tempo al povero frate e geniale matematico.

— Bene, amico mio, ora vi prenderete una breve vacanza. Viaggerete sotto falso nome, come mercante di stoffe di Siena, e porterete personalmente con voi un plico, da consegnare a Livorno. Tornerete a Firenze nelle vesti del capitano Bonfigli della guardia granducale, per maggiore sicurezza.

Le istruzioni impartite a Matteo Leonetti, per quanto sconcertanti, non prevedevano una risposta, ma il religioso non poté fare a meno di interloquire, interdetto.

— Altezza, le mie vesti…

— Rassicuratevi, padre. L’Altissimo non avrà nulla da ridire, vista la buona causa per la quale agirete. Troverete un bell’abito borghese della vostra taglia, su in camera, così starete a posto con la coscienza.

Leonetti scosse la testa più volte, poi si inchinò alla volontà del suo principe. Pietro Leopoldo gli porse la busta azzurra.

— Prendete questa e nascondetevela bene addosso. Con voi verrà un uomo di mia fiducia, che fingerete sia il vostro segretario: lasciate fare tutto a lui, una volta che giungerete a Livorno. Tornate pure con comodo, se troverete il viaggio troppo faticoso per le vostre energie.

Il frate ritenne che fosse tutto e si apprestò a salutare il granduca accennando a un inchino, ma Leopoldo gli fece capire con la mano di aspettare.

— Conoscete l'ostello degli indigenti, a Firenze, dove alloggiano gli stranieri di passaggio?

Leonetti aveva saputo della fama non proprio cristallina del luogo, e si preoccupò di quello che il principe gli avrebbe chiesto di fare.

— Non temete, non vi domando nulla di insolito. Ci vedremo prossimamente in città, alla funzione di ringraziamento presso la Santissima Annunziata, per la passata malattia del principino. In quell'occasione, quando nessuno baderà alle persone che mi saranno intorno, vi avvicinerete a me e io vi passerò un plico. Un altro incarico, padre, assai semplice ma della massima importanza. Cercherete un uomo che alloggia all'ostello sotto il nome di André Duchamp e gli consegnerete subito quel pacchetto. Ma ora andate, il viaggio è lungo.

Detto questo, Pietro Leopoldo uscì dalla stanza senza badare al profondo inchino del frate. Il quale ferveva di devozione per il suo principe e non voleva assolutamente deluderlo, ma al pensiero della missione che lo attendeva, aveva gli occhi pieni di lacrime.

Padre Matteo Leonetti, prostrato, stremato dalla nausea e dai dolori in tutto il corpo, giunse in vista della città di Livorno dopo un giorno intero di viaggio lungo strade che, per molti tratti, non meritavano certo quel nome. Si era domandato più volte, lungo il tragitto, se si stava recando davvero in uno dei maggiori porti del Tirreno, frequentato da navi mercantili e militari di moltissimi Paesi, una città che tanti stranieri decantavano come amabile, ricca, fiorente di ogni genere di commerci. In certi momenti sembrava invece che la sua carrozza stesse andando in un villaggio sperduto, percorrendo a fatica sentieri di campagna e guadando piccoli corsi d'acqua.

Non fu in grado di godere del magnifico ingresso in città, attraverso i potenti bastioni e poi le strade contorte ma piene di vita, fra ponti e canali che pareva d'essere a Venezia: Leonetti aveva superato il suo limite di resistenza e dormiva profondamente, nonostante gli scossoni del legno, le urla del cocchiere e del suo accompagnatore, gli schiamazzi della folla nelle strade, che a stento lasciava un varco per proseguire. D'altra parte era già passato da un pezzo il tramonto, e neanche Livorno godeva di una vera e propria illuminazione pubblica. Il suo falso segretario lo svegliò, con la massima delicatezza possibile in un frangente come quello, quando erano ormai davanti all'albergo che li avrebbe ospitati per il resto della notte. Era un vero e proprio hotel, non una locanda con camere, che si fregiava col nome *La Feluca* ed esibiva qualche pretesa di eleganza. Nonostante ciò, Leonetti tremava di imbarazzo quando varcò il portone, mentre la poca merce che trasportava veniva scaricata dal cocchiere con l'aiuto di alcuni inservienti. Cercò di non guardare affatto le signore presenti, cosa che suscitò perfino qualche ilarità fra i clienti dell'albergo, quasi tutti stranieri e per lo più inglesi. Poi fu scortato fino in camera e, senza quasi avvedersene, ripiombò in un profondissimo sonno. Tutte le formalità furono svolte dall'agente granducale che recitava la parte del suo segretario, compresi gli accordi per trasportare il piccolo carico di sete fiorentine alla nave che attendeva nel porto.

La mattina dopo, non troppo di buon'ora, il frate in incognito e il suo accompagnatore uscirono dall'albergo e si diressero a piedi verso la darsena. Attraversarono il quartiere chiamato "delle Venezie", proprio perché intersecato da decine di ponti e canali, facendosi largo quasi a gomitate fra la gente che si muoveva incessantemente in ogni direzione. Leonetti sentì un odore nauseabondo, all'inizio quasi inavvertibile, ma per lui già foriero di problemi per il suo stomaco tutt'altro che saldo. Erano gli effluvi del porto vecchio, a nord della città, ormai da anni impaludato. Quegli odori si mescolavano alla pungente ma salubre salsedine che annunciava la prossimità del mare, e difatti, dopo pochi minuti, i due viaggiatori sotto mentite spoglie si trovarono davanti alla darsena.

Il sole già alto faceva brillare di lame la distesa d'acqua, delimitata all'orizzonte dal grande molo, parallelo alla linea degli ormeggi, e dalla fortezza detta "del Granatiere" che chiudeva l'ex porto mediceo. Quando ebbe abituato gli occhi all'improvvisa luce, dopo il dedalo delle viuzze sempre ombrose, Leonetti vide gli scheletri neri delle alberature delle navi: quelle piccole ormeggiate in darsena, proprio davanti a lui, quelle grandi nel vero e proprio porto, ondeggianti lievemente alla brezza che faceva correre le rare nubi bianche nel cielo. Il frate e il suo segretario superarono di buona lena la statua dei Quattro Mori, nera anch'essa contro il sole, e raggiunsero i navicelli che avrebbero trasportato il loro carico al legno ormeggiato nel porto, al di là del molo di Cosimo II.

Certa corrispondenza riservata del granduca non si avvaleva dei normali canali diplomatici, e tanto meno dei corrieri o del servizio postale. La città di Livorno era il principale porto dello

Stato, e uno dei più importanti del mondo: vi facevano capo traffici per tutto il Mediterraneo, ma anche per il Vicino Oriente, le isole britanniche e le colonie americane. Già dagli anni della Reggenza la flotta militare era stata assai ridotta, ma esisteva ancora una nave capace di attraversare l'oceano: ufficialmente faceva parte della flotta mercantile di un facoltoso armatore livornese, assai fedele ai Lorena per i favori ricevuti nella sua attività, ma soprattutto perché profondamente convinto della bontà della politica riformatrice del principe. La nave, benché l'equipaggio fosse composto esclusivamente di uomini dipendenti da Palazzo Vecchio e indirettamente agli ordini di Francesco Pratellesi, faceva davvero il lavoro di "copertura", e in pochi anni aveva contribuito in modo non indifferente alle ricchezze del suo proprietario, riuscendo comunque a finanziare da sola le proprie spedizioni. La flotta commerciale toscana, a causa dell'amicizia dimostrata da Pietro Leopoldo per le irrequiete colonie americane, era oggetto della sorveglianza discreta degli inglesi, ma anche le altre potenze marinare non disdegnavano di tenerla sotto controllo. Mai nessuno, però, si era azzardato ad assalire una nave e a perquisirla, così che a Firenze e altrove si riteneva, con una certa ragione, che si trattasse di vettori sicuri.

Il sedicente segretario di Leonetti affidò i due bauli del carico a una delle barche che facevano la spola fra il porto e la darsena, dove gli scafi più grandi non potevano entrare per i fondali troppo bassi. Si occupò lui del carico delle stoffe sul vascello, compresi l'inventario, la firma dei documenti di viaggio e tutti gli altri adempimenti formali. Il frate pensava di dover consegnare in quel momento la busta, e si avvicinò all'uomo a cui era stato affidato da Pietro Leopoldo, ma questi gli fece silenziosamente cenno di no con la testa e lo invitò ad andare insieme a un ufficiale, che era sbarcato appositamente dalla nave dei Servizi, fino alla vicina caserma. Lì fu invitato a togliersi gli abiti e a indossare una divisa, che trovò ancora più scomoda dei panni borghesi: mentre assumeva la nuova identità del capitano Bonfigli della guardia granducale, uno dei mozzi della nave del vascello venne a ritirare la busta di tela cerata, azzurra, con il grosso sigillo di ceralacca che portava impresso il simbolo dei Lorena.

Il travestito Leonetti, che non si divertiva affatto a quella mascherata, si preparò a trascorrere un altro giorno e un'altra notte a Livorno. I militari, invece di ospitarlo in caserma, lo scortarono fino a un altro albergo di buon livello, il *Gambero Rosso*, a ridosso del porto mediceo. Purtroppo il palazzo sorgeva in un angolo in cui si avvertivano più forti i cattivi odori che tormentavano lo stomaco del povero padre, il quale fu costretto a farsi portare dell'aceto aromatico da una vicina farmacia e a tenere sempre davanti al naso un fazzoletto intinto nel prezioso liquido. Fu lasciato solo che non era ancora calato il sole, e Leonetti, che non era avvezzo alle auree regole delle spie e degli agenti segreti, dimenticò che stava impersonando un'altra identità e si incamminò fino alla più vicina chiesa, allo scopo di pregare. Aveva conservato il suo rosario di madreperla e rimase per mezz'ora seduto su una panca di una fila centrale. Non si accorse affatto, tormentato dalla nausea, con gli occhi irritati dai vapori dell'aceto, stanco, confuso, dolorante, impaziente di ritornare a Firenze, di un devoto inginocchiato due posti indietro, che si alzò un attimo dopo di lui e iniziò a seguirlo.

Cominciava a farsi tardi, e Leonetti divenne nervoso. Fu probabilmente quell'inquietudine che lo spinse a voltarsi di scatto più volte, cosicché alla fine si accorse dell'uomo, che gli parve subito uno straniero. Lì per lì non si seppe spiegare il motivo della propria inquietudine, poi finalmente si ricordò con disperazione che si trovava a Livorno, travestito da militare, per un incarico della massima segretezza. Pensò con orrore che probabilmente quell'individuo lo seguiva da chissà quanto tempo. Per mettere alla prova i suoi sospetti, cercò di non dare a vedere che si era accorto del pedinamento, ma la nausea che provava ininterrotta da tante ore, unita all'ansia per la nuova complicazione, divenne sempre più forte: arrivarono dei veri e propri conati di vomito, e Leonetti affrettò il passo per tornare all'albergo dove aveva appuntamento con l'uomo che gli faceva da segretario. Improvvisamente, la strada cominciò a girare sotto di lui come una di quelle macchine dei saltimbanchi per il divertimento dei contadini che venivano in città per la fiera, e il frate piombò a terra quasi senza accorgersene.

Quando si risvegliò, respirava con fatica. Giaceva riverso sulla strada e stringeva forte il suo rosario di madreperla. Probabilmente era rimasto svenuto solo pochi istanti, perché sopra di lui c'era un circolo di teste nere che lo guardavano stupite, contro il doloroso bianco del cielo. Tutto era stranamente muto, poi d'un tratto scoppiarono i suoni, le voci dei suoi soccorritori che lo interrogavano, e due forti braccia cercarono di sollevarlo. In quel momento scorse di nuovo il volto del suo pedinatore che lo scrutava, e dovette assumere un'aria decisamente spaventata, perché questi sparì come d'incanto. Il religioso non si era mai sentito tanto male come allora, ma sapeva che il suo dovere era di avvertire il granduca, una volta tornato a Firenze: cercò di memorizzare l'aspetto dell'uomo, cosa che per lui costituiva un esercizio di grande facilità, nonostante il suo stato.

Leonetti ebbe abbastanza sangue freddo da non tradirsi, almeno coi suoi soccorritori, e conservò la sua identità di militare in visita a Livorno fino all'albergo, dove fu letteralmente trasportato di peso da un gruppo di popolani e gentiluomini, alcuni dei quali sicuramente stranieri, che vociavano per farsi largo tra la folla dei curiosi. Rimase in camera tutto il resto della giornata, e via via che le ore passavano, si rese conto di quanto era stato maldestro e imprudente. Così, quando arrivò il suo segretario, anch'egli stanco morto, evitò di raccontargli quanto era accaduto ripromettendosi di farne parola direttamente al granduca.

Quella notte il buon frate non dormì affatto. Arrivò a Firenze nel pomeriggio del 12 aprile 1776, affranto e demoralizzato, dopo un viaggio di ritorno altrettanto terribile di quello di andata. Alla villa della Petraia il principe non c'era: un servo lo aiutò a liberarsi della ridicola divisa militare e a indossare di nuovo l'abito religioso, e infine fu riportato in carrozza nel convento degli Scolopi. Quando il cocchiere aprì lo sportello, lo trovò che russava sonoramente, nonostante l'ora e il sole splendente.

Il Lupo aveva visto la guerra in varie parti d'Europa. Aveva incontrato, arruolato, arricchito, ucciso soldati d'ogni razza e religione: mercenari, truppe regolari, sbandati e disertori. Con loro aveva rischiato la vita e spartito bottini, armi e donne. Conosceva le vie che attraversavano il Continente, dai monti Urali ai Pirenei e oltre, dalle coste fredde del Baltico a quelle del mar Nero. E i valichi alpini, i villaggi dimenticati del Caucaso, le vie di lago. Ma sapeva anche dei passaggi mai segnati su carte, almeno da millenni: sentieri che a volte erano a conoscenza dei pastori e di qualche contadino per tratti trascurabili, da un cascinale a un orto o a un bosco, ma che nel loro sviluppo complessivo, talora lunghissimo, sembravano come frantumati dal tempo, sommersi dalle città, cancellati dall'erba o franati con le rocce, invisibili per tutti quelli che non sapevano individuarli nelle ombre innaturali degli alberi, nell'altezza diseguale del sottobosco, nei percorsi obbligati dei daini e dei cervi. Nemmeno i suoi uomini, bestioni quasi selvatici, avvezzi a ubbidire e spesso tutt'uno con la natura aspra dei monti e dei boschi, erano in grado di farlo; lui invece procedeva sempre con sicurezza, senza la minima esitazione, come se avesse già percorso, nella sua pur breve vita, tutta l'intricata rete di collegamenti che facevano muovere i popoli fin dall'epoca in cui si scambiava la pietra ossidiana con l'ambra del nord, e le armi erano fatte di selce scheggiata.

Il Lupo prese due uomini, quelli più svegli e pronti a uccidere, e per la prima volta li portò con sé in uno dei frequenti spostamenti fra la torre e la strada di valico. Insegnò loro un sentiero che era appena distinguibile, fra rocce e borri profondi, così che potessero a loro volta guidare gli altri. Poi tornò al campo base, nella torre romana, e fece caricare i muli con le armi, gli attrezzi e delle provviste. Non aveva visto il segnale, ma qualcosa di indefinibile lo avvertiva che l'ora era prossima.

Pietro Leopoldo, nel suo studio segreto che chiamava "degli scandali", era solo con i suoi armadi pieni di incartamenti di ogni genere: lettere personali e anonime, missive segrete, libelli diffamatori sulla sua persona, delazioni di ogni genere, il tutto accuratamente catalogato sui ripiani di legno. Guardò più volte i due grandi fogli di pergamena che aveva davanti: uno era il testo cifrato da Leonetti, e non poté reprimere un gesto di trionfo, perché era proprio un magnifico lavoro; l'altro la copia in chiaro. Pensò con una certa preoccupazione a quel che sarebbe successo quando quel testo sarebbe diventato pubblico, ma decise che ne valeva comunque la pena, e che ormai i giochi erano fatti. Aveva bruciato la copia di lavoro e le strisce di carta usate per confondere le idee al frate e matematico, ma non aveva resistito alla tentazione di conservare la versione in chiaro del testo. Ripose entrambi i fogli in una busta di tela cerata azzurra, del tutto analoga a quella che stava per attraversare l'oceano, e la chiuse in un cassetto segreto.

Era già l'una di notte quando scese nell'atrio del palazzo ed entrò in un altro studiolo privato, annunciato da uno dei suoi camerieri personali. Il messaggero americano, che lo attendeva da due ore col cuore pieno di sconforto, si alzò immediatamente in piedi.

— Sedetevi, vi prego. Penso di dovervi una spiegazione per il mio silenzio di questi giorni.

Duchamp, mortalmente stanco, non solo per l'ora e l'attesa, fece cenno di sì con la testa, non sapendo che così facendo infrangeva una ferrea etichetta. Pietro Leopoldo sorrise indulgente.

— Il documento non vi è stato ancora consegnato, perché, nonostante tutte le vostre cautele, potreste essere controllato da spie inglesi. E non solo da loro, ovviamente. Per cui ho cercato di mandarle fuori pista, e penso di esserci riuscito.

L'americano di sangue francese osservava il volto di quel giovane principe tedesco, ben diverso dall'idea che della categoria si era formato in America. Gli sarebbe piaciuto vederlo a cavallo in Virginia, a caccia di lepri e scoiattoli: lui era bravissimo a ucciderli e a scuoiarli sul posto con un coltello affilatissimo che portava sempre con sé. Forse anche quell'aristocratico europeo se la sarebbe cavata bene, dopotutto.

— La nave è già partita da Livorno, con un foglio pieno di sciocchezze, chiuso in una busta col mio sigillo e nascosto da qualche parte nella stiva, perché, nel caso, sia semplice trovarlo. Spero che non consideriate eccessiva la mia prudenza, ma dopo quello che probabilmente è successo al precedente invio, non credo di aver torto.

Il messaggero provò un sollievo indicibile a quelle parole, mentre Pietro Leopoldo si pentiva ancora in cuor suo per l'inganno – a fin di bene – perpetrato ai danni del suo fidato Leonetti.

— Sono certo che il corriere che ho utilizzato ha attratto l'attenzione di tutti, nel raggio di cento miglia.

Duchamp abbassò lo sguardo, apparentemente mortificato.

— Partirete dunque per le Colonie fra poco più di una settimana, ad acque calme, con un imbarco qualsiasi, dopo che le spie, sicuramente ormai dietro alla nave di Livorno come segugi, si saranno convinte che voi non siete stato incaricato di riportare alcunché in patria. Avrete il testo da uno dei miei collaboratori più stretti e…

— Perché non mi date ora il documento?

Il messaggero aveva interrotto il granduca: un atto gravissimo, in altre corti e con altri principi. Ma Pietro Leopoldo lasciò correre, mostrandosi solo lievemente irritato.

— Ci sono troppe spie, sono dappertutto, probabilmente circondano addirittura il Palazzo, e badate che non sto scherzando. Appena uscirete di qui sarete seguito da cento occhi; non vi pare stupido rischiare, anche se tutti pensano che le carte siano già in viaggio? Un mio incaricato vi verrà a trovare alla vostra residenza subito dopo la cerimonia del ringraziamento alla Santissima Annunziata, fra dieci giorni.

Pietro Leopoldo estrasse il suo magnifico orologio e ammirò la finezza del quadrante di porcellana.

— Non vi trattengo più, data l'ora assai tarda.

Il granduca si alzò in piedi, e Duchamp fece subito altrettanto, senza profferire parola. Si inchinò e uscì dalla stanza, accompagnato da uno dei camerieri del Palazzo.

Il principe, tornato nello studio "degli scandali", pensò che forse poteva fare a meno di conservare i documenti nel cassetto. Del resto, proprio quella sera aveva l'occasione per mettere alla prova la bontà di un'idea che lo solleticava per la sua bizzarria. Tornò al primo piano di Palazzo Pitti, superò gli appartamenti privati dove dormivano ormai da ore la moglie Maria Luisa, infanta di Spagna, con i già numerosi figli, e raggiunse la rimessa delle carrozze.

Uscì con un legno anonimo che lo attendeva fin dal tardo pomeriggio, ma ne scese appena voltato l'angolo della piazza.

Rientrò nel palazzo da un ingresso secondario, e tramite vari passaggi più o meno segreti usati cento volte, dopo pochi minuti raggiunse la casa dove lo attendeva lady Gwendolyn Ausbury. Entrò nella stanza, mentre il cocchiere e un uomo armato proseguivano la loro corsa notturna senza nessuno a bordo, fermandosi poi in un luogo fuori mano vicino alle mura cittadine, per legare i cavalli agli anelli di ferro di un palazzo e fumarsi un sigaro alla luce della luna.

Pietro Leopoldo trovò Gwendolyn sdraiata su un divano con l'edizione originale di *The Common Sense* di Thomas Paine, che le aveva prestato lui stesso. Le dette un bacio appena sfiorato sul naso, ma prima di togliersi la marsina, incurante delle vivaci proteste della donna, aprì un armadio che conteneva una parte del guardaroba dell'aristocratica: un paio dei suoi abiti di foggia maschile, ma anche alcune sottovesti, due sciarpe bianche di seta, della candida biancheria che emanava un piacevole profumo di lavanda. Il granduca cercava però qualcos'altro: un grande specchio, impreziosito da una ricca cornice di foglia d'oro che occupava buona parte della parete del mobile, dal lato del letto. Osservò attentamente la sua immagine riflessa, ma il suo abito non rivelava alcunché: il segreto era al sicuro. Al più fidato dei suoi sarti aveva ordinato personalmente, durante la prova delle nuove marsine da casa e da viaggio, di cucirgli delle tasche occulte, fra il tessuto e la fodera. Indossava proprio uno di quei capi, in quel momento. La busta azzurra riposava nella tasca segreta, provvista di un nastro che ne assicurava la chiusura. Passò la mano sul ruvido tessuto, non sentì alcun rilievo e gli sembrava proprio che niente si notasse da fuori. Fu in quel momento che decise che avrebbe portato la busta, con le due versioni del documento, sempre con sé.

L'incoercibile curiosità, difetto certo non unico fra quelli accuratamente celati al prossimo e che lo tormentavano, fu un vero rovello per padre Leonetti, tornato alla quieta vita del convento delle Scuole Pie Fiorentine, già residenza del disciolto Ordine della Compagnia di Gesù, dopo l'angoscia del viaggio a Livorno. Il cifrista sapeva infatti di poter comunque ricostruire quel misterioso testo, della cui conoscenza evidentemente non era stato ritenuto degno. Per ore e ore, in lui, l'acuta intelligenza lottò con la lealtà verso il suo principe, che gli imponeva di non fare alcunché. La curiosità morbosa impediva al padre scolopio di lasciar perdere e di pensare alle sue ordinarie occupazioni, e allo stesso tempo il senso di colpa lo affliggeva come la puntura di cento spine.

Naturalmente fu il senso del dovere a soccombere. Per varie sere, nel suo studio di matematico, Leonetti fece il punto delle proprie conoscenze. Pietro Leopoldo, fra i suoi numerosi interessi, aveva coltivato in special modo quello rivolto alla crittografia, o più generalmente alle tecniche di occultazione dei messaggi. Era un vero e proprio maniaco degli inchiostri "simpatici", ma le sue ricerche avevano preso una strada decisamente più impegnativa quando aveva trovato, nei ripostigli di Palazzo Vecchio, quelli che all'inizio gli erano parsi degli strani gioielli: alcuni medaglioni appartenuti, tre secoli prima, niente meno che a Leon Battista Alberti. Si trattava di apparecchi fatti costruire dal grande scienziato per mettere in pratica le sue idee rivoluzionarie sulla crittografia, che non aveva mai portato a compimento, e Pietro Leopoldo, affascinato da quel mistero, aveva preso la decisione di servirsene. Aveva individuato in padre Leonetti un autentico genio matematico, avido di conoscenze, con la mente aperta a ogni tipo di sperimentazione, e lo aveva preso sotto la sua personale tutela, avendo cura di isolarlo il più possibile dagli altri suoi consiglieri.

I "gioielli" di Leon Battista Alberti erano dei semplicissimi strumenti, ciascuno costituito da una coppia di dischi di rame concentrici e liberamente rotanti. Sul bordo di ogni disco era incisa una serie di 24 simboli: l'alfabeto più alcune cifre. Negli strumenti meno complicati, probabilmente versioni primitive dell'invenzione, i simboli erano in ordine alfabetico su entrambi gli anelli; in quelli più sofisticati, la sequenza di simboli degli anelli interni era invece casuale. Nemmeno il talento di Leonetti, in assenza degli introvabili appunti dell'Alberti, era riuscito a ricostruire il geniale cifrario polialfabetico inventato dal crittologo fiorentino nel Quattrocento; per ironia della sorte, il brillante e robusto metodo di Alberti sarebbe rimasto incompreso per quattro secoli. Pietro Leopoldo e il suo segretario utilizzavano questi oggetti affascinanti in maniera del tutto banale rispetto alle intenzioni del loro creatore, come ignari bambini che giocassero alla trottola con gli ingranaggi di un orologio a pendolo.

Il metodo più ovvio di manipolare i dischi per cifrare un messaggio era di usarli per spostare l'alfabeto di un numero fisso di lettere, un sistema adottato a suo tempo persino da Giulio Cesare, ma banale da decifrare per una spia appena degna di questo nome. Usando lo strumento semplice, nella posizione iniziale la A stava sopra la A, la B sopra la B e così via. Spostando di una tacca l'anello esterno, la A passava sopra la B, la B sopra la C, e via di seguito: il nome "LEOPOLDO", crittato in questo modo, sarebbe diventato "MFPQPMEP". Qualsiasi dilettante di crittografia sarebbe risalito al testo chiaro in pochi minuti, anche se, invece di una tacca, gli anelli fossero stati fatti scorrere di due o più posizioni. Con quattro spostamenti, per esempio, mettendo la A dell'anello esterno sopra la E di quello interno, "LEOPOLDO" sarebbe diventato "PISTSPHS": la posizione delle O e quella delle L rimanevano evidenti, sarebbe bastato provare una per una le ventiquattro possibili posizioni relative dei due dischi per arrivare con certezza alla soluzione.

Il granduca aveva personalmente cifrato il messaggio originale con questo semplice metodo, ma utilizzando i dischi più complessi, quelli con l'alfabeto interno disposto a caso. La soluzione di questo cifrario, seppur non banale come quella del precedente, rimaneva senz'altro alla portata di un attaccante con carta e penna. L'Alberti, come si è detto, aveva destinato quei dischi ad un uso crittografico ben più sofisticato, ma per gli scopi di Leopoldo la semplice permutazione dell'alfabeto era più che sufficiente. Egli intendeva soltanto impedire che il suo fidato ma curioso assistente potesse decrittare il testo mano a mano che lo leggeva.

Per la cifratura vera e propria, Leonetti si serviva dei dischi semplici dell'Alberti, utilizzandoli secondo un cifrario polialfabetico – ritenuto inattaccabile – che veniva attribuito erroneamente al matematico Blaise de Vigenère. Il metodo faceva uso di una parola chiave ripetuta all'infinito in parallelo al messaggio, e indicava una diversa posizione dell'anello esterno per ogni carattere da cifrare. Se la chiave in questione era "LEON", per esempio (e il granduca l'aveva usata davvero per tanto tempo), significava che la posizione iniziale della A dell'anello esterno doveva essere sulla L di quello interno, per cui la L di "LEOPOLDO" veniva crittata come U. Dopodiché la A doveva essere posta sopra la E, per cui la E di "LEOPOLDO" diventava I:

```
          ABCDEFGHILMNOPQRSTUVZ
ABCDEFGHILMNOPQRSTUVZ

    ABCDEFGHILMNOPQRSTUVZ
ABCDEFGHILMNOPQRSTUVZ

             ABCDEFGHILMNOPQRSTUVZ
ABCDEFGHILMNOPQRSTUVZ
```

ABCDEFGHILMNOPQRSTUVZ
ABCDEFGHILMNOPQRSTUVZ

Così, sempre spostando gli anelli a ogni lettera successiva in base alla chiave "LEON", la O diventava D e la P ancora D. A quel punto si iniziava da capo, mettendo di nuovo la A dell'anello esterno sopra la L di quello interno, così che la seconda O di "LEOPOLDO" veniva codificata come A (e non più come D), e così via. Risultava quindi assai più arduo decifrare il messaggio se non si disponeva della chiave che, più era lunga, più risultava sicura.

Le straordinarie capacità di padre Leonetti consistevano in buona parte nella possibilità di imparare a memoria testi anche molto lunghi. Studiando i classici, si era appassionato alle tecniche mnemoniche sviluppate dagli oratori latini, che usavano comporre orazioni anche assai estese e complesse, limandole e raffinandole per giorni e giorni. Poi, al momento giusto, le declamavano a memoria, parola per parola, nel Foro. Leonetti aveva praticato queste tecniche per anni, prima con le sue occasionali prediche, poi con le sue seguitissime lezioni di matematica e infine imparando a memoria un libro dopo l'altro delle Sacre Scritture, tanto che ormai era capace di memorizzare un testo anche alla prima lettura.

Certo, la cosa era ben più ardua con caratteri senza senso, ma pensando alle lettere come alle iniziali di parole visualizzabili gli era ugualmente riuscito, più per sfida che per utilità, a mandare a mente le varie parti del messaggio cifrato in maniera "facile" dal granduca, approfittando soprattutto del controllo finale, quando aveva dovuto contarne tutti i caratteri.

Il frate, nella sua cella, al lume di una lampada a olio, appellandosi a tutte le chiavi mnemoniche che conosceva, riprodusse in modo quasi miracoloso la serie di caratteri apparentemente senza significato. Si ripromise solennemente di non utilizzarla, considerando la cosa solo un futile esercizio intellettuale. Ma quel che lo perse fu che non distrusse l'appunto, anzi lo chiuse a chiave in un cassetto del suo scrittoio, fingendo con se stesso di dimenticarlo.

CAPITOLO VII

Il conte Anziati non riusciva nemmeno più a dormire, la notte. Anche il silenzio della villa di Montaione, che solo la contessa Fiammetta si occupava di infrangere spesso con grida, pianti e capricci reiterati, lo inquietava, facendogli correre a più non posso i pensieri peggiori. Aveva trovato un minimo di tranquillità quando Vincenzo Scarpa, il mercante veneziano, gli aveva fatto presente che non c'era alcuna prova di un loro contatto col defunto ingegnere Taddei della strada postale dell'Abetone.

Ma le notizie degli altri fatti terribili della montagna, benché tenute il più possibile segrete, giravano di gran carriera e si mescolavano alle fantasie in modo tale che, proprio perché ufficialmente riservate, alla fine arrivarono a Firenze per poi propagarsi in campagna, assai peggiorate rispetto a quello che stava accadendo in realtà. Chi aveva la coscienza non proprio netta, come Anziati, ovviamente si spaventava ancora di più. Il conte aveva ripulito più volte la sua casa da ogni documento che potesse comprometterlo, ma non si dava pace e temeva, certamente a ragione, che la piega che stavano prendendo gli avvenimenti in montagna avrebbe finito per causare un'indagine approfondita della magistratura fiorentina, con un inevitabile suo coinvolgimento. Doveva ripulire anche la fattoria di Melo, con discrezione e al più presto.

Ma Anziati divenne veramente preda del terrore solo quando, in cerca di aiuto, ebbe la malaugurata idea di interpellare Scarpa di sua iniziativa (quella canaglia di vile plebeo traditore, come lo definiva in cuor suo). Il conte ottenne, dopo estenuanti insistenze che lo fecero fremere per l'umiliazione, un passaggio a Firenze nella carrozza di un piccolo proprietario confinante. Era stato sempre il veneziano a cercare l'aristocratico fiorentino, mai viceversa: il mercante si era mostrato restio, fin dall'inizio del loro rapporto, a dargli un indirizzo o un qualsiasi recapito in città. Ma Anziati aveva insistito, e alla fine, solo poche settimane prima, Vincenzo Scarpa gli aveva detto che poteva trovarlo all'*Albergo del Giglio*, vicino a Porta Rossa.

Il conte uscì una mattina all'alba col suo vecchio domestico dal palazzotto avito, e arrivò a piedi fino a quella strada. Rimase sul selciato, leggermente tremante ma impettito e con lo sguardo altero, mentre i passanti lo scrutavano con curiosità e compassione. Mandò dentro l'albergo il decrepito servitore, che pochi minuti dopo corse fuori in piena isteria, gesticolando furiosamente.

— Signor conte, signor conte, che disgrazia!

Anziati pensò a quello che riteneva fosse il peggio, e si sentì gelare.

— È morto?

— Peggio, signor conte, peggio! Nessuno lo conosce, non ha mai abitato qui!

— Ma cosa dici? Stai farneticando!

Il vecchio ora piangeva davvero, per il suo padrone e anche per sé.

— No, no, ho insistito: nessun giovane di nome Scarpa è mai stato qui, nessun veneziano, da mesi e mesi!

Anziati diede una spinta al servo, che fu lì lì per cadere, e si precipitò all'interno del vecchio albergo. Nonostante le reticenze di tutti coloro ai quali si rivolgeva, capì subito che era stato beffato, che il mercante gli aveva dato un recapito fasullo. Rimpianse ancora amaramente di non avere figli maschi, ma solo una moglie che era un'autentica rovina, sia morale che materiale. Non gli restava che un servo più vecchio di lui, piangente e tremante, davvero un bel sostegno.

Il viaggio verso il paese di Cutigliano e poi più su, in montagna, fino al villaggio di Melo, costituì un'autentica via crucis per l'aristocratico e il suo maggiordomo. Il nobiluomo dovette ricorrere alle sue poche e maldisposte conoscenze fiorentine per raggranellare il denaro occorrente per una carrozza, che si palesò fra l'altro non degna del suo rango. La rivelazione che Scarpa era un impostore lo aveva costernato: non riusciva a capire chi fosse in realtà quel veneziano arricchito, e perché fosse ricorso a un falso recapito. Forse non aveva voluto rivelargli il suo indirizzo fiorentino per motivi di riservatezza, per non essere scocciato, e magari era tranquillamente a riposare da qualche altra parte, in Firenze o fuori. Ma Anziati non aveva né le energie, né il denaro e tanto meno il tempo per farlo ricercare. Spinto dalla disperazione, pensò di controllare di persona la situazione nelle sue terre, ma non fu una decisione saggia. Le tracce dei suoi contatti col defunto ingegnere Taddei, che erano certamente rimaste *in loco*, non erano facili da cancellare in così breve tempo, e la sua angoscia fu notata dai contadini e dai paesani.

Per il vecchio nobile fiorentino, insomma, quella gita in montagna fu poco meno di un massacro, fisico e mentale, e al ritorno a Firenze, e infine alla villa di Montaione, non ebbe nemmeno la forza di macerarsi nei suoi pensieri, tanto la stanchezza fu lesta nel donargli il misero conforto di un sonno repentino.

Francesco Pratellesi, avuta la notizia dell'orrenda strage a Cutigliano, inizialmente cercò di limitarne la diffusione in

Firenze. Ma dalla montagna pistoiese, le voci, i racconti, spesso assai fantasiosi, avevano raggiunto in un tempo davvero breve la Dominante, e perfino qualche membro dei signori Otto di Balìa aveva cominciato a parlarne in giro, anche con individui della gente bassa.

La cosa, del resto, non si sarebbe potuta mantenere segreta più a lungo. Pietro Leopoldo, al vertice dello Stato, era paradossalmente il meno informato di tutti, perché il sistema di potere era ancora, sostanzialmente, quello mediceo, in cui il principe aveva scarso controllo, a volte proprio nessuno, sui poteri esecutivi. Sarebbe stato possibile mantenere il granduca ignaro ancora per qualche giorno, utilizzando tutti i cuscinetti, le spie e le controspie annidate nella corte e fra la servitù, ma non si poteva certo escludere che qualche confidente riservato di Pietro Leopoldo facesse arrivare all'improvviso la notizia alle sue orecchie. Il granduca, attento a ogni particolare, agli avvenimenti anche minuti delle provincie più lontane, avrebbe fatto il diavolo a quattro, dando in escandescenze, chiedendo di interrogare tutti i possibili testimoni, ordinando ogni genere di accertamento sull'operato del capitano di giustizia e dei suoi birri. Un'onda di piena sacrosanta, prevedibilissima, che era necessario incanalare in qualche modo, perché non facesse danno ma anzi servisse a fini superiori.

Così Pratellesi capì che era il momento di parlarne al granduca, e chiesta udienza nel primo mattino del 14 aprile 1776, fu ricevuto subito in un salotto degli appartamenti privati di Palazzo Pitti. Erano appena passate le dieci quando il responsabile degli affari riservati fu annunciato da un maggiordomo in livrea rossa. Pratellesi era cosciente della delicatezza di quel passaggio, e si era preparato a ogni eventualità. Non temeva il peggio, perché giudicava Pietro Leopoldo un uomo saggio, per quanto non di rado desolatamente ingenuo: sarebbe bastato resistere alle sue inevitabili furie per mezz'ora, un'ora al massimo, evitando che uscisse dagli appartamenti privati per scatenare un putiferio assai controproducente.

Il granduca doveva aver appena finito di suonare qualcosa col violino, perché lo strumento, di solito riposto con cura in un armadio, era posato su una sedia, con la carta da musica tenuta ferma dall'archetto su un tavolino. Pietro Leopoldo, vestito con la consueta semplicità borghese, era semisdraiato su un divano. Leggeva *Il magazzino toscano*, una gazzetta un po' dozzinale dal punto di vista letterario, ma affidabile per le novità tecniche e scientifiche. Appena Pratellesi fu entrato, e la porta richiusa alle sue spalle, il granduca posò il giornale e rivolse lo sguardo al suo consigliere.

— Oh, eccovi qui, amico mio. Avete novità importanti, credo, per aver chiesto udienza a quest'ora.

— Altezza, cose assai gravi stanno accadendo nel pistoiese, sulla montagna.

Lo sguardo di Leopoldo si rannuvolò in un baleno. Pratellesi si disse: *"Ecco, siamo in ballo"*, esitò un istante, trasse un profondo respiro e iniziò a raccontare quello che era avvenuto. Non tralasciò nulla dei fatti nudi e crudi, ma evitò di esprimere perplessità o confidare sospetti. Quando riferì i dettagli raccapriccianti delle uccisioni a Cutigliano, il granduca ebbe la reazione che il suo consigliere aveva previsto: prima impallidì, poi divenne rosso come il fuoco, strabuzzando gli occhi. Si alzò in piedi di scatto e interruppe il rapporto del suo funzionario.

— Come è possibile? Chi ha dato degli ordini simili? Incompetenti, ignoranti, assassini! *Himmel Und Hölle! Donner Wetter! Idiot! Kruzitürken!* La peggior feccia dell'umanità nei posti più delicati! *Daß mich der Teufel hole!*

Pratellesi, mentre Pietro Leopoldo girava ossessivamente intorno al tavolo, si sforzò di restare impassibile. Sapeva che quello era il momento più delicato: l'ira del principe era così pronta a montare quanto rapida nell'esaurirsi, e tuttavia c'era il rischio reale che Pietro Leopoldo uscisse all'improvviso dal salotto, precipitandosi per gli scaloni, chiamasse le sue guardie e convocasse l'uditore fiscale. Tutto sarebbe andato perduto, in quel caso. Ma il granduca pareva più ferito nel profondo che in vena di terremoti. Sembrò calmarsi di colpo, e si avvicinò alle finestre. Da lì si vedeva solo il cortile interno del palazzo, con un drappello di guardie e una carrozza in attesa. *Il magazzino toscano* rimase per terra, dimenticato.

— Dio, Pratellesi, quella povera gente... ma quali prove, quali errori...

— Altezza, le cose sono precipitate prima che da Firenze potesse muoversi qualcuno per prendere il controllo della situazione. Sembra che siano state rinvenute delle prove materiali: l'arma del delitto era una vanga in dotazione agli operai della strada. Ma certamente ci sono molti, troppi lati oscuri: la fretta nel concludere l'inchiesta, per esempio, la presenza di strani forestieri a San Marcello Pistoiese e a Cutigliano nei giorni dell'omicidio dell'ingegnere. E il movente non convince: che Taddei molestasse le mogli degli operai... ecco, non sta né in cielo né in terra.

— *Ach du meine Güte!* Dobbiamo svolgere un'inchiesta seria. *Geh zum Teufel!* Darò ordine all'auditore fiscale... — Il principe esitò, perché Pratellesi, che certamente non poteva osare di interrompere Leopoldo mentre questi parlava, dava segno evidente, con un gesto delle mani e con l'espressione del volto, di dover aggiungere qualcosa di molto importante. — Cosa c'è, amico mio?

— Altezza, se mi perdonate l'ardire... non possiamo procedere con un'inchiesta alla luce del sole. Quello che è accaduto è assai grave; i vostri oppositori coglierebbero immediatamente quest'occasione per gettare discredito sulla vostra politica. Qui siamo alle prese con un errore giudiziario madornale, eppure...

— Non me ne importa un accidente dei mestatori! — lo interruppe brusco Pietro Leopoldo. — Anzi, la nostra politica ha tutto da guadagnare dalla chiarezza!

Pratellesi doveva ardire. Colse un momento di esitazione del granduca per interloquire di nuovo.

— E poi ci sono le famiglie degli operai uccisi. Oltre venti persone, vecchi, donne e bambini, privi di mezzi di sostentamento. Saranno deportati in Maremma, perché i loro defunti sono stati giudicati formalmente colpevoli...

Pietro Leopoldo vacillò, come se fosse stato colpito da un pugno.

— Colpevoli? Senza un processo? Non è possibile! Darò ordine immediato che sia tutto sospeso e che si svolga un'indagine riservata ma severa e approfondita. Quali uomini abbiamo a disposizione, di quelli più fidati?

Pratellesi finalmente poté tirare il fiato.

— Ci vuole qualcuno che sia discreto ed efficiente. Che possa scoprire la verità senza agitare le acque di un possibile scandalo.

— E chi, di grazia?

— Una persona di cui voi stesso possiate personalmente fidarvi. Avevate dato ordine di fare un sopralluogo alla strada postale, a quanto mi dicono.

— Ebbene sì. Io stesso avevo in programma di recarmi lassù, per osservare le fasi finali dei lavori. E mi sarebbe piaciuto moltissimo. Ma ora, con questi fatti, l'ingegneria passa in secondo piano.

— Altezza, comandate che questa ispezione parta subito. Fate sì che l'ispettore sia un uomo di vostra completa fiducia, competente, intelligente e pronto. L'indagine, per tal via, avrà una copertura perfetta.

Nonostante tutto, sul volto di Pietro Leopoldo passò l'ombra di un sorriso.

— Vorreste andare voi, amico mio?

Pratellesi esitò di nuovo, si concesse un altro profondo respiro e si fece molto serio.

— Altezza, non posso. Ci sono delle cose che non oso lasciare ad altri, qui nella Dominante. Naturalmente, anche voi dovrete rinunciare al viaggio...

— Perché dovrei, secondo voi? C'è pericolo?

— Qualche residuo pericolo, forse. Potrebbe sembrare un'ispezione inopportuna, vista la tragedia...

— Perché mai?

— Considerato l'accaduto, le popolazioni locali potrebbero nutrire risentimento nei confronti del governo. Non verso di voi, certamente. Ma lasciate che sia solo, l'ispettore... è di gran lunga meglio.

— Solo... Non vi è uomo che possa farsi carico di una simile tragedia da solo. Certo i montanari sono intelligenti, capiranno che la responsabilità di quanto è accaduto non è nostra...

Pratellesi si limitò a sorridere mestamente e a scuotere il capo in modo quasi impercettibile.

— Avete qualcuno in mente, se posso osare chiederlo? — domandò a Leopoldo.

— Pensavo a Bartolomeo Neri, l'architetto della facciata del nuovo casino di caccia della villa La Petraia. Un uomo giovane, mite... troppo mite, forse.

— Se è giovane, almeno non si lascerà fuorviare dai preconcetti. Se è mite, correrà il rischio di essere... come dire? Strapazzato dalle popolazioni locali. Sì, questo rientra nel novero delle possibilità. Sempre meglio, a ogni conto, che tali rischi non coinvolgano la persona di Vostra Altezza.

— Perché, cos'avrei io di speciale? Non ho girato forse in

lungo e in largo lo Stato, e spesso senza scorta?

Pratellesi atteggiò un sorrisino indulgente.

— Altezza, non debbo essere io a ricordarvi quanto la vostra vita è preziosa. Vorreste paragonarla a quella di un giovane architetto? L'interesse del granducato impone prudenza e circospezione. Niente rischi inutili.

Pietro Leopoldo, senza che nulla potesse farlo presagire, perse il controllo e batté un palmo della mano contro la porta del salotto. Aveva di nuovo il viso rosso come le braci accese.

— Voi, voi mi dite questo? Le vite degli uomini hanno tutte il medesimo valore!

— Altezza, so che credete fermamente in tale principio. Siamo tutti fratelli in Cristo, ma di fronte agli uomini... Vogliamo sentire cosa ne pensa Bartolomeo Neri?

— No, dannazione! Andremo entrambi, il giovane architetto e io stesso. Con una scorta armata, per sicurezza. E dovremo far presto, perché dovrò essere assolutamente di ritorno a Firenze per la funzione di ringraziamento presso la Santissima Annunziata, il giorno 21.

Pratellesi abbassò gli occhi e stesse le braccia lungo i fianchi.

— Che sia almeno una scorta efficiente. Ci penserò io, vostra signoria, se voi lo permetterete.

Gli uomini grandi e grossi, acquartierati nella torre così pericolosamente alta, ma anche invisibile per la vegetazione sempreverde che le era cresciuta intorno, sapevano come agire per non farsi mai scorgere. Il loro capo, il gigante biondo con gli occhi del colore della selce, li aveva perfettamente istruiti al riguardo. Di giorno se ne stavano acquattati, immobili nell'oscuro vano a piano terra, senza finestre, oppure nella conca, vicino allo sperone roccioso. Non accendevano fuochi, non parlavano, mangiavano le loro provviste e lasciavano liberi i muli di pascolare. Appena calava la notte, si fasciavano nei loro tabarri neri: alcuni salivano al piano di sopra, che aveva due finestre aperte sul panorama, altri esploravano attentamente gli immediati dintorni del rudere e la scarpata.

Il segnale arrivò il quarto giorno, appena in tempo, prima che fossero costretti a cacciare qualche animale per nutrirsi, rischiando di farsi notare. Durante il suo solito giro di perlustrazione pomeridiano, il Lupo vide una nuova tacca sotto quella da lui incisa su un albero prospiciente la strada vecchia, appena erano giunti in zona. Significava che bisognava tenersi pronti: era una conferma; per agire avrebbero poi avuto solo un altro preavviso, un cavaliere che sarebbe passato senza fermarsi, con un segnale ben riconoscibile.

Nella piccola chiesa di San Procolo, dietro San Firenze, i due uomini erano seduti uno accanto all'altro, sulla stessa panca. Tenevano entrambi un rosario in mano, perché c'erano delle vecchie, nelle prime file, che pregavano davvero. I due parlavano così piano che nemmeno a un metro di distanza si sarebbero potute capire le loro parole.

— I tempi stringono — sussurrò il più giovane in un bisbiglio. — Anche per me.

Il suo compagno più anziano, che si era tolta la parrucca e l'aveva appoggiata accanto a sé, sorrise in modo assai discreto.

— Mi direte, una buona volta, dov'è che dovete tornare così d'urgenza...

— Ritenete necessario che voi ne siate al corrente?

Il sorriso non sparì dalle labbra dell'uomo.

— No, in effetti. La sicurezza prima di tutto.

L'altro annuì senza parlare.

— Da Firenze non deve sortire nulla, questo è ovvio. Sarebbe una catastrofe se dalla rete scappasse qualcosa, anche solo una notizia, una voce, tanto meno un solo uomo. Sono tutti sotto controllo, come avevo chiesto?

— Certamente. Sorvegliati giorno e notte. E prendiamo nota di coloro con cui parlano.

— Bene.

— C'è qualcosa ancora?

— Sì, credo sia giunto il momento di avvertire gli agenti fuori Firenze. È meglio che lo facciate voi.

— D'accordo.

I due uomini, stavolta, si alzarono e uscirono insieme dalla piccola chiesa silenziosa e nascosta. Ma prima attesero che le beghine fossero tornate a casa, e che il vecchio sagrestano avesse spento tutte le candele.

— Ho un regalo per te.

Il volto di lady Gwendolyn si trasfigurò: ebbe un'espressione di genuino stupore e corse incontro a Leopoldo come mai aveva fatto fino a quel momento. Il granduca sorrise, in piedi, immobile, e si frugò in una profonda tasca della marsina. Era vestito come al solito: nessuno sfarzo, nessun tessuto prezioso. Estrasse un libriccino rilegato in cartapecora bianca, immacolato, senza indicazioni né sul piatto né sulla costola impreziosita da due sottili nervature.

— Oh, un altro libro! È qualche novità francese? Lo leggeremo insieme?

Lady Gwendolyn non era affatto delusa dal tipo di regalo, perché conosceva assai bene il suo amante. Era però speranzosa che si trattasse di qualcosa di piacevole e divertente, che fosse almeno un po' frivolo. Il granduca raffreddò subito i suoi entusiasmi.

— È un libro di preghiere. *L'imitazione di Cristo.*

— Dobbiamo pregare molto? Il nostro peccato è così grave?

Una lacrima rigò il volto della bellissima nobildonna inglese, e non era civetteria, bensì un dispiacere sincero. Leopoldo le cinse la vita con le braccia, senza stringerla a sé, e le parlò con un tono affettuoso, ma che faceva trasparire una punta di rimprovero.

— No, tu sei la mia gioia, la mia luce. Se c'è un peccatore, quello sono io.

— Tu sei il granduca di Toscana. Non un uomo qualunque, tantomeno un peccatore qualunque.

Leopoldo passò una mano sulla guancia della donna, asciugandole la lacrima.

— Non pensare anche tu in questo modo. Ho bisogno di pregare come tutti, nobili e popolani. In più sono un servitore dello Stato, che è la comunità dei miei sudditi. Questo libro ci aiuterà a ricordare che siamo tutti uguali. E lo siamo non solo al cospetto di Dio, ma anche davanti ai nostri simili. Io credo che sia un fatto di per sé evidente: che tutti gli uomini sono stati creati uguali.

Lady Gwendolyn appoggiò delicatamente le sue labbra su quelle del granduca. Fu un bacio castissimo, ma allo stesso tempo prometteva una straordinaria passione. Pietro Leopoldo non avrebbe fatto il primo passo, lo sapeva bene. Quel compito toccava sempre a lei. Staccò le labbra da quelle dell'amante, e lo guardò a lungo negli occhi, stringendogli forte le mani. Poi si tolse il suo elaborato vestito, e lo baciò di nuovo. E stavolta fu un bacio diverso.

Pietro Leopoldo era innamorato dell'amore, in ogni donna vedeva il suo ideale femminile, caricava l'altro sesso di simboli e significati che erano soprattutto suoi. Era un uomo timorato di Dio, con alti ideali, ma questo non gli impediva di passare da un'amante a un'altra, sempre sinceramente innamorato, e sempre legatissimo a sua moglie, la certo non bella Maria Luisa, e ai suoi figli. Lady Gwendolyn era bene al corrente di tutto questo, ma non le importava. Sapeva che prima o poi avrebbe comunque ricevuto un gentile e generoso congedo, e il granduca l'avrebbe allontanata dalla sua vita fatta di meravigliosi progetti e cotte fenomenali. Ma voleva godersi quei momenti, senza pensare al domani. Quando finalmente furono entrambi liberi dalle costrizioni di vestiti, calze e sottovesti, non ebbero al solito alcun ritegno nell'aprire le porte alla loro passione. Il libro di preghiere rimase chiuso su un tavolino cinquecentesco di legno intarsiato, momentaneamente ignorato.

Quella sera, il granduca e la nobildonna inglese rimasero a letto più del solito, strettamente abbracciati.

— Dopodomani partirò. È un viaggio segreto, di breve durata. Potremmo stare insieme a Modena, nella casa che sappiamo. Magari due o tre giorni interi, in incognito.

Lady Gwendolyn sapeva che non era assolutamente il caso di chiedere al suo amante dove doveva andare e perché. Lo avrebbe detto lui stesso, se fosse stato particolarmente rilassato e felice. E così fu.

— È successo un episodio terribile, in un villaggio della montagna pistoiese. Non è stato reso di dominio pubblico, ma è qualcosa di grave. Ho deciso di andare a vedere di persona.

Lady Gwendolyn si girò e salì con tutto il corpo su quello di Pietro, che avvertì i capezzoli della sua amante che quasi gli graffiavano la pelle. Sentì salire di nuovo il desiderio. La donna gli parlò mentre lo baciava teneramente, con piccoli morsi alle labbra.

— È qualcosa a cui non puoi rinunciare? Un affare di Stato?

— Molto di più. Un fatto di sangue che è degenerato nel peggiore dei modi. Devo capire cosa è successo. Ne approfitterò anche per vedere la mia strada.

Gwendolyn sbottò in un risolino divertito.

— La tua strada! Ci tieni davvero tanto, amore mio?

— Salirò su per l'antica strada di valico, è l'unico modo per raggiungere il villaggio di Melo. Poi tornerò indietro e percorrerò la strada nuova, che è quasi tutta pronta. Arriverò a Modena in tre giorni. Ci ricongiungeremo là.

Lady Gwendolyn era raggiante. Come era suo solito, si alzò sui gomiti mentre era ancora sopra Pietro Leopoldo, offrendogli alla vista e al tatto i seni meravigliosi.

— Non vedo l'ora, amore mio.

— Allora potresti partire prima di me. Dovrai prendere anche tu la vecchia via modenese, perché il ponte sul Sestaione, su quella nuova, non è ancora percorribile...

Più tardi, quando Gwendolyn era già vestita e si spazzolava i capelli sbirciando la strada dietro una pesante tenda, l'ombra della preoccupazione tornò a calare sul volto del granduca.

— Questa storia di Melo mi inquieta parecchio, non so quanto tempo potrò perderci. Forse dovrai aspettarmi più del solito.

— Non ti preoccupare, amore mio, conosco bene Modena e non mi spaventa stare da sola. Per poco tempo, naturalmente.

— Ti farai accompagnare?

— Certo che no. Conosci il mio stile.

— Già, e dentro di me dovrei gioirne. In fondo, Gwen, anche tu appartieni al Mondo Nuovo. Dovrei esserne felice, eppure...

— Non devi preoccuparti, so badare a me stessa. E partirò prima di te, d'accordo.

Lady Gwendolyn aveva gli occhi pieni di lacrime, mentre Pietro Leopoldo si allontanava e chiudeva la porta. Ma fu una tristezza passeggera, e ben presto la donna si mise il mantello e uscì per la strada, spazzata ancora da un vento freddo.

PARTE SECONDA

Il viaggio

L'autorità sovrana riceve il più giusto titolo della sua legittimità dalli benefizi che procura alli stati confidatigli e dalla giusta soddisfazione dei sudditi, che hanno diritto ad un buon governo, e perciò i limiti dell'autorità medesima devono essere determinati dalli oggetti principali che abbracciano la sicurezza universale, la costanza delle massime fondamentali, e la tranquillità dei popoli nel pacifico godimento delli loro beni e nell'onesto esercizio della libertà e facoltà delli individui.

dal progetto di Costituzione toscana di Pietro Leopoldo

CAPITOLO VIII

La tragedia dei morti di Melo aveva sconvolto la misera ma tranquilla esistenza di tutti i piccoli centri dell'Appennino pistoiese, sopra il grosso paese di San Marcello. Colpiva soprattutto l'estrema crudeltà dell'accaduto, l'accanimento dei birri contro dei poveri operai che erano fuggiti per paura e per fame, più che per cattiva coscienza. Il tumulto delle famiglie fu tale che il capitano di giustizia, inquieto e spaventato, evitò di allontanare dal paese i birri che avevano preso parte alla strage, come gli era stato consigliato di fare, tenendoli invece con sé per diversi altri giorni e notti. Ma il pomeriggio del 14 aprile – e chi lo vide notò che era più bianco in volto del solito – ordinò ai due terzi degli effettivi di partire alla volta di Prato: aveva ricevuto la promessa di un rimpiazzo in tempi brevi, benché non fosse affatto tranquillo.

Le famiglie degli operai uccisi dovevano essere trasferite tutte in Maremma, ma alcune donne recalcitravano, ed erano state percosse brutalmente da uno dei birri rimasti in paese. Il capitano di giustizia era un uomo rozzo e ignorante, ma possedeva quella scaltrezza contadina che gli permetteva di annusare il pericolo dove gli altri non lo vedevano affatto: decise di star lontano dalle strade e rimanere costantemente insieme a un armato. Il capitano passava tutti i pomeriggi e le sere nella migliore osteria di Cutigliano, e non rinunciò all'abitudine nemmeno in quei giorni drammatici. La sera del 14, che aveva trascorso in compagnia di alcuni forestieri mai visti in paese fino a tarda ora, decise di trattenersi a dormire nella locanda. Chiamò l'oste, un uomo timorato di Dio che però non poteva fare a meno di arrotondare in ogni modo le sue magre entrate, e chiese della compagnia per la notte. Si sapeva della debolezza del capitano, e proprio per questo veniva tollerato il turpe commercio che si teneva al piano superiore della locanda. Il caso volle che quella sera non ci fossero prostitute presenti, e il tremebondo oste dovette mandare il garzone a cercarne una fra le case malfamate a sud del paese. Il ragazzo tardò molto a tornare, ma infine giunse nella locanda una ragazza mai vista, che si recò subito in una delle tre camere al piano superiore.

Verso mezzanotte, il capitano di giustizia, ormai solo e completamente ubriaco, salì la scala di legno e si chiuse nella stanza con la donna di malaffare. Tutti giurarono di non aver sentito alcun grido o rumore, ma fatto sta che la mattina seguente, visto che né lui né la ragazza scendevano, la moglie dell'oste si decise ad aprire la porta della camera e trovò il capitano di giustizia nello stato di cui poi si seppe fin troppo bene. La povera donna si sentì male, e il medico accorso dovette dividersi fra lei e il cadavere del capitano, morto sicuramente fin dalla sera precedente.

Ormai si trattava di un affare da mettere nella mani dei funzionari fiorentini senza ulteriori indugi, e un messaggero partì subito per chiedere istruzioni sul da farsi.

La morte del capitano di giustizia di Cutigliano, in circostanze oltretutto tanto scandalose, rese opportuno un intervento diretto di Francesco Pratellesi. Fu lui stesso, in una conversazione privata con l'auditore fiscale, a proporre l'invio in montagna di alcuni agenti di fiducia, per indagare sull'accaduto nel modo più discreto possibile. Quattro uomini, di cui due armati, giunsero nel paese all'alba del 15 aprile 1776 e presero alloggio proprio nella locanda in cui era avvenuto il fatto criminoso.

Il locale restò chiuso per due giorni e due notti, e il proprietario, la moglie e il ragazzo vennero interrogati a lungo e con metodo, senza che potessero mai uscire e confidarsi con chicchessia. Gli altri testimoni furono intanto sentiti uno per uno, ai rispettivi domicili. Gli uomini di Pratellesi agirono con correttezza, nessuno usò violenza agli interrogati. In quanto ai sospetti, si cercò inutilmente traccia della donna di malaffare che – con tutta probabilità – era stata l'artefice del delitto. Il ragazzo, piangente, riferì che la sera in cui il capitano di giustizia, più ubriaco del solito, aveva preteso la compagnia per la notte, era andato a cercarla al solito posto, ma era stato avvicinato da una sconosciuta, accompagnata da un forestiero. Il fatto imprevisto gli aveva risparmiato il passaggio da certi luoghi bui e sempre un po' paurosi, che doveva attraversare per raggiungere le case delle buone donne che prestavano i loro servigi ai clienti dell'osteria.

Gli inviati di Pratellesi si recarono alle case di quelle che si diceva fossero prostitute, ne interrogarono alcune e fecero ritorno all'osteria nel giro di poche ore: nessuna di loro aveva riconosciuto la misteriosa, probabile assassina, sulla base della descrizione dei testimoni.

Gli agenti fiorentini si trattennero a Cutigliano per alcuni giorni, e nel frattempo raccolsero alcune testimonianze spontanee sugli strani forestieri che si erano visti in paese nelle ultime settimane, specie la sera dell'uccisione del capitano, al suo stesso tavolo. Poi tornarono a Firenze e si presentarono a rapporto direttamente al capo dei servizi riservati, che si dimostrò decisamente soddisfatto, anche se non ordinò alcun arresto.

Francesco Pratellesi viaggiò per un'intera giornata e arrivò a Montaione, nella campagna toscana più defilata, stanco e innervosito. La compagnia biliosa del conte Anziati non lo aiutò di certo a tirar su il morale.

— La contessa riposa? Ha superato la sua crisi? Mi auguro che l'aria di campagna le stia giovando.

— Sì, Fiammetta riposa. Non vuol vedere nessuno, ed è naturale che sia così.

Pratellesi assentì con gravità. La contessa Fiammetta Anziati, a differenza del marito, non aveva affatto accettato di buon grado l'accomodamento – il benservito – proposto dal granduca per mezzo del suo consigliere privilegiato. Aveva anzi dato in escandescenze, sia nel palazzotto fiorentino (con grande scandalo dei vicini e di tutto il quartiere), sia, in seguito, nella villa di Montaione, nonostante che il cameriere africano scovato da Pratellesi, volenteroso quanto imponente e gonfio di energie, si fosse impegnato con mille premure ad alleviarle la delusione e la rabbia. Il conte Anziati si era ridotto a chiedere aiuto a Pratellesi per calmare la delusissima consorte con qualche altra preziosa regalìa, ma la cosa gli era assai costata, perché aveva significato dire addio alla poca dignità che si era illuso di conservare. Così il malanimo cresceva, senza possibilità di sfogarsi. In verità, quel che davvero gli bruciava era il fatto che Fiammetta, la sua bruna, giovanissima e avvenente moglie, fosse stata congedata dal principe un anno prima. Quello era, paradossalmente, il vero affronto: una contraddizione inconfessabile, che acuiva la frustrazione del conte e che era impossibile reprimere anche per un nobile fiorentino dai modi austeri. Il tradimento, in sé, era cosa secondaria, dato che tutti erano al corrente dell'augusta relazione fin dai primi giorni. Atroce era stato invece sostenere gli sguardi beffardi di chi sapeva come repentinamente la dama fosse stata messa alla porta da Pietro Leopoldo.

Nei tre mesi successivi alla fine tempestosa della *liason*, Pratellesi, invece di attenuarlo, aveva intensificato il doveroso controllo sulla vita privata di Anziati. Aveva aperto un vero e proprio dossier sulla nobile coppia, frutto del sapiente lavoro degli uomini dei servizi, che ovviamente teneva segreto anche al principe. Poteva prevedere le reazioni di Anziati e le sue richieste, sempre assai frequenti e spesso esose, con sorprendente facilità.

Il conte era tanto vendicativo quanto mediocrissima persona, ma vantava amicizie poco raccomandabili dal punto di vista della politica riformatrice dei Lorena, e quindi restava un soggetto da tenere d'occhio. Le sue frequentazioni sociali erano tutte rigorosamente nell'ambito degli oppositori del granduca: latifondisti, piccola nobiltà, ecclesiastici, reazionari di varia estrazione. Pratellesi aveva dovuto ammettere con se stesso di averlo un po' sottovalutato: pensava che Anziati facesse parte di quella schiera di piccoli uomini, senza qualità né velleità, intenti solo a cercare di mantenere i loro privilegi a scapito del bene comune. Il vecchio aristocratico in miseria era senz'altro fatto di quella pasta, ma in più conservava qualche ammuffito ideale repubblicano, che poi, in fin dei conti, si riduceva a una vaga e malintesa nostalgia per la Repubblica Fiorentina di oltre due secoli prima. Possedeva però una certa facilità di parola, il dono di trascinarsi dietro qualche anima più mediocre di lui, e aveva raccolto intorno a sé un gruppo di altri nobiluomini, preti, piccoli possidenti, con i quali passava pomeriggi e serate a fantasticare di improbabilissime restaurazioni.

Pratellesi aveva dato ordine ai suoi uomini di schedare queste persone, poi aveva preso gli incartamenti e li aveva riposti con cura in un suo armadio privato, chiuso a chiave. Chiunque altro avrebbe riso di quelle informazioni, raccolte con pazienza e dispendio di denaro, sui ritrovi senili di un gruppo di reazionari. Non Pratellesi, il quale intravedeva qualcosa di più. Quanto meno, la possibilità di manovrarli, magari infiltrandovi degli agenti provocatori, per scovare altre e più promettenti trame che non dubitava esistessero in Firenze e nelle altre città del granducato.

— Avrete dell'altro denaro, conte, ma non quanto avete chiesto. Ve lo farò tradurre in via riservata, perché se lo dicessi al principe mi impedirebbe di favorirvi.

Anziati mostrò i denti come una vecchia fiera, reprimendo l'impulso di alzarsi in piedi.

— E perché mai? Ha abusato di mia moglie!

— Vi prego, lasciate perdere. Sappiamo entrambi molto bene come è andata la cosa. Vi ho detto che avrete il denaro; dovrete venire a Firenze a ritirarlo, però: non posso mandare gente qui a Montaione.

— E voi, allora, che siete venuto a fare?

— Anziati, questi non sono accordi per cui mi piace delegare i miei uomini. Venite a Firenze. Avrete certamente ancora qualcosa da sistemare, nella vostra casa, e così farete un viaggio e due servizi.

Pratellesi tossicchiò, sorridendo in modo allusivo.

— E un paio di settimane di lontananza da vostra moglie, così... così attiva nelle sue esternazioni, non potrà che far bene ad entrambi.

Anziati non disse più nulla. Si sarebbe fatto frustare piuttosto che ammetterlo, ma Pratellesi aveva pienamente ragione: già pregustava la fuga da Montaione, e sapeva anche come spendere, in città, parte del denaro promesso.

La carrozza procedeva traballando sulla vecchia strada sassosa e stretta, e i cavalli ansimavano sotto la frusta del cocchiere. Non si vedeva al di là di pochi metri, nell'ombra della fitta vegetazione, dalla parte dello strapiombo. Il granduca si premeva un fazzoletto sulla bocca e sul naso per ripararsi dalla polvere che, malgrado ogni precauzione, riusciva a penetrare nell'ovattata e soffocante cabina. Poi, d'un tratto, una radura offrì allo sguardo, in un lampo di luce, una riga bianca che saliva dritta e regolare, come segnata col gesso da un titano sul fianco della montagna. Si riconoscevano due arcate di un ponte. Pietro Leopoldo si eccitò a quella vista, e batté con insistenza sulle tavole della cabina per far arrestare la carrozza.

— Ferma, ferma!

Lo strepito delle ruote fu come un urlo disperato sopra il nitrire dei cavalli e il rullìo irregolare del legno. I quattro soldati e l'ufficiale di scorta, dietro, vociarono insieme ordini in tedesco e in italiano, per non finire addosso alla carrozza che li precedeva. Pietro Leopoldo aprì lo sportello, tossì nella nuvola di polvere e quando questa si fu posata, indicò con la mano poco al di là del baratro.

— Eccola là... Guardate, non è una meraviglia?

Sotto la luce bianca del sole, la strada ormai quasi completata si offriva allo sguardo dei passeggeri in tutta la sua gloria. Il granduca l'ammirava come se fosse una splendida donna nuda, dalla pelle chiara, e la paragonava alle meraviglie dell'antica Roma che aveva visto con i suoi occhi, oppure riprodotte nei grandi libri illustrati dal Piranesi, che conservava gelosamente nella sua biblioteca. Una strada moderna, finalmente, una Strada Reale Postale, dalla massicciata potente e indistruttibile, con i ponti e i viadotti di pietra, e i tornanti disegnati dallo Ximenes, suo architetto ed amico, con arte sapiente. Era quasi pronta, anche se non poteva ancora essere aperta al traffico comune.

— Dite, Neri, possiamo andare a vederla subito? Domandate al cocchiere, vi prego. Voglio *toccarla*, non posso aspettare.

Il giovane architetto Bartolomeo Neri, emozionatissimo per il delicato incarico che gli era stato affidato, ma soprattutto per il fatto di poter stare così vicino al granduca che ammirava in modo perfino eccessivo, calcolò mentalmente i tempi necessari per la deviazione, poi parlottò a lungo col grasso cocchiere, che sembrava recalcitrare all'idea. Ma quello di Leopoldo non era un desiderio, era un ordine perentorio, per quanto cortese.

— Altezza, dovremo fare a piedi almeno duecento braccia. La carrozza non può passare, c'è solo uno stretto sentiero, più avanti, che raggiunge la Via Reale. E potremo comunque ispezionarla per un tratto assai breve: il ponte a destra, verso il passo, non è terminato, mancano le arcate. Sarebbe meglio attendere il collegamento più avanti, dopo il paese di Melo: domani faremo tutto con maggior comodo.

Per tutta risposta, Pietro Leopoldo esclamò: — Andiamo alla strada! — mentre rimontava in carrozza. Sia il cocchiere che i cavalli sbuffarono, quando il legno riprese il trotto verso nord. Mezz'ora dopo arrivarono al bivio: era davvero un sentiero minuscolo, che si snodava nel bosco e spariva subito alla vista fra i tronchi neri dei castagni e dei faggi. La carrozza, e i soldati dietro, procedevano quasi a passo d'uomo, frusciando contro il sottobosco fradicio di neve, incespicando nelle continue buche. La cabina fu invasa da un odore nuovo, non più di polvere ma come di erba appena tagliata. Alla fine la carrozza fu costretta a fermarsi, e Bartolomeo Neri scese per scambiare qualche battuta col cocchiere e coi soldati al seguito. Poi rientrò nella cabina, lasciando lo sportello aperto.

— Altezza, da qui in avanti dobbiamo procedere a piedi. Verranno con noi l'ufficiale e due soldati, con un cavallo per voi.

— Ottimo. Muoviamoci, allora.

Leopoldo pregustava la passeggiata nel verde, ma di più era ansioso di ammirare la sua opera d'arte ancora intatta, mai calpestata da viaggiatori. I quattro uomini e il cavallo si inoltrarono per il sentiero. Si sentivano i richiami delle ghiandaie, e già si potevano vedere le prime gemme delle foglie dei faggi. Ogni tanto squarci di panorama interrompevano la monotonia cromatica del paesaggio boschivo, come lampi improvvisi.

Finalmente il bosco sembrò terminare con una radura in ripida salita, mentre davanti si parava, bianchissimo, un muro inondato dal sole. Leopoldo quasi urlò dalla gioia.

— Eccola! Venite, saliamo!

I due corsero su per la scarpata fino alla strada solitaria, con l'ufficiale che stava loro dietro a fatica col cavallo, e i due soldati che bestemmiavano a mezza voce. Fu il granduca il primo a salire sulla massicciata, sudato e ansimante, e a dare la mano al suo giovane accompagnatore, che protestava inutilmente.

Quando furono sopra, la strada postale sembrava ancora più bella. Larga per far passare comodamente due carri, con la massicciata perfetta e liscia. A Pietro Leopoldo pareva di camminare sul futuro, sull'incarnazione delle teorie fisiocratiche che lo avevano nutrito: la strada nuova che sarebbe stata percorsa dai liberi commerci, unendo il sud e il nord della penisola, attraversando e superando Stati e antichi confini ormai anacronistici. Il giovane Bartolomeo era eccitato quasi quanto il suo sovrano.

— Altezza, questa sarà una via militare perfetta. Permetterà alle truppe imperiali di raggiungere Firenze senza passare da Bologna, e quindi dai domini papali, unendo la Toscana all'Austria in un corpo solo.

Pietro Leopoldo fissò Neri negli occhi e si incupì.

— Pensate davvero questo?

— Certo, altezza.

— Vi pare che l'importanza di questa opera risieda nella sua utilità a fini militari? Voi, che siete ingegnere, non capite? Se a nord la pensano così, vedono il mondo con la vista di un passero. Perché non cercare di essere aquile, invece? Questa strada è il futuro del commercio, del libero scambio d'idee, è il segno tangibile di un Mondo Nuovo che sta nascendo sotto i nostri occhi.

Il povero Bartolomeo Neri arrossì violentemente, e da quel momento in poi non osò più interloquire. Pietro Leopoldo si sarebbe assai presto pentito di quell'uscita.

Il gruppo tornò a fatica sul sentiero e raggiunse di nuovo la carrozza. Fra il nitrire e il soffiare dei cavalli, gli ordini concitati del capitano delle guardie e quelli aspri del cocchiere, la piccola carovana riprese la marcia in una nuvola di polvere, mentre un cavaliere solitario li superava di gran carriera. Il granduca gettò un ultimo sguardo ammirato alla sua strada bianca, lontana fra gli alberi, quindi si chiuse nelle sue riflessioni. Neri capì che non era il momento di conversare col principe e chiuse gli occhi, sprofondando senza accorgersene in un ultimo sonno ristoratore.

La carrozza seguitava per la sua strada da una mezz'ora, quando uno dei cavalli, ormai stanchi, cominciò a scartare di lato, come se avvertisse qualcosa. Tranne forse il cocchiere, nessuno se ne accorse, ma Pietro Leopoldo, quasi per un automatismo, scostò le tende del finestrino e guardò al di là della polvere. Vide, o gli sembrò di vedere, uno scintillio metallico, o forse il lampo di uno specchio. Ebbe una specie di presentimento, e rimase in leggero allarme per il resto del viaggio. Ma nessuno, nemmeno lui, sospettava quanto questo fosse prossimo alla conclusione.

La carrozza fu fermata improvvisamente da un tronco d'albero gettato di traverso sulla strada: un espediente talmente conosciuto dai viaggiatori che tutti rimasero terrorizzati, specie il grasso cocchiere, e iniziarono ad agitarsi e a fare domande. Ma fu questione di un attimo, perché da dietro il tronco partì una schioppettata che prese il conducente proprio in mezzo allo stomaco, provocando un doppio e violento getto di sangue, dall'orrenda ferita e dalla bocca dell'infelice, che si rovesciò sui cavalli facendoli imbizzarrire. Pronti, due altri colpi di schioppo fulminarono le bestie, e vari altri echeggiarono dietro la carrozza, dove c'era la scorta armata. Poi, fu l'inferno.

Bartolomeo Neri si gettò addosso al granduca per proteggerlo col suo corpo, mentre almeno un'altra dozzina di schioppettate, da davanti, da dietro, da tutti i lati, bersagliavano il legno, facendo saltare sportelli, pezzi di ruota, scoperchiando parte del tetto. I cinque soldati e l'ufficiale erano stati presi di mira fin dall'inizio della sparatoria, e solo un paio erano sopravvissuti e si erano messi a sparare anche loro, benché a casaccio, visto che gli assalitori si erano infrattati con cura. Il capitano morì per primo; una scarica gli portò via la parte superiore del cranio, che si trascinò dietro la massa cerebrale e rimbalzò sulla strada polverosa, formando dopo un attimo un ammasso sanguinolento sporco di polvere. A quella vista l'ultimo superstite, vigliaccamente, gettò l'arma e fuggì lungo la strada, ma fu raggiunto da due colpi alla schiena che praticamente lo spezzarono in due. Erano pallettoni grossi e lenti, dall'effetto devastante.

Dopo lo sterminio della scorta, ci fu un minuto di silenzio, o forse anche meno, ma sembrò comunque un tempo lunghissimo. Sia Pietro Leopoldo che Bartolomeo Neri, che gli stava tutto addosso, col respiro affannoso, erano vivi, ma il secondo sanguinava abbondantemente, tanto che la marsina del granduca era fradicia di sangue caldo.

Leopoldo era sconcertato e terrorizzato, ma era un uomo giovane e non voleva morire. Nonostante il terrore che lo legava come una catena di ferro, cercò sotto la marsina il leggero rigonfio delle carte nella tasca segreta, e quel contatto gli diede in qualche modo conforto. Quando lo sportello fu aperto da una figura che al principe parve gigantesca, gli sfuggì un grido acuto. L'uomo estrasse una pistola e sparò un colpo alla testa del povero e giovane e innocente Bartolomeo Neri, che si muoveva appena: fu un rumore terribile, assurdo, sembrò che tutta l'aria intorno a loro esplodesse. Poi il bandito spostò il corpo inanimato dell'architetto, ed estrasse dal mantello un'altra arma. Pietro

Leopoldo era impietrito, voleva parlare, chiedere spiegazioni, dire chi era, implorare pietà, ma non riusciva ad emettere alcun suono. L'uomo, evidentemente consapevole di chi aveva dinanzi, alzò il cane della pistola ed esitò un attimo. Aveva visto brillare una catenella d'oro nel taschino della marsina della sua vittima, e seguendo la sua natura l'afferrò: c'era appeso un gioiello sfavillante, che l'assassino si infilò subito in tasca. Il granduca, nonostante tutto, pensò ancora alle carte che teneva addosso, si aspettava di essere perquisito, magari spogliato. Invece l'esitazione del bandito si rivelò preziosa: dietro di lui apparve un'altra immensa figura, anche questa indistinta contro il sole, che scostò violentemente il primo brigante. Leopoldo, ancora paralizzato, vide emergere lentamente, dalla nera *silhouette* del suo probabile carnefice, una barba bionda, un cappellaccio scuro, e soprattutto due occhi luminosi e vividi. Due luci di acciaio che sorridevano. L'uomo parlò, rivolto al principe, con un forte accento slavo.

— Voi siete Sua Altezza l'Arciduca Pietro Leopoldo di Asburgo Lorena, Granduca di Toscana, e a quanto pare dovete morire.

L'altro prese quello che pareva proprio il suo capo per un braccio, e mormorò qualcosa in una lingua che Pietro Leopoldo non riconobbe subito.

— *Bre, moramo li ga ubiti*?

Il barbuto lo guardò con ferocia e sibilò una risposta.

— *Suti!*

— *Pobi ce nas, bre...*

— *Zasuti ili cu ja odman ubiti tebe.*

"Serbo! Parlano in serbo!" pensò il principe, e il suo cervello riprese a funzionare.

CAPITOLO IX

Lo scolopio padre Leonetti, che ancora soffriva i postumi della sua perigliosa trasferta a Livorno per imbarcare la preziosa e misteriosissima carta del granduca, si dichiarò sconfitto la sera del 15 aprile 1776, dopo aver recitato il Vespro nella sua cella nel convento delle Scuole Pie. Era seduto alla sua scrivania di legno grossolano, non verniciato, accanto alla scaffalatura ricolma di libri di preghiere e di matematica: c'erano il Riccati, il Martini Ranieri, e gli *Elementa geometriae infinitesimorum* di Girolamo Saladini. Davanti a sé aveva il breviario, un orologio, una grammatica della lingua francese e un grande foglio che era stato ripiegato molte volte, sul quale era vergata una lunga serie apparentemente casuale di lettere. Era il testo – ricostruito – di Pietro Leopoldo, cifrato in modo "facile", che aveva mandato a mente una settimana prima.

Padre Leonetti chinò la testa e tirò un lungo sospiro. Era sconfitta la sua coscienza, perché si accingeva a fare quello che assolutamente non avrebbe dovuto. Glielo vietavano la correttezza, la parola data al suo principe, insomma la sua personale onestà, il tutto aggravato dall'abito che indossava, per il quale ogni peccato commesso si moltiplicava per cento volte. Ma Leonetti, matematico e cifrista, cedeva con segreta disinvoltura al vizio deplorevole della curiosità, una forza incoercibile che lo portava a commettere atti a volte indegni.

Il padre scolopio stava per decifrare il messaggio che aveva mandato a mente, e sapeva che era solo questione di tempo. Iniziò a contare le frequenze relative di ogni carattere del testo e le riportò, in ordine decrescente, su un foglio. Nella lingua italiana, la lettera più frequente era la "e", e quindi Leonetti sostituì con quella vocale il carattere più rappresentato nel testo in cifra. Poi passò alla "a", che sostituì nel testo al carattere che era al secondo posto nella frequenza relativa. Dopo aver ripetuto lo stesso procedimento con la "i", terza lettera più comune, iniziò a cercare gruppi di caratteri che potessero essere completati a senso, scovando così altre lettere cifrate.

Purtroppo, dopo varie ore di tentativi, il padre scolopio non riuscì a venire a capo di nulla. La lettera era certamente scritta in un idioma diverso dall'italiano, probabilmente in francese. Più difficile che fosse in inglese, lingua che il granduca conosceva poco. Leonetti si passò una mano fra i radi capelli e fu preso da un dubbio. Era assolutamente necessario che il testo da lui mandato a memoria fosse esatto lettera per lettera, e su questo non poteva mettere la mano sul fuoco. L'omissione anche solo di un segno, avrebbe reso assai difficile, se non impossibile, la decifrazione.

Così fu, infatti. Dopo molti tentativi, alle serie di caratteri apparentemente casuali si sostituivano righe altrettanto insensate, sia pure utilizzando la lingua francese al posto di quella italiana. L'unica differenza era che qualche parola, qua e là, sembrava somigliare a dei lemmi transalpini, senza però che fosse possibile esserne certi, e soprattutto senza poter progredire nella decifrazione a senso. Memorizzando il testo, doveva aver saltato, ripetuto o confuso intere successioni di caratteri, mandando a pallino le frequenze relative.

Dopo quattro ore di inutili tentativi, spostando a caso gruppi di segni, Leonetti era al punto di partenza, ma quasi felice: la sua coscienza era stata indotta in tentazione, era caduta, ma la Provvidenza aveva fatto in modo che il peccato non si consumasse fino in fondo. Sicché lo scolopio andò a letto sollevato, con una piacevole sensazione di candore: un'innocenza forzata, come quella di un ladro che non riesce a scassinare un forziere.

Il matematico che era in lui, tuttavia, non poté impedire al suo cervello di lavorare, anche se a un livello appena sotto la consapevolezza, perfino mentre dormiva. E la soluzione al problema piano piano si formò nella sua mente, con Leonetti che faceva deboli tentativi di scacciarla, come una zanzara fastidiosa.

Sul luogo della strage, mentre Pietro Leopoldo veniva portato via nel fitto del bosco, bendato e imbavagliato, in braccio a un bestione con schioppo a tracolla, apparvero improvvisamente tre figuri altrettanto loschi, armati stavolta di pale, scuri, secchi ed enormi rastrelli di legno. Dovevano svolgere il compito per il quale erano stati addestrati, e non avevano tempo da perdere. Per evitare sorprese, i due tronchi d'albero, mimetizzati alla meglio con delle frasche, furono lasciati di traverso, a debita distanza da entrambi i capi della strada, con due briganti di guardia.

I cadaveri erano sparpagliati in un raggio di almeno venti braccia intorno alla carrozza, o ai suoi resti. Vastissime macchie di sangue nero erano state assorbite dalla terra e dal poco ghiaino sparso sulla sede stradale. Il lavoro di pulizia fu svolto con efficienza sorprendentemente meticolosa, visti i tipi che vi ponevano mano: furono innanzitutto raccolte in un grande secchio le membra umane staccate dall'inaudita violenza dei pallettoni, come il cervello del povero capitano. Poi fu estratto dalla carrozza il corpo di Bartolomeo Neri, biondo e col volto lentigginoso, e allineato sul bordo della strada accanto a quello del cocchiere e dei soldati: in tutto sette cadaveri, sui quali già iniziavano a posarsi mosche e altri insetti.

Due briganti, o quel che erano, iniziarono a spogliare i corpi, uno per uno, e a raccogliere gli abiti, le armi e tutti gli effetti personali delle vittime in un grande sacco di iuta marrone, che fu immediatamente portato via. Quindi i cadaveri, uno per volta, tenuti da un uomo per i piedi e da un altro per le braccia, presero la stessa strada, all'interno della macchia più fitta. Frattanto un brigante si occupava di demolire la carrozza a colpi d'ascia, compresi i bauli del bagaglio, senza badare al contenuto, sudando copiosamente, mentre un suo compare radunava i legni schiantati e ne faceva delle specie di fascine, legandole con dei giunchi. Anche della carrozza, dopo pochi minuti, non c'era più traccia. I due cavalli furono il problema più grosso. Non era possibile trasportarli, e fu necessario macellarli sul posto.

Dopo un'ora e mezza restavano solo le immonde macchie di sangue, che la terra sembrava aver assorbito fino all'inferno, e che richiamavano ogni sorta di insetti e di altri animali. Si misero quindi in azione le pale, che rimossero gli strati superficiali della strada, sempre con l'aiuto dei secchi. Altra terra, presa sempre dalla strada o dai cigli, si sostituì alla nauseante mistura di sangue e polvere, tanto che alla fine solo un occhio assai esperto avrebbe sospettato che in quel luogo si era svolta una carneficina. Dopo un paio di giorni, specie se fosse piovuto un po', sarebbe stato impossibile per chiunque.

Con grande fatica, sudore e bestemmie in serbo-croato, tutto il materiale asportato dalla strada, cadaveri compresi, fu portato fuori dai sentieri battuti, fino a una gola profonda. Qui, per precauzione, il più grosso dei briganti usò la scure, di taglio e di piatto, per sfigurare completamente i volti dei cadaveri. Tanto era l'orrore di quell'estremo oltraggio, che perfino i suoi compari non ebbero cuore di assistere alla scena e rimasero seduti in una piccola radura, mormorando parole indecifrabili, come delle preghiere sacrileghe. Infine fu scavata una lunga trincea nel terreno più molle, sul fondo della forra, dove furono sepolti, oltre ai cadaveri, anche il legno della carrozza e gli abiti delle vittime, comprese due candide parrucche. Benché esausti, i briganti raccolsero tutto il sottobosco, i rami caduti, le foglie morte che fu loro possibile asportare, e mascherarono in modo assai efficace la terra smossa. Pareva l'opera del demonio in persona, tanto la scomparsa del granduca e della sua scorta fu totale, nel giro di un pomeriggio.

La coppia si ritrovò all'orario prefissato nella chiesa fiorentina di San Procolo, fuori mano e pochissimo frequentata, certa che alla loro assidua presenza nessuno desse importanza. Stavano su due panche contigue, in ginocchio. Parlavano a voce molto bassa, con le catene del rosario in mano, e nessuno dei due tradiva emozione.

Il più anziano si tolse la parrucca e si passò una mano tra i radi capelli, sospirando.

— Il granduca non è arrivato a Modena.

— Chi è al corrente?

— Per il momento nessuno, almeno così ritengo. Non ci sono notizie ufficiali. A Modena il principe era atteso in forma rigorosamente privata dal duca, che ne avrebbe data comunicazione agli uomini della sicurezza solo al momento dell'arrivo. Invece Leopoldo, l'architetto Neri, la carrozza, la scorta, tutto è scomparso nel nulla.

— Qual è, in teoria, la procedura da seguire per ritrovarli?

— L'unica possibilità sarebbe mandare subito una pattuglia di soldati per la stessa strada percorsa dal principe. La prassi richiederebbe che i comandi imperiali fossero avvertiti immediatamente, senza perdere un solo istante.

— Chi era a conoscenza del viaggio? Pensateci bene, non dimenticate nessuno.

— Solo l'uomo dei servizi a Modena e due suoi fidatissimi collaboratori, fra cui l'agente di Firenze. Poi l'auditore fiscale, il confessore del granduca e la famiglia. Ah, oltre naturalmente alle persone a cui lo stesso principe può aver confidato la cosa. Ed eventuali altre spie, è chiaro.

— Le spie. Ecco il vero problema. Ce ne sono troppe, fra qui e Modena, sia dei nostri che delle potenze europee. E non solo di quelle. Quante possibilità esistono che la scomparsa di Leopoldo resti coperta dal segreto?

— Un granduca che svanisce nel nulla è un fatto inaudito. Scatenerebbe il caos a Firenze, in Toscana, in tutta Italia, sarebbe una tragedia politica. Per il momento, almeno, nessuno ha interesse a che la cosa diventi di dominio pubblico, né i membri del Consiglio, né i signori Otto di Balia, né tanto meno Vienna.

— Allora speriamo che tutto venga risolto al più presto e senza strepito.

Il conte Anziati camminava svelto, col fiato corto, in un vicolo del centro, fra muri altissimi che la sua fantasia vedeva stringersi uno contro l'altro fino a schiacciarlo. Il fatto di sangue avvenuto presso la sua fattoria di Melo stava diventando un incubo nel senso letterale del termine, perché il suo sonno non aveva più pace.

L'inquietudine era stata poi ingigantita dall'invito di Francesco Pratellesi a trasferirsi per un po' a Firenze, nel vecchio palazzo. Inizialmente Anziati aveva preso la cosa quasi con entusiasmo, perché gli permetteva di allontanarsi da una moglie sempre più petulante e irascibile, ma poi aveva cominciato a porsi domande insistenti sulla vera ragione di quell'invito a ritirare il denaro di persona. Aveva incontrato problemi anche per il viaggio: era stato già difficile ottenere la disponibilità di una carrozza, alla villa di Montaione, ma non c'era stato verso di trovare un cocchiere a titolo gratuito. Era stato obbligato perciò a ricorrere ai servigi del moro, capace a malapena di tenere i cavalli sulla strada. Oltretutto con dispetto di sua moglie, che non intendeva rimanere sola con una cameriera decrepita e insolente.

L'appuntamento era in un ufficio a piano terra di Palazzo Vecchio, sul lato posteriore dell'antico castello cittadino, dalla parte che dava verso la chiesa di San Firenze. Pratellesi lo accolse in una stanza singolarmente spoglia, tutta intonacata di bianco e con un solo tavolo, due sedie, e un'immaginetta religiosa accanto all'alta apertura a bocca di lupo che faceva da finestra. L'ambiente era in penombra, e la presenza di un armato, fuori della porta, non appariva certo tranquillizzante agli occhi del vecchio aristocratico.

— Signor conte, che succede a Melo e a Cutigliano?

Pratellesi sogghignava con soddisfazione malcelata di fronte al tremebondo Anziati, arrampicato su una seggiola certo inadatta alle sue nobili natiche.

— A Cutigliano? Eccellenza, cosa volete che ne sappia?

Pratellesi si compiacque che il vecchio parassita avesse abbassato la cresta. Quell'*eccellenza* era un segno eloquente, e non era ispirato solo dal terrore. Pensò che poteva permettersi di assumere un'aria più bonaria e amichevole.

— Via, caro Anziati. Voi avete tutti i diritti di recarvi nelle vostre terre, ci mancherebbe altro. Anzi, il governo del principe apprezza in sommo grado che i nobili proprietari si occupino dei loro possedimenti, per farli finalmente prosperare e produrre ricchezza.

— Cosa volete che producano, le mie terre? È già tanto se ci campano i contadini residenti, e pochi altri.

— Se, come mi dicono, avete in progetto una vendita delle vostre terre, certamente i nuovi proprietari vi investiranno del denaro e la situazione non potrà che migliorare. Inoltre, i fondi che ricaverete saranno messi a frutto in imprese produttive.

Anziati aveva perso ogni residua alterigia. Era solo un vecchio stanco, impaurito e con la coscienza sporca.

— Migliorare! Andrà tutto in rovina. Non venderò più nulla...

— Non vi disperate. Troverete un altro compratore, ne sono certo. I vostri problemi reali sono ben altri, purtroppo.

Gli occhi del conte si sgranarono. Divenne ancora più pallido di quel che era di solito. Pratellesi notò solo allora che il colletto era liso e di dubbia pulizia, il mantello lucido, le scarpe piene di toppe e le calze con qualche buco.

— Eccellenza, a quali problemi state alludendo?

— Mi hanno riferito ogni passo del vostro viaggio a Cutigliano e a Melo. Vedete, mi ingegno a non farmi sfuggire nulla, nell'interesse del granducato e del suo principe. Avete chiesto del capitano di giustizia e avete discusso del fatto di sangue dello scorso tre aprile. Avete preteso rassicurazioni sulla vostra incolumità personale. Avete fatto buttare all'aria le case coloniche e il vostro appartamento abbandonato. Avete fatto bruciare varie carte, anche qui a Firenze.

Anziati non credeva alle sue orecchie. Quell'uomo gli pareva onnisciente e onnipotente. Era questo il Mondo Nuovo, di cui tanti parlavano? Se era così, non desiderava farne parte.

— Conte, non vorrei avervi messo a disagio. Sono certo che esiste una spiegazione per tutto. Del resto i colpevoli sono già stati individuati e arrestati.

Pratellesi seguiva il movimento del cono di luce che il sole proiettava attraverso l'alta finestra sul pavimento di cotto, e capì che era tardi. Allora guardò la pendola in un angolo della stanza:

segnava mezzogiorno.

— Caro Anziati, vi chiedo scusa ma devo assentarmi per qualche minuto. Vi prego di rispondere alle domande del mio collaboratore. Attendete qui...

Mentre l'aristocratico friggeva sulla sua sedia impagliata, Pratellesi uscì dall'ufficio, richiuse accuratamente la porta e andò verso un uomo piccolo, con i capelli neri e ricci e la fronte sfuggente, noto fra i criminali di bassa lega per la sua brutalità. Lo sbirro, che tutti conoscevano col solo cognome di Sordi, attendeva in piedi fuori della porta, e ancora si domandava cosa c'entrava lui, avvezzo a perseguitare i delinquenti della plebe, con l'interrogatorio di un nobile fiorentino.

— La cottura procede bene. Seguite le istruzioni.

— Come volete. — Sordi sogghignò entrando nello studio, mentre Pratellesi si ritirava in un'altra stanza e si faceva portare del pane, del formaggio e del vino.

Nell'ufficio, il nuovo inquisitore si mise seduto al tavolo ingombro di carte, senza salutare il conte e senza nemmeno guardarlo in faccia.

— Sapete qual è la pena per il reato di omicidio?

— Come osate... come potete... io sono...

— Lo sapete, sì o no? — Sordi era brusco, la voce impersonale. Anziati non era affatto abituato a un simile trattamento, ma non aveva la forza di ribellarsi. Rimase in silenzio, lo sguardo rivolto in basso, sul pavimento di mattoni murati a spina di pesce, per resistere ai secoli.

— La pena è l'impiccagione. Ma nel caso vostro, forse vi taglieranno la testa. Non sono pratico di assassini aristocratici.

Anziati trovò le energie per puntare gli occhi sul suo aguzzino, ma questi sfuggiva lo sguardo.

— Io non ho ucciso nessuno! Io non ho commesso né mai commetterò azioni di questo genere!

— Voi avete trattato la vendita delle vostre terre con il giovane Vincenzo Scarpa, da Venezia. È vero?

Il conte rimase impietrito, e non rispose.

— Sia voi che lui avete intrattenuto contatti col defunto ingegnere Taddei. — L'uomo scorse dei fogli, sempre senza degnare l'inquisito di un solo sguardo. — L'indagine sui mandanti dell'omicidio finirà inevitabilmente su di voi. Non penserete che tutto sia terminato con l'arresto di qualche contadino? Il granduca non guarda in faccia nessuno, per lui sono tutti uguali di fronte alla legge. Verrete rinchiuso in prigione. Verrete interrogato. Verrà perquisita la vostra casa.

— Pietro Leopoldo non permetterà tutto questo, gli accordi fra lui e me... — Ma Anziati si zittì di nuovo.

— Il granduca ha dato ordine di non usarvi riguardi. Siete vecchio, conte. Forse non resisterete alla prigione. La vostra giovane moglie sarà costretta a fuggire da Firenze, e vi porterà via quel poco che vi è rimasto.

Anziati era esterrefatto, stava a bocca aperta, gli occhi spallati, a fissare quel vilissimo plebeo che lo interrogava come fosse un bracciante delle sue terre.

Sordi non aggiunse altro. Si alzò, andò alla porta e uscì, senza degnare Anziati di un saluto. Poco dopo rientrò Pratellesi.

— Rieccoci a noi. Gradite qualcosa da bere?

Anziati aveva le lacrime agli occhi, e non rispose. Odiava con tutto il cuore quella marmaglia, quei traditori, quelle stesse antiche mura che tolleravano tutto ciò.

— State tranquillo, signor conte, ve l'ho già detto. A tutto c'è rimedio.

— Quell'uomo, quel plebeo, ha osato...

— Chi, il nostro Sordi? Oh, non badategli, non è solito usare riguardi. Il mondo cambia, siamo rimasti in pochi a credere in certi valori.

Pratellesi si avvicinò da dietro alla sedia di Anziati e si chinò, fino a sfiorargli leggermente il viso con il proprio. Parlò quasi in un sussurro.

— La vostra situazione è delicata, rischiate di perdere ogni residuo privilegio, non solo la villa di Montaione che tanto generosamente il granduca vi ha offerto in riparazione del torto subito. Anche la vostra libertà è in pericolo. Sappiamo bene che vi trovate regolarmente con elementi poco fedeli al principe, e discutete di impossibili restaurazioni...

Anziati trovò la forza per alzarsi in piedi e assumere di nuovo un atteggiamento sprezzante.

— Noi siamo gentiluomini liberi, nessuno può accusarci di cospirazione.

— Possiamo, invece, caro conte, possiamo farlo anche subito. Volete che vi legga i rapporti dei nostri informatori sulle vostre riunioni segrete?

Anziati era furioso, ma riusciva a mantenere miracolosamente un alito della sua antica dignità di aristocratico nostalgico dei Medici, e ancor più della Repubblica oligarchica della gloriosa Firenze quattrocentesca. Non alzò nemmeno la voce.

— Le riunioni di vecchi gentiluomini non sono segrete, e nessuno ha il potere di toccarci con un dito.

— Anziati, mi trovo costretto a ricordarvi di nuovo che il mondo non è più quello di una volta. Il nostro reggitore crede nell'uguaglianza.

— Il tedesco è un usurpatore e un traditore del suo stesso sangue.

— Sapete che per frasi come queste ci sarebbe la forca? — sibilò Pratellesi con calcolata freddezza. — Non fidate troppo sul fatto che da molti anni non si impicca più nessuno: c'è sempre la galera dura, e chi è cagionevole ci rimette spesso le penne. Non è meglio trovare un accordo?

Adesso il vecchio aristocratico era di nuovo in piedi, rigido, il mento rivolto all'insù. Sembrava una statuetta caricaturale come se ne trovavano in certe botteghe di artigiani sotto le mura d'Oltrarno.

— Ancora un accordo, lestofanti? Denaro per il disonore sulla mia famiglia, denaro per far cessare innocue riunioni di nobili onesti. Mi fa orrore il vostro oro.

— No, Anziati, voi non avete capito. Non vi sto offrendo oro. Vi offro la libertà, l'archiviazione delle indagini sui vostri fin troppo sospetti legami con il defunto ingegnere Taddei e col presunto veneziano Vincenzo Scarpa. Vi propongo anche il sonno di questo incartamento sulla vostra attività cospirativa in combutta con altri nobili decaduti...

Pratellesi agitava il dossier, un mucchio di carte legate con un nastro rosso in croce, davanti al naso di Anziati, tanto vicino da colpirlo leggermente.

— Ma come osate, come osate...

— Tutto dimenticato, signor conte. E non dovrete nemmeno rinunciare alle vostre riunioni cospiratorie. Solo che riferirete ogni cosa, regolarmente, a uno dei miei uomini.

— Vigliacco, maledetto, vi farò frustare dai miei stallieri! Vi farò... vi farò...

— Non fatemi ridere, vecchio coglione spiantato! E non mi irritate oltre misura!

Pratellesi tirò fuori un sacchetto di cuoio con una bella somma di denaro, e lo gettò con disprezzo sul tavolo.

— Qui ci sono i nuovi fondi per le vostre necessità e per quelle di vostra moglie. E ora basta, andatevene, e ritenetevi fortunato. Anzi, ringraziatemi, perché il principe mi aveva conferito ampio mandato, con libertà di farvi somministrare anche qualche tratto di corda. Ma reggete l'anima coi denti, non ho avuto cuore. Fuori di qui.

Anziati uscì da Palazzo Vecchio per una porticina posteriore, carico di un livore immenso per il granduca e i suoi tirapiedi. E così, quel tedesco aveva dato ordine di non usargli riguardi! Di trattarlo come un plebeo qualsiasi, dopo avergli disonorato la Casa e rubato la moglie per goderla con comodo prima di buttarla in un angolo, esponendolo al pubblico ludibrio. No, quel giovane arrogante e pieno di sé non meritava di vivere, mentre lui, l'ultimo di una casata che aveva visto la Firenze di Cacciaguida, era costretto quasi a patire la fame ed era per giunta vessato, interrogato come un volgare malfattore. In certi momenti, mentre veniva sballottato dalla carrozza condotta sui ciottoli dal moro inesperto, Anziati avrebbe voluto morire all'istante, fulminato, per non dover sopportare quelle infamie.

Perso in queste tristi riflessioni, demoralizzato e intristito come non mai, Anziati non si avvide che qualcuno, un individuo che esibiva l'aspetto di un mendicante qualunque, aveva iniziato a seguirlo da vicino.

CAPITOLO X

A Modena, alla Legazione imperiale, ogni aspetto del viaggio segreto di Pietro Leopoldo era ovviamente conosciuto da tempo, grazie alle reti di spie nella Dominante, a Pistoia e in tutte le città del Granducato, e due uomini se ne occupavano esclusivamente.

Erano un ex capitano dell'Esercito, in pensione, e un giovane ed emaciato *attaché*, che da soli costituivano il vertice dei Servizi austriaci nella capitale del piccolo ducato. Il giovane si chiamava Joseph Gruber, e aveva l'incarico di raccogliere le notizie portate dagli informatori e di redigere rapporti dettagliati, da passare all'esame del vecchio ufficiale, il capitano Michael Kienmayer. Quella volta, vista l'importanza del caso, decise di rivolgersi direttamente a voce al suo superiore, e parlando tradì un turbamento vistoso.

— Fonti sicure ci informano che Sua Altezza Reale Pietro Leopoldo, Granduca di Toscana, è misteriosamente scomparso sull'appennino sopra Pistoia.

Al contrario del suo giovane subordinato, il capitano Kienmayer mantenne intatta la sua espressione di ghiaccio.

— È morto?

Joseph Gruber fu sommamente sorpreso dell'impassibilità dimostrata dal vecchio ufficiale. Esitò un lungo istante, prima di rispondere.

— Dobbiamo presumere sia morto.

— Su cosa basate questa presunzione? Ci sono testimoni oculari?

— No. Ma non si può trattare di un semplice ritardo, di un cavallo azzoppato, di una ruota rotta: il convoglio è entrato nel tratto di strada dopo Cutigliano, in una località selvaggia che chiamano Le Fratte, e nessuno ne è uscito, nemmeno molte ore dopo.

— Che dicono i toscani? A Firenze, intendo.

— Nessuna notizia, è come se non fosse successo nulla.

— Ma stanno agendo, in qualche modo? Hanno mandato una comunicazione a Vienna, anche ufficiosa?

Il giovane era così stupito dalla freddezza del suo superiore, che imputava a cinismo, da non rispondere. Ma il capitano Kienmayer non tollerava chi si faceva prendere dalle emozioni: vizio o virtù, era più forte di lui.

— Ragazzo mio, il vostro mutismo non vi fa onore. Scuotetevi. È un ordine.

Gruber, con due vistose borse sotto gli occhi dovute alla sua salute malferma, riacquistò un poco di colorito.

— Sembra che la notizia del viaggio sia rimasta circoscritta alle persone più vicine al principe, e che cerchino di mantenere il segreto più a lungo possibile.

— Avete informato qualcun altro di questa faccenda?

Il giovane *attaché* appariva sempre più perplesso.

— Negativo, signore. Lo ritenete opportuno?

— No, per ora no. Non parlate con nessuno della scomparsa del granduca. Soprattutto, non assumete alcuna iniziativa. Per adesso tornate ai vostri affari correnti. E state calmo.

Il vecchio ufficiale era pensieroso. Forse era opportuno fare come i toscani, attendere ancora un po', per non arrischiare mosse azzardate. Joseph Gruber, invece, non riusciva a nascondere la sua inquietudine, e anche il dolore, per la probabile sorte di quel granduca amato da tutti gli spiriti liberi d'Europa. Ma salutò cortesemente il capitano e tornò alla normale amministrazione, nella sua stanzetta stipata di carte.

Nella casa segreta di Modena, dove alloggiava provvisoriamente con una sola cameriera, lady Gwendolyn Ausbury viveva da giorni in una terribile ansia. Era certa che Pietro Leopoldo fosse vivo, nel profondo dell'Appennino pistoiese. Non si trattava di una semplice sensazione, ma di una convinzione fermissima. Ripensava al valore sacrale che il granduca conferiva alle promesse: un soldato avrebbe dovuto lasciare la scorta alla fine del viaggio, correre da lei e annunciare il suo arrivo, in modo da permetterle di recarsi da sola all'appuntamento. Nessun soldato si era presentato al suo domicilio, e il senso di colpa che già provava divenne violento. Cercò di scrollarselo di dosso: era certa, fra l'altro, che Leopoldo avesse già preso le sue decisioni prima del loro ultimo incontro fiorentino, e che nessuno sarebbe mai riuscito a fargli cambiare idea. Ma lei continuava a pensare a quanto l'aveva incoraggiato a compiere quel viaggio segreto.

Ora aveva un compito importantissimo da svolgere. Raccolse in un piccolo baule alcune cose personali, il minimo indispensabile, poi chiamò la domestica e indossò uno dei suoi abiti da viaggio di foggia maschile.

La sede degli agenti imperiali, a Modena, era una semplice casa privata vicina alla Legazione, in cui si svolgeva una vita del tutto normale. Il residente austriaco la visitava periodicamente senza particolari precauzioni, né veli di segretezza. Proprio per questo lady Gwendolyn era a disagio quando varcò il portone del palazzo e si fece annunciare. In quanto suddita inglese, avrebbe dovuto recarsi alla Legazione britannica, per chiedere consiglio e aiuto, ma in quel caso non sembrava davvero una mossa opportuna. Se Pietro Leopoldo era vivo, solo gli austriaci avrebbero avuto le forze sufficienti per risolvere la situazione, e l'interesse per farlo. E poi, soprattutto, solo loro l'avrebbero assecondata nella pazzia che andava progettando.

Lady Gwendolyn non ebbe bisogno di fare molta anticamera; fu ricevuta quasi subito dal capitano Kienmayer, che non l'attendeva ma la conosceva di fama, in ogni senso.

Il funzionario dei servizi di Vienna accolse l'aristocratica inglese in un salotto austero, assieme al suo aiutante Joseph Gruber e ad altri collaboratori, giovani agenti che restarono come impietriti quando lady Gwendolyn fece il suo ingresso. La nobildonna spiegò in due parole il motivo della sua visita, e Kienmayer non mostrò di essere stupito della rivelazione.

— Dunque, voi sostenete che Pietro Leopoldo è ancora vivo. Siete consapevole della gravità della vostra affermazione?

— Capitano, la mia certezza si basa su un dato di fatto. Come amica personale del granduca, sono a conoscenza di quasi tutti i suoi movimenti.

Kienmayer sorrise, senza commentare in altro modo. Molti sapevano che lady Gwendolyn Ausbury era l'amante preferita di Pietro Leopoldo: si diceva che il principe ne fosse follemente innamorato, tanto da non importargli affatto che la voce corresse anche oltre i confini del suo Stato. Il tedesco, osservandola, comprendeva perfettamente.

— Avevo un appuntamento con sua Altezza, qui a Modena. Secondo gli accordi, dovevo precederlo da sola, per la vecchia via di valico. Mi sono dovuta fermare in montagna, perché il cavallo aveva qualcosa a una zampa e non voleva proseguire. Mentre ero ferma, a controllare se si era ferito, il rumore del bosco è cambiato, tutti gli uccelli si sono alzati in volo allo stesso tempo, e ho sentito...

— Che cosa?

La nobildonna indugiò con lo sguardo sui volti degli altri uomini presenti nella stanza: tutta gente che lei non conosceva affatto. Certe notizie non era opportuno che facessero troppa strada. Il capitano batté il palmo della mano sul piano del tavolo.

— Ebbene, dite...

— Vorrei parlare soltanto a voi. È importante.

— Va bene.

Il capo dei Servizi fece un cenno con la testa e tutti i presenti lasciarono il salotto senza battere ciglio. Fu lo stesso Kienmayer a chiudere a chiave la porta.

— Eccovi accontentata, my lady. Non perdiamo altro tempo.

— Ho sentito il crepitare degli spari, le urla. L'imboscata, ovviamente. Ho cercato di controllare, da lontano. E allora ho visto.

— Ma che cosa, di grazia?

— Degli uomini che portavano via qualcuno, legato a un palo come un animale.

— Vivo?

— Vivo.

— Siete andata immediatamente a informare qualcuno, immagino?

— No.

— E perché?

— Non mi sembrava opportuno. Voi siete i primi con cui mi confido.

Kienmayer si alzò, aprì di nuovo la porta della stanza e richiamò i suoi collaboratori. Poi, senza por tempo in mezzo, proseguì nell'interrogatorio di lady Gwendolyn.

— Siete sicura che fosse il granduca, e che fosse vivo?

— Ne sono certissima.

— Perché non siete venuta subito a dircelo?

— Io sono inglese, signore. In teoria avrei dovuto rivolgermi alla mia legazione. Oppure avrei dovuto tornare a Firenze e far finta di nulla. Confesso di aver esitato... ma voi rappresentate l'Impero, quindi avete dei doveri verso un granduca di Asburgo Lorena. Oppure sbaglio?

Il capitano assentì in silenzio, con un lento movimento del capo.

— Signore, ritengo di essere l'unica persona in grado di risolvere la situazione.

— Scherzate?

— Niente affatto. So muovermi come e meglio di un uomo, fra quelle montagne. Sono in grado di individuare con precisione il luogo dove è avvenuto l'assalto, e se Leopoldo è vivo, cosa di cui sono certa, avrò sicuramente più possibilità io di avvicinarlo di chiunque altro.

— E perché mai? Sarà comunque prigioniero, forse ferito, impossibilitato a muoversi.

— Chi lo ha rapito mi vedrà, ho il modo di assicurarmene. C'è una ragionevole possibilità che la mia condizione femminile, se mi comprendete, possa salvarmi la vita, almeno sul momento.

— *My lady*, il vostro è un ragionamento folle. Verrete certamente uccisa.

— Può darsi. Ma sono disposta a rischiare.

— E quale utilità avrebbe, incontrare il granduca, se pure ci riusciste?

— Datemi un uomo, una guida di montagna. Non un tedesco, meglio un italiano. Uno che sia abile a fuggire, in caso di pericolo immediato, e in grado di tenere a mente una posizione. Questo vi consentirà di sapere, con poco margine d'errore, dove Leopoldo è tenuto prigioniero. Io cercherò di risolvere il problema, diciamo così, dall'interno.

— È questo, appunto, che mi preoccupa. Comunque, andrete. È un'impresa assai rischiosa, quella che vi accingete a compiere, signora. Vi forniremo un uomo esperto della montagna, qualcuno che sa il fatto suo.

Kienmayer si rivolse al meno giovane dei suoi collaboratori.

— È disponibile il Brusco?

— Credo di sì, signore. Attualmente si trova ospite delle galere ducali, per qualche rapina. Lo possiamo fare uscire nel giro di un'ora.

— Bene, istruitelo a dovere e mettetelo a disposizione di lady Ausbury.

Completamente immobilizzato e bendato, Pietro Leopoldo non poteva fare altro che pensare, posto che servisse a qualcosa. Delle poche parole dette dai due briganti, poco prima, aveva colto solo l'espressione *moramo*, "ammazzare"; ma se avessero voluto ucciderlo, probabilmente l'avrebbero fatto subito, senza tanto disturbo. Poi, con terribile sforzo, cercò di ricostruire mentalmente l'agguato. All'inizio non provò altro che paura, e rivide solo luci, bagliori; sentì di nuovo schianti e urla e spari, come un'unica esplosione caotica, l'eruzione improvvisa di un vulcano. Quindi, via via che si imponeva di ripercorrere con la mente quei terribili secondi, riuscì a farsi un'idea della meccanica dell'agguato.

I suoi rapitori erano veramente speciali. Innanzitutto la loro presenza appariva stonata, in una zona che da molto tempo andava esente dal banditismo. In secondo luogo, avevano una grande quantità di armi, e molto moderne. Gli spari erano stati varie decine, e quindi, calcolando i tempi medi di ricarica, erano entrati in azione almeno dieci o dodici fucili. Armi di qualità, e in numero copioso. Strano: i briganti di solito agivano in gruppi minuscoli, e non erano ben equipaggiati.

Infine, il movente di quella strage. Certo erano incappati per caso nella sua carrozza, mentre attendevano il passaggio di qualche ricco possidente, probabilmente carico di soldi: non avevano notato subito la scorta, perché dei normali briganti non avrebbero osato assalire un convoglio ben difeso. Quale coraggio e impudenza! Però, alla fine, si erano accorti con chi avevano a che fare, perché il brigante barbuto, quello che era certamente il capo, gli aveva parlato in italiano, chiamandolo "Altezza". Non l'avevano perquisito, altra circostanza assai curiosa, perché non potevano sapere che non portava mai valori con sé: le carte erano al loro posto nella tasca interna, pensò con sollievo, come se quei fogli fossero più importanti della sua vita. Poi il pensiero corse allo sfortunato Bartolomeo Neri, che era morto proteggendolo col suo stesso corpo, e recitò una preghiera per la sua anima, e per quella di tutti gli altri, perfino per il grasso cocchiere. Per ultimo si raccomandò a Dio e cercò di conservare la calma, di tenere la testa lucida.

Croato, serbo-croato... da dove venivano quei briganti? Mentre si sforzava di riflettere, stanchissimo e pieno di brividi per lo *shock* subito, indolenzito per il modo brutale con cui era appeso a un palo come una preda abbattuta, senza poter vedere nulla, Pietro Leopoldo si addormentò. Passarono oltre due ore, e al risveglio, non avrebbe assolutamente saputo dire dove si trovava. Nel viaggio, la benda che gli copriva gli occhi si era allentata, e così poté guardare: era nel pieno di un bosco di faggi, ancora privi di foglie ma così fitti da nascondere ogni cosa col loro inestricabile tessuto di rami. Sopra di sé intravedeva solo lacerti di cielo, come fra le maglie di un'immensa rete. Guardò anche in avanti, quando lo strano convoglio si fermò. Intravide una radura sgombra di neve, nel bosco, e un piccolo gruppo di briganti seduti in circolo. Riconobbe quello barbuto, che decise fra sé di chiamare "il buono". Fu portato di peso, sempre legato mani e piedi, contro un albero, sopra un alto tappeto di foglie morte, e fatto sedere per terra. Capì che per il momento sarebbe stato inutile gridare, protestare, chiedere spiegazioni. Cercò invece di porre estrema attenzione alle poche frasi smozzicate che udiva, rimpiangendo lo scarso interesse che aveva sempre riservato allo studio del serbo-croato, e che ora gli permetteva di comprendere solo una parte di ciò che quei malfattori dicevano. Capì, con un lungo brivido, che tutti, tranne il "buono", erano irritati e impauriti, e volevano la morte dell'ostaggio. Quello, invece, insisteva nel difenderlo. Gli sembrò di intendere che il punto di forza della sua arringa, in quello stranissimo processo in mezzo a un bosco sconosciuto, scaturisse direttamente dalla sua autorità quasi regale. Lui *voleva*, semplicemente, che l'ostaggio fosse mantenuto in vita, e non intendeva dare spiegazioni. Alla fine il tono delle voci si fece più quieto, mentre il gigante, al centro del circolo e alla luce di un piccolo fuoco, pareva un capo barbarico.

La discussione si protrasse per una buona mezz'ora; dopodiché i briganti si ritirarono e il granduca, che si era un po' calmato, si impaurì di nuovo quando vide che "il buono" si dirigeva verso di lui con un coltello in mano e una faccia tutt'altro che amichevole. Ma allorché gli si inginocchiò accanto, il gigante usò l'arma solo per liberarlo definitivamente della benda e per tagliare i legacci. Mentre era intento a far questo, Pietro Leopoldo ebbe modo di osservarlo, alla luce assai tenue del fuoco acceso lì vicino, e di sentirne l'odore pungente e selvatico. La sua pelle era di cuoio, per colore e consistenza, ma non sembrava ruvida: era invece curiosamente liscia, quasi lucente ai riflessi della mobile fiamma che moriva.

— Non ho mai avuto un granduca per prigioniero. Voglio provare che effetto fa...

Il brigante parlava in italiano con un vago accento slavo, ma Leopoldo avvertiva qualcosa di falso, come se quel gigante cercasse di dissimulare le sue vere origini.

— Ditemi chi siete e cosa volete. Esigo di essere subito riaccompagnato a Firenze, e che voi e i vostri uomini vi consegniate alle guardie.

Il gigante rise sommessamente.

— Fareste meglio a chiedervi perché vi ho risparmiato.

— Mi avete rapito, quindi vi servo vivo. Se volete del denaro, siete pazzo, visto che sapete chi sono.

— Il vostro ragionamento fila. Ma le cose non sono mai quelle che sembrano, signore. Voi siete vivo solo perché l'ho voluto io. Avreste dovuto finire nella fossa, insieme agli altri.

Pietro Leopoldo era abituato a sentirsi chiamare "Altezza", ma l'atteggiamento di sbrigativa superiorità del suo carceriere, in quel momento, non lo indisponeva. Nonostante la paura, bruciava di curiosità.

— Chi siete? Come vi chiamate? Avete sbagliato vittima?

Il gigante biondo rise di nuovo, come si fa davanti a un bambino dalla parlantina sciolta.

— Quante domande! Se credete, potete chiamarmi Lupo.

— Non è un nome.

— Oh! Pensate forse che tutti si chiamino Francesco Stefano, o Bartolomeo Neri, oppure Francesco Pratellesi?

— Lupo è un soprannome, è il vostro...

— Nome di battaglia? — Il brigante reclinò il capo all'indietro e sorrise, con un velo di malinconia negli occhi gelidi. — Be', battaglie ne ho fatte, non c'è dubbio, ma il nome Lupo è molto più antico. Ora, però, le domande le faccio io.

Pietro Leopoldo fremette di rabbia, non solo per l'insolenza. *Ci siamo*, pensò. *Chiederà come ottenere del denaro, vorrà chi sa quali altre informazioni...* Certo il granduca non si aspettava né il tono né la sostanza della prima domanda.

— Ditemi, vostra altezza... che sta succedendo nelle colonie inglesi, in America?

Nei giorni che seguirono il suo interrogatorio, il conte Anziati non seppe darsi pace in alcun modo per la serie di affronti che aveva dovuto subire. Ma era un tormento che non poteva trovare facilmente sfogo, se non nell'unica maniera concessa ormai a un aristocratico senza quattrini, ovvero parlare, confidarsi con qualcuno. Del resto, se voleva rimanere a Firenze ancora qualche giorno col vecchio servo e col servitore negro, che nonostante la mole tremava per il freddo mentre lo seguiva con passo saltellante, non poteva far altro che cercare ospitalità da qualche amico più fortunato di lui.

Non mancavano, in Firenze, nobili con ancora viva la solidarietà di casta, e Anziati si diresse con animo tranquillo verso il palazzotto del conte Ugo Alberti, in tutto simile al suo ma con ancora qualche traccia dell'antica agiatezza. L'Alberti odiava i *maledetti lorenesi*, e fu ben felice di passare una serata con Anziati e raccogliere il suo amaro sfogo (benché il nobile evitasse accuratamente di riferire i particolari dell'indagine a suo carico). Del resto, quando Anziati risiedeva ancora stabilmente a Firenze, era cosa usuale riunirsi con altri di pari rango per parlar male del granduca e delle sue riforme, e rievocare splendori ormai lontani, ancor prima della Reggenza, al tempo di Gian Gastone de' Medici. Così, la sera seguente, l'Alberti invitò a cena, oltre Anziati, anche altri antichi amici con le stesse idee: il vecchio conte ripeté la sua storia, sempre evitando i particolari per lui più scabrosi e insieme arricchendola di dettagli inediti, del tutto inventati, che facevano fremere di sdegno i commensali nerovestiti.

Questa sorta di cerimonia della rabbia impotente andò avanti per tre giorni, e l'ultima sera intervenne anche un giovane rampollo dell'aristocrazia, portato da uno degli antichi amici di Anziati. Un ragazzo che sembrava scoppiare di entusiasmo, e che galvanizzò quelle mummie rinsecchite con discorsi infuocati. Fra l'altro, sostenne che c'era pure modo di passare ai fatti, non solo di parlare, se davvero si voleva reagire all'odiato tedesco che minava alle radici la Tradizione. Di fronte alle guance rosse del giovane e alle sue parole così forti, in verità, quasi tutti si spaventarono: una cosa era esprimere l'odio dell'animo esacerbato, tutt'altra esporsi in azioni che potevano rivelarsi catastrofiche. Fu lo stesso Anziati, bianco come il latte versato, a far notare al giovane che armi e denaro erano due cose intimamente unite tra loro quanto indispensabili, se si avevano certe velleità, e delle quali, purtroppo, né lui né gli altri potevano disporre. Ma il giovane replicò che Pietro Leopoldo, con le sue riforme, non urtava soltanto le loro profonde convinzioni di aristocratici. Infatti, esistevano pur sempre individui e governi con ampie possibilità, e costoro erano alla ricerca, per l'appunto, di un gruppo di nobili di antica e provata lealtà, pronti a mettersi a capo di un regime che fosse allo stesso tempo nuovo e *antico* nel senso più profondo del termine.

Gli aristocratici riuniti da Anziati e dal conte Alberti furono affascinati da quelle parole, ma non erano stupidi, e sapevano bene che nessuna congiura toscana avrebbe avuto mai la benché minima *chanche* di sopravvivere per più di due giorni all'inevitabile urto con Vienna: anche se avessero preso il potere a Firenze – praticamente senza più esercito né marina disponibili, perché a suo tempo smantellate dal granduca – a cosa sarebbe servito? Non era forse capitolata la Repubblica Fiorentina, tanto tempo prima, quando il suo esercito era infinitamente più potente, in paragone? Eppure il giovane insisteva, e qualcuno cominciò a essere roso dal tarlo dell'avventurismo più sfrenato. Nessuno poteva sapere cosa sarebbe successo veramente in caso di un'azione di forza, sempre che gli appoggi esterni fossero stati sufficienti: si stringevano continuamente accordi, nelle corti europee, e forse la Toscana avrebbe potuto ritagliarsi di nuovo un ruolo autonomo, senza quell'ingombrante principe lorenese dalle idee rivoluzionarie e privo di rispetto per le cose più sacre.

Naturalmente in quei tre giorni non fu deciso nulla, tanto più che il giovane si riservò di rivelare in successive occasioni le opportunità che lui credeva di scorgere, nonché l'identità di quei misteriosi referenti esterni che adombrava. Anziati era preoccupatissimo, ma in cuor suo più che felice di potersi trattenere a Firenze ancora per un po', ben lontano da quell'odiosa moglie isterica che urlava per le stanze fredde della sua villa.

Era solo assai penoso nel rispondere alle insistenti domande dell'uomo di Pratellesi, che ogni sera trovava davanti all'uscio di casa, armato di matita e carta, pronto a stendere il suo odioso rapporto.

Pietro Leopoldo rinvenne all'interno di una strana costruzione in pietra, adagiato sopra delle foglie morte, ma morbide e asciutte. Davanti a lui svettava il gigante biondo, che lo guardava sorridendo.

— Avete dormito molto. Una notte e un giorno interi.

— Dove siamo?

— Non occorre che lo sappiate. Ma abbiamo lasciato un discorso a metà, ieri.

Il granduca fu scosso da un brivido. Le carte! Senza darlo a vedere, si assicurò che fossero al loro posto, nella tasca segreta della marsina, ormai strappata in più punti.

— A quale discorso alludete?

— L'America. Cosa sta succedendo in quelle lontane colonie, oltre il mare?

— Ma lo sanno tutti!

Il Lupo si rabbuiò di colpo.

— Voi allora siete come gli altri. Pensate che tutti siano informati come nelle corti europee? Credete forse che i contadini, i pastori, i giardinieri delle vostre ville leggano i resoconti sulle gazzette? Oppure, peggio, quel "lo sanno tutti" si riferisce agli eletti, ai nobili, ai ricchi, mentre gli altri è come se non esistessero?

Pietro Leopoldo, malgrado il lungo sonno privo di sogni, non si era ancora ripreso della traumatica esperienza del giorno precedente. E ora si trovava prigioniero nel fitto di un bosco, in uno strano rudere, alle prese con un bandito che pareva un gigante e che gli chiedeva dell'America… nonostante tutto, trovò la forza per alzarsi in piedi, indignatissimo.

— No e poi no! Io credo fermamente nel principio dell'uguaglianza!

— Ecco, parlatemi di questa uguaglianza. Io non la capisco. E ditemi cosa c'entra con l'America.

Il principe avvertiva l'assurdità di quel dialogo, ma non riusciva a resistere al fascino dell'impresa di riassumere avvenimenti tanto grandi e importanti a qualcuno che sembrava così ignaro.

— In America si tenta di dare nuova dignità agli uomini, di liberarli dal dominio assoluto di un monarca. Si vuole che il popolo possa determinare il proprio destino, si ricerca la vera giustizia, si vogliono abolire tutti i privilegi.

— E voi, voi che siete un monarca, che ne pensate di questo?

Pietro Leopoldo si meravigliava di come quell'orrendo assassino fosse capace di costringerlo a una discussione politica in quella situazione. Avrebbe dovuto smetterla subito, chiudersi in un silenzio assoluto, ma c'era una forza tale, negli occhi e nella voce di quel gigante, che lo obbligava a stare al gioco.

— Quel che sono io non ha importanza. Contano la giustizia, la pace, il benessere di tutti.

— Sono tutti così… puri, i vostri amici, quelli che la pensano come voi?

— Volete dire fra gli americani?

— Proprio gli americani mi interessano maggiormente, mio illustrissimo signore.

Il granduca abbassò la voce e chinò leggermente il capo.

— No, c'è chi è solo irritato del comportamento tenuto da re Giorgio nei confronti dei coloni, e vorrebbe tornare sotto la protezione della Corona inglese. Ma ci sono anche uomini con alti ideali.

— Voi in che rapporti siete con questi... patrioti?

— Io conosco bene Thomas Jefferson e Beniamino Franklin. Anche Filippo Mazzei, che è toscano come noi. Ma voi perché volete sapere delle cose americane?

Il Lupo si inginocchiò accanto al suo regale prigioniero.

— Dov'è, l'America, ditemi.

Pietro Leopoldo rialzò la testa di scatto.

— Ma... Non sapete nemmeno dov'è e vi interessate alle sue forme di governo?

— Voi volete l'America anche in Toscana, non è vero?

Il granduca rimase ancor più interdetto, a quelle parole. Sì, forse, semplificando allo stremo, si poteva dire così. Ma si era fatto tardi, fuori della torre gli altri uomini stavano spegnendo il fuoco, coprendolo con terra e sassi perché non si vedessero nemmeno le braci. Il Lupo si alzò dritto in piedi.

— Vi custodiremo in questa torre. Appronteremo un altro giaciglio più comodo con delle frasche, ma vi dovrete adattare.

Pietro Leopoldo ubbidì come un bambino. Nonostante il lungo sonno ristoratore, la tensione indicibile della giornata precedente lo paralizzava ancora. Aveva dolore in tutto il corpo, e un giaciglio di frasche gli sembrava, in quel momento, più desiderabile del suo letto con le lenzuola di seta di palazzo Pitti.

CAPITOLO XI

Padre Matteo Leonetti, mentre la sua giornata si svolgeva coi soliti ritmi in attesa del previsto appuntamento col granduca, continuava ad occuparsi del messaggio indecifrabile, anche se non lo confessava neppure a se stesso. Era un continuo lavorio intellettuale, che solo di tanto in tanto si faceva pienamente cosciente. Quando questo accadeva, il povero padre scolopio provava una forte nausea che spesso sfociava in violenti conati di vomito, manifestazioni palesi del suo profondo senso di colpa. Eppure, malgrado ciò, Leonetti non riusciva a impedirsi di attendere al problema.

Scrisse e riscrisse decine di volte il testo in cifra "facile" che aveva mandato a mente, ottenendo risultati diversi a ogni nuovo tentativo. Forse la sua memoria non era più quella di una volta, ma non era possibile che la successione di lettere ricordate fosse completamente sbagliata. Il suo cervello si doveva essere come inceppato in certi punti chiave: il passo successivo doveva consistere nell'individuare le parti del documento che risultavano sempre uguali a ogni riscrittura. Fu relativamente semplice individuare questi lacerti, che riuscì a decodificare con l'analisi delle frequenze. Ottenne varie frasi di senso compiuto, fra le quali alcune colpirono la sua curiosità:

“*Du peuple des libres* (…) *la responsabilité de protéger* (…) *que ce même Congrès m'a* (…) *ce Congrès qui seul gouverne*… (…) dalla volontà dei quali popoli dipende la legittimità (…) solo fino al momento che il Congresso lo riterrà necessario (…) solo dalla volontà del popolo di queste ex colonie, liberamente rappresentato da questo Congresso, esse traggono la loro legittimità (…) noi crediamo che queste verità (…)”.

Sorprendentemente, era un misto di italiano e lingua d'Oltralpe, il che spiegava in buona sostanza le difficoltà incontrate nella decifrazione. Ora Leonetti aveva un ulteriore elemento da sfruttare: doveva usare, riga per riga, l'analisi delle frequenze per entrambi gli idiomi. Per quanti sforzi facesse, però, non riusciva ad andare molto più avanti, e il contenuto del messaggio manteneva gran parte del suo mistero. Il granduca era stato assai chiaro riguardo alla delicatezza di quelle carte, e Leonetti avrebbe voluto decidere, una volta per tutte, che non lo riguardavano affatto: doveva distruggere i suoi appunti, invece di tenerli nascosti nella sua cella, insieme a una replica in carta dell'anello di rame di Leon Battista Alberti e ad altre annotazioni che a Leopoldo non sarebbero affatto piaciute. Ma non riusciva a staccarsi dal problema.

Quando finalmente arrivò a una soluzione definitiva per la decifrazione del testo misterioso, Leonetti non dormì per tre notti di seguito. Le uniche vie di uscita, per il religioso ormai devastato dall'ansia, erano dimenticare la faccenda oppure mettere in chiaro tutto il testo. Ma se la seconda ipotesi significava sensi di colpa sempre più brucianti, la prima eventualità voleva dire macerare il suo intelletto nel vicolo cieco di un problema insoluto, cosa che non riusciva a sopportare.

Ancora una volta, dunque, vinse la bramosia di conoscenza. Il padre scolopio trascorse quelle notti a ricostruire, parola per parola, azione per azione, attimo per attimo, la lunga giornata in cui era stato col granduca a Villa La Petraia, per codificare il testo in quel modo bizzarro. Era l'unico esercizio mentale possibile per stimolare la sua memoria a ricordare *esattamente* il testo cifrato nella sua interezza. Più volte nella notte si alzava dal suo letto di passione, sudato nonostante il clima ancora freddo e asciutto, e riscriveva il testo cercando di avvicinarsi sempre di più all'originale. Poi lo decifrava, inceppandosi regolarmente in uno o più punti.

Ricorse allora a un espediente disperato: cercò di ricordare dei blocchi sufficientemente lunghi del testo in cifra "difficile", che aveva elaborato lui stesso. Era un'impresa ancora più ardua di quella a cui si era sottoposto imparando a memoria la cifratura "facile" realizzata dal granduca. Con un po' di fortuna, tuttavia, poteva operare in modo inverso: decifrare le stringhe ripescate nelle profondità del proprio cervello e cercare, nel messaggio precedentemente imparato a memoria, delle successioni uguali di segni.

Dopo molte ore di frenetica ricerca, Leonetti individuò alcune corrispondenze e poté mettere in chiaro altre parti del testo, sicuramente corrette. Forse fu il caso, oppure la pietà divina, oppure davvero la mente dello scolopio era strabiliante. A un ennesimo tentativo, mentre era nello scrittoio, ecco finalmente il testo completo palesarsi in chiaro, davanti agli occhi. Non conosceva bene le lingue francese e inglese, ma anche a prima vista, quella missiva era di contenuto semplicemente esplosivo, e capì perfettamente perché Pietro Leopoldo avesse cercato di tenere segreto il documento anche a lui.

Quel che lesse lo lasciò esterrefatto, dolorosamente colpito, spaventato.

Cosa sarebbe accaduto, si domandò con terrore, se a Livorno

avesse in qualche modo fallito, e se il documento fosse caduto nelle mani sbagliate?

Ma proprio l'improvviso ricordo dell'incontro avuto all'uscita della chiesa con quello straniero, che la sua mente turbata aveva rimosso, fulminò lo sventurato Matteo Leonetti, che vedeva cadere intorno a sé tutte le certezze nelle quali si era cullato per una vita. Doveva confessare ogni cosa al suo principe, anche se questo gli sarebbe costata la fiducia del sovrano: si teneva un fazzoletto sugli occhi, per assorbire le lacrime, mentre scriveva un biglietto urgente, in cifra semplice, per Pietro Leopoldo, con la storia del suo strano incontro livornese, taciuto fino a quel momento per viltà. Portò personalmente il biglietto a Palazzo Pitti e lo consegnò al cameriere che faceva sempre da corriere segreto fra lui e il suo signore.

Lo scolopio, finalmente placato nella mente, tornò a sera nella sua cella, per guarire dell'altro male, quello della coscienza, nell'unico modo possibile. Nascose il testo in cifra in modo che solo una persona colta e assai avveduta potesse trovarlo, e bruciò il resto: due fogli più volte ripiegati e spiegazzati, macchiati di sudore e di lacrime, brillarono in un vecchio mortaio. Aprì poi il cassetto di un piccolo mobile e ne estrasse una strana maglia metallica: aveva l'aspetto di una cintura, vagamente simile a quelle che gli antichi soldati portavano sotto le corazze. Solo che quella aveva tanti piccoli chiodi rivolti verso l'interno. Si tolse la tunica, sbottonò i calzoni e sollevò la camicia.

Non era più abituato a farlo, ma riuscì lo stesso ad allacciarsi da solo quella maglia metallica intorno alla vita: le cento e più punte entrarono subito nelle carni scoperte, provocando una smorfia di dolore nel volto di Leonetti. Ma il peggio doveva venire. Il padre scolopio, per espiare il suo peccato di curiosità e di orgoglio, agguantò saldamente i legacci di cuoio fissati agli estremi del cilicio, trattenne il fiato e tirò con tutta la forza che aveva.

Il dolore fu atroce, come cento frustate simultanee. Il sangue colava in mille piccoli rivoli dalle punture. Padre Leonetti si sentì mancare il fiato, perse l'equilibrio e si appoggiò al ripiano del mobile. Respirava profondamente e velocemente, gli ci volle un quarto d'ora buono per riprendersi. Ora il dolore era sempre acutissimo, ma sapeva di poterlo sopportare. D'altra parte, la gioia che provava nell'espiazione superava ogni sofferenza.

Nella chiesa fiorentina di San Procolo, nel dedalo di stradine nei pressi di via della Vigna Vecchia, i due uomini erano seduti ai soliti posti, su una panca lontana dall'ingresso, sotto un antico pulpito marmoreo.

— Il granduca è vivo.

Il più giovane dei due, solitamente impassibile, quasi saltò sulla panca a quella notizia.

— Vivo? *Ancora*? Ne siete certo?

— È stato visto mentre lo trascinavano via, legato.

— Da chi?

— Un testimone oculare, che lo ha riferito al residente imperiale di Modena.

— Un contadino, un pastore? Chi, di grazia?

L'uomo più anziano tirò un sospiro, si passò una mano sotto la parrucca e si accarezzò i capelli radi.

— No, una donna. Sapremo ogni particolare entro pochissimi giorni.

— Ma come possiamo verificare se quello che vi è stato riferito è vero?

— Suppongo che dovremo fidarci.

— Cosa facciamo adesso? Inviamo degli uomini armati?

— No, è troppo pericoloso in questa fase. Non sappiamo perché il granduca non è stato ucciso subito, e neanche dove si trova esattamente. Sono boschi infidi. Ci occorrono ulteriori informazioni. Dobbiamo per forza arrivare al cospetto dell'ostaggio e parlare con i briganti che lo hanno catturato, prospettando loro un qualche accomodamento.

— Avete un agente così abile?

L'uomo più anziano si tolse finalmente la parrucca, che costituiva per lui un'autentica tortura. Si concesse un sorriso tirato, quindi rispose:

— Sì.

Leonetti fu certo che qualcosa non andava quando realizzò che anche il suo quarto biglietto, con il quale chiedeva udienza a Pietro Leopoldo, sembrava essere stato inghiottito dal nulla. Aveva studiato a lungo il messaggio segreto, era riuscito a tradurlo correttamente, passando ore e ore nella Biblioteca dell'Istituto, mentre il cilicio gli martoriava le carni. Per spiegare il lungo silenzio da parte del granduca, aveva esaminato ogni possibile scenario, da quelli galanti a quelli più foschi, cercando di far collimare i pochi indizi di cui disponeva. Si era formato la convinzione che il messaggio segreto potesse essere collegato all'apparente sparizione di Pietro Leopoldo, perché l'arrivo del testo a Livorno e il suo misterioso pedinatore erano eventi senz'altro in connessione reciproca. Doveva assolutamente essere certo che il granduca fosse assente per sua volontà, che fosse al sicuro e – ma non poteva nemmeno pensare il contrario – che fosse vivo. Tuttavia capiva che la sua angoscia era anche, e forse soprattutto, generata dal timore che Pietro Leopoldo lo avesse semplicemente depennato dal ruolo di strettissimo consigliere, in favore di qualcun altro.

Il rapporto che lo legava al principe lo rendeva edotto di particolari intimi, anche segreti, informazioni che non poteva condividere con nessuno, nemmeno col suo confessore; ma ciò lo escludeva anche dalla più banale vita di Corte. Leonetti non poteva entrare e uscire da Palazzo Pitti, o anche da Palazzo Vecchio, a piacer suo, come tanti impostori, preti, spie e cicisbei facevano impunemente. E anche il ricorso ai messaggeri, per quanto scelti con scrupolo, restava un sistema insicuro: lo scolopio, naturalmente, scriveva sempre in cifra semplice, e nulla vietava che i dispacci potessero essere intercettati, decifrati, riscritti o falsificati.

Il sacerdote e il principe, a suo tempo, avevano preso seriamente in esame l'eventualità di una crisi completa di comunicazione, quale quella che, a giudizio di Leonetti, si stava verificando proprio in quel momento. Di conseguenza, lo scolopio decise che era l'occasione giusta per sperimentare il sistema escogitato per i casi estremi. Non era faccenda da poco, perché doveva recarsi nella città di Pistoia, assai distante: per fortuna, una carrozza di Palazzo Pitti era a sua disposizione a qualsiasi ora del giorno e della notte. Solo Pratellesi sarebbe stato informato degli spostamenti di quel veicolo, e ne avrebbe riferito per iscritto direttamente al principe.

Padre Leonetti si recò dunque a Pistoia, partendo poco dopo l'alba del 21 aprile 1776, da solo e con un cocchiere votato al silenzio. Giunse nel borgo ai piedi dell'Appennino tosco-emiliano, base di partenza della via modenese, che era già da tempo passato mezzogiorno. La cattedrale di San Zeno, con i suoi archi che poggiavano su esili colonne e i suoi marmi bicolori, sorgeva nel centro della città, appoggiata alle case medievali alte e rosse. La chiesa era collegata all'antica residenza dei Vescovi, un palazzo medievale che, pur rimaneggiato più volte, esibiva ancora l'impronta austera della residenza fortificata, con dei voluminosi archi gotici sul prospetto principale e una scala esterna tenacemente aggrappata ai mattoni antichi.

Leonetti fu ricevuto da un diacono e portato subito in un refettorio deserto, con ancora nell'aria l'odore acuto di minestra e cavolo bollito che i finestroni spalancati su un chiostro interno non riuscivano a smaltire. Il padre scolopio era stanco e affamato, e accettò con gratitudine la scodella di brodo che gli fu servita da un giovane aiutante del cuoco.

Erano già passate le due quando nello stanzone giunse un prete che lo invitò a seguirlo in una sala fredda e male illuminata, senza chiedergli niente e senza rispondere al suo saluto. Leonetti dovette attendere quasi un'altra ora, poi arrivò il segretario del vescovo, anche lui silenzioso, che lo fece passare per una porticina e lo condusse all'appartamento privato dell'ecclesiastico.

Il vecchio presule era assiso su una sedia imbottita di velluto rosso, a capo scoperto, e sembrava stanco e malato. Leonetti si inginocchiò e gli baciò l'anello. Fece per parlare, ma il vescovo lo zittì con un gesto della mano.

— Benedetti figlioli, i vostri giochi pericolosi vi hanno messo in difficoltà? Siete qua per raccontarmi qualcosa, oppure per sollecitare il mio intervento?

— Eccellenza, devo chiedervi se potete degnarvi di usare il mezzo concordato, per motivi di gravità eccezionale.

Il vecchio uomo di Chiesa, che in cuor suo approvava la politica di riforme del granduca, fu turbato da quelle parole. Ma era al corrente della procedura di emergenza, e sapeva che non era il caso di fare domande. Non aggiunse altro: tirò un campanello per convocare il suo segretario. Il giovane prete ebbe in consegna un biglietto ripiegato, si guardò bene dall'aprirlo e lo consegnò immediatamente al sagrestano.

Non c'era molto altro da dire. Il vescovo sapeva di essere alla fine della sua missione pastorale e conosceva anche chi, con tutta probabilità, l'avrebbe sostituito: Leopoldo il temerario meritava ogni possibile appoggio, ma non sarebbe stato lui, anziano e malato, ad aiutarlo sul delicato fronte delle riforme religiose. Padre Leonetti prese subito congedo dal presule, che prima però gli impartì la sua benedizione, sollevandogli un poco l'animo angustiato.

Il sagrestano, da parte sua, rimase allibito, perché la sequenza di rintocchi che era vergata sul biglietto dalla stessa mano del vescovo non aveva alcun significato, ed era incredibile che il sant'uomo ordinasse di eseguirla immediatamente e con tanta determinazione. Le campane di Pistoia suonavano infatti a orari ben precisi, un rigore che serviva anche a segnare il tempo del lavoro e del riposo in città e nelle campagne. Quella strana sequenza di tre rintocchi seguiti da un silenzio di dieci oscillazioni della pendola, poi da un rintocco singolo, poi da un altro silenzio più breve del primo e poi da due rintocchi, costituiva un'irriverenza che rasentava la bestemmia.

Nonostante ciò, lo scampanio fu eseguito: Leonetti uscì con la carrozza, diretta di nuovo a Firenze, proprio mentre i primi rintocchi facevano alzare in volo tutti gli uccelli della piazza e delle vie adiacenti, che girarono più volte in cerchio nel cielo chiaro di Pistoia. Non furono pochi i passanti che alzarono la testa stupiti. Ma solo altre orecchie edotte della faccenda, in chiese appena fuori della città, non si stupirono affatto, e provvidero subito a ripetere il messaggio.

CAPITOLO XII

Pietro Leopoldo non era più legato da molte ore, ma rimaneva sempre sotto l'occhio vigile di uno dei briganti, armato di un terribile e moderno schioppo, uno di quelli che avevano seminato la morte fra i passeggeri della carrozza e fra la scorta. Era certo che qualsiasi tentativo di fuggire, peraltro nel mezzo di un bosco sconosciuto, sarebbe stato pagato a caro prezzo. Passate le prime ore di stanchezza mortale, aveva cominciato a osservare con grande curiosità la torre in pietra in cui era tenuto prigioniero. Nonostante la pena che provava, rimase piacevolmente turbato quando riconobbe, nella parte più bassa e massiccia della costruzione, la muratura in *opus quadratum* tipica dell'edilizia romana imperiale. Cercò di trovare nella sua memoria una qualsiasi notizia che riguardasse una torre simile a poco più di una giornata di cammino da Cutigliano. Ma più rimuginava, più capiva che quel rudere doveva essere ancora sconosciuto ai cultori delle vestigia antiche.

Banditi e prigioniero erano silenziosi e tranquilli quando, non troppo lontano, a circa dieci gradi a sinistra rispetto alla posizione del sole, si udì uno scampanio tutto particolare: tre rintocchi seguiti da uno singolo e poi da altri due, con la sequenza ripetuta per tre volte. Pietro Leopoldo rabbrividì, si commosse addirittura, perché sapeva di cosa si trattava. Era una richiesta urgente di padre Leonetti per stabilire un contatto: la sequenza di rintocchi, partita da Pistoia, si era trasmessa in pochi minuti, nel silenzio delle campagne, per un raggio circolare di molte miglia. Le campane erano state udite da tutti i preposti, ma soltanto alcuni di loro avevano capito cosa stava accadendo, e ordinato ai campanari di ripetere la sequenza. Il principe, secondo gli accordi stabiliti a suo tempo, avrebbe dovuto replicare al messaggio di emergenza con lo stesso mezzo, oppure con un corriere.

Il primo moto dell'animo di Leopoldo fu l'acuto dispiacere per non poter rispondere. Ma poi, improvvisamente, capì che poteva sfruttare in modo assai vantaggioso quel suono, se solo avesse pensato abbastanza in fretta. La prima informazione che gli serviva era l'ora. Portò meccanicamente la mano alla tasca della marsina, strappata in più punti, quindi si ricordò che l'unico oggetto che gli avevano sottratto era proprio il bell'orologio d'oro donatogli dall'ambasciatore di Francia. Cercò con lo sguardo il bruto che glielo aveva sottratto, e lo trovò seduto su una pietra pochi passi più in là. Tentò disperatamente di rispolverare le sue poche nozioni di serbo-croato, prima di attirare la sua attenzione.

— *Molimvas, koliko je ati*?

Le parole del granduca risuonarono invano.

— *Dommage*! L'ora, maledizione, che ore sono... *Ëspèce d'animal, veux-tu me dire l'heure*?

Il bandito guardò il prigioniero come se fosse improvvisamente impazzito. Non mosse un muscolo, né profferì verbo. Allora il granduca capì che il brigante, semplicemente, non conosceva l'uso dell'oggetto che gli aveva rubato. Il concetto di ora praticamente non esisteva, per quel bestione, che si regolava con il sole e con la luna.

— *Ti imas moj sat*!

Ma il brigante non rispondeva; lo scrutava con aria perplessa, sempre immobile: anche il nome del gioiello gli era ignoto. Leopoldo si scoraggiò un poco. Poi, d'un tratto, lo sguardo cupo del brigante divenne limpido e disteso: l'uomo frugò velocemente in una tasca e mostrò trionfante, nella mano enorme e pelosa, il prezioso orologio creato con maestria incomparabile dall'officina di Baillon de Fontenay.

Il granduca sapeva di poter contare solo su pochi secondi: si alzò faticosamente, e con tutte le sue forze si mosse verso il brigante. In quel momento, avrebbe voluto avere la vista di un falco. Ormai era a pochi passi dall'orologio, lo scrutò con la massima attenzione e riuscì a leggere l'ora, proprio mentre il bandito, sogghignando, richiudeva il colossale pugno e faceva sparire di nuovo il gioiello nelle pieghe delle vesti.

Pietro Leopoldo, pur nell'angoscia continua, avvertì una punta di felicità. L'orologio evidentemente funzionava ancora, erano le dieci e trenta del 21 aprile. Ora doveva riflettere, e dar fondo a tutte le sue conoscenze. In quell'istante si udì in lontananza un nuovo scampanio, da una direzione diversa dalla precedente rispetto al sole: gli stessi tre rintocchi seguiti da uno e poi da altri due. Cercò di figurarsi la carta topografica dell'Appennino pistoiese, con le sue pievi. Il messaggio sonoro era certo partito da Pistoia, dalla cattedrale di San Zeno. In teoria lo avrebbero raccolto, in un arco verso nord-ovest, le chiese di Serravalle, Montagnana, Campigli; poi, più a nord, i centri di Pescia, Pietrabuona e Vellano, fino a un ultimo grande arco, fra Vico Pancellorum e Cutigliano.

Con aria indifferente, il granduca raccolse un ramoscello e schizzò sul terriccio scuro del sottobosco una sommaria carta topografica, tentando di segnarvi alla meglio tutte quelle località. Se solo avesse potuto conoscere esattamente la posizione dei punti cardinali, il suo problema sarebbe stato risolvibile in un tempo molto più breve... comunque non era impossibile venirne a capo. Dall'ora e dalla posizione del sole, con l'approssimazione che la memoria gli consentiva, localizzò grosso modo il nord. La prima campana sentita era quindi in direzione sud. La seconda a sud-ovest. Potevano essere, rispettivamente, le pievi di Lizzano e Cutigliano. Si sforzò di tracciare due linee che si intersecassero nel luogo in cui lui era prigioniero, ma i suoi calcoli mentali erano tanto approssimati che l'errore poteva essere enorme. Cercò di ridurre progressivamente lo scarto escludendo i centri abitati e i luoghi meno probabili. Attese il terzo scampanio, che sarebbe dovuto venire da Melo... maledizione, se solo avesse avuto una bussola...

Il corso tumultuoso dei suoi pensieri fu interrotto da un colpo su una spalla. Il granduca trasalì, si voltò e vide il gigante biondo con gli occhi gelidi che lo fissava, tenendo il suo orologio penzolante.

— Suppongo che questo sia vostro.

— Dio mio, sì... però io non volevo...

— Tenetelo pure. Siete mio prigioniero, ma non è mia intenzione rapinarvi.

La situazione era quasi comica, benché il principe non riuscisse proprio a sorridere.

— Eppure avete tolto la vita a sette innocenti.

— Questo è un altro discorso.

Suonò la terza campana; il rintocco, in effetti, sembrava provenire da nord-ovest. Sicuramente il villaggio di Melo.

Il gigante biondo si allontanò e Pietro Leopoldo tolse i piedi dal suo schizzo topografico, che aveva prontamente coperto un minuto prima: era confuso dalle impronte, ma ancora leggibile. Prese l'orologio, lo accostò all'orecchio e sentì il confortante ticchettio del meccanismo. Cercò un bastoncino sufficientemente sottile e lo mise perpendicolare al bordo del quadrante, facendo in modo che l'ombra del legnetto si sovrapponesse alla lancetta delle ore. La bisettrice fra quest'ultima e le 12 del quadrante indicava, sulla sinistra, esattamente il nord (sempre che l'orologio non si fosse mai fermato e segnasse l'ora precisa: ma il granduca aveva fiducia negli artigiani francesi). Poi piantò il bastoncino per terra, dopo aver allestito con la mano un piano sufficientemente regolare. Per assicurarsi che il legnetto fosse in verticale, sfilacciò un orlo della camicia fino a ricavarne un filo di seta sufficientemente lungo, al quale legò un sassolino, così da ottenere un rudimentale filo a piombo. Era difficile fare tutto questo senza essere notato dai briganti, ma per fortuna quello più vicino a lui sembrava il più stupido, oppure era perso nei propri pensieri.

Il principe aspettò con trepidazione che l'ombra del bastoncino smettesse di diminuire, poi annotò il più esattamente possibile il tempo trascorso tra quel momento, cioè il mezzogiorno locale, e quello segnato dal suo orologio. Bene, con l'aiuto determinante delle campane, adesso era sicuro di poter localizzare quel rudere sommerso dalla vegetazione. Non restava che segnare il prezioso dato da qualche parte.

Lady Gwendolyn Ausbury udì per la prima volta le campane poco dopo aver lasciato alle sue spalle il crinale appenninico, quando era già nella vecchia strada di valico, in direzione di Cutigliano: lo stesso tragitto, al contrario, che avrebbe dovuto percorrere Pietro Leopoldo. Non ci fece troppo caso, le sembrava naturale che le chiese di montagna rallegrassero con quel suono la crudezza del paesaggio: solo le parve che lo scampanio fosse un po' troppo insistito. Anche il suo accompagnatore, un passatore chiamato Brusco che di quando in quando prestava i suoi servigi agli imperiali, restò lievemente perplesso, ma dopo un miglio di cammino avevano entrambi già dimenticato la cosa. Se Pietro Leopoldo era stato rapito e nascosto, non poteva essere troppo lontano. L'uomo fermò il suo cavallo e scese sulla strada.

— Colui che cercate sarebbe stato preso da un gruppo di briganti?

Lady Gwendolyn esitò, prima di rispondere. Chi era, in realtà, quel Brusco che le avevano affibbiato i tedeschi? Le sembrava che sapesse molto di più di quanto dava ad intendere.

— Non so. Ma penso di sì.

— È ben strano.

La ragazza divenne ancora più sospettosa. A cosa voleva alludere il suo accompagnatore? Non aveva solo il compito di scortarla lungo la strada?

— Perché sostenete che è strano?

— Non ci sono più briganti da queste parti. Da molti anni, ormai: il vostro uomo può essersi semplicemente smarrito. È stato ritrovato il suo cavallo?

Lady Gwendolyn pensò che si trattasse di un modo per interrogarla. Cosa avrebbe dovuto rispondere? Che l'uomo era il granduca di Toscana in persona, che non era sparito solo lui, ma la sua carrozza, la scorta e tutti i cavalli? Decise che il suo dovere consisteva nell'ignorare ogni ulteriore domanda.

In quel momento suonarono altre campane, più lontano. Lady Gwendolyn scese a sua volta da cavallo, lasciò la vecchia strada e si inoltrò nella macchia, ancora chiazzata qua e là di neve grigia. Camminava poco distante dal ciglio, e guardava gli alberi, i cespugli, le pietre. Il Brusco teneva le due cavalcature, e la osservava perplesso. Alzò la voce, per farsi sentire bene.

— Cosa cercate? Tracce del vostro uomo? Avrete un bel daffare; ce n'è di strada, da qui a Cutigliano! — La guida legò i cavalli ad un albero e raggiunse lady Gwendolyn sotto la piccola scarpata. Quando fu vicino alla donna, abbassò la voce.

— Non scoprirete alcuna traccia, in questo modo. Non c'è verso.

La ragazza aveva alzato il mento, indispettita, e proseguiva nella sua perlustrazione, sollevando le gambe per non impigliarsi nel sottobosco. Il Brusco le veniva dietro, scuotendo la testa e continuando a brontolare il suo dissenso.

— Vedete, qui passa pochissima gente, sarà assai difficile trovare delle testimonianze, quasi impossibile. Forse vi hanno consigliata male. Guardate, ci sono solo i segni dei boscaioli… — L'uomo sorrise, mentre accarezzava una profonda tacca lasciata di fresco sul tronco di un giovane faggio, ben visibile anche dalla strada. Lady Gwendolyn si fermò e voltò la testa di scatto.

— Che dite? Quali segni?

— Qui, vedete?

La nobildonna raggiunse il Brusco e osservò la tacca sul tronco dell'albero. Poi guardò fisso negli occhi scuri l'uomo che la accompagnava.

— Boscaioli, eh?

La guida sorrideva ancora.

— Penso proprio di sì. Chi altri, secondo voi?

— Che volete che ne sappia? — La ragazza esitò di nuovo. — A ogni modo, questo significa che c'è gente nei dintorni. Dobbiamo cercare una qualche presenza...

— Ma che dite? I boscaioli vengono qui da miglia e miglia di distanza! E poi, magari, non si tratta nemmeno di boscaioli. Forse… — Il Brusco rideva, ma di un'allegria nervosa. — Forse i segni li hanno lasciati proprio i briganti.

— Tanto meglio.

Senza esitare ulteriormente, la ragazza si inoltrò nel bosco. Il suo accompagnatore esitava.

— Avanti, seguitemi! Siete stato comandato per accompagnarmi!

L'uomo tornò sulla strada, slegò i due cavalli e raggiunse con loro la nobildonna, che lottava con gli sterpi in cui i suoi ampi pantaloni si impigliavano di continuo.

— Non possiamo tagliare da questa parte, senza sentieri; cerchiamo almeno una radura, un pascolo. Degli spazi aperti, insomma.

— Non voglio che ci allontaniamo dall'altezza di quel segnale. È importante.

Il Brusco divenne improvvisamente molto serio.

— Signora, se si tratta davvero di briganti... ci uccideranno.

Lady Gwendolyn contemplò il Brusco con un espressione indecisa fra la sufficienza e il disprezzo. Quindi, con un gesto perentorio, alzò un dito e lo puntò in direzione del bosco.

Il Lupo tornò dal breve conciliabolo col suo aiutante. Si diresse subito verso Leopoldo, che aveva notato l'agitazione negli uomini.

— C'è una donna che vi cerca.

Il granduca non poteva credere a quel che sentiva. Non era possibile che Gwen avesse osato tanto.

— Una donna? E dove sarebbe, di grazia? E perché pensate che cerchi proprio me?

— Signore, noi udiamo e vediamo tutto nel raggio di diverse miglia. Una donna vestita da uomo, ma giovane e bella, accompagnata da un passatore di professione, ha lasciato la vecchia strada per Modena e si è inoltrata nel bosco. Cerca un uomo rapito dai briganti. Debbo aggiungere altro? — Il Lupo rideva, sinceramente divertito. Pietro Leopoldo, invece, temeva per la vita della sua amata.

— Cosa farete?

— Voi cosa fareste? Non abbiamo scelta, signore. O li lasciamo proseguire, sperando che non ci trovino, oppure li uccidiamo subito. Noi siamo ben nascosti, ma potrebbero rinvenire i resti dell'imboscata. Comunque è strano, non trovate?

— Cosa?

— Che quella donna sia così impavida da sfidare la morte per cercarvi.

— Dio mio, sì.

Il gigante biondo fissò negli occhi il suo prigioniero, uno sguardo che era difficile sostenere.

— È strano, signore, è strano — ripeté in un borbottio. — Ma le donne innamorate a volte sono coraggiose come tigri. Molto più curioso è che un uomo le aiuti in un'impresa suicida di questo genere.

— L'accompagnatore, voi dite…

— Appunto, il passatore, lo chiamano il Brusco. È ben conosciuto, un tipo poco raccomandabile, che si vende al miglior offerente… — Il brigante sbottò in una risata. — Come noi! È molto probabile che sia mandato da qualcuno. Puzza di spia, sento il suo fetore arrivare fin qua.

— Spia di chi, di grazia?

— Di qualcuno che vuole essere certo che voi siate vivo, e magari chiederne ragione. Le cose si complicano. Ammetto che non avevo previsto la ragazza. Ditemi chi è, se ci tenete davvero alla sua vita.

— Non vi deve interessare.

Il Lupo ebbe un rapido sorriso di benevolenza nei riguardi di quel pallido e coraggioso granduca che non aveva mai provato né fame, né freddo o pericolo, e che si dimostrava più forte di tanti militari o briganti che aveva conosciuto in una vita di avventure.

— Signore, ne va della sua e della vostra esistenza.

Pietro Leopoldo abbandonò per un momento ogni difesa, e lasciò cadere le braccia che aveva tenuto strette al petto, coi pugni chiusi.

— È la donna che amo. Vive a Firenze da anni… appartiene

a un'antica famiglia aristocratica.

— L'unica cosa che posso fare per voi è uccidere l'uomo e far portare qua la donna.

— Ma voi trattate la vita umana come se fosse quella di un coniglio! Siete…

— Io ho salvato la vostra vita, signore. Vi basti. E ora andate nella torre, e non muovetevi.

Il Brusco e lady Gwendolyn, intanto, avevano raggiunto l'inizio del sentiero quasi invisibile che portava al rudere: era stato l'uomo a notarlo, chinandosi qua e là per smuovere il tappeto di foglie morte sotto il tenue strato di neve.

— È un viottolo abbandonato. Ignoro dove conduca…

Il passatore alzò la testa e osservò lady Gwendolyn, che sapeva di essere vicina a Pietro Leopoldo, come se potesse sentirne nell'aria il profumo di lavanda. La ragazza si tolse il cappello di cuoio, e con un gesto rapido liberò i lunghi capelli biondi, che ricaddero come una matassa di seta sulle spalle coperte dall'austero vestito marrone.

— Allora proseguiamo per questo sentiero. Troveremo della gente a cui chiedere notizie.

Mentre parlava la ragazza scosse la testa, e i capelli si distesero definitivamente. Erano così chiari che si sarebbero potuti scorgere dalla sommità del monte, in lontananza.

— Su, muoviamoci.

Il Brusco si rialzò, tirò le funi che legavano i due cavalli, ormai stanchi e innervositi per il disagio del passaggio attraverso la vegetazione, e seguì quella donna bellissima senza più discutere, come se fosse una dea antica, una ninfa in un bosco arcaico decisa a ritrovare il suo amante mortale. Era così preso dalla bellezza di lady Gwendolyn, che gli fu risparmiato il terrore della morte. Uno dei due briganti gli piombò addosso da una gran pietra che costeggiava il sentiero, e in un lampo gli recise la gola col coltello, così che mentre cadeva per terra era già morto. Il secondo brigante teneva il pugnale tra i denti: saltò dallo stesso masso atterrando sulle gambe, come una fiera, guardando negli occhi lady Gwendolyn, impietrita per lo spavento. L'altro uomo ripulì in un attimo il pugnale sui pantaloni del Brusco, si mise alle spalle della donna e l'afferrò per la vita, tappandole la bocca con una mano enorme e pelosa. Non ebbero bisogno di dare spiegazioni, né avrebbero potuto farlo, perché la ragazza non parlava la loro lingua. La legarono mani e piedi, le bendarono gli occhi e la imbavagliarono con cura. Dopodiché, il più grosso dei due sicari se la mise in spalla.

Mezz'ora più tardi, il fardello umano era già scaricato di fronte al Lupo, solo davanti al fuoco, mentre ripuliva con destrezza consumata la sua pistola.

— Una donna. Incredibile, veramente. Chi siete?

Lady Gwendolyn, malgrado l'avessero sciolta dai legacci e liberata da benda e bavaglio, non era certo abituata a subire un interrogatorio. Si chiuse in un mutismo assoluto, che era quello che per il momento le dettava l'istinto. Quel bruto non la conosceva, evidentemente. Aveva davvero rischiato la vita.

— Non volete rispondere? Potrei farvi parlare con la forza, sapete. Ma a qualcuno, qui, la cosa non piacerebbe affatto.

Il Lupo sogghignò mentre posava accanto a sé la sua pistola, ormai perfettamente pulita e ingrassata.

— So benissimo che cercate il granduca Pietro Leopoldo. L'amate così tanto da rischiare la vita. Congratulazioni per la vostra stupidità. Non vi domandate perché respirate ancora? Pensate che a me importi qualcosa della vostra persona? — Il

Lupo contemplava il volto raffinato della donna, i suoi meravigliosi capelli biondi sciolti sulle spalle; seguiva il movimento del petto nel respiro affannoso, sotto quelle vesti maschili e pesanti.

— La vostra bellezza non produce alcun effetto su di me, vi avverto. Devo solo decidere se mi siete utile o meno.

Lady Gwendolyn capì molte cose: che Leopoldo era vivo, che quel brigante non sapeva chi fosse, perché era lì e soprattutto che, almeno per il momento, non era il caso di spiegarglielo. Era meglio parlare, cercare comunque di rimanere in vita.

— Dove si trova il granduca?

— Accento inglese! *Ah, very good, indeed!* Rispondete alle mie domande con altre domande; piuttosto scortese da parte vostra. Be', il granduca è nostro gradito ospite, vivo e in salute. Ma ora dovete dirmi chi siete. Prima che mi inquieti.

L'ultima frase pareva scherzosa, ma provocò un brivido freddo nella nobildonna, che si decise a collaborare.

— Sono… un'amica di sua Altezza.

La ragazza, dopo aver detto questo, voltò di scatto la testa da un lato. Il brigante sorrise compiaciuto.

— Oh, capisco, capisco. *A very close friend, I suppose.* Ma perché siete qui? Chi vi ci ha condotto?

— Lo sapete benissimo, visto che l'avete fatto scannare come un capretto.

— Il passatore? Un piccolo delinquente. E un assassino, per di più. Una volta ha rapinato e ucciso un commerciante di Bologna, a cui doveva fare da guardia del corpo. L'ha appeso per i piedi a un albero e l'ha lasciato lì a morire, mangiato dai lupi. Sono certo che non è stato lui a convincervi a intraprendere quest'impresa assurda. A che scopo, poi? Pensavate, in due, di salvare il granduca?

Lady Gwendolyn si domandò se quel gigante bluffasse, ma non sapeva comunque cosa replicare. Fu salvata dallo stesso brigante, che interruppe il corso dei suoi pensieri.

— Vi aiuto io a rispondere. Siete stata avvicinata da qualcuno che non avrebbe dovuto sapere chi eravate e dove abitavate, e che vi ha messo molta paura. Vi hanno convinto a servire da esca, come suol dirsi. Il passatore doveva riuscire a localizzare il nostro nascondiglio, magari sacrificandovi. Un grosso errore di valutazione.

Lady Gwendolyn decise di non contraddire il suo interlocutore. C'era tempo per riflettere e per decidere il da farsi senza precipitare le cose. Che le importava, in fondo? Ora voleva solo rivedere Pietro Leopoldo.

— Vi lascerò vivere, almeno finché sarà possibile, e starete col vostro uomo. Non mi chiedete perché, non sono sicuro di saperlo. Una bocca in più da sfamare sarà un problema, ma rimedieremo. Evitate di innervosire i miei compagni: sono senza donne da molto tempo, e una come voi probabilmente non l'hanno vista mai.

Lady Gwendolyn fu presa in consegna dal Lupo in persona, che la accompagnò alla torre romana, nascosta dalla vegetazione. La precedette sulla soglia, scimmiottando le movenze e gli accenti di un maggiordomo.

— Signor granduca di Toscana, vi annuncio la visita di una persona a voi cara!

Poi si ritirò immediatamente. Mentre tornava allo sperone roccioso, rideva di gusto. Gwendolyn e Leopoldo si abbracciarono, e solo dopo un po' di tempo si accorsero con stupore di essere rimasti soli.

— Perché pensi che ci lascino così liberi?

— Ti pare che lo facciano? Siamo in mezzo a un bosco fittissimo, lontani da ogni centro. Se anche fuggissimo, non ne usciremmo vivi.

— Ma dove ci troviamo?

— Sopra Pistoia, fra Lizzano e il crinale.

— Te l'hanno detto loro?

Il principe, affacciato a una finestra del rudere, con lo sguardo che correva su un panorama selvaggio e allo stesso tempo così antico e familiare, rise come un ragazzino.

— No, non mi hanno detto né questo né altro. L'ho scoperto io, tutto da solo.

Gwendolyn si era avvicinata al suo uomo, e lo aveva abbracciato, accarezzandogli il collo con la matassa dei suoi capelli.

— E come ci sei riuscito?

Leopoldo si voltò e rispose all'abbraccio della nobildonna con uguale passione.

— Hai gli occhi segnati, mia cara. Sei stanca, impaurita. Ma devi dirmi tu perché sei qui. Cos'è, questa pazzia?

Gwendolyn appoggiò le sue labbra su quelle del giovane principe lorenese, e non le staccò finché il suo uomo non ebbe risposto adeguatamente. Ma quando Pietro Leopoldo cominciò a sganciarle i bottoni della giubba di foggia maschile, che in quel momento trovava più irritante del solito, lei lo fermò. Gwendolyn si spogliava sempre da sola, e sapeva farlo con una grazia che rendeva gli uomini dei bambini stregati. Il granduca era sdraiato sulla dura pietra del pavimento della torre romana, e sopra di lui la ragazza si liberava di ogni indumento, sbirciando ogni tanto dalla finestra per assicurarsi che nessuno di quei bruti potesse disturbarli. Sapeva giocare con i suoi capelli biondi; li scuoteva finché le ricadevano sul seno pieno e roseo, poi con la mano ne spostava due grandi ciocche dietro le orecchie. Era già del tutto priva di vestiti e il granduca, invece, era impacciato nella sua marsina ormai sporca e sdrucita, ma lady Gwendolyn non gli permise di liberarsi degli abiti. Lo costrinse anzi a restare immobile, mentre lo baciava sulla bocca, sul viso e sulle mani, guidandolo quasi a tradimento in lei, per una passione che, con abilità, non fece durare più di cinque minuti. Poi, finalmente, aiutò il principe a togliersi ogni indumento, che, insieme ai suoi, formò una coperta di fortuna, per difendersi un po' dal freddo.

Fu quello, per Pietro Leopoldo, l'istante più bello della sua storia d'amore con la nobildonna britannica dai capelli splendenti. Erano in una torre antichissima al centro di un bosco selvaggio, circondati da malfattori spietati, eppure a lui parve il maggior momento di grazia della sua vita: era abbracciato alla Natura stessa, come entità a un tempo fisica e astratta, e mentre la passione li travolgeva di nuovo, Leopoldo pensava anche alla sua bianca strada tra i monti, e alla sua carta americana, a Jefferson, a Paine, al Mondo Nuovo. Finché il sonno, dopo tante emozioni, lo prese dolcemente, e lady Gwendolyn accomodò alcuni abiti sotto la sua nuca, mentre lo copriva con la camicia strappata. Si rivestì e spolverò alla meglio la marsina del principe, imbiancata dalla polvere del pavimento, ma non si accorse affatto della tasca segreta, con le carte a cui il lorenese teneva così tanto.

Il Lupo era stranamente molto serio. Si sedette vicino al granduca: non di fronte, come al solito, ma di lato. Aveva la sua pistola preferita in mano, un particolare che generò in Leopoldo il brivido dell'inquietudine.

— Cosa dovrei fare di voi, ditemi?

— Liberarmi e farmi portare a Firenze. Dopodiché dovrete consegnarvi con i vostri uomini all'autorità di polizia.

Il brigante sembrò esplodere in una risata.

— E finire torturato e impiccato! Ah, siete singolare, signore, davvero.

— Impiccato temo di sì. Finché non porremo mano alla riforma della Giustizia, il destino degli assassini sarà questo. Torturato no, ho dato ordine che non succeda più.

— Voi credete che tutti i vostri ordini siano eseguiti?

— Lo spero bene.

— No, signore, non mi consegnerò, devo qualcosa a questi uomini. Ma non compirò nemmeno quello che mi era stato ordinato.

— Mi dite, dunque, chi siete e perché sta succedendo tutto questo?

— No, non ancora, non qui e non adesso. Sappiate solo che ora ho bisogno di denaro, molto denaro. Sapete cosa significa mancare alla parola data, ne sono certo.

Il granduca assentì con un lieve cenno del capo, eppure i suoi occhi esprimevano una solenne perplessità.

— Che cos'è più disonorevole, secondo voi: mancare alla parola data a un gentiluomo per un atto onesto, oppure tradire una banda di spietati assassini evitando di compiere un delitto?

— Compiere un delitto è sempre un atto ingiustificabile, davanti a Dio e agli uomini. La parola data, in questo caso, non ha alcun valore.

— Capisco. Per noi – per noi fuorilegge, intendo – la cosa è diversa. Perdere l'onore mancando a un giuramento, anche se questa promessa è la promessa di un omicidio, è il peggiore dei peccati. Un peccato mortale... — Il Lupo accarezzò la canna della pistola. — In tutti i sensi.

— E allora perché me lo chiedete?

— Perché mi interessa il vostro punto di vista. Ebbene, figuratevi un brigante che vive di assassini e ruberie da tempo immemorabile. Un brigante un po' particolare, che è in grado, con una banda di pochi ma risolutissimi compagni, di compiere imprese apparentemente impossibili, e poi di sparire senza lasciare traccia alcuna.

— Sareste voi questo campione? È motivo di vanto, per voi, schiacciare i cittadini onesti come fossero formiche?

Il Lupo fendette l'aria con un gesto rapido della mano, come per cancellare la domanda di Pietro Leopoldo.

— Immaginatevi un uomo così, che per la prima volta nella sua vita manca alla sua parola e non porta a termine un incarico. O meglio, lo compie tutto a modo suo, sull'ispirazione di un momento...

— Che importanza ha, vi ripeto, la parola data, in un caso come questo? Qualsiasi atto giusto voi facciate, non potrà che alleviare la vostra colpa di fronte a Dio, anche se non davanti agli uomini. Se aveste una coscienza, non ragionereste in questo modo.

— Nessuno, sapete, mi ha mai parlato così. Un uomo, mio prigioniero come siete voi ora, morì di paura davanti a me, mentre gli parlavo, senza che io gli avessi torto un capello. Ed era un uomo, a suo dire, molto importante. Lo ribadisco, signore, voi siete singolare, e non crediate che le parole che abbiamo scambiato siano scivolate via come l'acqua sulle pietre. Fino a ieri pensavo di avervi salvato la vita per un mio capriccio; ora non saprei più dire perché, ma non ne sono affatto pentito. Solo che devo risolvere un piccolo problema tecnico. Se vi lascio in vita, sono un uomo finito, e così anche i miei compagni. Appena spunterete di nuovo nella vostra reggia di Firenze, la mia carriera di onesto assassino sarà compromessa agli occhi del mondo. La mia pelle sarà ricercata per essere appesa da qualche parte, e non solo in Toscana, ma in Italia, in tutta Europa. Voi non avete idea, signore. No, non ce l'avete proprio.

— Spero che mi vorrete spiegare.

— Forse, ma in un altro momento e in un altro luogo, come vi ho detto. Prima dobbiamo risolvere questo problema. Io e qualcuno dei miei uomini, anche se vi potrà sembrare impossibile, abbiamo famiglia, molto lontano da qui. Per riuscire a scomparire e a sfuggire a una terribile vendetta, dovremo avere a disposizione molto denaro. Voi pensate che diecimila scudi siano una somma esagerata?

Pietro Leopoldo accennò un sorriso impercettibile. Diecimila scudi. Questo era dunque il valore della sua vita. Il granduca di Toscana, che aveva spezzato le catene della servitù, che smantellava i privilegi feudali ed ecclesiastici, che intendeva riformare la Giustizia e abolire la pena di morte, costava, sul mercato della carne da macello, assai meno di un ponte lungo la strada postale dell'Abetone.

— La vita di un uomo non si misura in denaro. Non so e non voglio rispondere alla vostra domanda.

— Ne ero certo. Va bene, vi basti sapere che per noi quella somma è sufficiente. Pensate che qualcuno, a Firenze, sia disposto a pagarla?

Leopoldo rimase a bocca aperta, e per un po' non riuscì addirittura a parlare. Era un affronto incredibile! Tutti gli uomini onesti di Toscana – non solo il governo, i maggiorenti e la Corona imperiale, ma perfino i sudditi comuni e i contadini delle campagne – avrebbero dato ben altro per salvare la sua vita! Come poteva pensare, quel mostro, che potesse essere altrimenti?

Sembrava quasi che il Lupo seguisse i pensieri del principe, ed ebbe uno scintillio negli occhi grigi.

— Pensateci bene, signore. Di chi vi potete davvero fidare? Certamente voi non siete uno stupido, anche se il vostro rigore etico in qualche modo vi acceca. Occorre che mandiate una lettera a qualcuno che sia per voi come un fratello. Anzi, molto più che un fratello. Quest'uomo – o questa donna – dovrà essere anche in grado di procurarsi quella somma enorme in un tempo molto breve, e di trovare due o più uomini fidatissimi per trasferire il denaro in questo luogo. Ritenete che sia fattibile?

Pietro Leopoldo pensò immediatamente a sua moglie, la granduchessa Maria Luisa, ignara di tutto, intenta a conversare con le dame di compagnia e a giocare con i figli nei giardini di Boboli o della villa del Poggio Imperiale, guardata a vista da bambinaie, cameriere e gendarmi. Sorrise, immaginandola mentre chiedeva tutto quell'oro ai funzionari della Reggia, e scosse la testa. Pensò anche agli altri suoi collaboratori, agli amici più intimi, tutti troppo in vista o senza alcun accesso al suo denaro. Sottrarre quella somma ingente dai suoi beni personali non era certo facile, tanto meno a distanza. L'unico che poteva farlo era Francesco Pratellesi, il capo dei suoi servizi segreti, abituato ad azioni "coperte".

— La mia vita non è in vendita. Chi vi dice che io accetti di essere scambiato con dell'oro?

Il Lupo sorrise ancora, ma questa volta c'era un lievissimo accenno di scherno nel tono della voce.

— Me lo dice la vostra consapevolezza di essere solo all'inizio della vostra opera riformatrice; me lo dice la considerazione che nutrite per il popolo toscano e, viceversa, la scarsa fiducia che avete nei suoi amministratori. Ma me lo dice soprattutto la voglia che avete di vivere. Ho visto come amate quella donna.

— Voi, voi, come osate...

— No, signore, non vi inquietate. Vi ho fatto un complimento. Purtroppo il tempo stringe, non possiamo perderci in chiacchiere. Ditemi una buona volta se pensate che qualche familiare di vostra fiducia, a Firenze, possa ricevere una vostra lettera, credere che l'abbiate spedita voi, prelevare quel denaro e farlo recapitare qui nel giro di due giorni. Poi penseremo al resto. E se non volete, signore, allora purtroppo non avrò scelta: dovrò portare a termine quello che ho interrotto.

Il granduca fremeva di rabbia impotente verso quel sopruso, però dovette ammettere che il Lupo aveva ragione: la sua vita valeva certamente l'ignominia di un riscatto.

— Come intendereste fare?

— Un mio uomo porterà una vostra lettera a Firenze, all'indirizzo che gli darete. Sarà bene che sia un indirizzo sicuro, perché se il mio corriere non tornerà nel giro di un giorno, sparerò a voi e alla vostra donna.

— Come faranno a recapitare il denaro? Dovrò comunicare loro dove ci troviamo!

Il brigante sembrava divertito da quella colossale ingenuità.

— Mi prendete per stupido? Il denaro dovrà essere portato sulla strada, semplicemente, e senza alcuna scorta. Non avremo problemi a recuperarlo e a scomparire, non dubitate.

— Non dubito di una cosa. Che voi siate un volgare ricattatore, nient'altro. Avete voluto giocare grosso, prendendo in ostaggio un regnante. Ma non è vera audacia, la vostra, è un gioco senza significato, un atto criminale, un...

Il Lupo si alzò in piedi, e il suo pugno strinse forte l'impugnatura della pistola.

— Voi non capite, non potete capire! Risparmiandovi, ho disturbato lo svolgimento di qualcosa di veramente ignobile, perché la vostra fama di uomo giusto è arrivata fino a me! E badate di non deludermi, perché potrei anche cambiare idea! Chi lo sa, forse potrei essere ancora in tempo.

Concluso l'acceso confronto col Lupo, Pietro Leopoldo tornò nella torre romana, dove lo aspettava lady Gwendolyn. Era in ginocchio davanti a una delle finestre, e scrutava il vasto panorama. Il granduca la raggiunse e l'abbracciò in vita, accostando una guancia alla sua.

— Tu hai fatto cose incredibili, per me.

— Amore mio, ti avrei inseguito ovunque.

— Ma ora sei prigioniera anche tu. C'è un solo modo per salvarci entrambi. Cercherò di farti scortare fino alle porte di Firenze, con una mia lettera. Dovrai consegnarla a Francesco

Pratellesi, ricordi? Quell'uomo che hai incontrato più volte a Palazzo, mentre parlava con me di faccende riservate.

La nobildonna fece cenno di sì con la testa. Conosceva molto bene Pratellesi. Leopoldo le scostò con delicatezza i capelli biondi dagli occhi.

— Nasconderai accuratamente la lettera, che consegnerai a lui e a lui soltanto. Poi andrai a casa tua, e non ti farai trovare da nessuno.

Lady Gwendolyn si voltò e incrociò lo sguardo preoccupato del principe.

— È proprio necessario?

— Lo è. Ed è anche opportuno per altri motivi. Voglio che tu sia salva. Hai commesso una grande imprudenza nell'imbarcarti in questa avventura. Ma lo hai fatto per me, solo per me, e quindi è mio dovere rimediare.

— Farò quello che vorrai senza discutere, se sarà utile a salvare anche la tua vita.

Il granduca non aveva carta a disposizione. Cercò la custodia di pelle con la miniatura di un volto femminile, che portava sempre con sé. Per fortuna non era andata persa durante tutte le violenze patite: slacciò il nastro rosa che la chiudeva e osservò con infinita malinconia il giovane profilo di donna, un'immagine che lo riportò per un momento alla sua adolescenza, a Vienna, agli alterchi con il fratello Giuseppe, alle gelide parole di sua madre. Sperava che nell'astuccio ci fosse un pezzetto di carta, ma non ne trovò. Richiuse la custodia, con un lungo sospiro, e decise di ricorrere alle sue carte segrete. Con mille precauzioni aprì la tasca occulta della marsina, e strappò un lembo del documento che conservava all'insaputa di tutti. Vi scrisse poche righe:

Mio fidato Pratellesi,

sono prigioniero di malfattori senza scrupoli. Non c'è altra possibilità, per salvarmi, che mandare diecimila scudi presi dalle mie casse personali, quelle che voi sapete. Fate portare il denaro dal più fidato dei vostri uomini, non scortato né seguito, sulla strada vecchia per Modena, e abbandonatelo dove la mia carrozza è scomparsa. Se avete dubbi che sia stato io a scrivere questo messaggio, dite a Leonetti che non ho potuto rispondere al segnale delle campane, ma che avrei battuto due e tre volte in successione. Leggete attentamente, come fate di solito con le mie lettere da Vienna.

Il vostro reggitore,

Pietro Leopoldo

Il granduca, quando era in viaggio fuori dei confini toscani (specie se ospite di suo fratello l'Imperatore o della sorella amatissima), oltre che occuparsi di relazioni familiari e politiche, svolgeva un importante ruolo come primo informatore del Granducato di Toscana. Scriveva in codice, ma, per maggiore sicurezza, vergava le sue note segrete con dell'inchiostro simpatico. Pietro Leopoldo aveva una vera fissazione per questa tecnica, sperimentata per anni in un suo laboratorio personale, in Palazzo Vecchio. Ora voleva indicare a Pratellesi il punto esatto in cui era tenuto prigioniero: il suo efficiente capo dei Servizi avrebbe dovuto sfruttare quell'informazione vitale per spedire, lungo un'altra strada, un drappello di uomini molto ben addestrati. Fidava che quegli assassini potessero essere seguiti, dopo la sua liberazione, e infine arrestati per essere condotti di fronte alla Giustizia, perché non poteva tollerare che il sopruso che aveva subìto, e i delitti perpetrati, restassero impuniti.

Il problema era che in quella situazione non poteva procurarsi i liquidi adatti per preparare un inchiostro invisibile. Avrebbe dovuto usare del succo di limone, sostanza incolore che una volta asciutta, esposta alla fiamma di una candela, si abbrunisce. Ma il limone sembrava davvero una merce introvabile in quel bosco. Leopoldo pensò alla linfa degli alberi, che peraltro in quella stagione era assai scarsa, ma non aveva i mezzi per raccoglierla. Non poteva rischiare di essere scoperto dal Lupo, uomo certo assai sveglio, mentre era intento a quella strana operazione.

Non gli restava che un'alternativa, di cui aveva letto in testi francesi che si era procurato grazie al suo libraio parigino. Si trattava di usare un liquido organico di origine animale. Un'ipotesi che gli faceva senso, ma che dopo qualche ora di riflessione gli parve l'unica possibile.

Il principe si appartò dietro la torre e, con non poco sforzo, raccolse nell'incavo di una pietra un po' della propria urina. Teneva la testa voltata da una parte, imponendosi di non pensare a quello che stava per fare. Vinto il ribrezzo, immerse nel liquido un pennello artigianale, fatto con un ramoscello verde masticato a un'estremità, e scrisse lungo il bordo del foglio:

Sono nel rudere di una torre romana che non conosco, sopra una rupe fra il Rio d'Andia e il Poggio della Doganaccia, a circa cinquanta miglia a nord-est di Cutigliano. Mandate sei uomini dei migliori da nord, che è il lato meno protetto della torre. Che mi vedano partire sicuro e poi seguano i banditi, in tutto sette. Li arrestino quando potranno farlo senza pericolo e li conducano a Firenze.

Il granduca attese che l'immondo liquido si fosse asciugato, poi osservò il foglio con la massima attenzione: non recava traccia di quanto aveva vergato. Poteva solo sperare che l'urina si comportasse come altri preparati di origine animale o vegetale, e che si rivelasse appena esposta al calore.

Il Lupo si avvicinò a Leopoldo, che sedeva sotto un albero. Fu brusco, perché quella era la sua natura innata, ma a suo modo rispettoso.

— Avete scritto la lettera?

— Sì, è quasi pronta. Manca solo la mia firma.

— Ebbene, terminate l'opera e datemi il foglio.

— Un momento. C'è una condizione.

— Non siete in grado di dettare condizioni, signore.

— Voi avete parlato di onore. Anche se per me ha un significato diverso, penso che potrete capire quello che sto per dirvi.

Il Lupo era incuriosito, e quindi lasciò parlare quel buffo uomo dagli occhi grandi, che dimostrava una fierezza insospettabile.

— Lady Gwendolyn ha rischiato la vita per me. Ho il dovere di far sì che sia liberata prima possibile.

— Non siete voi che avete questo potere

— Forse sì. Sappiate che non firmerò la lettera nemmeno sotto tortura, se voi non lascerete che sia Gwendolyn a consegnarla a Firenze.

— Le vostre sono le parole di un pazzo.

Pietro Leopoldo fremette a quell'insulto, ma riuscì a non rispondere come gli avrebbe dettato l'istinto.

— No, io non sono folle. Se anche mi torturaste davvero, conosco mille modi, con la mia semplice firma, per far capire al destinatario della missiva che non deve credere a quello che legge. D'altra parte, avete osservato voi stesso che lady Gwendolyn è inutile, qui. La sua presenza è dispendiosa e perfino pericolosa. È quindi la persona più indicata per recapitare il messaggio.

— La vostra donna sa dove siamo.

— Non lo sa affatto: i vostri compagni l'hanno bendata, prima di condurla al campo.

Il Lupo non aveva mai permesso a nessuno al mondo di dettargli condizioni. Eppure, se aveva salvato da morte certa quel giovane e bizzarro aristocratico, era stato perché aveva intravisto in lui, per le sue opere di cui si parlava in tutta Europa, una novità vera, un amore autentico per il suo popolo. Unico fra i suoi uomini, era in qualche modo consapevole di ciò, anche se non avrebbe mai saputo spiegarlo. E ormai capiva bene anche le ragioni di chi voleva la sua morte.

— Voglio la vostra parola, signore. La parola di un principe: non potrei chiedere di più.

— Cosa volete che vi giuri?

— Che anche se foste riuscito a localizzare questo luogo, non ne informerete la vostra donna.

Pietro Leopoldo pensò che stava per mentire. Non in modo formale, perché a Gwen non aveva detto niente, né glielo avrebbe rivelato in seguito. Ma sapeva bene cosa aveva scritto a Pratellesi, con l'inchiostro simpatico. Il suo senso dell'onore, in altri casi, gli avrebbe imposto di non giurare il falso.

— Vi do la mia parola che lady Gwendolyn non saprà mai, da me, dove ci troviamo. E d'altra parte, nemmeno io sono sicuro di saperlo.

Il Lupo scrutava il principe dritto negli occhi. Ne aveva intuito la lotta interiore, ma sorrise ancora una volta e assentì.

— Va bene. Mandiamo pure quella splendida donna a Firenze. Dovrò farla accompagnare da un mio uomo fino alla strada. Naturalmente sarà legata, imbavagliata e bendata. Poi, una volta libera, dovrà arrangiarsi da sola. Non posso rischiare che una coppia del genere dia nell'occhio.

— Le darete un cavallo...

— Un cavallo? Non ne abbiamo, non li usiamo affatto. E i due muli ci servono. Si dovrà arrangiare, signore. Dovrà fare molta strada, fino alle prime case di contadini, verso sud.

CAPITOLO XIII

Padre Leonetti rimase inutilmente in attesa delle campane per oltre due giorni. Oltre ai suoni delle ore, udì solo i consueti doppi: quelli dell'aurora, tre colpi battuti all'albeggiare; quelli di mezzogiorno, due serie di rintocchi gravi a sei per volta; e quelli serali dell'Ave Maria, poco dopo calato il sole. Frammiste alle campane civili del Bargello e di Palazzo Vecchio, sentì anche qualche segno funebre, con la levata e la passata, e pregò per quelle povere anime, con fervore da tempo dimenticato, senza mangiare e senza dormire, con le punte di ferro del cilicio che gli tormentavano le carni, mentre minute gocce di sangue, che pure erano in grado di alleviare il gelo che opprimeva la sua coscienza, cadevano sul pavimento della cella. Era sempre più debole, e non rispondeva nemmeno ai confratelli che cercavano di aiutarlo o di raccogliere qualche confidenza.

Quando fu certo che non sarebbe arrivata risposta da Pietro Leopoldo neppure col sistema delle campane, lo scolopio passò velocemente dall'umiltà che il suo abito gli imponeva a una strana forma di orgoglio, forse in conseguenza della febbre persistente, che andava dilatandosi per occupare tutto il suo essere. Si sentiva investito della Colpa suprema; era convinto di essere l'unica causa del male che, ne era certo, aveva colto il granduca; si disperava per non avergli parlato subito dell'episodio di Livorno, della spia che l'aveva scoperto mentre trasgrediva alle regole più elementari di un agente in missione.

Alla fine, molto semplicemente, perse la testa. Non potendo più tenersi sia il segreto del messaggio, sia l'ansia terribile per il silenzio del suo sovrano, pensò di rivolgersi alle persone che riteneva più amiche e fidate. Per primo cercò Pratellesi, l'uomo ombra del governo toscano. Sapeva che il granduca riponeva la massima fiducia in quell'aristocratico, e per Leonetti il suo grande potere era ormai l'unica speranza di salvezza.

Lasciò l'Istituto nelle prime ore del mattino del 24 aprile, con Firenze inondata da una luce tiepida che pareva colata dal cielo bianco e carico, e raggiunse a piedi l'abitazione del nobiluomo, in via Maggio, oltre il fiume: un alto palazzo seicentesco grigio e triste, con dei grandi anelli di ferro battuto appesi alle bozze di pietra, a uno dei quali era legato un cavallo. Una carrozza senza stemma sostava poco più avanti, col cocchiere immobile come un morto. Fu cosa assai penosa per il matematico, tremante nonostante l'aria si facesse di giorno in giorno più tiepida, spiegare al servo, che lo teneva in piedi sulla soglia, l'urgenza di quella visita imprevista. Il domestico era perplesso, pareva non intendesse neppure riferire al suo padrone di quel vecchio febbricitante in casa sua, ma l'abito talare di Leonetti sortì un qualche effetto, e dopo averlo fatto accomodare su una panca nell'ampio ingresso a piano terra, il valletto salì rapido le scale e scomparve alla vista.

Leonetti si guardava attorno, sconfortato, come se cercasse consolazione nei quadri, nei mobili, negli oggetti di quell'atrio spazioso, ma l'ansia che lo rodeva aveva raggiunto il parossismo, e non c'era più nulla che potesse calmarlo: forse, anche solo scambiare qualche parola con Pratellesi, così caro a Pietro Leopoldo, avrebbe alleviato la sua inquietudine. L'ambiente era miracolosamente caldo, una benedizione per il cuore stanco del padre scolopio, tanto che le palpebre gli si chiusero per una sonnolenza improvvisa: ma il torpore non calmò l'agitazione, anzi rese tutto ancora più penoso. Guardò i legni antichi, una cassapanca su cui era stato gettato un cappello di strana foggia, un quadro che ritraeva l'Altissimo come Supremo Architetto dell'Universo, contornato da una moltitudine di angeli trionfanti. Il tempo sembrava rallentare, in contraddizione alle leggi della Natura. Leonetti teneva gli occhi fissi sulle scale che aveva salito il servo un gran tempo prima, o almeno così gli pareva. Se restava seduto, il sonno vinceva agevolmente sulla sua fibra tanto compromessa, e così accadde almeno un paio di volte, con risvegli improvvisi che lo lasciavano in preda al panico. Lo scolopio non voleva farsi trovare addormentato sulla panca, quindi si alzò e iniziò un periplo dell'ingresso, a passi lenti, ansimando per la stanchezza. L'attesa sembrava non avere mai termine, sentiva solo voci e rumori indistinti all'interno del palazzo, e più volte i colpi sordi di un portone esterno che veniva aperto e richiuso, gli ordini secchi dati da una voce acuta a un cavallo, il rumore di una carrozza che partiva.

Finalmente il domestico ridiscese con passo svelto. Stavolta era sorridente e cortese.

— Sua eccellenza vi riceve. Prego, seguitemi, lo studio è all'ultimo piano.

Il frate salì dietro il valletto ben quattro ripide rampe di scale, quasi piangendo per il dolore che a ogni passo gli causava il cilicio, e per il tambureggiare impazzito del suo cuore. Finalmente il servo bussò a una porta intarsiata, vicino a una finestra che dominava i rossi tetti di Firenze, incendiati dalla luce nuova di aprile, ed entrò subito, senza attendere risposta. Il matematico attese ancora, in piedi, grondante un sudore stavolta freddo e leggero. Poi la porta si aprì di nuovo, e Leonetti entrò nello studio di Pratellesi.

Il consigliere riservato del granduca era seduto accanto a un tavolo di legno assai scuro, sommerso dalle carte, e su una poltroncina, vicino alla finestra, c'era un uomo apparentemente molto giovane, quasi un ragazzo: dai capelli, che intravide sotto una cuffia, straordinaria in quella stagione, gli parve un tedesco. Leonetti rimase incerto se parlare o meno: guardava alternativamente Pratellesi e il giovanotto dai tratti raffinati, finché questi non fece un cenno con la mano, si alzò e senza salutare uscì dallo studio.

Quando finalmente furono soli, Pratellesi cercò inutilmente di calmare lo scolopio (il pover'uomo piangeva e tremava, era davvero un triste spettacolo) e gli chiese di raccontare tutto per filo e per segno. Leonetti ripensò agli avvenimenti delle ultime ore, collegò volti e luoghi diversi, e improvvisamente si sentì insicuro: non era certo di voler rivelare tutta la sua pena a quell'individuo così potente, anche se godeva della piena fiducia del suo principe. Pratellesi cercò di rassicurarlo.

— Ditemi cosa vi tormenta, padre! A quali carte vi riferivate, parlando col mio domestico?

— Ho commesso un errore, un errore imperdonabile!

— Quale errore, di grazia? Come posso aiutarvi?

— Forse non potete, signore. Ditemi, dov'è il granduca? Devo saperlo, vi prego.

Pratellesi guardò il cielo bianco fuori della finestra, chiuse un attimo gli occhi e quindi si rivolse nuovamente al suo ospite disfatto e tormentato.

— Pietro Leopoldo è impegnato in una faccenda privata, non so dove. Piuttosto, vi prego, cosa posso fare per voi? Siete in uno stato preoccupante. Dove andrete?

— Tornerò in convento.

— Ditemi di quelle carte. Se si tratta di cose riservate, disponete di me. Affidatemi quello che ritenete opportuno. Confidatevi, se ciò vi può sollevare l'animo.

Padre Leonetti era disorientato, confuso e impaurito, ma il suo cervello si ostinava a lavorare, senza sosta. Finalmente prese una decisione.

— Vi chiedo scusa, signore, se vi ho disturbato. Sono molto stanco, voglio tornare al convento.

— Siete in uno stato penoso, vi farò accompagnare da un mio servo.

— No, vi ringrazio.

— Insisto, padre.

Leonetti si accorse che dietro di lui già aspettava il servitore che lo aveva accolto al suo arrivo. Prese congedo da Pratellesi, mentre i vari pezzi del mosaico frullavano nella sua mente senza trovar posa, e uscì dallo studio.

I due discesero insieme la prima rampa di scale, il servo davanti, agile e svelto, Leonetti dietro, avvinghiato con disperazione al corrimano. Poi le forze gli mancarono, d'un tratto, senza una vera avvisaglia, come era accaduto a Livorno. Con un lamento flebile, si piegò sulle ginocchia divenute simili a sacchetti di sabbia. Il valletto se ne accorse solo quando fu arrivato in fondo alle scale: guardò dietro di sé e non vide nessuno. Leonetti era aggrappato alla ringhiera di pietra scolpita, su un pianerottolo davanti a una grande porta chiusa, e cercava di riprendere fiato, respirando profondamente, senza la forza per rispondere ai richiami del domestico.

Aveva la testa fra due colonnine del corrimano, e guardava in basso, quando sentì aprirsi la porta davanti a lui. Per un attimo vide affacciarsi ancora il ragazzo biondo, con accanto un uomo sui trent'anni, vestito alla foggia straniera, di cui riconobbe subito il profilo. Stavolta provò un tuffo al cuore ed ebbe una dolorosa illuminazione. La porta si richiuse di scatto: nel frattempo, il servo era risalito di corsa, ed era ormai di fronte a lui, ansimante; lo aiutava in mille modi a rialzarsi, lo esortava a farsi coraggio, e lo scolopio sentiva rifluire un po' di energia nel suo corpo martoriato. Rifiutò il braccio e scese le rampe di scale da solo, fino all'ingresso della grande casa. Leonetti aveva il cervello come una fornace, e non era la febbre. Che razza di persone frequentavano la dimora di Pratellesi?

L'anziano religioso sentì il vento fresco che gli accarezzava il volto bagnato di sudore, mentre la porta si spalancava sulla strada deserta e polverosa. Una carrozza lo attendeva, e il valletto, senza perdere tempo, lo caricò a bordo quasi di peso. Evidentemente il cocchiere era stato istruito a dovere, perché si mosse subito, senza attendere ordini.

Leonetti teneva gli occhi chiusi, ma stavolta non dormiva. Dopo pochi minuti, dette due colpi al legno e mise faticosamente la testa fuori dal finestrino.

— Portatemi in Duomo.

— In Duomo, signore? Ma mi è stato detto di andare alle Scuole Pie...

— Passate prima per il Duomo, devo vedere il segretario del cardinale. Poi proseguirete fino al convento.

Sentendo nominare il venerato e temuto principe della Chiesa, il cocchiere non disse altro e portò Leonetti alla grande basilica, la cui cupola si intravedeva sopra i tetti. Fra il Duomo e le Scuole Pie c'era pochissima strada, e non avrebbe dovuto nemmeno cambiare il percorso già predisposto.

Leonetti, dopo tanta angoscia, si sentì per un attimo stranamente tranquillo. La visita da Pratellesi era stata la svolta decisiva che avrebbe messo fine al lavorio della sua mente, ma lo scolopio non ne fu subito del tutto cosciente. Riuscì solo a catalogare volti e figure, come fossero carte da gioco che ritrovavano il loro posto in un solitario. Le cose dentro di lui si erano andate decantando proprio nelle ultime ore: avvenimenti, persone, luoghi e coincidenze non gli apparivano più casuali. La chiave di tutto era Livorno, quell'incontro mai confessato, quando un uomo lo aveva seguito, aveva incrociato il suo sguardo ed era poi scomparso. Adesso il cerchio si chiudeva, ma Leonetti sentiva il peso della sua età ormai avanzata, della stanchezza infinita, del dolore aggravato dall'orrendo cilicio che si ostinava a portare. Cercò di fare mente locale: se l'idea che si era fatta era giusta, la sua stessa vita era probabilmente in pericolo, forse addirittura immediato. Per un momento ebbe l'assurda idea di ritornare da Pratellesi, ma poi si rese conto che c'era rimasta una sola persona che potesse raccogliere le sue confidenze, se solo avesse conservato le forze per arrivare fino a lui, e che allo stesso tempo avesse un certo potere nel sistema di governo illuminato del suo amato granduca.

Era un'impresa quasi impossibile, per un uomo nelle sue condizioni, e ancor di più con un pericolo mortale che quasi certamente era sospeso sul suo capo. La carrozza si fermò accanto all'antico Battistero, davanti alla nuda facciata non finita del Duomo, in pietra forte. Padre Leonetti rifiutò ogni aiuto, fece pochi penosi passi ed entrò da solo nel tempio, un rifugio momentaneo ma sicuro. Camminò al centro della navata principale, giungendo fin sotto l'altare. Si inginocchiò e fece il segno della croce, poi andò a sedersi di lato, sulla destra, vicino a un ingresso secondario. Cercò conforto nella preghiera, ma non gli servì a nulla, tanto ormai il suo cuore si era allontanato dalla dolcezza tediosa e rassicurante della Regola.

Finalmente chiamò il sagrestano, si fece riconoscere e gli chiese carta e penna. Scrisse un breve biglietto e pregò l'uomo di farlo recapitare immediatamente a Palazzo Pitti. Attese una mezz'ora, poi, quando il sagrestano fu di ritorno, gli chiese di avvertirlo quando fosse giunto un cocchiere per lui, e subito dopo di congedare quello di Pratellesi, che lo attendeva sulla piazza.

Pregò di nuovo, stavolta ricavandone maggior conforto, e

attese con una certa serenità l'arrivo all'ingresso laterale della carrozza da palazzo Pitti.

I due uomini che si incontravano a intervalli prefissati nella chiesa di San Procolo parlavano ancora una volta uno accanto all'altro, inginocchiati su una panca vicina al pulpito di marmo. Il più giovane era molto nervoso, tanto che alzava la voce acuta, a tratti, subito redarguito dall'altro. Il quale, invece, appariva tranquillo, o forse ostentava soltanto una calma di facciata.

— Non c'è un vero rischio nell'operazione, se sarà condotta a dovere, senza alzate d'ingegno.

— Ma è un pericolo enorme! Se il brigante dovesse sfuggire e avesse già parlato con il granduca, magari dopo averlo torturato...

— Non sfuggirà, si troverà tra due fuochi. Qualsiasi cosa faccia, verrà all'appuntamento con la morte. Deve assolutamente morire, dunque morirà.

— Il tempo stringe. Anch'io non posso restare molto più a lungo a Firenze.

— Appunto. Faremo presto, non dubitate.

— Ci sono novità dall'America?

— Il Congresso è pronto per discutere un documento. Anche gli inglesi lo sanno bene: un po' grazie ai loro infiltrati nelle file di Washington, un po' tramite certi traditori francesi.

— I francesi rappresentano un problema, non è vero? A parole sono fedelissimi ed efficienti, nei fatti combinano un mare di guai. Non sanno nemmeno restare zitti.

Il giovane sembrava aver voglia di scherzare, ma in reltà era assai seccato, e la sua voce si fece aspra e ancora più acuta, quasi stridula.

— Ma che accadrà se il contatto fra Jefferson e Leopoldo si

interromperà definitivamente?

— Tecnicamente non succederà nulla, perché le decisioni prese dalla maggioranza dei delegati sono già operative. Cambierà la sostanza delle cose, ovviamente.

— Ma l'indipendenza...

— Quella non è in discussione, le colonie si dichiareranno indipendenti dal regno d'Inghilterra entro la metà di luglio. Il defilarsi della Toscana – o meglio, del granduca – costringerà solo i delegati a contare esclusivamente sulle loro forze, mettendo in minoranza Jefferson a vantaggio degli altri. La proclamazione di una repubblica sarà la naturale conseguenza.

— Ma Jefferson sa che cosa è successo?

— Certamente no. Anche se avesse un informatore a Firenze che noi non conosciamo, non ci sarebbe stato il tempo materiale. Possiamo e dobbiamo mantenere il segreto, anche per evitare disordini, forse rivolte. E vendette, ovviamente. Pensiamo a fare al meglio quello che ci compete.

CAPITOLO XIV

Erano tutti seduti in cerchio nella conca, tranquilli, nelle prime ore dopo il mezzogiorno del 25 aprile 1776, quando il Lupo alzò di scatto la testa, come una fiera quando sente qualcosa e comincia ad annusare l'aria. Nessuno si accorse del gesto del brigante, nemmeno i suoi uomini più fidati. Pietro Leopoldo, al solito, era libero dai ceppi ma controllato strettamente da uno dei bruti, che non parlava mai, non emetteva alcun suono, nemmeno un verso come gli animali.

Il Lupo si alzò lentamente in piedi, per non destare allarme negli altri, e salì sullo sperone roccioso che guardava nella valle. Scrutò il paesaggio con occhi attenti e si dispose ad ascoltare anche il più piccolo rumore. Dietro di lui, i suoni più vicini e potenti erano quelli degli uomini e del prigioniero, rumori di ferro, di cuoio, di tessuti sfregati, brevi parole. Ma in lontananza, appena percettibili, c'erano altri segnali. Tornò in fretta sui suoi passi e scrutò gli astanti con uno sguardo di fuoco.

— *Sutite! Ni rije! Stante...Ne bougez pas*! Fate silenzio, è importante!

Tornato sulla roccia, si acquattò in posizione fetale, come facevano certi indiani delle colonie d'America, chinò la testa, chiuse gli occhi e ascoltò di nuovo. Ora in apparenza c'era solo il vento delle montagne, un rumore di fondo uniforme, reso vario dal frusciare dei faggi vicini. Ma c'erano i cani. Avevano un udito molto più raffinato degli uomini, e si scambiavano messaggi per segnalare tutto ciò che, nel loro territorio, deviava dal consueto. I cani, sparsi per miglia e miglia, abbaiavano con più frequenza del solito. Ma non erano i soli segnali inquietanti: anche i tordi, i merli, gli scriccioli, le poiane e i picchi sembravano irrequieti, con fasi di canto più intense e silenzi improvvisi, di colpo.

Il Lupo cercò di capire dove fossero localizzate le anomalie di quella lieve orchestra della montagna. Nessun altro uomo sarebbe stato in grado di farlo, ma lui conosceva gli animali, le piante e le rocce; era erede di una tradizione di millenni che ormai viveva solo in lui. I versi degli animali si riunivano in due punti, come in altrettante bolle sonore. Erano in direzione dei due sentieri che portavano in prossimità del loro rifugio. Poi, finalmente, il Lupo vide qualcosa: sul fianco di una montagna, nel manto verde, scorse un impercettibile scintillio, e poco dopo gli giunse un suono estremamente flebile, stirato, decomposto, stravolto dalla distanza: una voce umana, subito zittita. Ma era abbastanza, per il gigante biondo. Tornò dagli uomini, che non avevano sentito nulla ma che erano spaventati e immobili, nella stessa posizione in cui li aveva lasciati: il granduca lo osservò con una buffa aria interrogativa. Dettò pochi ordini in croato e poi prese personalmente in consegna il prigioniero.

— Voi ora starete con me. Non cercate di fuggire, se vi è cara la vita.

— Ma cosa succede, cosa...

— Temo che siano venuti a... liberarvi. — Il Lupo ridacchiò piano, mentre pronunciava l'ultima parola.

Pietro Leopoldo non capiva. Chi era l'imbecille che aveva interpretato in modo così scorretto il suo messaggio? Certo non Pratellesi... Decise di ostentare sicurezza, ma ora temeva *davvero* per la sua vita.

— Sono venuti a liberarmi? Meglio così.

— Questo è ancora da vedersi — replicò il brigante in un sibilo indispettito.

Il gruppo, con sorprendente velocità, cancellò ogni traccia dell'accampamento improvvisato e si diresse verso il rudere, quasi sulla cima del monte. Fu una marcia breve ma faticosa, con tutte le armi in spalla, perché gli animali erano stati legati più lontano, pronti ad essere utilizzati come mezzi di fuga. Il Lupo spedì tre uomini nella stanza più alta del rudere, alle finestre. Agli altri ordinò di nascondersi nella macchia che circondava la costruzione, all'imbocco del sentiero. Lui e il granduca si arrampicarono invece fino alla sommità della torre, da dove si godeva di una vista ancora più ampia di quella offerta dallo sperone roccioso. Il bandito prese Leopoldo per un braccio e lo invitò a sdraiarsi pancia a terra, per guardare la valle.

— Li vedete?

In lontananza si notavano a malapena due minuscole macchie nere, che ogni tanto lanciavano riflessi metallici. Passò del tempo, e si formò un'unica colonna: erano degli armati, e dalla lentezza con la quale avanzavano pareva che si tirassero dietro dei pezzi d'artiglieria da campagna.

— Li vedo, sì. Soldati... per me. Ma non vi sembrano...

— Troppi? Sì, sono decisamente troppi. Almeno una cinquantina, con armamento pesante.

Mentre parlavano, i soldati si erano avvicinati in fila indiana per il sentiero che portava alla loro postazione: ora si distinguevano meglio, erano senz'altro più di cinquanta, e avevano cavalli e colubrine. Sarebbero arrivati lì entro un'ora o poco più.

Pietro Leopoldo teneva gli occhi socchiusi e cercava disperatamente di riflettere.

— Cosa avete intenzione di fare? Ritirarvi?

Certo sarebbe stata la soluzione più logica, vista la disparità di forze. Lui avrebbe fatto così, se si fosse trovato a comandare degli armati in una situazione simile. Ma il Lupo non sembrava essere dello stesso avviso.

— Se dessi ordine ai miei uomini di ritirarci tutti insieme, magari con i muli, non arriveremmo lontano. Non trovandoci qui, i soldati si dividerebbero in gruppi, utilizzando i cavalli, e rastrellerebbero tutta la montagna fino a Pistoia, cacciandoci come conigli. Non ci sono molte strade, e saremmo comunque troppo lenti. Dovremmo disperderci, semmai, in tutte le direzioni cardinali.

— Che intendete fare di me?

— Voi rappresentate un'autentica fortuna in denaro, ma anche un bell'impiccio, in questo momento.

— Di conseguenza, non potete far altro che rinunciare ai vostri piani e consegnarvi alla Giustizia. Vi garantisco un processo equo.

Il Lupo guardò Pietro Leopoldo con un misto di comprensione e di rancore.

— È il nostro destino, vero? Prima o poi dobbiamo essere presi e impiccati, per la gloria della Virtù e la soddisfazione di tutti.

— La Giustizia è tale solo se inflessibile — sentenziò il granduca. — Per questo le pene devono essere commisurate alla gravità dei delitti.

— Avete delle grandi idee, vi auguro di poterle mettere in pratica — replicò il gigante biondo con un'ombra di scherno. — Ma nessuno vi ha mai detto quanto la realtà sia diversa? Quanto sangue di innocenti, quanti orrori ci vogliano per fare giustizia, come intendete voi, su un singolo fuorilegge? Voi non sapete, signore mio, che in questo momento si gioca anche la vostra vita!

— Avete intenzione di spararmi per vendetta?

— Ditemi voi, piuttosto, e parlate con sincerità assoluta: ne va davvero della vostra esistenza. Siete disposto a darmi di nuovo la vostra parola di granduca?

— Preferisco darvi la mia parola di gentiluomo, signore.

— Sia come volete. Ebbene, non sarete per caso riuscito a comunicare a qualcuno la nostra posizione? Intendo, avete localizzato esattamente questa torre, con le vostre conoscenze o con qualche diavoleria moderna, e avete fatto uscire la notizia di qui?

Pietro Leopoldo si sentì mancare. Sì, aveva affidato a lady Gwendolyn una missiva segreta, con indicata la loro posizione. Ma con la consegna di darla agli uomini di Pratellesi, che avrebbero dovuto organizzare una spedizione di pochi uomini col riscatto richiesto, mentre un'altra pattuglia avrebbe dovuto seguire i briganti in ritirata. Forse Gwen era stata intercettata da altri? Ma da chi? Non potevano che essere uomini di Vienna, quei soldati laggiù, scesi dalla base di Mantova, attraverso Modena. Si rendeva conto che non aveva tempo per riflettere adeguatamente: per una volta, doveva affidarsi all'estro del momento. Guardò i capelli biondi del gigante che aveva accanto a sé, legati con quella striscia nera che pareva di pelle. Riuscì a provare per quell'assassino un po' di fiducia, per quanto la cosa fosse priva di senso. E allora parlò.

— Ho scritto con un sistema segreto le coordinate attendibili di questa torre, e ho ordinato a lady Gwendolyn di consegnare la missiva a Francesco Pratellesi, il capo dei miei servizi riservati.

Il Lupo esplose in una bestemmia oscena, e alzò il volto e le braccia al cielo. Un paio dei suoi uomini accorsero, con le armi spianate, e Pietro Leopoldo ebbe di nuovo una paura terribile, divenne bianco come acqua di calce e fu sicuro di morire.

— Cosa credete di aver fatto? Pensavate di aiutarvi davvero, in questo modo? Ci avete portato la morte sul capo! La morte per *tutti*!

Pietro Leopoldo pensò che ora il Lupo l'avrebbe ucciso: era

colpevole di tradimento, ma cercò lo stesso di giustificarsi.

— Non ho certo chiesto che mi si venisse a prendere con degli armati.

— A quanto pare, qualcuno non ha seguito le vostre indicazioni. Avete con voi dei documenti importanti?

Il granduca fu colto da una sensazione di smarrimento: quell'uomo leggeva forse nel pensiero? Nessuno sapeva delle carte che custodiva su di sé. Era certo di non aver mai perso conoscenza, e di non essere stato perquisito. Provò il desiderio irrefrenabile di accertarsi che i fogli fossero ancora al loro posto, nella tasca segreta, ma riuscì a controllarsi.

— Nessuno è a conoscenza di ciò che io porto con me.

— Dite? Non ne sarei così sicuro. Voi fidate troppo in chi vi sta vicino. Dovrei lasciarvi perdere, dopo quello che avete fatto. Abbandonarvi.

— Ebbene, fatelo. Lasciatemi qui, e fuggite. I soldati troveranno solo me: mi farò riconoscere e mi farò portare a Firenze.

Il Lupo considerò seriamente l'ipotesi di dar retta al principe: questa soluzione avrebbe regalato a sé e ai suoi compagni un discreto vantaggio. Ma poi scacciò la tentazione, perché non era un uomo che cambiasse tanto facilmente idea.

— Altezza, la vostra vita è affidata a uno spiraglio, a un possibile scarto fra due eventi ormai non più probabili ma sicuri. Bisogna vedere chi arriverà prima all'appuntamento, e sperare che non capitino tutti e due nello stesso istante. È certo, però, che abbiamo pochissimo tempo. Forse solo minuti.

Pietro Leopoldo non capiva, ma non osò interrompere i pensieri che il Lupo esprimeva ad alta voce.

— Lasciandovi qui, morirete certamente. Se è andata come io penso, hanno cercato di considerare ogni eventualità. Però io sono conosciuto per le mie mosse imprevedibili, e nessuno può sapere se fuggirò o se tenterò un'impossibile resistenza.

— Ma a chi vi riferite? Cosa state blaterando, di grazia? Spiegatemi qualcosa!

— Sono imprevedibile, hanno ragione, ma mi sottovalutano lo stesso. Dobbiamo impegnarli. Ma non io, né voi. E dovranno credere tutti che siate legato e imbavagliato nel rudere. Non muovetevi di qui.

Il Lupo scese nella stanza dove i suoi uomini più fidati erano appostati alle finestre, in attesa di sparare. Non ebbe bisogno di molte parole per convincerli a fare quello che lui voleva, e tanto meno ebbe necessità di offrire motivazioni: sapevano tutti che sarebbero morti ugualmente, in un modo o nell'altro, e sarebbe stato peggio finire vivi nelle mani dei soldati. Dopo aver dettato precise istruzioni, il Lupo prese un sacchetto da una tasca dei pantaloni e ne rovesciò il contenuto per terra: erano monete d'oro di vari stati, Regno di Sardegna, Austria, Francia, il frutto di anni di rapine. Guardò i suoi compagni con infinita tristezza. Lasciò loro anche i due fucili che in battaglia portava incrociati sulla schiena, e tutte le munizioni. Per sé tenne solo una pistola. Poi andò ad abbracciare anche gli altri, che erano appostati nella macchia sottostante. Nessuno dei suoi uomini parlò.

Quando risalì sulla sommità della torre, trovò il granduca seduto che sembrava massaggiarsi il ventre.

— State male?

— No, no. Qual è il vostro piano.

— Non so se davvero meritate tutto questo, ma ho deciso. Ce ne andremo.

Senza dire altre parole, il brigante e il suo augusto ostaggio si immersero nella macchia alle spalle del rudere, e camminarono a passo svelto per almeno un'ora, chinati per non farsi vedere, impigliandosi continuamente nei rovi, fino a raggiungere una minuscola radura. Lì attesero un po' di tempo, finché sentirono le prime scariche di fucileria che provenivano dalla torre, ormai lontana. A quel punto si infilarono in sentieri non segnati, dimenticati da secoli, scomparendo letteralmente nel nulla.

La battaglia fra le forze imperiali e i banditi durò molto di più di quanto entrambe le parti si aspettassero. Il comandante austriaco, un maggiore viennese, aveva ordini precisi: attaccare con ogni mezzo il rifugio dei briganti e liberare il personaggio tenuto prigioniero. Era un soldato e sapeva obbedire ciecamente, ma non poteva fare a meno di pensare che quell'ordine equivaleva a una condanna a morte per l'ostaggio dei briganti, chiunque egli fosse: se non l'avessero ucciso i banditi, non sarebbe sopravvissuto allo scontro a fuoco. D'altra parte, un numero così inusitato di fuorilegge – e anche tanto bene armati – non lasciava molte scelte. Cercò di parlamentare con gli occupanti del rudere, ma un soldato mandato su con una bandiera bianca fu freddato appena si espose sul pendio del monte. Due opposte scariche di fucileria non sortirono alcun risultato, così che il maggiore si trovò costretto a ricorrere all'artiglieria.

In quel mentre i briganti uscirono dalla torre e si unirono agli uomini sparsi nella macchia. Ebbero appena il tempo di infrattarsi che il primo colpo di cannone mandò in briciole un angolo della stanza superiore, causando una pioggia di schegge e di calcinacci tutt'intorno. Un secondo colpo prese il locale in basso, determinando il crollo di tutta la struttura e un immane polverone. Ci fu un momento di silenzio, poi un plotone di soldati assalì le rovine sparando all'impazzata, ma fu accolto da una gragnola di schioppettate dei briganti, che erano saliti sugli alberi intorno. Molti imperiali rimasero sul campo, e allora il maggiore dette ordine ai suoi di serrare le linee e impegnare i banditi con tiri di artiglieria e scariche di fucileria. Ben presto i militari si accorsero che ci sarebbe voluta qualche ora per occupare quel che rimaneva del covo. Eppure, nonostante la calda accoglienza ricevuta, il maggiore ebbe l'impressione che i fuorilegge fossero assai meno numerosi di quello che gli era stato detto: aveva contato all'incirca i colpi sparati dal rudere, e considerando i tempi di ricarica, giudicava impossibile trattarsi di un'orda di trenta briganti, oltretutto assolutamente inaudita. Ma aveva delle consegne precise, era un ufficiale austriaco e avrebbe portato a termine la sua missione come gli era stato ordinato, con la consegna del segreto assoluto.

Non si pose altre domande, e proseguì col piano di attacco.

Il granduca e il Lupo camminavano uno dietro l'altro, passando da rade boscaglie di faggio a praterie aperte, ma sempre per vie segrete o dimenticate, mentre si inoltravano in un fitto bosco.

I primi tepori primaverili, in quella parte dell'Appennino esposta a mezzogiorno, facevano già spuntare le gemme sugli alberi, e ogni tanto qualche macchia di abeti, piantati di recente, offriva delle pennellate di verde intenso. Ma per il resto il paesaggio conservava ancora l'austera impronta dell'inverno appena trascorso: l'alto tappeto di foglie era scuro e fradicio, e ampie macchie bianche, qua e là, luccicavano sotto il sole. I faggi allungavano chiome marrone scuro, quasi nere, prive di foglie ma intricatissime, che nei punti più densi del bosco formavano una specie di fitta rete, capace di nascondere chiunque alla vista.

Faceva ancora freddo, ma il Lupo non lo sentiva; camminava lento ma sicuro, come un cane da caccia che seguisse un odore. Leopoldo, invece, soffriva in modo acuto tutti i disagi che quella marcia comportava. Aveva indosso solo la sua marsina marrone, un indumento pesante ma lacerato in più punti, che non era sufficiente a ripararlo dal vento gelido che soffiava dal crinale. Era un uomo giovane, ma di salute cagionevole: soffriva spesso di costipazioni polmonari, che lo facevano delirare per febbri alte e persistenti, ed ebbe paura di non superare quella prova. Eppure notò, con intima soddisfazione, che da quando era stato catturato, e di più in quel frangente, non provava tutti gli sgradevoli malesseri che lo costringevano a letto, a Firenze, in certi momenti di particolare fatica mentale o di forte emozione. In compagnia di quel singolare bandito, sentiva scorrere più viva del solito la giovinezza, come se ritrovasse qualcosa dell'adolescente e del ragazzo libero che non era mai stato, se non nei suoi sogni. Solo ora, in quel bianco accecante, era finalmente libero? Davvero un bel paradosso.

Il granduca pensò alla custodia di pelle col ritratto di una giovane fanciulla viennese, che portava sempre con sé dai tempi della sua lontana adolescenza. Era quella, del suo passato, l'unica cosa pienamente sua, intima, segreta. E terribilmente sofferta. Un dolore lontano eppure ancora vivo, come solo poteva esserlo un torto subìto negli anni della sua formazione.

— Perché avete abbandonato i vostri compagni? E dove stiamo andando?

— Non fate domande, non voglio rispondervi. E poi non c'è tempo per le spiegazioni. Limitatevi a raccogliere le vostre energie, ne avrete bisogno.

— Insisto. Pretendo una spiegazione!

— Sareste morto, questo vi basti.

— Cosa dite? Quelle truppe erano venute a liberarmi.

— Già. Con cinquanta uomini e l'artiglieria pesante. Sono degli sciocchi, se hanno pensato di liberarvi in questo modo. Le palle di cannone non portano riguardo ai granduchi, signor mio.

— Pensate di ottenere ancora il vostro riscatto, trascinandomi con voi? Ma siete solo, ormai, ricercato in tutta la montagna, che speranze avete? Potevate ben lasciarmi alla torre...

— Ho perso ogni speranza di mettere le mani sul riscatto, se mai il denaro è stato portato al luogo convenuto. Non offendete la mia intelligenza, vi prego. Se vi porto con me, è solo per salvarvi da morte certa.

— Se è così, spiegatemi il motivo del vostro altruismo.

— Questa è un'altra faccenda. Ma per il momento seguitemi e, d'ora in poi, in silenzio!

Il passaggio attraverso la macchia, fuori da ogni sentiero riconoscibile come tale, si rivelò più penoso del previsto. Il brigante sembrava conoscere tracciati invisibili, percorsi abbandonati da chissà quanti secoli. Si muoveva con ritmo disuguale, fermandosi ogni tanto come per riflettere, per riprendere un filo interrotto. Ma più il tempo passava, e più il paesaggio si faceva aspro, più il granduca si sentiva al di fuori del suo elemento: le scarpe lucide, le calze ormai tutte strappate e il capo scoperto, con radi capelli, gli portavano continua sofferenza; le gambe si graffiavano per gli arbusti secchi e spinosi, i piedi erano fradici per la neve, le forze gli mancavano, e non aveva più coraggio. Gli sembrò a un tratto di soffocare in quella natura così ostile e quasi impenetrabile, arrancando dietro il suo rapitore. Ne afferrò la giubba e la tirò con violenza, per farlo fermare, gridando.

— Ma dov'è il sentiero?

Il Lupo sorrise. Era in realtà poco più di una smorfia, ma a Pietro Leopoldo parve un sole sfavillante.

— Non c'è sentiero, almeno per ora. Siamo nel fitto del bosco.

— Dove siamo diretti?

Il brigante guardò in basso, vicino a un tronco d'albero morto, e decise di sedersi e riposarsi un poco. Erano le quattro del pomeriggio, ma sembrava sera. Il sole pioveva su di loro come attraverso un telo opaco pieno di buchi. Si sentivano ancora echi di spari, quasi indistinti, remoti, soffocati.

— Nessuno può seguirci lungo questa via. Sono pochissimi

quelli che la conoscono.

— Una via? Ma se non c'è altro che bosco, rovi, sterpi, sassi e buche! E poi, chi dovrebbe seguirci? I soldati sono impegnati a massacrare i vostri uomini, alla torre, e non sanno che siamo fuggiti. Che siete fuggito, volevo dire.

Il granduca allargò le braccia con un'espressione buffa in volto, e il brigante stavolta rise apertamente.

— Usate pure il plurale, non sbagliate di certo. Non è un sentiero, questo, ma è lo stesso una via. Molto più antica della vostra casata, signore... molto più antica degli stessi Romani.

— E come conoscereste voi, un brigante e nemmeno italiano, questo percorso così arcaico?

— Chi vi ha detto che non sono italiano? Lo sono più di quei disgraziati di contadini delle valli qui intorno. Dalla Croazia a qui c'è molta strada, è vero, ma a volte si ritorna dove non si crederebbe mai.

Pietro Leopoldo si era seduto, stremato, e aveva abbassato il tono di voce. Non aveva nemmeno le energie per fare altre domande. Sembrava di nuovo calmo e tranquillo. Considerò la singolarità della sua situazione: era in compagnia di un assassino da strada, nel fitto del bosco appenninico, chissà dove, seduto su un tronco marcio formicolante di insetti, però stranamente profumato di essenze d'Oriente.

— Avete detto che avete una famiglia da qualche parte, voi. È in Croazia, allora?

Il Lupo si voltò, e stavolta usò al principe lo stesso sguardo che riservava ai suoi peggiori nemici. Leopoldo ne fu così colpito che quasi cadde all'indietro, sugli sterpi.

— Non parlate della mia famiglia! È proprio perché temo per loro, che devo fare tutto questo... che devo tenervi all'oscuro di ogni cosa.

La paura era completamente scomparsa dal cuore del granduca, che adesso era divorato dalla curiosità.

— Che cosa dovete nascondermi? Quando finirà il vostro ambiguo minuetto di vaghe allusioni e palesi menzogne?

Il brigante ebbe un sogghigno. Si mise in piedi, alzò la testa come se annusasse ancora una volta l'aria, poi scostò un arbusto fittissimo di sorbo e richiamò con un cenno l'attenzione di Leopoldo.

— Volevate la civiltà? Eccola.

Il principe, incredulo ma ugualmente speranzoso, si precipitò accanto al bandito e insieme passarono il varco.

Quello che si offrì alla vista di Leopoldo era uno spettacolo di una bellezza sconvolgente, che fece passare ogni altra cosa in secondo piano. Nel fitto del bosco sembrava aprirsi una strana radura, stretta e lunga, che da un lato curvava seguendo il declivio. In alto le piante la coprivano con una volta fitta e nera, come la navata di un tempio gotico, ma assai più luminosa di quello. I due uomini camminarono lentamente sulla superficie di roccia verde chiaro. Il principe ebbe un grido di stupore, e il brigante lo fissò divertito.

— Ma sono pietre! Pietre squadrate!

Il granduca, dimenticata ormai ogni etichetta, si inginocchiò su quel tappeto bizzarro e con la manica della marsina cercò di pulire per terra.

— Selce! È un selciato! Una...

Il Lupo era pochi passi più avanti, e gli faceva cenno di riprendere il cammino.

— No. Non è una strada romana qualsiasi. È la strada appenninica di valico. Pensavate di essere stato il primo ad aprire un collegamento "moderno" fra Pistoia e Modena?

Pietro Leopoldo dimenticò del tutto la stanchezza e la curiosità che lo avevano divorato fino a un momento prima. Era stupefatto delle conoscenze storiche e geografiche del suo rapitore, ma ora non gli importava di capire quell'uomo. Stava percorrendo un'antichissima via di valico, dimenticata da tutti, forse mai calpestata dalla caduta dell'Impero Romano, negli anni delle invasioni. Forse di lì erano passati i suoi avi germanici, alti, pallidi, dalle lunghe trecce bionde; forse dietro di loro avevano incalzato gli Unni di Attila, in marcia verso Roma, seguiti poi dai Longobardi e dai Franchi, nei secoli dimenticati. Finché il pericolo delle imboscate, l'incuria, la fine della civiltà avevano cancellato anche il ricordo di quella strada, spostando il tracciato molto più a ovest...

Il brigante appariva divertito dall'entusiasmo del granduca, e ora la sua voce suonava molto più amichevole, a tratti quasi complice.

— Rispetto alla via che abbiamo fatto finora, questa strada è moderna, signore. Ed è stata imposta col sangue dei soldati e di una stirpe perduta di montanari, la mia stessa stirpe. Temo che non possiate comprendere, e non c'è il tempo per spiegare. Venite, muoviamoci, non siete ancora in salvo...

Pietro Leopoldo, in realtà, non capiva una parola; gli sembravano le farneticazioni di un pazzo. Ma aveva freddo, sonno, sete, fame, e ogni movimento gli causava un dolore lancinante. Il Lupo si accorse che il suo prigioniero era allo stremo: si fermò e lo scrutò a lungo negli occhi. Pietro resistette con tutta la forza del suo tranquillo orgoglio a quello sguardo di ghiaccio.

— Vorreste fermarvi?

Il granduca lo avrebbe fatto più che volentieri, ma temeva che interrompere la marcia equivalesse a morire. Perciò non rispose.

— Vi farò riposare, tutta la notte. Vi avverto che ho un sonno molto leggero, e che se anche riusciste a fuggire, cosa di cui mi permetto di dubitare, morireste in poche ore.

— Sapete bene che non me ne andrò. Ma lo farò per mia scelta, non per vostra imposizione.

— Avete un tale orgoglio che riesce a tenervi su da solo, signore. Bene, mettetevi in piedi, dobbiamo camminare ancora un po', poi potrete dormire sonni tranquilli.

I due ripresero a marciare faticosamente su quelle antiche pietre verdi, sotto la volta intricata dei faggi, finché il sole scomparve del tutto e il freddo si fece più aspro. Pietro Leopoldo non si accorse nemmeno che aveva cominciato a piangere, e lunghe lacrime gli rigavano il volto, in cento fili tirati dal vento. Si arrestarono di nuovo, nei pressi di una grande pietra scritta in caratteri latini.

— Altezza, ditemi: amate la vostra famiglia?

Il granduca era ormai certo di essere in balìa di un pazzo. Il suo sguardo doveva essere eloquente, perché il Lupo si adirò, alzando la voce.

— Non sono un folle! Vi chiedo semplicemente se amate vostra moglie, i vostri figli, vostra madre l'Imperatrice, vostro fratello l'Imperatore, e tutti gli altri!

— Ma sì, certo che sì. Di grazia, che volete...

— E amate la Toscana?

— Mio Dio, sì, amo la Toscana, credo di averlo dimostrato.

— Ma voi avete anche altre idee per il capo, non è vero?

Pietro Leopoldo pensò che quel brigante sembrava informato quanto un ministro della Real Casa, forse di più. Era un mistero del quale doveva prima o poi venire a capo.

— Cosa vorreste conoscere, delle mie idee? Sono quelle di un uomo qualsiasi, degne di rispetto, e ho il diritto di tenerle per me.

— Invece vi sbagliate, signore. Siete un principe, e avete posto mano a riforme radicali che hanno risollevato il popolo della Toscana dal suo abbrutimento. Avete il dovere di parlarne.

Pietro Leopoldo diventò rosso come un bambino colto in fallo. Se solo quel malfattore lo avesse perquisito, avrebbe scoperto le sue carte, nascoste nella tasca segreta della marsina.

— Presto saprete, il mondo intero saprà...

— Non è il momento per la retorica, signore. Voglio che rispondiate a una domanda precisa. Sapreste scegliere, se l'alternativa fosse crudele?

— Che volete dire?

— Al primo posto, fra le cose che abbiamo menzionato e a cui tenete con tutto il cuore, mettereste il bene del vostro popolo, se foste davanti a un tragico bivio?

Il granduca non capiva ancora perché il Lupo gli facesse una domanda tanto ovvia, ma il brigante dovette lo stesso leggere la risposta nei suoi occhi, dato che si calmò, lo prese in braccio e se lo caricò sulle spalle.

— Reggetevi forte, non dovete ancora addormentarvi. E per voi, ora, sarà più difficile.

Era vero. Pietro Leopoldo, sopra a quella montagna umana che non sembrava avvertire il suo peso, si sentì invadere da un dolce torpore. Nella mente annebbiata gli parve di essere su un elefante, in India, a una caccia alla tigre. Ma si riscosse, pizzicandosi ogni poco la pelle delle mani, per rimanere ben desto e vigile. Ora il brigante non parlava più, camminava lento ma sicuro per la strada romana. Il granduca vide bene, osservando dall'alto, che le lastre di pietra non erano coperte di muschio, come gli era sembrato prima, ma di grandi licheni, e a tratti di un'erba fitta e cortissima, cresciuta su uno strato infinitesimale di terra portata dal vento. Era un miracolo, rifletté: non poteva essere tutta così, la strada, certamente era un tratto rimasto come imbalsamato da un gioco di clima. Però il tempo passava, e la strada verde e bianca sembrava non finire. Leopoldo guardò i bordi, con gli stretti marciapiedi rialzati, e intravide i solchi delle ruote di antichi carri. Poi chiuse gli occhi per un ultimo lampo di sole improvviso fra le foglie, e il tragitto sembrò d'un tratto inclinarsi di lato, facendogli girare la testa: ma era solo l'effetto dei movimenti del terreno, che nei millenni aveva come tentato di scrollarsi di dosso quell'opera mirabile degli uomini.

L'erba negli interstizi tra le pietre si faceva più fitta e più alta, e anche il grande lichene bianco e giallo cresceva, prendeva l'aspetto di un fungo sfogliato e croccante sotto i piedi del Lupo, finché il selciato spariva del tutto alla vista. Ma lo si indovinava sempre, riprodotto come da un ricalco o da un enorme ricamo: un colore più chiaro segnalava una pietra; un'erba più fitta marcava un solco di ruota. Camminando in modo ondeggiante, il Lupo cullava Leopoldo, sdraiato bocconi su quell'ampia pelle di elefante, coperta da un tessuto profumato come i fiori seccati sulle stuoie al sole di luglio. Ondeggiava nel sottobosco, quel pachiderma che marciava instancabile, in una giungla sognata e mai vista, con animali strani e dimenticati che occhieggiavano dal fitto della macchia, sparivano e riapparivano dietro i tronchi verdi di muschio come nel gioco della lanterna magica, occhi tondi come le biglie di vetro colorato, silenziosi come tigri e leoni dei serragli, miracolosamente tornati in libertà.

Lontano, più in basso, il pendio era nascosto da un bosco molto più fitto di quelli che Leopoldo aveva visto nella sua giovane vita: gli alberi erano ora colossali, con una scorza vergine mai toccata da mano umana, altissimi e svettanti in un cielo nascosto dal tetto verde delle foglie. Gli uomini apparvero dopo: gente mai vista, piccola e bruna, vestita in una foggia strana, con pelli sapientemente cucite, che seguivano il granduca sull'elefante come gli antichi indiani delle civiltà del fiume Indo stavano dietro alle carovane che andavano e venivano da Occidente. Poi il paesaggio cambiava, e gli alberi primigeni lasciavano il posto ad ampie radure, occupate da capanne di legno e piccoli campi coltivati: anche gli uomini erano diversi, e qualcuno aveva lo stesso volto del Lupo, coi capelli gialli legati dietro la nuca. Il bosco si alternava ai pascoli verdi, ai torrenti di acqua chiara, e la vita uguale e silenziosa di quella strana gente si scontrava con altri uomini, degli armati dagli sguardi aspri e dai capelli bruni, che abbattevano gli alberi, ne bruciavano i legni, costruivano alte case. Dalla groppa dell'immenso elefante che ondeggiava regolare e tranquillo nella sua marcia, il principe vide gli elmi di bronzo e le corazze e le lance dei guerrieri, accatastate da un lato, mentre quegli uomini costruivano o riparavano la strada. L'elefante cullava Pietro Leopoldo che tornava bambino, seduto al banco con l'aio che gli parlava delle grandi migrazioni, e ora poteva vedere con i suoi occhi le lunghe file di soldati che accorrevano in difesa dei confini dell'Impero assediato dai barbari.

Quando il principe si svegliò, si accorse che il brigante lo aveva legato a sé con una cinta di cuoio. Non c'era più traccia della strada romana; adesso si trovavano su uno stretto sentiero tra i boschi, ed era buio, una notte rischiarata da una grande luna gialla, alta nel cielo.

— Perché mi salvi?

— Rappresenti il mio futuro.

— Il denaro del riscatto è perduto, l'hai detto tu stesso. E sei destinato al patibolo. Speri forse che io ti grazi? Ti sbagli. Hai ucciso, e avrai il tuo processo, la tua condanna.

— Allora per te la Giustizia viene prima di ogni altra cosa? Il volere del sovrano, il suo capriccio, non valgono più?

— Ora sei tu che non puoi capire. Lo Stato di Diritto, che prenderà il posto del vecchio ordine, non prevede né il sovrano buono né quello cattivo. Se anche mi avessi salvato la vita in modo disinteressato, dovrei comunque consegnarti a un tribunale di giustizia.

— Quindi io mi sarei spezzato la schiena per te, avrei perso tutti i miei compagni, solo per venir ripagato col capestro?

Pietro Leopoldo tremava di paura, ma era un uomo provvisto della forza del suo candore, una forza sincera e sinceramente sentita, e avrebbe difeso le sue idee fino alla morte. Non era più un volgare brigante da strada, l'individuo che lo trasportava nel fitto del bosco, ma l'interlocutore di una battaglia dialettica, come quelle che gli avevano infiammato il cuore a Firenze e alla Petraia, nella grande villa medicea contornata da giardini geometrici, quei giardini che, nel suo lucido sogno, rispecchiavano sul suolo l'astrazione perfetta di un Mondo Nuovo ormai prossimo.

— Fossi pure il mio più fedele amico e consigliere, ti sei macchiato di un crimine. E ogni crimine va sanzionato.

— Anche se ti avessi salvato la vita facendoti sfuggire a una trappola mortale?

— Che significa?

— Non ci pensare. Dimmi, mi faresti impiccare anche se io fossi semplicemente il tuo salvatore?

Leopoldo, senza sospettare che stava decidendo della sua stessa vita, esitò per qualche attimo. Poi rispose, a bassa voce.

— Ti manderei a giudizio anche se fossi mio fratello, perché hai ucciso. Il mondo ha bisogno di un nuovo ordine, fatto di Giustizia per ogni uomo, dove tutti saranno uguali di fronte alla Legge.

Il Lupo, invece di adirarsi, parve ancora più sollevato.

— Libertà, eguaglianza, fraternità. Sante parole, per un mondo che santo non è.

— Ma chi sei, tu?

Il brigante si fermò, slacciò la cinghia che tratteneva Pietro Leopoldo, lo sollevò come un bambino e lo mise per terra. Poi gli prese la mano e lo guardò di nuovo negli occhi, stavolta con ammirazione.

— So riconoscere la sincerità quando la incontro. Ma ciò non toglie che il tuo agognato Mondo Nuovo è solo il sogno di un poeta.

— No, non è vero. Sappi che la forza dei popoli, guidata dalle nuove idee dei filosofi e saggiamente incanalata dalla virtù di reggitori all'altezza dei tempi, sarà in grado di...

— Ora dormiamo, ce lo siamo ben meritati.

Il Lupo tolse da una piccola radura lo strato di foglie cadute, compresse dalla neve, fino a ritrovare il terreno. Lo pulì accuratamente con le mani, quindi fece sdraiare sulla terra asciutta il granduca, e lo coprì con piccoli rami secchi e tutte le foglie intatte che riuscì a mettere assieme, lasciandogli libero solo il volto. Infine, come una coperta, gli stese sopra la poca neve che trovò lì intorno.

— Adesso dormi, sei al sicuro. Domani dovrai usare tutte le tue energie.

Pietro Leopoldo non si addormentò subito nel dolce tepore di quell'inconsueto giaciglio. Vedeva in alto, fra i rami, il cielo blu scuro e le stelle, e pensava a grandi cose. Ma ben presto cominciarono i rumori del bosco: suoni strani, incomprensibili, urla, stridii, colpi secchi. Fu scosso da un brivido quando udì una specie di ruggito, come se ci fosse lì nei pressi un leone, o una tigre dell'Oriente. Il concerto durò tutta la notte, ma il principe scivolò nel sonno nel giro di pochi minuti, cullato da quei suoni primordiali. E come gli aveva predetto il Lupo, riposò fino a dopo lo spuntare del sole.

CAPITOLO XV

Padre Leonetti arrivò alle mura di Firenze alle due di notte del 24 aprile, e quindi dovette farsi aprire la Porta al Prato dalle guardie. Ormai non era più lucido, per le pene mentali e fisiche che aveva sofferto. La carrozza lo lasciò davanti al portone delle Scuole Pie: i confratelli insistevano nel chiedergli spiegazioni, dove era stato tutto quel tempo, cosa aveva fatto, preoccupati per il suo stato desolante, ma il vecchio e stanco matematico volle andare subito nella sua cella, senza parlare con nessuno. Videro la luce dietro il vetro della sua finestra per un'altra ora, poi tutti tornarono a letto coi propri pensieri.

Leonetti rimase nella sua cella per un altro giorno e un'altra notte di febbri implacabili. Nessun tentativo di farlo parlare, nemmeno da parte del rettore, ebbe successo. Poco dopo l'alba del 26, giallo come un cadavere, pretese di uscire per una destinazione misteriosa. Il matematico godeva di un'assoluta libertà di movimento, e il perché era noto solo al rettore, il quale aveva ricevuto precise istruzioni direttamente da Pietro Leopoldo. Certo dell'esistenza di un importante affare di Stato, la massima autorità del convento non osò ostacolare lo scolopio, chiuso ormai in un mutismo ossessivo.

Leonetti alla fine delirava, sconvolto dalle febbri, dai rimorsi e dal terrore per sé e per il suo granduca. Aveva solo un'ultima speranza, confusa e distorta. Ricordava che Leopoldo, prima di congedarlo, gli aveva dato un appuntamento alla Santissima Annunziata per la funzione di ringraziamento dopo la malattia del principino Francesco. In quell'occasione, che non si era mai verificata, avrebbe dovuto ricevere dalle mani di Sua Altezza un plico da consegnare a un certo André, alle residenze dei forestieri, presso l'ostello degli indigenti.

L'ultimo scampolo di contatto col mondo del granduca era quel luogo e quel nome: sembrò naturale, all'ormai esausto Leonetti, investire ogni filo di vita che gli restava nel rintracciare quella persona altrimenti sconosciuta. Doveva vederlo, fargli importanti domande, capire.

Stremato, oppresso da un terribile peso che gli premeva sul petto e gli impediva di respirare, indebolito dal digiuno, lo scolopio attraversò la città a passo sempre più lento, appoggiandosi ai muri delle case, osservato con preoccupazione dai radi passanti. Sapeva che esporsi in quel modo era una mossa suicida, ma non ci badava: l'importante era raggiungere l'ostello, trovare quell'uomo, sciogliere l'ultimo nodo. Del resto, era così distaccato dalla realtà che non si rese assolutamente conto di essere seguito da un bel pezzo.

Quando ormai era vicino alla sua destinazione, ben oltre Porta Rossa, dove le strade più eleganti e frequentate cambiavano repentinamente aspetto, perdendosi in un intrico di vicoli oscuri e pericolosi, fu spinto da mani forti come il ferro in un angolo in ombra, dove nessuno poteva vederlo, e la bocca gli fu chiusa con uno straccio. Le stesse mani che lo avevano afferrato lo frugarono brutalmente dappertutto, in cerca di qualcosa che il religioso non aveva con sé. Terrorizzato, ma ancora in grado di recitare le preghiere dei moribondi, Leonetti era in ginocchio sul lurido selciato, tremava e batteva i denti. Uno dei due aggressori che lo brutalizzavano gli tolse lo straccio di bocca, che rischiava di soffocarlo, e gli mise una mano davanti perché non urlasse, benché lo scolopio non ne avesse affatto l'intenzione.

— Dov'è la carta? Ditecelo e vi lasciamo andare!

Leonetti patì di più la consapevolezza, finalmente, di aver combinato un enorme guaio, che il dolore del primo colpo al ventre. Ma non parlò, preparandosi al martirio. Il suo aguzzino continuava a tirargli pedate nello stomaco e sulla gola, e si stupiva dell'effetto devastante che provocavano: quel prete grasso e apparentemente sano sembrava soffocare dal dolore. Fiotti di sangue cominciarono a uscirgli dalla bocca, e a colare sulle vesti nere, sulle scarpe lucide.

I sicari, spaventati quando padre Leonetti ebbe perso conoscenza e non si risvegliava, abbandonarono il povero matematico sulla strada, fuggendo via di corsa nel dedalo delle viuzze.

Ma Leonetti non era ancora morto. Dopo qualche tempo riuscì con sforzi terribili a rialzarsi e, aiutato da alcuni caritatevoli passanti, a raggiungere l'uscio del suo convento. Quando i confratelli lo trascinarono nell'atrio, aveva già il colore della morte; il corpo era coperto di sangue appiccicoso, che aveva inzuppato anche l'abito talare. I frati lo interrogarono, costernati, ma Leonetti non era più in grado di rispondere. La bocca sanguinolenta sembrava ripetere in modo ossessivo: "*Il granduca cerchi la carta...*", o qualcosa del genere, ma sembrava proprio il delirio di un morente. Lo distesero sul letto e lo spogliarono, mentre uno di loro andava a cercare un medico. Quando tolsero la camicia e i pantaloni, che quasi non si sfilavano per le gambe gonfie, lanciarono un urlo che si sarebbe sentito anche dalla strada: il cilicio lo aveva letteralmente scarnificato, nelle cadute, nelle corse in città e soprattutto sotto i colpi dei suoi aguzzini: in parte era addirittura penetrato nella muscolatura. Dopo il tramonto, padre Leonetti fu assalito da una febbre ancora più violenta di quelle che aveva sofferto fino a quel momento, con un tremito incoercibile, e durante la notte perse conoscenza.

Secondo il medico, chiamato troppo tardi, fu il cuore a cedere. Il povero matematico chiuse per sempre gli occhi alle sei di mattina del 27 aprile 1776, privandosi della gioia di guardare a quel Mondo Nuovo che anche lui confusamente agognava, ma risparmiandosi anche molti calici amari che il suo augusto protettore, invece, avrebbe dovuto bere fino in fondo.

Pietro Leopoldo si svegliò e si accorse che non era più oppresso da quella strana coperta naturale che lo aveva riparato dal freddo della notte. Udì con sua grande sorpresa il suono di una cascatella d'acqua, molto vicina, che la sera prima non aveva avvertito. Poi gli si parò davanti il Lupo, torreggiante contro il sole basso che filtrava a lame tra i tronchi e gli arbusti.

— Immagino che avrete sete e fame. Per l'acqua non c'è problema, potete servirvi da solo. Per il cibo, ho già provveduto. Ma non abbiamo fuoco, e mi sono dovuto adattare: non credo che voi potrete fare altrettanto.

L'orgoglio del principe era ancora forte, nonostante tutto, e non resistette alla sfida.

— Mangerò quello che avete mangiato voi.

— Molto bene, signore. Sapete che sapore ha il pesce crudo?

Il Lupo porse al granduca una cosa bianca e molle. Aveva un sapore dolce, inizialmente rivoltante. Ma Pietro Leopoldo era digiuno da molte ore.

I due uomini rimasero seduti su delle pietre asciutte, uno di fronte all'altro, mangiando lentamente le trote che il Lupo aveva pescato a mani nude nel torrente che scorreva appena sotto il minuscolo sentiero. Poi il brigante tolse dalle tasche un fascio di erbe, alcune secche e conservate in piccoli sacchetti di tela, altre verdissime e apparentemente appena raccolte. Le tagliò col coltello e iniziò a masticarle piano piano. Leopoldo lo osservava incuriosito.

— Ne avete anche per me?

Il brigante rise di cuore.

— Oh, queste non sono davvero adatte a voi. Lasciate perdere, è meglio.

— Vi prego di darmene. Ho mangiato il vostro pesce, non è così?

— Volete proprio? Ebbene, solo qualche filo… ma masticate senza fretta, mi raccomando.

Il granduca prese l'erba che il brigante gli porgeva e l'avvicinò alla bocca. Dopo un attimo di esitazione, l'assaggiò. Il sapore era talmente amaro che fu assalito immediatamente da una violenta nausea, seguita da una scarica di conati di vomito. Tossiva e si lamentava, tanto che il Lupo pensò bene di portargli dell'acqua fresca da bere.

— Vedete, signore, queste non sono erbe qualsiasi: mi servono per resistere ai miei nemici. Vi serva di lezione, non dovete fidarvi ciecamente di nessuno, nemmeno di me.

— Ma è veleno!

— No, è il rimedio, invece. Il mondo è sempre ostile con quelli del mio stampo, così devo tenermi costantemente preparato al peggio. Voi non potete capire, la vostra strada è stata tracciata fin da quando siete venuto alla vita. Comoda e sicura, senza imprevisti, senza dolori.

— Che ne sapete, voi, dei dolori degli uomini?

— Oh, signore, di dolori ne ho visti più di quanti ne potete immaginare. Visti, provati. Inferti, anche.

— Allora avete letto male nel mio animo.

Il Lupo sorrise, indulgente.

— So a che cosa vi riferite, ed è un dolore ben piccolo, credetemi, quello provato per una donna.

Pietro Leopoldo arrossì violentemente.

— Cosa intendete dire?

— Avete un ritratto, voi, chiuso in una custodia di pelle. Una fanciulla che avete amato inutilmente.

Il rossore di Pietro Leopoldo aumentò, perché alla vergogna subentrò la collera per il suo segreto violato.

— Non vi inquietate troppo. Non vi ho frugato, potete credermi. Quel ritratto vi è caduto da una tasca, quando vi hanno estratto dalla carrozza... Mi domando se la vostra splendida inglese ne è a conoscenza. Deve soffrire di gelosia, ho l'impressione.

— Voi avete aperto la custodia!

— Certo. Ma poi l'ho richiusa e ve l'ho rimessa nella marsina. Non ve ne siete nemmeno accorto; e sì che eravate sveglio, signore.

Nell'animo del principe la confusione si mescolava alla rabbia. Pensò alla sua tasca interna, invisibile, dove erano nascoste le carte segrete. Sentiva il loro lieve gonfiore, e si tranquillizzò.

— Voi pensate a una sciocchezza, non è vero? A un piccolo amore non corrisposto?

— Penso quello che mi sembra logico. Non dovete turbarvi; queste sono pene ben piccole, ve lo ripeto. Voi non avete visto morire un compagno fra le vostre braccia...

— Io ho visto il pianto disperato di una fanciulla innocente, strappata senza alcuna pietà dalla sua famiglia, e ho visto... — Pietro Leopoldo esitò per un attimo, volgendo lo sguardo a terra e avvampando di nuovo. Ho sentito il dolore di un giovane troppo fragile, troppo ingenuo per sostenere una pena così grande, così intensa.

Il Lupo era immobile, ora, e fissava il suo prigioniero negli occhi.

— Lei... lei — riprese il principe a fatica — era una fanciulla dolcissima, di una bellezza che faceva fermare il respiro. Non conoscevo nulla dell'amore carnale, tremavo al solo pensiero di una donna. Quella ragazza mi guidò con la più soave delle tenerezze, e divenne il solo centro della mia vita, di tutto il mio mondo...

— Una principessina tedesca, immagino.

— No, tutt'altro. La figlia di una dama di compagnia di mia madre, amica di giochi di mia sorella... So a cosa pensate: ma non conoscete le regole della Casa d'Asburgo. Lei non avrebbe mai avuto alcun vantaggio, legandomi a sé. Anzi, l'esatto contrario, come poi inevitabilmente accadde.

— Fu uccisa?

— Naturalmente no. Accadde probabilmente di peggio: fu allontanata da Vienna, separata dalla madre e dal padre, dal fratellino, costretta a sposare un vecchio di settant'anni, storpio, e ad andare a vivere con lui in Ungheria, lontano dalla sua famiglia. Io venni umiliato, offeso e minacciato.

Il Lupo rise, e gli occhi gli brillavano.

— Che vi avranno mai fatto!

— Non ridete. Dovreste conoscere fin troppo bene il sapore aspro dell'ingiustizia.

Il brigante divenne serio di nuovo, e con un ramoscello prese a disegnare dei cerchi nel terriccio ai suoi piedi.

— Potete ben dirlo, signore. Ho conosciuto un'ingiustizia che voi nemmeno potete concepire.

— Io posso, invece! Un giovane innamorato di quindici anni che sente il pugno di ferro del dispotismo, anche se è un arciduca lorenese, soffre le stesse pene di qualsiasi vittima della sopraffazione. Forse di più, perché perde la fede nel suo mondo. Quella fanciulla era tutto il mio universo. Pensavo che l'amore fosse il bene più grande, e che ne avessi diritto, io, come gli altri. Fuggimmo insieme, e fummo ritrovati il giorno successivo, alla periferia di Vienna. Ci riportarono al Palazzo, ed io ebbi la mia punizione, che non ho mai accettato... Forse non potete capire: la stessa ruota che stritola i popoli schiaccia i sovrani che non si adeguano alla crudeltà del regime, e l'odio che ne nasce è lo stesso, credetemi.

— I popoli hanno comunque sempre la peggio.

Il sole era già fra le chiome degli alberi.

— Ma non abbiamo concluso la nostra conversazione di ieri sera.

— Ebbene, dite.

— Voglio capire se siete un principe o un filosofo.

— Sono un uomo, e credo di fare le cose giuste per il bene dello Stato.

— Ma siete voi, quello che chiamate lo Stato, no? Detenete il potere assoluto!

— Il potere assoluto... Rende gli uomini vittime del capriccio di uno solo, che oltre ad avere le passioni e i vizi di tutti gli altri – e magari peggio, perché è rovinato dall'adulazione di chi gli sta intorno – sa di non essere obbligato a rendere conto delle sue azioni.

— Voi dite questo, signore, ma siete appunto un sovrano assoluto.

— Il sovrano assoluto si inebria del suo stesso potere, e può soddisfare ogni sua voglia, portando all'assurdo dello Stato intero e di tutti i suoi individui che dipendono dal capriccio di un singolo!

— Voi difendete con passione le vostre idee, ma non rispondete affatto alla mia domanda.

— E questo uomo ha il potere assoluto in virtù del caso, ossia della sua nascita. Il sovrano assoluto crede che questo posto gli sia dovuto come un patrimonio in eredità, senza che nessuno gli abbia mai insegnato o ricordato i doveri, gli obblighi e le responsabilità della sua condizione.

— Signore, debbo dire che non credo alle mie orecchie. Siete assai singolare, come monarca. Ma il principe può ben essere una brava persona, sia pure di rado. Questo dicono di voi, per esempio, in tutta Europa.

— Ma un principe può essere anche un imbecille, un matto, un furioso, uno scellerato, un vizioso, un ambizioso... magari infingardo e debole, tratti comuni fra le persone d'alto rango, così che finisce di regola a dipendere dai capricci di un ministro, di un favorito, di un subalterno o di una donna. Bisogna che questi bestioni fottuti di sovrani non possano più commettere il male. *Il est sur, dans dix ans il n'y auroit plus de souverain en Europe...*

Il Lupo si mise a ridere, cosa che irritò sommamente Pietro Leopoldo, facendogli tornare la porpora sulle guance.

— Bisogna abbattere i sovrani con la forza, allora, secondo il vostro pensiero.

— Solo in caso di necessità, se non saranno gli stessi regnanti a provvedere con saggezza e metodo. Lo faranno senz'altro quelli più illuminati, mentre i più stupidi e malvagi dovranno essere costretti alla rinuncia, in forza della collaborazione fra tutti gli Stati. In certi casi sarà ancora necessaria la presenza di un garante, una figura di riferimento poco più che simbolica. Io credo comunque che, al più presto, ogni Paese debba avere una legge fondamentale, una sorta di contratto tra popolo e sovrano che delimiti l'autorità e i poteri del principe. E credo anche che quando il sovrano non mantiene fede a questa legge, rinunci di fatto alla sua posizione, che gli è stata attribuita esclusivamente in funzione del contratto, non per nascita o diritto divino. Allorché questo avviene, i sudditi sono sciolti dal dovere di ubbidienza. Probabilmente voi non capirete, ma credo altresì che il potere esecutivo, in questa fase, competa al sovrano, e il legislativo al popolo e ai suoi rappresentanti eletti. Credo inoltre che il popolo abbia il diritto, ad ogni cambiamento di sovrano, di porre nuovi patti. Ma se è possibile dobbiamo evitare la rivolta, perché essa conduce per sua natura a un danno terribile per i popoli, a morte e a distruzione.

— Eppure in America stanno facendo proprio una rivoluzione in piena regola.

— Le colonie non hanno mai avuto un sovrano che abitasse sul loro territorio. Esse costituiscono una società nuova, immacolata, vergine, e quindi hanno il diritto di autodeterminarsi liberamente. Loro combattono per cacciare gli inglesi e per liberarsi da un governo in cui non si riconoscono più. Hanno solo bisogno di essere protetti, in qualche modo, dalle mire delle potenze europee e dall'egoismo dei singoli più ricchi e privi di scrupoli.

— La Storia non è fatta dagli angeli. Voi siete un angelo, signore? Non ne ho mai incontrato alcuno…

— Io non sono affatto un angelo. Voglio essere soltanto un vero uomo.

— Ma queste fantasie, chi ve le ha insegnate?

— Non sono idee mie, se è questo che volete dire. Tutti gli spiriti liberi d'Europa e d'America la pensano come me: io ho solo la fortuna di poter applicare le idee nel mio piccolo Stato di Toscana, dove nessuno cerca di fermarmi, perché non do troppo fastidio…

Il Lupo divenne molto serio, mentre si preparava a ripartire.

— Voi dite?

Ma il granduca pensava ormai solo al suo Mondo Nuovo.

— Ho fatto tradurre l'*Enciclopedie* francese, senza badare agli strali dei preti, ho letto tutti i libri del Montesquieu…

— Credete che la conoscenza riposi nei libri? Trovatemi un libro dove sia raccontato come i primi uomini furono cacciati via dai nuovi arrivati, tanto tempo fa che voi neppure immaginate. Ma ora sistematevi un po' alla meglio, perché dobbiamo riprendere il cammino. Siamo quasi arrivati, assai prima di loro. Non urlate, quando vedrete dove siamo.

Il bandito e il principe si misero di nuovo in cammino, mentre il sole intiepidiva l'aria di fine aprile. Leopoldo si accorse che stavano tornando verso il piano, perché la vegetazione sembrava via via riprendere vita, mentre le chiazze di neve sporca si facevano sempre più rade, e sotto la luce bianca del mattino risplendeva il verde dell'erba.

Camminarono ancora per qualche ora, fino a che il sole non fu alto nel cielo, e sentirono le campane lontane di un paese. Il Lupo si fermò, e con la grossa mano ravviò alla meglio i capelli biondi del principe, radi e ispidi, che sembravano quelli di un vecchio burattino sbertucciato.

— Stareste assai meglio con la parrucca. Avrei dovuto recuperarla dalla carrozza, ma ancora non avevo deciso quale sarebbe stato il vostro destino...

Poi gli sistemò alla meglio la marsina strappata, come una madre che liscia gli abiti al suo bimbo prima che entri a scuola.

— Siamo arrivati.

— Ma dove?

— Più o meno dove siamo partiti, ma nessuno ci aspetta da questa parte. Se il calcolo dei tempi che ho fatto è giusto, gli imperiali hanno terminato il loro lavoro alla torre e sono già tornati al paese di Cutigliano, tappa obbligata per serrare di nuovo i ranghi. Non vi hanno trovato, e probabilmente stanno già battendo i sentieri per scovarci. Ma ora non siete più a far da bersaglio alle colubrine, e nessun altro vi aspetta. Ecco la strada.

Un sentiero, solo un po' più agevole di quelli che avevano percorso fino ad allora, si snodava a poca distanza.

— Cosa faremo, adesso?

— Cosa farete voi, signore. Io ho già lavorato abbastanza, non vi pare? Credo di meritarmi una possibilità. Andrete da quella parte, e in pochi minuti raggiungerete il paese. Farete in modo di palesarvi subito, anche agli abitanti del luogo: questo è molto importante, badate bene! Poi vi consegnerete direttamente al comandante dei soldati, e vi farete scortare fino a Firenze, senza far tappe intermedie. Datemi retta.

Detto questo, il Lupo scomparve, lasciando per un po' il freddo nel cuore del granduca, che si sentì disperatamente solo. Ma si fece animo, e si mosse per uscire finalmente dal bosco.

CAPITOLO XVI

Pietro Leopoldo camminava in mezzo alla strada, a passo svelto. Era uno spettacolo ben strano: i pochi capelli sul capo, sporchi e ritti; la faccia nordica, bianca e con gli occhi tondi, infarinata dalla polvere. Non sembrava davvero un granduca di Toscana, in quello stato e tutto solo, se non per il portamento ancora fiero e aristocratico, il capo eretto e lo sguardo vivo. Fu inevitabile che i primi montanari che incontrò, in vista del paese, lo scrutassero con diffidenza. Una donna con un bambino piccolo gli gridò delle frasi per lui incomprensibili, mentre il ragazzino iniziava a piangere con strilli acuti. Ma alcuni bambini più grandi, scalzi e mezzi nudi, quando aveva già varcato la soglia del paese, gli si accodarono iniziando a deriderlo con delle cantilene ossessive:

– Stenterello, Stenterello!

Pietro Leopoldo mantenne la postura orgogliosa e l'andatura sostenuta, eppure il suo cuore iniziava a stringersi in una morsa che ancora non era paura, ma incertezza, disagio e dubbio. Si accorse che le cose non si mettevano al meglio quando gli si pararono di fronte due soldati imperiali, che lui apostrofò subito in tedesco:

– *Ihr, Soldat, bringt mich unverzüglich zu Eurem Kommandanten*! Sono il granduca di Toscana, portatemi dal vostro comandante!

— *Wer bist Du? Ein Fahnenflüchtling?*

Pietro Leopoldo trasalì. Un disertore? Certo lo credevano un soldato fuggito nel corso della battaglia, persosi nei boschi, e che magari aveva ucciso e derubato qualche ricco borghese dei suoi abiti. Ma non era abituato a trattare coi militari, gente che proprio non amava, e sbagliò atteggiamento.

— *Ich bin der Erzherzog Peter Leopold, Großherzog von Toskana, und wünsche unverzüglich gebracht zu werden...* Esigo di essere condotto immediatamente...

I soldati lo presero sottobraccio, ridendo, e lo portarono quasi di peso in una stanza buia della casa in cui si erano acquartierati. Era una vecchia cantina, senza porta, e rimase solo un uomo a sorvegliarlo. Il granduca continuava a gridare:

— Ma insomma, razza di imbecilli, sono il granduca di Toscana! *Bringt mich sofort zu Eurem Oberst*!

Il Lupo non aveva avuto cuore di abbandonare il principe, e lo osservava da lontano: poteva ancora andare bene, mentre era circondato da bambini schiamazzanti e da donne che ridevano prendendolo per matto, ma ora, con i soldati che gli impedivano di conferire subito col comandante, era troppo esposto al pericolo. Non avrebbe saputo dire quanto tempo poteva passare prima che fosse riconosciuto, e non poteva certo prevedere chi avrebbe fatto quella scoperta, se gli amici o i nemici. Ci pensò bene, prima di assumere la sua decisione, perché gli toglieva ogni residua speranza di salvezza, ma alla fine agì.

Scese dall'albero sul quale era appollaiato e si incamminò per la strada. Dietro un muro scorse un mucchio di fagotti di stracci, allineati per terra: erano i cadaveri dei suoi compagni, mutilati, scomposti, irriconoscibili. Si fece forza per non urlare dalla rabbia, ma il cuore cominciò a correre, il sangue gli dava la forza di un animale. Si avvicinò a capo chino, come un vecchio, all'unico milite lasciato di guardia davanti alla prigione improvvisata, armato di un fucile con la baionetta innestata, e lo aggredì verbalmente, lasciandolo lì per lì di sasso:

— *Stimm es, daß Deine Mutter es mit den Bauern treibt*? Rispondimi, coglione!

La guardia sgranò gli occhi e fissò il Lupo come se fosse sbucato dalla terra.

— *Du bist verrückt! Was willst Du*?

— No, non sono pazzo. Tua madre è una meretrice, e tu un sodomita. *Deine Mutter ist eine Buhle und Du bist ein Sodomist.*

Il soldato mandò una specie di ruggito, alzò il fucile con la lunga baionetta e fece per infilzare il Lupo, che se ne stava sempre piegato come un vecchio. Ma il brigante si drizzò improvvisamente, con uno scatto ferino schivò l'affondo dell'assalitore, afferrò il fucile e lo tirò con forza altrettanto selvaggia, facendo cadere la guardia per terra. Poi gli salì con tutto il peso sulla schiena, gli tappò la bocca con la mano enorme e gli afferrò la testa per rompergli l'osso del collo. Si fermò perché sentì dietro di sé l'urlo acuto di Pietro Leopoldo:

— No! Lasciatelo in vita! Basta morti!

Il Lupo stranamente obbedì. Tolse la giubba al soldato, gli strappò un pezzo di camicia e glielo ficcò in bocca. Poi, in un tempo incredibilmente breve, fece a brandelli la divisa e con quella gli legò le braccia alle caviglie. La guardia mugolava e tentava di divincolarsi, ma non la udiva nessuno.

— Venite, facciamo presto, non mi dispiacerebbe salvare comunque la pelle!

Il bandito cercò di rassettare alla meglio il granduca, che era ancora in uno stato da fare pietà. Poi gli ordinò di tenere gli occhi bassi, di camminare dietro di lui e di non dire una parola.

Cutigliano ospitava un palazzo di una certa importanza, la sede degli antichi Capitani della Montagna, un tempo la magistratura più importante dell'Appennino toscano. La facciata era costellata da cento stemmi murati, il più grande dei quali, quello degli estinti Medici, schiacciava con la sua mole l'arco dell'ingresso principale: le quattro finestre a piano terra erano difese da robuste inferriate. Il Lupo pensò di passare da un ingresso secondario, ma non lo trovò, e si vide costretto a presentarsi al portone. Bussò con veemenza, e gli fu aperto quasi subito. Sulla soglia campeggiavano un uomo anziano vestito con una vecchia livrea tutta lisa e una donna che sembrava spaventata.

— Questo è il vostro sovrano, l'arciduca Pietro Leopoldo di Asburgo Lorena, granduca di Toscana. Portateci dal capitano di montagna.

La coppia fece per chiudere la porta, ma la forza erculea del Lupo intervenne a impedirlo.

— Insomma, imbecilli, avete qua dentro un suo ritratto?

I due esitavano, e in quel mentre dalle scale scese un uomo in divisa militare toscana, che fissò Pietro Leopoldo con un misto di stupore e incredulità. Poi riapparve la donna con una stampa a colori che ritraeva il granduca in alta uniforme.

— Questo è il ritratto di Sua Altezza...

— Ebbene, signore, dite qualcosa a questi stolti! Fatevi riconoscere, perdio!

Il principe rimase in silenzio a lungo, facendo temere il peggio al Lupo, che fremeva d'impazienza. Poi sorrise, per la prima volta dopo molto tempo, entrò decisamente nell'atrio del palazzo, senza incontrare resistenza, prese in mano la stampa che lo ritraeva e parlò con voce dolce e pacata.

— Mi somiglia abbastanza, anche se preferisco il quadro di Pompeo Batoni che mi ritrae insieme a mio fratello.

Guardò i due uomini, l'anziano e il militare.

— Voi siete certamente Graziano Burattini, originario di Gavinana, custode del palazzo dei Capitani della Montagna, e voi messer Fortunato Giglioli, nominato capitano con atto del 15 febbraio 1774.

Rimasero tutti come folgorati, anche lo stesso Lupo, che si stupiva delle conoscenze tanto minuziose di quel principe dalle mille risorse. Tutti, tranne il brigante, si misero in ginocchio davanti a Leopoldo, e nella stanza regnò per un attimo il silenzio. Ma all'esterno si era radunato un gruppo di soldati che minacciava di sfondare il portone, urlando e imprecando. Dovevano aver trovato la guardia immobilizzata e seguito i due fino al palazzo. Il Lupo riprese l'iniziativa, rivolgendosi al capitano.

— Dobbiamo affacciarci alle finestre che danno sulla strada. Voi, portate una parrucca. Presto! E voi, signore, lavatevi la faccia e sistematevi alla meglio. State per tenere un discorso!

La voce che qualcosa di anomalo era accaduto in paese si sparse con velocità prevedibile, e quando Pietro Leopoldo si affacciò a una delle finestre del piano nobile, la piazzetta appariva stracolma di gente: curiosi, contadini, donne, soldati. Stavano sopraggiungendo degli ufficiali. Il Lupo era accanto al principe, e gli teneva stretto un braccio.

— Fatevi riconoscere, ora o mai più. Fra questa gente ci potrebbero già essere uomini pronti a uccidervi e a scomparire, mescolandosi alla folla...

Poi il brigante tornò nella stanza e sembrò svanire. Pietro Leopoldo si ricordò delle frasi che si era preparato per la solenne festa di San Giovanni del 24 giugno. Erano parole adatte a uomini semplici e sinceri, e cercò di recuperarne lo spirito.

— Io sono Pietro Leopoldo, il vostro amato sovrano. Questa terra di montagna è nel mio cuore, come tutto il Granducato...

Capì che la gente non lo udiva affatto, e alzò la voce, fin quasi a urlare. Intanto il Lupo gli era tornato accanto, e teneva alto e ben visibile il ritratto del granduca.

— Voglio parlare con il comandante dei soldati che sono

venuti a salvarmi dai briganti. Riferitegli che sono vivo, che sono qui, che voglio conferire con lui.

La massa degli astanti rumoreggiava e aumentava a vista d'occhio: soprattutto soldati, che accorrevano da tutte le direzioni. Dopo pochi minuti, la folla si aprì e un maggiore in divisa attraversò la piazza con passo marziale, guardando fisso la finestra che offriva quello stranissimo spettacolo, accompagnato da due capitani che tenevano il cappello stretto sotto il braccio. Il Lupo lo riconobbe e ordinò al vecchio maggiordomo di aprire il portone e lasciarlo entrare. Quindi rivolse un ultimo sguardo al suo protetto.

— Sono finito, non ho modo di fuggire. Mi toglierano di mezzo: forse non subito, ma certo al più tardi, non appena mi avranno trasferito a Firenze. Guardatevi, signore, guardatevi da tutti, rafforzate il vostro potere, non muovetevi dalla città. Fate piazza pulita...

— Che volete dire?

In quel momento il maggiore e i due giovani ufficiali al suo seguito furono sul balcone. Il comandante non ebbe difficoltà a riconoscere in quell'uomo scarmigliato, ma inequivocabilmente tedesco e aristocratico, Pietro Leopoldo di Asburgo Lorena. Si inchinò, imitato da tutti gli altri, ma il granduca lo invitò subito a rialzarsi. Aveva una domanda da rivolgergli che non poteva attendere.

— Ebbene, maggiore, chi vi ha mandato al luogo della mia prigionia?

— Altezza, gli ordini mi sono giunti direttamente dalla base militare di Mantova, a firma del generale comandante.

— Non siete in grado di aggiungere altro?

— No, altezza. In realtà non sapevo nemmeno che foste voi l'ostaggio dei briganti.

— Perché tanto dispiegamento di forze?

— Era compreso nell'ordine scritto che abbiamo eseguito. Ci aspettavamo più di trenta uomini armati di tutto punto.

— Appena possibile, mi consegnerete quell'ordine scritto.

— Ai vostri ordini.

Il granduca era salvo. Ma al Lupo non andò altrettanto bene. Fece un disperato tentativo di fuggire, nella confusione generale, ma venne quasi subito fermato da uomini che l'avevano visto sul balcone. Ebbe tuttavia la fortuna di essere portato da Pietro Leopoldo, mentre era a colloquio con il maggiore. Il principe non poteva certo lasciarlo libero, però diede ordine che fosse tenuto sotto costante controllo giorno e notte, e che non gli fosse fatto alcun male fino a Firenze.

PARTE TERZA

Il ritorno

Mediante le sopraespresse disposizioni (…) intendiamo di avere limitato l'esercizio della autorità sovrana al consenso e voto del corpo rappresentante l'universale dello Stato (…) Ottenuto il suddetto consenso per mezzo del voto predetto, ogni resoluzione avrà la sua piena validità nel carattere di volontà universale e concorde fra il Sovrano ed i sudditi…

dal progetto di Costituzione toscana di Pietro Leopoldo

CAPITOLO XVII

Pietro Leopoldo non volle rientrare subito a Palazzo Pitti, perché non poteva tollerare le cose lasciate a metà. Era venuto in montagna per chiarire i fatti accaduti al villaggio di Melo, sopra Cutigliano: un omicidio efferato, seguito dal massacro brutale dei presunti colpevoli. Così si fece condurre sulla scena del crimine, scortato dalla guardia personale del maggiore, dopo aver spedito a Firenze un messaggero, con parte della forza armata, allo scopo di tranquillizzare la Corte e la famiglia. Il Lupo era andato con loro, in catene, per essere rinchiuso nel carcere delle Stinche.

Prima di partire da Cutigliano, il principe si era fatto raccontare di nuovo per filo e per segno tutta la vicenda, dalla morte dell'ingegner Taddei all'uccisione degli operai sospettati dell'omicidio, compresa la tragica fine del capitano di giustizia. Aveva dato più volte in escandescenze per l'imperizia dimostrata nelle indagini, ed era ansioso di vedere personalmente i luoghi dove quella tragedia aveva avuto inizio.

Il paese di Melo era appena un villaggio di poveri montanari, e l'arrivo dell'augusto visitatore, rivestito con l'abito di uno degli ufficiali e scortato da una decina di soldati, scatenò una straordinaria eccitazione in tutti gli abitanti, il popolo e i pochi notabili. Dopo un'ispezione sommaria ai luoghi teatro dei fatti di sangue, il granduca fu accolto nell'unica sala reputata degna di lui: si trattava in realtà della locanda del paese, che oltretutto in quella stagione restava per lo più inattiva. Il grande camino in pietra fu nutrito con un'intera catasta di fascine, per intiepidire l'aria gelida e stantìa. Pietro Leopoldo fu sistemato su una grande sedia di legno chiaro, rozzamente scolpito, portata nello stanzone da due donne solerti, che l'avevano requisita al parroco, lottando furiosamente con la perpetua che non intendeva privarsi dell'arredo più bello della casa. Altre donne avevano interpretato un gesto del granduca come insofferenza per la scomodità del sedile, ma in realtà Leopoldo soffriva per le contusioni procuratesi nel suo avventuroso viaggio, e per il resto stava comodissimo. Malgrado ciò furono requisite decine di cuscini, e sulla porta della sala si sentì vociare per la furiosa selezione, operata in base a criteri più estetici che funzionali: dopo qualche minuto, il granduca, adagiato su un letto di guanciali multicolori, sembrava veramente un pascià indiano, gli mancava solo un *narghilè* e qualche odalisca. C'erano invece due militari comandati di guardia, molto nervosi e con le armi alla mano. L'enorme camino ruggiva per il fuoco violento, che arrossava le gote esangui del principe e amplificava, come una mostruosa conchiglia di mare, il sibilo continuo dei venti di montagna. La luce, insufficiente e instabile, era fornita da alcune lampade a olio, messe in un canto, che davano alla scena una connotazione magica. La riverenza di quei poveri contadini verso il granduca era tale, e l'atmosfera così simile a quella di una chiesa gotica, che qualcuno di quelli che erano più vicini a Leopoldo si fece perfino il segno della croce.

Il principe chiamò con un cenno il personaggio più influente del paese, tale Girolamo Manfredi. Il poveretto non sapeva come si doveva obbedire a un granduca, non avendone mai visto uno neppure da lontano, e con il cuore in tumulto dovette farsi una gran forza per lasciare il suo posto. Pensò che fosse meglio chinarsi con la faccia rivolta per terra, e camminando in quel modo assai buffo – tanto che Pietro Leopoldo non poté reprimere una risata – si accostò a quello che gli pareva un grande trono maestoso. Il granduca fece cenno a Manfredi di togliersi da quell'incomoda posizione e di avvicinare l'orecchio.

— Dite, è proprio necessario che ci sia tutta questa brava gente? Io voglio parlare solo con quelli che ho convocato.

— Maestà — (Manfredi non sapeva che al principe ci si doveva rivolgere con l'appellativo di Altezza, perché non era né re né imperatore) — non siamo riusciti a tenerli fuori. Sono capaci di farsi picchiare, anche le donne, ma non si muovono.

Forse, pensò Leopoldo, quella scena era simile all'udienza di un re paleolitico, e magari quei contadini stavano semplicemente rivivendo le esperienze dei loro lontanissimi antenati.

— Va bene, va bene. Ma fate un po' largo qui davanti. Procuratemi un candelabro, dei fogli di carta e una penna. E poi chiamatemi il capo dei birri di Cutigliano.

Creare una zona di rispetto davanti al trono fu relativamente facile, ma trovare gli oggetti richiesti dal granduca risultò un'impresa ardua. Alla fine ne fece ancora le spese la perpetua: quando le portarono via il candelabro più prezioso della chiesa, dei bei fogli di pergamena e due penne del parroco, con calamai e carte assorbenti, piangeva a dirotto per l'umiliazione.

Poi, finalmente, nell'ampio stanzone dalle volte altissime entrò il capo dei birri, piccolo, tozzo e con la pelle scura, guardato con disprezzo e paura dai presenti. Come tutti quelli che dovevano conferire col granduca, era terrorizzato. Stringeva il cappello fra le mani e non si decideva ad avvicinarsi, nonostante le esortazioni del principe.

— Venite qua, non temete. Vediamo se insieme riusciamo a chiarire alcune cose.

Il gendarme si accasciò per terra, allargando le braccia in

quello che voleva essere un inchino formale. Stavolta Pietro Leopoldo, per rispetto a quella gente così semplice e naturale, riuscì a reprimere il riso, e con un gesto della mano invitò il birro a rialzarsi.

— Ho chiesto del capitano di giustizia di Cutigliano, che ha svolto qui le indagini per vari giorni, e mi hanno detto che è morto. Quanti cadaveri in questa storia! Cosa gli è successo, con precisione?

— Signor granduca, gli è che il capitano aveva... con rispetto, eccellenza... il vizio del... del bere, insomma.

— Volete dire che è morto per il troppo vino?

Si sentirono alcune risate echeggiare per lo stanzone, e poi delle esclamazioni soffocate di dolore.

— Mio Dio no, signore. Quella sera era ubriaco, è vero, ma il ferro l'ho visto io, lo giuro!

— Calma, calma, andiamo per ordine. Il capitano era all'osteria? Ci andava spesso?

Altre risate, e altre botte per soffocarle.

— Spesso? Tutte le sere, come pure le mattine e i pomeriggi!

— Ah, ottimo funzionario: sempre ubriaco, immagino.

Uno dei notabili del paese, dimentico di ogni forma di etichetta, interruppe l'interrogatorio.

— Fosse stato il male di quello! Non gli importava nulla della Giustizia, era violento, corrotto, più ignorante di noi e...

Bastò che il granduca alzasse una mano perché il silenzio assoluto calasse di nuovo nell'aula improvvisata.

— Torniamo ai fatti. Quella sera il capitano era all'osteria di Cutigliano. Cosa successe di preciso? Andate per ordine, state tranquillo.

— Il capitano voleva una...

Il gendarme si fermò di botto, e sembrava incapace di proseguire.

— Be'? Siete diventato muto?

Quello che aveva osato interrompere prima, e che era probabilmente il più sveglio dei notabili locali, tossicchiò imbarazzato e prese di nuovo la parola.

— Altezza, lui non osa dire che il capitano voleva una donna di compagnia...

— Ho capito, ho capito. E allora?

— Ecco, urlava che voleva rimanere solo con quella... quella donna. Metteva paura, eminenza, e l'oste andò subito di sopra ad aprire la camera.

— E i soldati?

Il gendarme aveva ripreso coraggio, e non intendeva farsi sostituire da quel villan rifatto, che certo contava assai meno di lui. Rosso in viso, riprese la sua testimonianza.

— Bevevano come tegoli, altezza. C'era uno straniero pieno di soldi, che pagava a tutti.

— Uno straniero?

— Sì, uno come tanti altri. Ci sono stati molti stranieri in questi giorni, fra Melo e Cutigliano.

— Ma che intendete per straniero?

— Mah, c'è stata gente mai vista, forse di Firenze; qualcuno parlava modenese, e qualcun altro non parlava affatto. Il capitano discuteva con uno di loro a voce molto alta, si arrabbiarono anche, ma non si capiva, forse era questione di soldi.

— Torniamo a quella sera. Il capitano era al piano di sopra, l'oste e i birri di sotto. Che successe?

— I birri erano ubriachi fradici, era quasi mezzanotte, si trascinarono fuori per svegliarsi con il fresco, ma si addormentarono quasi tutti. Poi si sentì l'urlo.

— Il capitano urlò?

— No, no, la moglie dell'oste.

— Quella sera?

— No, altezza, la mattina dopo, perché non scendevano. Uno strillo acutissimo. Due soldati si alzarono di scatto e accorsero di sopra.

Il paesano che aveva più spirito, dopo aver conferito a tu per tu con il granduca, non intendeva tornare nell'ombra e interruppe di nuovo.

— Ma la donna non c'era più, eccellenza! Capite? Era scomparsa!

— E come è possibile?

— Dalla porticina della camera, che dà su una scala esterna. Per me è stata lei a pugnalare il capitano, perché...

Il gendarme ora aveva la faccia scarlatta, per la timidezza ma anche per la rabbia di essere stato nuovamente interrotto, e proprio sul più bello del racconto.

— Ma che dici, una donna? Ma tu l'hai visto, il ferro?

Il granduca batté le mani, e l'effetto fu ancora quello di una revolverata.

— Fermi tutti! Allora la donna non c'era più, e il capitano era stato pugnalato. Suppongo che abbiate conservato l'arma del delitto. Mostratemela.

I due uomini si guardarono imbarazzati e impauriti. Quello più sveglio prese di nuovo la parola.

— Non era un pugnale, altezza, era una di quelle spade corte, che chiamano baionette. Non... non usciva dal petto del capitano, si era incastrata fra le costole, credo.

Si sentirono gemere delle donne, subito zittite dai loro compagni che ascoltavano in religioso silenzio. Leopoldo era pieno di comprensione, ma cominciava a perdere la pazienza.

— Insomma, dov'è quell'arma?

I due erano terribilmente imbarazzati e impauriti.

— È sparita anche quella, altezza. Quando il chirurgo l'ha tolta, l'ha messa in casa sua, ma poi... poi non si è più trovata.

— C'è il chirurgo? È qui?

— Certo, Vostra Eccellenza, eccolo.

Si avvicinò senza fretta un uomo piccolo e grasso, col naso rigato da cento venuzze viola, talmente sonnacchioso che il granduca pensò, non a torto, che coltivasse lo stesso vizio del defunto capitano di giustizia.

— Da voi voglio sapere due cose. Dov'è finita quella spada, e come è morto il soldato che era di guardia quando ci fu la strage degli operai. Questa seconda circostanza è quella a cui tengo di più.

— Altezza, io sono solo un povero chirurgo, finito per disavventura in queste aspre montagne...

— Fermo. Non ho tempo, non voglio da voi rigiri di parole. Rispondete a quello che vi domando. La spada.

— Sparì, altezza. La misi fra i miei ferri; il giorno dopo non c'era più.

— Ma come...

Pietro Leopoldo era disorientato. Chiamò di nuovo Manfredi e gli parlò sottovoce all'orecchio.

— È stato quest'uomo a curare il soldato che era di guardia?

Sì, mio signore.

— Delle persone che ho chiesto, chi rimane da sentire?

— Ma... nessuno, vostra eccellenza.

— Come diamine... nessuno? E i soldati che spararono sugli operai?

— I soldati furono trasferiti subito dopo il fatto, non sappiamo dove siano.

— *Mein Gott, diese Leute... Nous n'en voyons pas la fin*!

— Che dite, maestà?

— Niente, niente. Voi, chirurgo: quel povero soldato che era di guardia quando gli operai evasero, come è morto?

— Vostra Altezza, la perfezione del corpo umano, creato da

Dio, si dimostra delicata come un fiore allorché i casi avversi della vita…

Pietro Leopoldo perse la pazienza e alzò la voce. I soldati di guardia si strinsero intorno al chirurgo, e uno addirittura lo minacciò con la pistola.

— No, no, niente violenze, ce ne sono già state abbastanza. Insomma, chirurgo, rispondete alla mia domanda. Quel ragazzo era stato ferito. Gli avevano sparato?

— No, altezza. Lo avevano calpestato, aveva battuto la testa, mostrava ferite da taglio.

— Fu ricoverato da voi?

— Io feci tutto quello che era possibile. Per maggior sicurezza, cauterizzai le ferite.

Il granduca, orripilato, si immaginò il povero milite legato a una branda, mentre il chirurgo gli passava dei ferri roventi sulle ferite, per richiuderle.

— Il problema è che il soldato era cagionevole, aveva la pelle sottile, facile preda degli umori cattivi. Insomma, le ferite andarono in cancrena. Di conseguenza fu assalito dalle febbri, il polso divenne flebile, lo stato si fece stuporoso, e in tre giorni morì.

Il principe non riuscì a reprimere un gesto di stupore.

— Anche lui! Ah, bene! Tutti i testimoni chiave sono morti!

Le domande di Leopoldo si fecero via via meno precise, le risposte più vaghe. Non c'era verso di cavare qualcosa di buono da quei montanari, se non che i tragici fatti di quasi un mese prima erano assai più che sospetti: non c'era un dettaglio che quadrasse, mentre tutti i protagonisti sembravano essere stati colpiti da una maledizione mortale.

Alla fine il principe si risolse a partire per Firenze, vista anche l'ora tarda, la grande stanchezza e il suo stato. La carrozza del maggiore, con a bordo il granduca, fu mandata avanti di buon passo con una scorta di cavalieri, mentre la poca truppa si avviò per una marcia di ritorno verso nord che si annunciava lunga e assai faticosa, oltre che inquietante per la paura dei briganti.

I due uomini stavano come sempre seduti in una panca laterale di San Procolo, frammisti a poche vecchie beghine. Quella volta la discussione fu particolarmente breve. Parlò quasi sempre l'uomo più anziano, quello che non sopportava il tormento della parrucca, ancora peggiore con il sole già caldo del mezzogiorno.

— Dunque il granduca non solo è vivo, ma sta rientrando a Firenze sotto scorta sicura. Il suo rapitore è tenuto d'occhio da uomini fidati del sovrano, che ne sono personalmente responsabili. Non sappiamo esattamente quello che è successo, in montagna, dopo l'imboscata.

— *Merde.*

— Non ci resta che attendere, non vi pare? Occorre capire quello che il principe ha in mente, quello che ha scoperto a Melo e Cutigliano.

— Ma lassù tutto è ovvio.

— Dal vostro punto di vista, magari anche dal mio. Però il granduca può aver intravisto qualcosa che noi nemmeno sospettiamo. D'altra parte, ci siamo bruciati tutti i ponti alle spalle. Non abbiamo alcuna alternativa. Procederemo con le nostre mosse, nella speranza di non compiere passi falsi. E che Dio ci aiuti.

— Dio? Vi prego, quello lasciatelo perdere.

CAPITOLO XVIII

Pietro Leopoldo tornò a Firenze quasi di nascosto, domenica 28 aprile 1776, senza la scorta granducale dei Dragoni. La consueta pompa non fu giudicata opportuna in quella circostanza, dato che nessuno era ufficialmente al corrente della sua disavventura, e comunque non l'avrebbe voluta lui stesso. Il suo animo era esacerbato dall'orrore dei fatti di Melo, ma il suo corpo portava i segni del pericolo mortale corso in montagna, e le domande sui tanti misteri degli ultimi giorni continuavano a tormentarlo. Riabbracciò la sua famiglia, seguì la Messa, scambiò qualche convenevole con i cortigiani più amati e stimati, evitando di rispondere a qualsiasi domanda o allusione velata, poi si ritirò nei suoi appartamenti privati e dormì per molte ore di seguito.

La prima persona che volle vedere, il giorno seguente, fu Francesco Pratellesi, il suo consigliere per gli affari riservati. Decise di riceverlo nel giardino di Boboli, dietro il Palazzo Pitti: l'aria era piacevolmente fresca, non più gelida, e il granduca aveva bisogno di ritemprarsi. Pratellesi fu intimamente grato al principe per quella scelta, che gli dava un po' di respiro dopo tante ore di tensione continua.

I due uomini camminarono a lungo fra i vialetti del grande parco, quindi si sedettero intorno alla fontana di Nettuno. Il granduca si divertiva a raccogliere sassolini e gettarli nell'acqua, per spaventare i pesci.

— Ebbene, caro amico, ho la soddisfazione, nonostante ciò che è successo, di non aver fatto un viaggio inutile.

— Altezza, quali elementi avete raccolto a Cutigliano e a Melo?

— Un dato di fatto sull'omicidio di Taddei. Quei poveri operai non c'entravano nulla.

— È stata svolta un'indagine formale, in loco... per quanto vi confermi lo scetticismo di cui vi dissi prima della vostra disgraziata partenza.

Leopoldo sorrise e scosse la testa. Era stanco, deluso, ma allo stesso tempo capiva che stava imparando più di quanto avesse mai sperato, della Toscana e dei suoi abitanti, della loro forza e delle loro debolezze.

— Passata questa bufera, ci impegneremo anzitutto nella riforma del sistema giudiziario. Sapevo bene che gli amministratori della Giustizia potevano essere scelti fra elementi di infimo livello, ma non credevo che si potesse arrivare a tanto.

— Vi riferite al capitano di giustizia di Cutigliano?

— Sapete come è morto? Vi hanno informato i miei accompagnatori?

Pratellesi sospirò, ripensò al suo lavoro, ai risultati che aveva ottenuto, al suo impegno di giorni e di notti insonni.

— È stato ucciso, lo so.

— E quindi, da quello che ho potuto raccogliere, risulta un quadro piuttosto inquietante. Ve lo riassumerò in breve.

Pratellesi era già edotto di tante cose, più di quelle che lo stesso principe immaginava, ma si dispose ugualmente ad ascoltare con estrema curiosità.

— Tutte le cosiddette prove a carico degli operai erano false o malintese. Una disinvoltura colpevole, ma purtroppo c'è pure di peggio: un'incompetenza assoluta, che ha portato a lutti spaventosi in famiglie che non hanno di che sfamarsi. Certo, è vero, voi mi avevate messo in guardia, avvertendomi che c'era qualcosa di losco.

Pratellesi sospirò di nuovo, sollevato al pensiero di godere ancora in pieno della fiducia del suo sovrano.

— Ebbene, mio caro amico, è chiaro che qualcuno ha fatto uccidere Bartolomeo Taddei cercando di addossare la colpa a dei poveri operai, che poi ha fatto barbaramente eliminare da funzionari corrotti... anche se devo aggiungere che tutto è stato realizzato in modo piuttosto maldestro. Ma perché, poi, uccidere il Taddei? Occorrerebbe scavare nella storia della vittima, verificare quali contatti abbia avuto. Un lavoro che non è stato svolto dal capitano di giustizia, che ha preso subito per buone le "prove" trovate nelle baracche delle operai, prima di fare anche lui una brutta fine...

Pratellesi fremeva. Lui aveva un sacco di altri indizi eloquenti da sottoporre al principe, ma non sapeva decidere se era quello il momento di mostrarli. Doveva capire, prima, dove Pietro Leopoldo stesse andando a parare.

— Il capitano di giustizia, che aveva lavorato con tanta colpevole superficialità, è stato assassinato in una taverna, mentre era a letto con una donna di malaffare. Su a Melo sono convinti che sia stata la donna, ma nessuno sa trovare un motivo ragionevole per un delitto così barbaro... voi che dite, amico mio?

Pratellesi scuoteva lentamente la testa.

— Può essere stata anche la donna, per chissà quali motivi. Oppure si vuol farlo credere, per nascondere le responsabilità di altri.

— Di chi, ad esempio, aveva indirizzato le indagini in quel modo, comprando lo stesso capitano di giustizia. Dovremo procedere ad ulteriori accertamenti, amico mio. E sarà compito vostro.

Pratellesi capì infine che per il conte Anziati non c'era più speranza di salvezza. In realtà lo sapeva fin dal principio, specie quando gli avevano detto che Pietro Leopoldo era tornato miracolosamente salvo dalla sua terribile avventura. Anziati si era rivelato un informatore recalcitrante ma prezioso, e gli dispiaceva sacrificarlo. Ma, d'altronde, crimini orrendi come quelli che lui, dall'esame degli indizi, doveva necessariamente aver compiuto, erano tali da gridare vendetta a Dio. Sicché, non poteva sottrarre il vecchio aristocratico al corso della giustizia e all'ira del suo principe.

— Altezza, avremo nuove da Cutigliano entro pochi giorni. Vi do la mia parola d'onore.

Il paese di Melo fu svegliato all'alba del primo maggio dall'arrivo, in carrozza e a cavallo, di una ventina di armati mandati da Firenze. Alcuni chiusero immediatamente gli accessi al paese, in tutto tre strade, compresa la via vecchia per Modena. Gli altri uomini, che dissero solo poche parole ai montanari terrorizzati, non esibivano alcuna divisa, alcun segno di riconoscimento.

Misero a soqquadro quasi tutte le povere case del villaggio, incluse la canonica e l'abitazione del medico. Volevano dei non meglio precisati documenti, prove, carteggi. La moglie del dottore, a un certo punto, ebbe timore che gli armati avessero brutte intenzioni nei confronti degli abitanti, tanta era la loro furia. Uno degli sgherri, che non riusciva ad aprire il cassetto di un tavolo dello studio, lo gettò dalla finestra e poi, procuratasi un'accetta, lo fece fragorosamente in mille pezzi. I due figli piccoli iniziarono a piangere terrorizzati, e la madre non riuscì a trattenere la fatale esclamazione:

— Vogliono ammazzarci!

La voce si propagò in un attimo, scatenando il panico generale, che del resto era sotto la pelle di tutti fin dal primo apparire, alle porte del paese, dei misteriosi armati. I quali reagirono con decisione e brutalità, percuotendo anche, con il calcio dei fucili, un vecchio militare in pensione che viveva nel paese e che era sopraggiunto per chiedere spiegazioni. Mentre il panico aumentava, gli sgherri minacciavano, urlavano, sparavano in aria colpi di fucile che si udivano anche da lontano, nei paesi vicini, fin quasi a Cutigliano.

Nel frattempo, alla fattoria di Melo di proprietà del conte Cosimo Anziati, con maggior decisione e scrupolo, e senza strepito alcuno, cinque uomini assai meglio istruiti sul da farsi perquisivano con calma ogni stanza, dopo aver chiuso a chiave nelle stalle il fattore, la sua famiglia e i contadini.

Tutto finì prima di mezzogiorno. Uno degli incursori che avevano messo sottosopra la fattoria di Melo, giunse al paese e riferì brevemente al capo dei loschi figuri che ancora terrorizzavano gli abitanti. Dopo nemmeno mezz'ora, il villaggio era di nuovo deserto e silenzioso, tranne che per i singhiozzi delle donne e dei bambini. Nessuno era stato ferito o seriamente percosso dagli aggressori, ma sicuramente quella giornata non sarebbe stata dimenticata per molto tempo.

Da Filippo Mazzei al granduca Leopoldo di Toscana

Colle, Virginia, 12 ottobre 1775

Altezza Reale,

come ebbi a scrivere alla Reale Altezza Vostra nel mio precedente foglio, il Congresso non è punto informato del progetto di Jefferson e di Vostra Altezza; e questo segreto ha invero tutta la mia approvazione. Non vi sarebbe infatti difficoltà alcuna se si volesse trovare, in quel consesso, spiriti assai ostili a una tale soluzione per le Colonie, una volta liberatesi quelle dal giogo britannico. Ed è a cagione di ciò se non mi perito di palesare alla Reale Altezza Vostra le mie perplessità, seppur certo del fatto che l'apporto di V.A. è il più prezioso fra quanti io stesso possa immaginare, del che Jefferson è tanto convinto da avermi scritto, sempre in via segreta, più volte su questo argomento pregandomi altresì di significare alla R.A.V. la sua intenzione di scrivere direttamente a V.A. su questo oggetto.

Dev.mo Umil.mo et Obb.mo servitore

Filippo Mazzei

Da Thomas Jefferson al granduca Pietro Leopoldo
(testo originariamente cifrato)

Monticello, 20 ottobre 1775

Altezza,

occorre che del documento, il cui arrivo attendo con ansia, sia data pubblica lettura, quale giuramento solenne, da parte di colui che sarà investito del ruolo istituzionale previsto dalla nostra ipotesi. Se le colonie riusciranno a rendersi completamente indipendenti dall'Inghilterra – e io di questo non ho dubbi, specie dopo le ultime dichiarazioni di George Washington – ne seguirà immediatamente una discussione sull'ordinamento del nuovo Stato, che produrrà aspri contraddittori fra i delegati, dal Massachusetts alla Virginia: alcuni vorrebbero addirittura già tornare sotto l'ala protettiva di re Giorgio, perché non hanno mai mutato le loro convinzioni monarchiche dall'inizio della guerra; altri, come il nostro comune amico Philip Mazzei, sono su posizioni decisamente radicali. D'altra parte, anche la soluzione che stiamo concordando noi due provocherà un vero terremoto. Forse non tanto in America, quanto in Europa.

Altezza, dobbiamo sbrigarci! Per il bene comune, e, se posso azzardare, per quello dell'Umanità intera.

Detto ciò, ho l'onore di dichiararmi di Vs. Ecc.za l'umil.mo Serv.re

Thomas Jefferson

Dal granduca Pietro Leopoldo a Thomas Jefferson
(testo originariamente cifrato)

Firenze, 24 dicembre 1775

Caro amico,

la situazione nelle colonie, da quello che mi dite e da quello che posso capire da Firenze (anche con l'aiuto dei miei informatori), è certamente difficile. A maggior ragione, il testo che darà legittimità a chi assumerà l'alta funzione che abbiamo previsto dovrà essere studiato nei minimi particolari, per non offrire appigli agli ostili e ai conservatori in malafede. Ditemi dunque se quel che dovreste già avere vi sembra adeguato o meno.

Da Thomas Jefferson al granduca Pietro Leopoldo
(testo originariamente cifrato)

Monticello, 1 febbraio 1776

Altezza,

il documento è andato perduto prima che io avessi la possibilità di esaminarlo, e spero che questa lettera vi arrivi prima del mio messaggero personale, un uomo fidato, non conosciuto dagli inglesi, che vi aggiornerà a voce sugli ultimi sviluppi della situazione. Dalle ultime lettere che ci siamo scambiati, penso che possiamo ritenerci completamente d'accordo su tutti i punti. È pacifico che la parte centrale del documento deve essere esattamente come voi la volete: e non solo perché è il desiderio di Vostra Altezza, ma anche perché è conforme all'idea rivoluzionaria che ci accomuna.

Attendo quindi con impazienza una nuova copia, col vostro sigillo. Può essere cifrata, se così preferite, come del resto detta il buon senso. Ma occorrerà un giuramento solenne di conformità da parte di chi la metterà in chiaro. Possiamo rivolgerci, credo, a Filippo Mazzei con piena fiducia.

Detto ciò, ho l'onore di dichiararmi di Vs. Ecc.za l'umil.mo Serv.re

Thomas Jefferson

Dal granduca Pietro Leopoldo a Thomas Jefferson
(testo originariamente cifrato)

Firenze, 6 aprile 1776

Caro amico,

va tutto bene, affiderò la copia al vostro uomo, che è venuto da me oggi, perché parta al più presto: non mi fido più delle spedizioni ordinarie o anche speciali, nemmeno della nave dei miei agenti che lavorano sotto copertura commerciale. Voi dite di Mazzei: siete certo che sia d'accordo con la nostra idea? A me non è parso, se devo parlare con la dovuta franchezza.

Da Thomas Jefferson a Pietro Leopoldo
(testo originariamente cifrato)

Monticello, 6 giugno 1776

Altezza,

il tempo è ormai esaurito, temo che non potremo fare più nulla, a meno che non veda tornare entro pochi giorni il mio messaggero con il vostro documento. Non sono affatto dell'opinione che Mazzei non condivida la nostra idea. Non ne ha parlato in giro, e questo è già un ottimo segno: straordinario, visto il tipo d'uomo. Comunque questa mia lettera vi giungerà a cose ormai fatte, ed è inutile che io esprima qui i miei sentimenti. Vi riconfermo la mia profonda stima e vi esprimo ancora la mia riconoscenza.

Detto ciò, ho l'onore di dichiararmi di Vs. Ecc.za l'umil.mo Serv.re

Thomas Jefferson

Da Pietro Leopoldo a Maria Teresa d'Austria
(lettera originariamente redatta in tedesco)

Firenze, 28 aprile 1776

Madre,

avrete già saputo i motivi che mi hanno costretto a rimandare il mio viaggio a Vienna, come mi avete consigliato. Sarò con grande felicità da voi il prossimo mese, oppure dopo l'estate, visto che la mia presenza sarà comunque d'obbligo. Non sono giusti, quindi, i vostri rimproveri; non ho certo intenzione di con-

traddirvi e farò quello che voi riterrete opportuno per il bene supremo della Corona imperiale.

Devo però chiedervi una cosa, ve ne prego per l'amore che nutrite verso di me come madre. Ho cercato di chiarire, senza successo, con i capi delle guarnigioni imperiali di Mantova, come essi siano giunti a conoscere il luogo esatto dove io mi trovavo prigioniero, prima che le stesse forze toscane potessero agire per liberarmi senza troppo pericolo. In mio soccorso furono mandati oltre cinquanta soldati, provvisti perfino di cannoni, e solo per un miracolo la mia vita fu salva; e con ciò comunque molti uomini morirono, sia tra i banditi colpevoli, sia purtroppo fra i militi innocenti. Sappiatemi dire, vi prego, con i canali riservati di cui voi disponete pienamente, come e soprattutto quando fu che la notizia della mia prigionia, con la posizione esatta, giunse ai militari.

Vi scongiuro di rispondermi con un corriere espresso.

Con affetto,

Leopoldo

Da Maria Teresa d'Austria a Pietro Leopoldo

(lettera originariamente redatta in tedesco)

Vienna, 1 maggio 1776

La vostra vita è salva, e ciò è quello che più conta. Perché interrogarvi su come e quando le forze mandate a salvarvi si mossero? Non capisco, e francamente disapprovo, il vostro continuo rimuginare su particolari così insignificanti, cercando il mistero dove esso non esiste! Ringraziate piuttosto la Provvidenza, che ha voluto preservare la vostra preziosa vita, e per la quale io, vostro fratello e il bravo generale della guarnigione di Mantova non siamo stati che strumenti obbedienti ed efficaci.

Da Pietro Leopoldo a Maria Teresa d'Austria
(lettera originariamente redatta in tedesco)

Firenze, 5 maggio 1776

Madre,

mi inchino con gratitudine alla Provvidenza divina, che ha inteso risparmiare la mia vita, e ringrazio tutti coloro che si sono prodigati per armarne il braccio. Ma insisto per conoscere come fu che la notizia del luogo ove io ero prigioniero venne in possesso dei militari, e chi diede l'ordine iniziale per salvarmi con tanto dispiegamento di forze. Dovrò altrimenti punire coloro che non si mossero per tempo, qui a Firenze, ed estorcere loro tutte le informazioni possibili, anche con i mezzi che più mi ripugnano, ricorrendo pure a smascherare tutte le spie residenti nella Dominante, ivi compresi gli informatori imperiali. Ciò per il supremo bene della Corona e per la salute della Toscana.

Leopoldo

Da Maria Teresa d'Austria a Pietro Leopoldo
(lettera originariamente redatta in tedesco)

Vienna, 11 maggio 1776

Figlio,

non di rado il vostro atteggiamento va al di là dell'impertinenza. Volete sapere quando i militari imperiali vennero a conoscenza del luogo ove eravate? Ebbene, elevate lodi all'efficienza di quelle che così superficialmente e ingiustamente chiamate spie, che invece sono fedeli sudditi imperiali e servitori anche della vostra persona, oltre che delle nostre!

I miei informatori mi hanno assicurato che la notizia della vostra prigione – dove essa si trovasse, quanti fossero i banditi, e molto altro – fu recapitata da un nostro corrispondente appena egli ne venne in possesso, grazie a un agente coperto della Dominante.

Non chiedetemi chi fosse questo agente, perché io stessa non ne sono a conoscenza né intendo saperlo. L'informazione conteneva anche il suggerimento perentorio di mandare subito un nutrito plotone di soldati, armato il meglio possibile, per la presenza di un così elevato numero di banditi, oltre trenta. La decisione di far scendere in campo i cannoni fu presa nella disperazione del momento, nella speranza che i briganti si sarebbero arresi.

Sappiate dunque che dovreste ringraziarci, anziché inseguire le nuvole con gli occhi levati al cielo. Figlio, i tempi dei vostri sogni d'adolescente sono ormai finiti. Ricordatevi chi siete ora, e comportatevi di conseguenza.

CAPITOLO XIX

La vita di corte del granduca stava riprendendo i ritmi normali, tra le ore passate con la famiglia (a cui evitava scrupolosamente di parlare della sua avventura, nonostante le proteste della moglie) e le amate discussioni con i collaboratori del Governo, in vista delle riforme future. Aveva dato ordine di far convocare entro la settimana il messaggero americano, la cui partenza per le Colonie ormai urgeva, ma per prima cosa fece chiamare di nuovo Francesco Pratellesi, per essere aggiornato sugli sviluppi delle indagini a Cutigliano e a Melo.

Stavolta l'incontro si svolse in uno dei salotti riservati di Palazzo Pitti: una stanza non molto grande, con due finestre che lasciavano filtrare solo delle lame di luce dalle imposte accostate.

— Altezza, avevate ragione. Non è stato facile rintracciare testimoni, scovare documenti, ma credo che il quadro sia chiaro, purtroppo.

— Ebbene, mio caro, cosa avete trovato?

— Il povero Taddei era stato avvicinato da uomini del conte Cosimo Anziati, un nobile fiorentino, in tutta franchezza parecchio decaduto, che tenevamo d'occhio da molto tempo per i motivi che a voi sono ben noti…

Pietro Leopoldo tossicchiò imbarazzato. Il volto della giovane e bella Fiammetta, la moglie del conte, era ancora vivo nel suo spirito, e così il ricordo di come malamente si erano lasciati.

— Ecco, altezza, Anziati doveva vendere certi suoi terreni, giacenti vicino alla strada regia, a un certo Vincenzo Scarpa, mercante di legname veneziano, di famiglia assai facoltosa ma popolare. Questo mercante, però, pretendeva che la fattoria del conte, adatta al legnatico, fosse collegata alla via regia tramite un diverticolo. Anziati era già da mesi in contatto con Taddei: lo provano alcune carte, in pessimo stato ma ancora leggibili, che abbiamo scoperto vicino al luogo dell'omicidio e alla sua fattoria di Melo. Si erano accordati, già dall'anno scorso, per una strada secondaria realizzata a spese dello Stato, che avrebbe dovuto attraversare le terre del conte e quindi collegarsi alla via regia. Sapete bene come a Cutigliano siano riusciti a imporre una strada analoga per collegare il paese alla Postale, così da non essere tagliati fuori da tutto il traffico per Modena... Quando però Taddei ha dovuto informare Anziati che il progetto era stato cancellato dall'architetto Ximenes, allora la vendetta del conte non si è fatta attendere.

— Siete stato abile, Pratellesi, abile davvero. Siete giunto dove molti altri, me compreso, hanno fallito. E ditemi, come aveva fatto Anziati a conoscere i particolari sui progetti della strada?

Il consigliere del granduca sembrava imbarazzato.

— Anziati aveva acquistato, o meglio ottenuto queste informazioni, per così dire... riservate, tramite le confidenze di una signora a lui molto vicina, che anche noi conoscevamo bene, in quanto...

— Amico mio, accantonate il vostro pudore, di cui comunque vi ringrazio. La mia ex amante, ovvero la moglie di Anziati, aveva approfittato della mia loquacità per riferire al marito i progetti della strada postale.

— Altezza... confermo che le cose sono andate più o meno così.

— Che idiota sono stato!

— Mai più, mio signore.

— Va bene, andiamo avanti, che è meglio. Dunque, Anziati avrebbe cercato di corrompere l'ingegner Taddei per far costruire quel diverticolo della strada. E pagato il capitano di giustizia per sviare le indagini, salvo poi sopprimerlo perché parlava troppo. Ma Anziati è spiantato, Pratellesi. Con quali soldi avrebbe affrontato tutte queste ingenti spese?

— Con quelli del mercante, che in effetti è implicato nella storia almeno quanto il conte.

— E allora dov'è questo mercante veneziano?

— È scomparso, mio signore.

Il granduca sgranò gli occhi.

— Questa è incredibile! Avrebbe forse subodorato il pericolo? E le vostre spie?

— Lo stanno appunto ricercando.

— Comunque, tutto questo non spiega ancora il motivo della morte del Taddei. Mi figuro facilmente le ire del conte e del mercante, d'accordo, ma a che scopo ucciderlo solo ora?

— Siamo propensi a credere che Taddei fosse pentito e intendesse denunciare Anziati e il veneziano. D'altra parte l'interrogatorio del conte chiarirà tutto questo.

— Molto bene, caro Pratellesi, andremo quindi a un processo contro Anziati. Ne sortirà un po' di scandalo, che sarà inevitabile sopportare. Ma esistono altre circostanze che devo chiarire con voi, e che non riguardano direttamente i maneggi di Anziati.

Pratellesi era incuriosito dalle parole di Pietro Leopoldo, e anche un po' inquieto.

— Cosa, mio signore? Gli uomini nuovi da reclutare per i servizi a Livorno e all'isola d'Elba?

— No, no, per questo c'è tempo. Voglio sapere se avete ricevuto la mia missiva dalla prigionia, e se l'avete letta nel modo che vi ho suggerito.

Naturalmente Pratellesi si aspettava quella domanda; anzi, era stupito che il granduca non gliela avesse posta subito, appena si erano rivisti dopo il dramma.

— Certamente, altezza. Mi è stata recapitata personalmente da lady Gwendolyn Ausbury.

— Quando, amico mio?

A Pratellesi non piacque l'inconsueta pedanteria che dimostrava il suo principe.

— Non... non saprei dire, ora. Ma penso che mi sia stata consegnata immediatamente. Appena possibile, intendo.

— E che cosa avete fatto, subito dopo?

— Ho eseguito alla lettera le vostre indicazioni. Ho preparato il denaro e riunito una squadra di sette uomini fidatissimi per seguire i briganti nella loro fuga.

— Chi sono questi uomini?

Pratellesi rispose senza la minima esitazione.

— Bellini, Ciampolini, Grazzi, Caparrini... Il giovane Bastianoni, figlio di Antonio che è stato uno dei nostri agenti migliori... e poi Falorni e Mancini. Tutti ex militari. Uno di loro era già per la vecchia strada col denaro, come dalle vostre istruzioni. Gli altri sei si sono effettivamente diretti verso il vecchio rudere di Andia, passando da nord, allo scopo di individuare i banditi, seguirli e arrestarli. Ovviamente non hanno potuto far niente, perché quando sono arrivati in zona già infuriava la battaglia.

— Appunto! Chi ha avvertito gli imperiali, a Mantova, e come facevano a sapere dove io mi trovassi?

Pratellesi allargò le braccia e scosse la testa, sconfortato.

— Non so proprio che dirvi, mio signore. Ho tenuto la vostra lettera sempre con me. Né, sul mio onore, l'ho mai consegnata a chicchessia. Eccola qua.

Il consigliere si frugò in una tasca della sua preziosa marsina ricamata d'oro, tirò fuori un biglietto ripiegato e lo porse al granduca. C'era scritto qualcosa al centro, con un carboncino:

Mio fidato Pratellesi,

sono prigioniero di malfattori senza scrupoli. Non c'è altra possibilità, per salvarmi, che mandare diecimila scudi presi dalle mie casse personali, quelle che voi sapete. Fate portare il denaro dal più fidato dei vostri uomini, non scortato né seguito, sulla strada vecchia per Modena, e abbandonatelo dove la mia carrozza è scomparsa. Se avete dubbi che sia stato io a scrivere questo messaggio, dite a Leonetti che non ho potuto rispondere al segnale delle campane, ma che avrei battuto due e tre volte in successione. Leggete attentamente, come fate di solito con le mie lettere da Vienna.

Il vostro reggitore,
Pietro Leopoldo

Mentre tutto intorno, come una cornice, c'erano segni di bruciature che avevano rivelato la scritta in inchiostro simpatico, con una grafia molto più incerta e grossolana:

Sono nel rudere di una torre romana che non conosco, sopra una rupe fra il Rio d'Andia e il Poggio della Doganaccia, a circa cinquanta miglia a nord-est di Cutigliano. Mandate sei uomini dei migliori da nord, che è il lato meno protetto della torre. Che mi vedano partire sicuro e poi seguano i banditi, in tutto sette. Li arrestino quando potranno farlo senza pericolo e li conducano a Firenze.

Il granduca rilesse più volte il messaggio, e gli tornarono alla mente colori, odori, sensazioni mai provate fino ad allora in tutta la sua vita.

— Quindi ci sono solo due possibilità. O questo biglietto è stato letto da qualcuno prima che vi fosse consegnato, oppure gli imperiali hanno saputo del luogo della mia prigionia in altro modo.

Il consigliere osservò il suo principe con uno sguardo triste, e non rispose.

— Fate in modo che possa parlare, qui a Firenze, con il diretto superiore del maggiore venuto a liberarmi. Pretendo che questo colloquio si svolga al più presto.

Pratellesi si inchinò leggermente e si allontanò.

Eppure Pietro Leopoldo restava inquieto. Per quanto avesse già spedito a Vienna un corriere con alcune lettere, non poteva attendere tranquillamente le risposte, e si macerava nel dubbio. Gli mancava un luogo veramente privato, in Firenze, dove ritirarsi da solo in meditazione: poteva certo allontanare chiunque dal suo immediato cospetto, sia a Palazzo Pitti che nelle numerose residenze che erano state dei Medici, e fra le quali la sua preferita era Villa La Petraia, dove passava i suoi giorni più lievi tra vigne, giardini e biblioteche. Ma erano luoghi pur sempre accessibili a una grande varietà di gente, servitori, familiari, lagnosi o aggressivi, che in ogni momento potevano interrompere il flusso dei suoi pensieri e ai quali il principe non era in grado di sottrarsi agevolmente.

Firenze, città apparentemente solare, era invece un labirinto di segreti, una ragnatela di luoghi occulti e spesso addirittura dimenticati. Pietro Leopoldo era un cultore di storia patria, e più di ogni altro nella Dominante, soprattutto per la sua indole contraddittoria – aperta e positiva eppure anche introversa – si occupava volentieri dello studio dei passaggi segreti, dei luoghi nascosti all'ombra di monumenti rinascimentali che all'esterno apparivano espressioni di razionalità assoluta. Il principe aveva eletto alcuni di questi luoghi a pensatoi segreti, diversi perché utilizzabili in tempi altrettanto diversi, secondo la necessità, l'umore e l'indole del momento.

Palazzo Pitti era collegato all'austera fortezza di Palazzo Vecchio, in piazza del Granduca, da un singolare passaggio aereo riservato al principe e ai suoi familiari. Si trattava di un corridoio abbarbicato alle case e alle torri, che scavalcava il fiume sopra Ponte Vecchio per poi collegarsi alla Galleria degli Uffizi e infine al Palazzo del Governo. I Medici avevano commissionato quella meraviglia, in tempi più turbolenti, al geniale architetto Giorgio Vasari, soprattutto per utilizzarla come via di fuga. Ma nei secoli il corridoio si era trasformato in una propaggine naturale della splendida pinacoteca degli Uffizi, a cui lo stesso Pietro Leopoldo aveva contribuito con ricche donazioni.

All'alba del 3 maggio 1776, il granduca si congedò da familiari, cortigiani, amici, ministri e consiglieri, e aprì da solo la porta che immetteva nel corridoio solitario, richiudendola subito a chiave alle sue spalle. A quell'altezza il silenzio cullava Pietro Leopoldo, isolato da tutti, nel suo lento passeggio sopra le teste ignare dei suoi operosi sudditi. La visione dei tetti della città, dei monumenti rinascimentali che svettavano come montagne tra le case basse, offriva al principe la giusta proporzione della vanità delle cose umane. Piccoli uomini coltivavano e fomentavano per decenni odi feroci, che poi si spengevano nella miseria della vecchiaia stolida o nel buio della morte. Se tutti avessero potuto guardare dallo stesso punto di vista ideale della piccola finestra al centro della galleria sopra Ponte Vecchio, forse avrebbero recuperato il senso autentico della condizione umana.

Il padre di Pietro Leopoldo, Francesco Stefano, era subentrato a Gian Gastone, l'ultimo dei Medici, che aveva annientato in un crepuscolo interminabile la Signoria di quella potente e disgraziata famiglia. Prima di lui, il governo della Toscana era stato tenuto da Cosimo III, e andando più indietro nel tempo, da Francesco I e Cosimo I, il grande statista e costruttore di quella stessa meraviglia architettonica che ora Pietro Leopoldo percorreva a passi lenti. Il granduca osservava i ritratti di quegli uomini morti anche duecento anni prima, appesi alle pareti del corridoio, e li trovava distanti, estranei. Si sentiva in parte vicino solo al più elusivo e contraddittorio dei granduchi, Francesco I, figlio di Cosimo. Un uomo dedito alle attività intellettuali, un po' triste, forse anche un debole, indifferente alle sofferenze del suo popolo, e che aveva confinato la sua vita in una serie di armadi segreti, colmi di meraviglie scientifiche. Ma era stato anche un principe sentimentale, che aveva vissuto, già durante il suo matrimonio con Giovanna d'Austria, una lancinante storia d'amore con la bellissima Bianca Cappello, ed era stato perfino un lussurioso, nel segreto dei recessi del Palazzo.

Il granduca lorenese era profondamente diverso da Francesco: per sangue, per mentalità, probabilmente per intelligenza. Ma c'era qualcosa di simile fra l'ansia catalogatrice di Francesco I e l'esigenza di Pietro Leopoldo di controllare ogni più minuto particolare della vita della Toscana. Forse il Medici aveva trovato un equilibrio distaccandosi completamente dalla realtà, fra le sue cose rare e preziose gelosamente chiuse a chiave. Pietro Leopoldo lo capiva, ma non ne condivideva l'inazione. Troppi, a Firenze, erano ancora come quel Medici intellettuale e chiuso in se stesso. Anziati, per esempio, che Pratellesi gli aveva offerto in così breve tempo come colpevole di quell'orrenda storia di sangue: se era stato davvero lui, come aveva fatto a non provare infinita pietà per quei contadini e operai che la sua famiglia, in antico, aveva avuto il dovere di nutrire e proteggere? Invece li aveva fatti massacrare da funzionari corrotti, per allontanare l'attenzione da sé. Non più i valori del vecchio mondo, e non ancora quelli del Mondo Nuovo.

Il corridoio vasariano finiva in Palazzo Vecchio all'altezza della camera verde dell'appartamento di Eleonora di Toledo. Ma Pietro Leopoldo proseguì in una ricognizione solitaria fra i luoghi più reconditi delle costruzioni adiacenti a quella incredibile fortezza gotica, bruna e severa, poggiata per un titanico capriccio fra le meraviglie rinascimentali di Firenze. Gli Uffizi, oltre alle quadrerie, ai magazzini e agli uffici amministrativi, ospitavano stanze e corridoi occulti o dimenticati, il cui uso era sempre stato privilegio dei Medici. Nella parte posteriore, al tempo di Francesco I, c'era un quartiere malfamato, chiamato *La Baldracca*, che ospitava un famoso e omonimo teatro. Su un muro grigio, il granduca osservò con un sorriso divertito le tracce di uno sportellino metallico, ormai chiuso da secoli. Era l'accesso a una grata che permetteva ai Medici di assistere, non visti, alle recite del teatro: rappresentazioni assai licenziose, che dei giovani attori, giunti da varie parti d'Italia, recitavano quasi sempre senza abiti addosso. Commedie che i membri maschi della famiglia granducale si godevano in completo incognito, abbandonati al piacere del proibito al di là di quella grata, fatta probabilmente con lo stesso materiale di quella che, dalla galleria che Pietro Leopoldo aveva appena percorso, permetteva di seguire di nascosto la Messa della chiesa di Santa Felicita, la più antica di Firenze, appena di là d'Arno.

Anziati e i suoi amici, integerrimi, neri e penitenziali nella loro nostalgia per i Medici, ne tenevano conto, in qualche modo? Magari il vecchio aristocratico finito in miseria, quando era molto più giovane e ricco, organizzava invece dei balli angelici nella sua tenuta di campagna, con giovanissime contadine raccolte ignare e poi restituite, confuse e vergognose, al lavoro dei campi l'alba successiva. Anziati, in fondo, aveva sposato una donna disgraziatamente troppo giovane e bella, oltreché avida: il conte non gli pareva un tipo vendicativo, ma era mediocre, e soprattutto assai povero. Era certo che il denaro non gli bastasse mai, nonostante quanto gli faceva arrivare tramite Pratellesi; di conseguenza, la Strada Regia e il flusso di soldi che quell'opera avrebbe convogliato nel Pistoiese costituivano certamente degli ottimi motivi per smuovere le bramosie di chiunque. Ma era proprio questo che lo lasciava perplesso: Anziati apparteneva a quella categoria di reazionari irriducibili, assolutamente ostili, più per natura che per convinzione, alle regole del libero mercato, con tutte le conseguenze che quel rifiuto pregiudiziale comportava. Pietro Leopoldo si figurava con difficoltà il conte, come i suoi pari supremamente tirchio e di corte vedute, intento a cercare di corrompere l'ingegner Taddei, sia pure con l'aiuto di quel misterioso mercante veneziano, della cui esatta identità nemmeno Pratellesi riusciva a venire a capo.

Il principe tornò lentamente sui suoi passi, ripercorrendo a ritroso il corridoio aereo disegnato con tanta leggerezza dal Vasari. Pensò ancora ad Anziati, a Pratellesi, a tutti i morti di quella storia. Quando fu nel giardino, in cui si avvertivano già i profumi di primavera, si inoltrò per i labirinti di alte siepi che a tratti imitavano l'atmosfera selvaggia dei boschi, contrapposta alla geometria perfetta e rassicurante delle aiuole e delle vasche di pesci multicolori. Allorché, infine, ebbe raggiunto un boschetto che voleva ricreare le atmosfere arcadiche della mitologia classica, fu inevitabile tornare con la mente al Lupo, un fuorilegge e per di più straniero, ma capace di alti pensieri e provvisto di conoscenze insospettate... il Lupo, che si era apparentemente immolato per salvargli la vita e che certo non poteva interrogare, nella buia prigione in cui era stato scaraventato.

Il nodo cruciale da sciogliere era l'imboscata in cui erano cadute così tante persone. Pratellesi e gli altri consiglieri propendevano decisamente per un attacco di briganti comuni, per quanto ben forniti di armi, che a parer loro erano incappati per caso in una spedizione granducale. Era vero che lui, Pietro Leopoldo, sconcertava tutti per la sua disinvoltura negli spostamenti, spesso anche senza scorta, e che odiava in tal modo la pompa e le forme da poter essere scambiato con facilità per un qualsiasi possidente che si recava in visita alle sue terre in montagna. Ma i soldati della scorta? Quel misterioso, enigmatico Lupo se li aspettava. Ancora il Lupo, appunto, il mistero forse più grande e inesplicabile: i briganti sembravano sapere fin dall'inizio chi avevano davanti, ed era certo che, inizialmente, fossero mossi dall'intenzione di ucciderlo.

Anziati e il Lupo: la civiltà decaduta e la selvaticità ferina, ma anche l'inconsapevolezza e la conoscenza primigenia, due esatti contrari. Pietro Leopoldo li vide di colpo come due pianeti che ruotavano uno intorno all'altro, senza potersi mai toccare, spinti da una forza oscura.

L'ora si era fatta tarda, e il principe raggiunse gli appartamenti privati proprio mentre un servitore si stava muovendo con due giovani armati di torce per venirlo a cercare nel giardino, che già confondeva ombre e colori in un tramonto dalle sfumature indistinte. Leopoldo aveva fatto chiamare Pratellesi, e un maggiordomo si premurò di informarlo che il suo consigliere era già ad attenderlo da due ore in un salotto al primo piano del Palazzo.

— No, caro amico, non è possibile che sia andata come voi riferite.

Pratellesi, sulla sedia dall'alto schienale, sembrava diventato un bassorilievo di legno. Il granduca richiuse il libro che stava distrattamente sfogliando, su un tavolo col ripiano di pietra nera intarsiato con foglie brune e rosse.

— Vedete, nei pressi di Melo è successo qualcosa di molto strano. Di straordinario, a mio parere, ma adesso non saprei spiegarvi come e perché: restiamo quindi, per ora, a un livello elementare.

— Temo di non capire, mio signore.

— Seguite, vi prego, il mio ragionamento. Due cose accadono contemporaneamente: il vecchio Cosimo Anziati corrompe le guardie di un paesino di montagna per coprire un omicidio da lui commissionato, benché non abbia risorse finanziarie…

— Altezza, il mercante…

— Vincenzo Scarpa – un po' troppo giovane, a quanto mi dite, per disporre di tutto quel denaro – provvedeva a finanziarlo, d'accordo. Ma non è questo l'aspetto importante. Dieci poveri operai e un militare vengono massacrati, nel tentativo di coprire le responsabilità di Anziati, forse anche perché la cosa sfugge di mano a quegli incompetenti locali…

— Lo ritengo altamente probabile, mio signore.

— Ben strana, allora, la morte del capitano di giustizia, ad opera di una donna misteriosa che non mi convince affatto. No, no, amico mio, questo fiume di sangue non può far capo a un nobile spiantato e vendicativo, solo perché voleva uccidere un ingegnere che non si faceva corrompere. Vi dicevo che lassù in montagna sono successe due cose importanti, certamente collegate tra loro.

— Quali, altezza?

— La strage a cui ho appena accennato, e il mio rapimento.

Pratellesi si sentì come schiaffeggiato, e guardò il principe con occhi sgranati.

— Mio signore, è impossibile che esista una connessione tra i due eventi. Quella banda di briganti è incappata per caso nel vostro convoglio.

— No, Pratellesi, si voleva la mia persona, si cercava la mia morte. Troppo dispendio di risorse, troppo sangue, troppa metodicità in quell'orrore. E troppe coincidenze, anche in seguito.

Il consigliere era immobile, come di sasso; attendeva con ansia che il granduca proseguisse nella sua analisi dei fatti. Dopo una breve pausa, Pietro Leopoldo appoggiò le mani sul tavolo e fissò Pratellesi dritto negli occhi.

— Caro amico, per quanto Anziati non sia il tipo d'uomo capace di simili intrighi, mi sono convinto che qualcuno, non so come, abbia approfittato della situazione per cercare di togliermi di mezzo: d'accordo col conte, è presumibile. Perciò è necessario interrogare più a fondo Anziati, evitando ovviamente la tortura. E mi meraviglio che non lo abbiate ancora fatto.

— Altezza, non c'è molto di più da spremere da quell'uomo. È rimasto schiacciato dalle prove che gli abbiamo mostrato, presto confesserà pubblicamente di aver fatto uccidere Taddei perché non lo aveva favorito nei progetti della strada. Anch'io non credo sia tipo da intrighi. E il mariuolo, quel Lupo, probabilmente ha solo tratto vantaggio da una delazione: qualcuno gli deve aver segnalato il passaggio, per la vecchia via di valico, di una carrozza con a bordo un nuovo ricco, e ne ha approfittato. Lo riconosco, parliamo di briganti assai anomali, ma l'Europa è piena di sbandati di ogni risma, non sempre classificabili con agio. Quando hanno capito chi eravate, del resto, non vi hanno ucciso, e hanno cercato di lucrare un riscatto.

Pietro Leopoldo fu colpito da quell'ultima affermazione di Pratellesi, e restò qualche istante in silenzio. Ma poi i suoi fantasmi presero di nuovo il sopravvento. Scosse la testa, come se il capo dei servizi segreti non avesse capito nulla.

— Forse sì e forse no. Comunque desidero che il vecchio Anziati sia condotto in segreto a Palazzo, eccezionalmente nello studio "degli scandali", per un colloquio urgente e riservato. Devo capire io stesso perché ha commissionato quell'omicidio, e se c'è un rapporto fra lui e chi, ne sono certo, voleva la mia testa.

— Ma perché qui, mio signore? Posso farlo io a casa del conte, oppure posso ordinare che venga tradotto alle Stinche.

— No, devo essere io a parlare con quell'uomo. E non intendo più discutere su questo punto. Dunque, vi prego di dar corso ai miei comandi. Voglio Anziati da me domani stesso.

CAPITOLO XX

Il messaggero americano anticipò il granduca. Appena saputo del suo rientro, André Duchamp chiese di nuovo all'intermediario a cui aveva fatto riferimento fin dall'inizio, il nobile Francesco Pratellesi, un incontro con Pietro Leopoldo, che avvenne al solito in uno studio riservato di Palazzo Pitti.

Il principe era fortemente preoccupato per la serie di imprevisti che avevano ritardato quell'appuntamento. Ma ancora più in ansia era certo l'americano di origine francese, impaziente di ricevere da Leopoldo le carte da trasferire in America. Aveva ordini precisi: portare i documenti granducali al sicuro da ogni sguardo indiscreto, assicurarsi che non fossero venuti a conoscenza di elementi pericolosi, prendere le necessarie misure per concludere la missione, e poi far ritorno in patria.

Duchamp fu ricevuto dal granduca in veste da camera, in modo del tutto informale. Entrambi rimasero in piedi, e non persero tempo in convenevoli.

— Ho atteso invano. Non giunse alcun vostro inviato.

Leopoldo non poteva certo spiegare a quell'americano ciò che era successo, e perché padre Matteo Leonetti, che non aveva avuto ancora modo di vedere – ma si riproponeva di farlo al più presto – non era stato in grado di prendere in consegna le carte, rimaste sempre in mano al granduca.

— Dite, secondo voi ce la facciamo?

— Abbiamo solo due mesi. Ormai per me è impossibile arrivare in tempo in America.

— C'è un modo per rimediare: dispongo di una nave militare veloce, a Livorno, che può sempre salpare con un preavviso minimo. Non dipende dai servizi riservati, ma l'equipaggio è fidatissimo. Può sbarcarvi in un porto americano ribelle entro sessanta giorni, forse anche meno.

— Sempre troppo tardi: non contate il tempo che mi sarà necessario per spostarmi nelle Colonie in guerra. Potete mettermi a disposizione un cavallo e dei lasciapassare granducali per Lucca, il regno di Sardegna e la Francia?

— Certo, ma a che vi servono? In un giorno sarete a Livorno…

— Ho degli amici a Marsiglia. Con molta fortuna, posso imbarcarmi su un legno che a volte impiega solo un mese a compiere la traversata.

Il principe fu così sorpreso che scoppiò a ridere.

— E che demonio è, questa nave?

— Non porta carichi normali, signore.

Pietro Leopoldo era affascinato da ogni cosa che avesse anche il più vago sentore di mistero. Stava appoggiato sul bordo di un tavolino, il capo proteso in avanti, gli occhi spalancati.

— Droghe? Armi di contrabbando? Pirati?

— Non esattamente. Trasportano uomini, che spesso non fanno il viaggio di propria volontà.

— Quando salpa, questo legno?

L'americano sembrò fare dei calcoli mentali.

— Probabilmente fra dieci giorni. Dovrò essere comunque a Marsiglia con almeno ventiquattro ore d'anticipo.

— Ma allora non cambia nulla! Per quanto il vostro legno sia veloce, quel che guadagnate nella traversata lo perdete prima di imbarcarvi! Tanto vale usare Livorno, non trovate?

— Avrò comunque un vantaggio di venti giorni, e in America saranno preziosissimi. Voi non conoscete i problemi che incontrerò laggiù.

— Sta bene, se voi siete sicuro. Mi interesserò subito, personalmente, per trovarvi il miglior cavallo di Firenze, farvi redigere i lasciapassare e un documento con una falsa identità. Per il momento sarete mio ospite qui a Palazzo, e vi prego anzi di tenervi a mia disposizione.

André Duchamp parve lievemente contrariato, ma accettò l'ospitalità.

— Con certezza, signore mio.

Rimasto solo, Leopoldo preparò immediatamente un breve messaggio in codice semplice per padre Leonetti. Sorrise, pensando all'ansioso matematico che si era sicuramente macerato nell'attesa di un suo segnale, ricorrendo perfino – ed era stata sicuramente la Provvidenza a ispirarlo – all'uso estremo delle campane. Ma era certo che l'intelligenza brillante dello scolopio lo avesse guidato per il meglio, e che Leonetti, in quel momento, fosse in tranquilla attesa di uno dei messaggi concordati, nell'intimità della sua cella, a pregare e a studiare i testi scientifici che si faceva spedire regolarmente da Pisa a spese dello stesso granduca. Comunque, nel messaggio col quale lo convocava a Palazzo Pitti per quella sera stessa, il principe si degnò di accennare a delle scuse, promettendo il resoconto di avventure incredibili, certo nei limiti di quello che poteva rivelare.

Il biglietto cifrato fu posto nelle mani di un giovane messo granducale, che lo portò immediatamente al Palazzo delle Scuole Pie, in via de' Martelli, all'altro capo della città.

A Pitti, all'ora concordata, giunse il rettore delle Scuole, l'anziano padre Giulio Bianchi. Il funzionario di Palazzo, che aveva l'ordine di condurre il ben noto Leonetti nello studiolo di

Leopoldo, rimase sconcertato per quella stranezza. Padre Bianchi, con un'aria grave e lievemente altera, dichiarò che veniva per conto del matematico, e il ciambellano si affrettò a comunicare la notizia al segretario del granduca, che a sua volta la riferì immediatamente al suo signore. Poi il vecchio scolopio attese composto nell'atrio. Quando il rettore fu condotto da Pietro Leopoldo, il principe si inquietò subito: certo era possibile che Leonetti fosse caduto ammalato, ma in quel caso sarebbe bastato far recapitare un semplice biglietto, sempre cifrato, con le scuse per non poter essere presente all'ora fissata. Per questo, appena vide padre Bianchi, il granduca intuì che era successo qualcosa di tragico.

— Altezza, mi sono permesso di disturbarvi di persona, per mettervi al corrente di una triste circostanza...

Il venerabile scolopio era in ginocchio, e non accennava a rialzarsi.

— State su, vi prego. Perché Leonetti ha mandato voi?

Il rettore espose brevemente a Leopoldo la tragica fine del matematico, già sepolto nel cimitero degli scolopi.

— Ma perché non sono stato avvertito? Ed è stata fatta denuncia agli Otto?

— Altezza, padre Leonetti è stato assalito da banditi di strada, è impossibile rintracciarli. Purtroppo era alquanto sofferente, e il cilicio che calzava ha affrettato la fine.

Pietro Leopoldo sembrò improvvisamente sorpreso e furioso, allo stesso tempo.

— Quale cilicio?

Padre Bianchi raccontò, sorvolando sui particolari più crudi, di come Leonetti si fosse scarnificato con un antico attrezzo da penitenza, irto di cento chiodi.

— Che idiozia spaventosa! Sono relitti medievali, punizioni atroci e morbose che non vi aiutano certo a salvarvi l'anima!

— Altezza, nessuno sapeva del cilicio, e certo quella pratica di penitenza non viene incoraggiata. Ma, conoscendo il nostro sventurato fratello, doveva avere un grosso peso sulla coscienza per comportarsi in quel modo.

Il principe rimase pensieroso, ascoltando il vecchio rettore, che ben conosceva e che a sua volta sapeva, sia pure non nei dettagli, del ruolo di Leonetti negli affari riservati del Governo.

— Ditemi, come sapevate dell'ora di questo appuntamento?

— Altezza, il povero Leonetti mi aveva confidato a suo tempo quale codice usavate per le vostre comunicazioni. Per casi assolutamente eccezionali, come purtroppo è questo.

— Contravvenendo alle mie raccomandazioni, però.

Leopoldo era sinceramente addolorato per la morte del suo prezioso e devoto collaboratore. Ma non lo colpivano tanto le modalità di quella fine improvvisa, quanto il particolare del cilicio, un odioso attrezzo di tortura sopravvissuto al Medioevo più oscuro. Leonetti era un uomo di straordinaria intelligenza, forse un po' pavido, poco zelante nelle pratiche di religione. Perché mai si era martoriato le carni con un cilicio? Forse vi era stato costretto da qualcuno?

— Un'ultima cosa, mio signore. Il nostro confratello non era più lucido quando l'abbiamo raccolto, ma mormorava continuamente una frase che sospetto vi riguardi.

Leopoldo, per quanto addolorato nell'animo, fu di nuovo vigile e curioso.

— Quale frase?

— Ripeteva *"Il granduca cerchi la carta..."*, e qualcosa riguardo a un appuntamento con voi. Non ero presente mentre mormorava queste parole, mi sono state riferite da un confratello che lo assisteva.

Pietro Leopoldo era in allarme. Le carte a cui Leonetti si riferiva erano certamente quelle cifrate per Jefferson e Franklin.

Cosa voleva dire il vecchio matematico? Il suo compito si era esaurito con la cifratura del messaggio, che certo pensava di aver imbarcato a Livorno, e non ne conosceva né i contenuti, né tantomeno i destinatari. Il vecchio frate non sapeva neppure che il suo ultimo incarico sarebbe stato consegnare proprio le carte *autentiche* all'inviato delle Colonie. Si pentì, per la prima volta, di avergli affidato mansioni tanto delicate.

— Siete sicuro che le parole fossero proprio quelle che mi avete riferito?

— Non posso esserne assolutamente certo. Ma se volete, chiederò ai confratelli di essere più precisi.

— Vi prego di farlo, padre, il più presto possibile. E di permettere che qualcuno visiti la cella del mio povero amico, con libertà di portar via quello che riterrà opportuno. È cosa assai importante.

— Altezza, i vostri desideri sono ordini per noi.

Padre Bianchi se ne andò, lasciando il granduca ai suoi dubbi e ai suoi rimorsi.

Cosimo Anziati era prigioniero nella sua casa di Firenze, con due guardie che gli impedivano di uscire e che permettevano al moro e al suo domestico traballante di muoversi solo il minimo indispensabile. Si sentiva angariato, perseguitato, umiliato nel profondo del suo spirito. Sua moglie era sola, a Montaione, con il misero conforto della vecchia cameriera. Non gli permettevano di ricevere nessuno, né di spedire lettere; ma d'altra parte non avrebbe saputo a chi rivolgersi, oramai, se non a quei disgraziati come lui che condividevano l'ostilità al principe, privi di qualsiasi risorsa e potere, sicuramente controllati a loro volta.

Malediceva il giorno in cui si era presentato quel giovanissimo mercante veneziano, ma ancora di più quando il dannato lorenese aveva messo gli occhi addosso a sua moglie: era quella, per Anziati, la causa di tutta la sua rovina. Augurava al granduca la peggiore delle morti, e certo, se appena ne avesse avuto la possibilità, l'avrebbe ucciso personalmente. Ma era vecchio, stanco, senza denaro, con sulle spalle un'accusa infamante. I contatti che aveva avuto con quell'ingegnere della strada regia lo avevano costretto in una posizione insostenibile, ma di sicuro, al processo, avrebbe gridato a tutti come erano andate realmente le cose, e non sarebbe stata solo la sua, di testa, a cadere.

La sera del quattro maggio 1776, Anziati si stava facendo spogliare dal suo decrepito cameriere per andare a letto, come accadeva ormai da cinquant'anni, quando sentì un fracasso infernale provenire dalla strada. Ordinò subito al servo di aprire appena una finestra e guardare di sotto.

— Allora, cosa vedi? Cos'è successo?

— Una disgrazia, signor conte. Una carrozza è andata a sbattere contro l'angolo del palazzo.

— Chi è che urla a questo modo?

— Qualcuno dentro la carrozza, signor conte. Certo è ferito, il legno è quasi distrutto. Devono essersi imbizzarriti i cavalli.

— Ma se prima non si sentiva nulla!

Il domestico allargò le braccia e scosse la testa.

— Va bene, vieni qua.

Ma il servo esitava, e continuava a sbirciare in strada.

— Signor conte, le guardie davanti alla nostra porta...

— Ebbene?

— Sono andate tutte e due alla carrozza. C'è una piccola folla... stanno tirando fuori una donna... sembra morta...

— Morta? Com'è possibile, se era in carrozza? Insomma, torna qui!

Il servo chiuse la finestra e trotterellò verso Anziati per finire di spogliarlo, ma in quel mentre si sentì bussare con violenza insistita alla porta del palazzotto.

— Maledizione, cosa vogliono quei dannatissimi birri? Vai subito di sotto a vedere!

Il domestico fece cenno di sì con la testa, e scese in fretta a piano terra. Il conte udì il rumore dell'uscio che sbatteva, delle voci concitate, indistinte, che salivano le scale, e poi, come un fantasma, si trovò davanti Vincenzo Scarpa, il giovane mercante veneziano, con dietro il servo che mugolava cercando di trattenerlo. Anziati, che era già semisdraiato sul letto, si alzò di scatto in piedi, rosso in viso per la rabbia.

— Voi! Come osate! E come avete fatto a...

— Conte, sono venuto a salvarvi.

— Cosa diavolo blaterate? E i birri, là fuori?

— Ho provocato io l'incidente con la carrozza, per allontanarli dalla casa. Avete solo pochi minuti, conte. Lasciate qui il vostro domestico e ditegli di barricarsi in casa.

— Ma dove volete portarmi, e perché?

— Voglio salvarvi, conte, ve lo ripeto. La vostra vita è appesa a un filo, ormai l'avrete capito da solo. C'è un legno che ci aspetta, due strade più in là.

L'anziano aristocratico era completamente disorientato. Il suo domestico ora piangeva come un bambino, forse per l'umiliazione di non essere riuscito a trattenere il veneziano, forse per la paura di perdere il suo padrone. Anziati fu tentato di fare lo stesso, poi emise un grugnito scomposto, si rivestì da solo e seguì Vincenzo Scarpa.

Al piano di sotto incappò nel moro: si era svegliato di soprassalto, e guardava gli altri con occhi stupiti. Scarpa gli parlò brevemente all'orecchio, quindi lo fece uscire lesto dal palazzo.

— Conte, copritevi la testa con un cappello e tenete lo sguardo basso. Camminate di fianco a me, non parlate con nessuno.

La coppia uscì nella notte, evitando per un pelo i due birri che, passata la confusione, stavano tornando a montare la guardia davanti alla casa. Scarpa e Anziati trovarono subito la carrozza e vi salirono. Il veneziano diede un ordine, quasi un grido stridulo, e il cocchiere partì al trotto.

— Mi dite, ora, dove volete portarmi?

— In un rifugio segreto, appena fuori le mura. Avete distrutto tutti i documenti relativi alla strada e all'ingegner Taddei?

— Lo sapete benissimo! Certo, e anche a Melo, e alla fattoria, con tutti i guai che mi hanno fatto passare! Voi, piuttosto...

— Anch'io, non temete.

La carrozza attraversò Firenze già addormentata, uscendo dalla Porta al Prato, poco prima che venisse chiusa. Fuori delle mura iniziava subito la campagna, e dopo poche miglia la città non era che un profilo lontano, con la grande cupola del Duomo che si stagliava al centro. Ma di notte, quando non c'era la luna piena, la piana a nord della Dominante era solo un deserto nero, senza un suono che non fosse quello di qualche cane che abbaiava alle ombre, legato alle porte dei cascinali o davanti ai fienili.

Gli armati balzarono dall'ombra come fantasmi: il cocchiere fermò la carrozza, senza strepito, e la scena rimase assurdamente immobile per oltre un minuto. Anziati non capì assolutamente cosa stesse succedendo. Poi mise la testa fuori dal finestrino e al lume dei fanali scorse i fucili, e gli armati che circondavano la carrozza. Fu preso da un violento tremito nervoso, e non riusciva a parlare. Scarpa lo afferrò per un braccio e lo scosse forte.

— Presto, scappate! Di là, per i campi!

Il veneziano aprì lo sportello, senza che nessun altro facesse una mossa. I cavalli erano tranquilli, il cocchiere immobile, gli armati come statue di terracotta.

— Ma io... come faccio...

— Scendete e andatevene! Salvatevi!

Il conte non voleva muoversi, non capiva più nulla, ma l'istinto di conservazione gli intimava di rimanere sulla carrozza. Poi Scarpa gli diede una spinta, lo gettò fuori del legno e urlò.

— Via! Via! *Vite!*

Anziati aveva freddo anche se erano i primi di maggio, e la notte era senza luna. Iniziò a correre, per quanto gli riusciva, mentre Scarpa, il busto fuori dallo sportello della carrozza, continuava a urlare:

— *Vite! Vite!*

Per un paio di minuti l'aristocratico mantenne il passo affannoso della sua fuga, senza che succedesse nulla; poi, quando fu abbastanza distante, pensando di essere già inghiottito dal nero, si fermò un istante per riprendere fiato. Fu allora che uno degli armati alzò il fucile, prese la mira con calma e gli sparò.

Il colpo prese Anziati alla schiena: cadde in ginocchio sull'erba, imprecando. Eppure, malgrado tutto, in lui l'incredulità era più forte del dolore.

Poi scivolò in avanti, finendo con la faccia per terra. Ma non morì subito. L'armato che aveva tirato il colpo di fucile si avvicinò a passi lenti, lo rigirò con il piede e vide che respirava ancora. Scuotendo lievemente la testa, estrasse una pistola, l'avvicinò a un orecchio di Anziati e sparò di nuovo.

A Firenze, come gli era stato ordinato, il vecchio servo aveva sprangato il portone del palazzotto ed era rimasto, tremante, ad aspettare gli eventi. Quasi all'alba, fu svegliato dal secco martellare di calci di fucili contro la porta. Aveva le lacrime agli occhi quando aprì e si trovò davanti un gruppo di sei o sette uomini che, senza profferire parola, irruppero subito all'interno e si misero a rovistare in ogni stanza. Sentì dei rumori assordanti, legni che si schiantavano, colpi d'ascia, qualcosa che crollava, e il suo tremore crebbe di conseguenza. Dopo pochi minuti, notò che un uomo di mezza età, vestito elegantemente, raccoglieva una gran quantità di carte che lui non aveva mai visto, portate dalle stanze private del conte. Nessuno si degnò di informarlo o di rassicurarlo, e nel giro di mezz'ora rimase l'unico abitante di quella casa fredda e vuota. Così si sedette scompostamente per terra e iniziò a piangere, mugolando come un cane bastonato, senza più speranze.

CAPITOLO XXI

Anche Cosimo Anziati? Perdio, Pratellesi, questa è un'ecatombe! — Pietro Leopoldo non riusciva a credere a quello che stava accadendo. Il suo consigliere sapeva che sarebbe bastato pochissimo per scatenare l'ira violenta del suo principe: rimaneva in piedi in mezzo alla stanza, studiando con cura ogni parola, centellinandola.

— Altezza, non avrei mai pensato che sarebbe potuto succedere. Il conte ha tentato di fuggire con una carrozza, eludendo la sorveglianza. Quando mi hanno informato l'avevano già raggiunto: era sceso dal legno, per una fuga assurda lungo i campi. Uno dei birri gli ha sparato, ed è morto sul colpo.

— Ma come ha fatto a lasciare la sua casa?

— Qualcuno è venuto a prenderlo, inscenando un incidente e distraendo le guardie. Abbiamo motivo di pensare che possa essere quel mercante veneziano...

— Ancora lui!

— Sì, mio signore. Probabilmente era sulla stessa carrozza, quando i soldati hanno sparato ad Anziati. Il veneziano è riuscito a fuggire, sacrificando il conte per distrarre le guardie...

— Dovete trovarlo! Non posso tollerare che a Firenze accadano tragedie come queste; nessuno qui ha mai visto tanti omicidi in così poco tempo!

— Certamente, altezza. Ma intanto, nel palazzo di Anziati, nascosti dietro alle librerie e ai mobili, abbiamo rinvenuto dei documenti che confermano i nostri peggiori sospetti...

Pratellesi aprì la porta dietro di sé e fece un cenno a un servitore che attendeva fuori. Dopo un attimo gli fu consegnata una pila di carte, che il nobiluomo passò subito al granduca.

— Si tratta delle prove inconfutabili che Anziati aveva ordito una congiura contro di voi. Abbiamo anche i nomi, tutta gente che controllavamo da tempo.

Il principe dette una rapida occhiata ai primi fogli, ma poi indugiò su alcuni documenti, con un'espressione in volto che si poteva definire di incredula disperazione.

— Una congiura, dunque... e solo ora trovate queste carte, dopo tante indagini! Che ne è della vostra rinomata efficienza?

— Purtroppo non potevamo smantellare la casa di un nobile. Quando abbiamo saputo del tentativo di fuga di Anziati e della sua morte, abbiamo deciso di perquisire il palazzo da cima a fondo. Pensate che queste carte erano state incollate sul retro di antiche librerie di noce, che abbiamo dovuto schiantare con le accette.

— E sia, caro amico. Ma adesso voglio i nomi dei cospiratori. Nessuno escluso.

Pratellesi non ebbe bisogno di consultare alcun documento. Si limitò a prendere un foglio dal mucchio e a porgerlo al granduca.

— Foscolo Dati, Ugo Armieri, Gerolamo Santoni, il vecchio conte Saratti... si ritrovano regolarmente per congiurare contro il vostro governo. Abbiamo infiltrato nel loro gruppo uno dei nostri agenti, un giovane assai abile, che siamo riusciti a far passare per il figlio di un aristocratico assente da tempo dalla Dominante.

— Ma si tratta di gente di così basso livello! Sono stati capaci di architettare un piano così diabolico?

— Altezza, forse le cose sono andate avanti per forza propria.

— Che intendete dire?

— Magari all'inizio Anziati, con l'aiuto finanziario di Scarpa, voleva davvero solo la strada. Poi, una volta ucciso l'ingegner Taddei, qualche mente diabolica gli avrà messo in testa di sfruttare la cosa per attentare alla vostra persona. Qui è entrato in gioco il gruppo dei reazionari. Sono stati ben informati: hanno saputo che vi sareste recato in loco per controllare di persona, e hanno preparato l'agguato.

— Ma voi, Pratellesi, non li facevate sorvegliare? Siete addirittura ricorso all'inganno, infiltrando una spia nel loro gruppo.

— Altezza, voi dovete sforzarvi di capire la complessità del problema. Nutrivamo fondati sospetti che stessero tramando qualcosa, ma non immaginavamo un tale ardire. Invece, le loro complicità a Cutigliano, cementate da secoli di vassallaggio, hanno permesso l'impensabile. Quando sono venuti a sapere che voi vi sareste messo in viaggio per verificare l'accaduto, hanno pagato quel brigante da strada per tendervi una trappola.

— Ci hanno messo davvero ben poco tempo, a preparare l'imboscata!

— Il bandito, quel Lupo, incrociava da molti giorni nella zona; è stato notato, qualcuno lo ha avvicinato. Altezza, il denaro può tutto con certa gente.

Il granduca era ancora più pallido del solito, con i tratti tirati e l'espressione del viso che palesava tutta la sua desolazione. Sembrava sul punto di scoppiare a piangere, come un bambino che vede il suo giocattolo preferito ridotto in mille pezzi.

— Ma perché tanto odio?

— Le riforme, mio signore. La trasformazione dell'antico e inefficiente ordine in uno Stato moderno, l'abolizione dei privilegi; insomma, la realizzazione concreta del Mondo Nuovo. Per quanto riguarda Cosimo Anziati, anche le vicende di sua moglie... la delusione, le difficoltà, hanno certo indotto nell'uomo un sentimento di vendetta.

Pietro Leopoldo lesse di nuovo la lista dei nomi dei congiurati, che Pratellesi aveva fatto scrivere in bella copia su un elegante foglio di pergamena.

— Che farete di queste persone?

— È proprio la questione che vorrei affrontare con voi.

— Ebbene, ditemi, senza tanti giri di parole.

— Non possiamo rischiare uno scandalo, con un processo pubblico. Potremmo farle sparire in poco tempo, sperando di non far troppo baccano...

Pietro Leopoldo riprese colore tutto a un tratto, e anzi le guance gli diventarono vermiglie.

— Pratellesi! Mai, in mia presenza, dovete accennare ad atti criminosi compiuti in nome della Ragion di Stato! Nessuna giustizia sommaria! In alcun modo! Di alcun tipo! Mai, vi ripeto! Sono stato chiaro?

Il principe aveva lanciato uno sguardo addirittura feroce al suo consigliere, che sorrise e si affrettò a precisare il proprio pensiero.

— Mio signore, non saremo certamente noi a compiere azioni contrarie ai vostri convincimenti. Ma anche per questo, è necessario che i cospiratori siano esiliati seduta stante. La Maremma è il luogo adatto.

— Pratellesi, la Giustizia...

— C'è anche la Ragion di Stato, mio signore, che voi stesso avete evocato, e in questo frangente non possiamo ignorarla del tutto. Domani, se a voi piacerà, questi signori saranno accompagnati in un luogo sicuro. I loro servi e i loro beni mobili li seguiranno in pochi giorni. I loro immobili saranno in parte assegnati agli eredi, perché non creino complicazioni, e in parte confiscati.

Il granduca era di nuovo seduto, affranto, con lo sguardo rivolto al pavimento.

— Che non sia torto loro un capello, Pratellesi: ne risponderete personalmente. Se non possiamo giudicarli nel nome della Legge e condannarli pubblicamente a una pena giusta, che allora siano affidati alla Giustizia divina, e che l'esilio e il rimorso vita natural durante siano la loro condanna.

— Amen, mio signore.

Detto questo, Francesco Pratellesi si inchinò, uscì dalla stanza, lasciò il Palazzo e si avviò verso casa, sorridendo malinconicamente fra sé. Pietro Leopoldo, invece, fece chiamare il suo segretario e si preparò a un'uscita che i maestri di cerimonia della sua Corte non avrebbero certo apprezzato.

Somma fu la sorpresa di padre Bianchi, rettore delle Scuole Pie Fiorentine, quando al portone del convento si vide parato di fronte nientemeno che il granduca di Toscana, in abiti particolarmente dimessi, accompagnato solo da un giovane segretario e senza alcuna scorta. Il poveretto si prostrò in un inchino.

— Altezza, io... non sapevo...

— Alzatevi, vi prego. Ho bisogno della vostra collaborazione per una faccenda assai delicata. Vi prego di non farmi domande. Portatemi alla cella di Matteo Leonetti.

L'eccitatissimo padre Bianchi cominciò a saltellare come un invasato: facendo cenno al principe di attendere, sparì dietro una porta e cominciò a chiamare a gran voce vari confratelli. Fu lo stesso Leopoldo, con aria un po' seccata, ad andargli dietro e a prenderlo per una manica, in modo per nulla aristocratico.

— Padre, vi chiedo un favore personale. Dite agli altri reverendi padri di rimanere intenti alle loro occupazioni, e di non venirmi intorno: facciano come se io non ci fossi, ed invero ufficialmente è proprio così. Potete accompagnarmi voi stesso alla cella di Leonetti? Ve ne prego.

Il rettore, che si era fatto rosso in volto, assentì con il capo e condusse i due giovani signori su per le scale, fino agli alloggi dei frati, ben separati dalle aule delle Scuole Pie. Si trattava di una lunga fila di porte che davano su un corridoio buio, rischiarato debolmente da un paio di vecchie lampade a olio. Vi si respirava un odore indefinibile, che non era di sporco o di chiuso, ma piuttosto il marchio indelebile di innumerevoli minestre riscaldate e rape bollite, servite nelle celle a generazioni di matematici, grecisti e latinisti intenti al lavoro, di notte e di giorno. Padre Bianchi si fermò davanti a una porta non diversa dalle altre e implorò il granduca di attendere un minuto.

— Il tempo di prendere la chiave...

Il principe sorrise, mentre il vecchio frate correva di nuovo al piano inferiore, e indicò al suo segretario la piccola porta di legno.

— Qua dentro sono passate le peggiori spie d'Europa, spietati assassini, regnanti e generali, gente d'ogni risma e Paese...

Di fronte allo sguardo stupefatto del suo giovanissimo segretario, il granduca rise di cuore.

— Oh, perdonatemi, caro amico, dimenticavo che voi non eravate al corrente del ruolo del povero Leonetti nel Governo toscano.

— Era anch'egli un consigliere, mio signore?

— Qualcosa di meno, qualcosa di più.

In quel momento tornò padre Bianchi, che in tutta fretta aprì la cella del defunto scolopio e si scostò subito, per fare entrare i due visitatori inattesi.

Pietro Leopoldo varcò la soglia e contemplò, per la prima volta, il luogo delle gioie e dei tormenti di Matteo Leonetti, matematico eccellente quanto sconosciuto ai più, e segretissimo agente del suo sovrano. Una piccola branda giaceva da una parte, seminascosta da una tenda grigia. Una grande quantità di libri, disposti per lo più gli uni sugli altri, occupava pareti e pavimento, e anche il piccolo tavolo da lavoro del frate. Sul ripiano c'erano anche una matita e una lampada a olio. Il principe non scorse immagini sacre, e se ne stupì; poi notò un quadretto della Vergine, a capo del letto, e un piccolo crocifisso nero e nudo sopra la porta.

— Così questo era il suo regno.

Padre Bianchi abbozzò un sorriso tirato, il capo chino per riverenza.

— Altezza, è solo l'umile cella di un povero frate.

— Invece era un regno, padre, un autentico regno.

Il granduca prese un paio di volumi e lesse ad alta voce i frontespizi:

— *Odoardo Corsini: Elementi di matematica ne' quali sono con miglior ordine e nuovo metodo dimostrate le più nobili e necessarie proposizioni di Euclide, Apollonio e Archimede. Con licenza de' superiori, in Firenze, anno 1735... Vincentii Riccati de seriebus recipientibus summam generalem algebricam aut exponentialem commentarius, Bologna, 1756...* quanti libri! E quasi tutti glieli ho fatti avere io stesso. Padre, vorreste lasciarci soli per un po'? Vi chiameremo quando avremo finito.

Il vecchio rettore non rispose nemmeno. Sparì in un lampo, richiudendo la porta alle sue spalle.

— Bene, mio giovane amico, mettiamoci all'opera.

— Ma cosa stiamo cercando, con precisione?

— Una cosa molto particolare. Non so in che forma possa presentarsi: un libro, un foglio, chissà.

Il povero segretario, appena un ragazzo, avrebbe dato l'anima e il corpo per assecondare il suo sovrano, ma si sentiva assolutamente impotente.

— Altezza, di grazia, come posso rendermi utile?

— Cercate un testo scritto a mano, probabilmente in lingua

francese. Aprite i cassetti, disfate il letto, controllate gli scaffali; insomma, buttate all'aria la cella.

Il segretario si armò di pazienza e cominciò a rovistare dappertutto, con scrupolo e metodo, ma la stanzetta sembrava davvero innocente. Si scoraggiò quando prese ad aprire uno a uno tutti i cento e più libri, nel tentativo di scoprire eventuali fogli piegati e nascosti fra le pagine.

— Altezza, ci vorranno giorni interi... Questi libri sono un visibilio! Tutti di matematica, non ne ho mai visti tanti insieme... se posso osare...

Anche il granduca si stava dando da fare, prendendo i volumi per la costola e scuotendoli per vedere se qualcosa pioveva sul pavimento.

— Osate pure.

— Non ci sono testi di religione, qua dentro. Solo matematica, scienza e... politica.

Il segretario del principe soppesò perplesso un'edizione recente della *Repubblica* di Platone, che era rimasta schiacciata da un altro grosso tomo, le *Instituzioni delle sezioni coniche del p. d. Guido Grandi con l'aggiunta infine d'altre dimostrazioni. Firenze, 1744*. Leopoldo si fermò un attimo, tossì per la polvere, si soffiò il naso e guardò il suo giovane aiutante.

— Leonetti si macerava proprio per questo, e ce l'ho io sulla coscienza, purtroppo. Lo caricavo di tanto lavoro che non aveva più tempo né per le Scuole Pie né per le sue preghiere. Temo che sconterò molto Purgatorio, a causa di ciò.

— Tuttavia, almeno un libro religioso è pur presente...

Il segretario sventolò trionfante una copia dell'*Imitazione di Cristo*, un libriccino rilegato in cartapecora bianca, immacolato, senza indicazioni né sul piatto né sulla costola. Il granduca glielo strappò quasi di mano, turbato.

— È un'edizione particolare, stampata solo per me, che io

stesso gli avevo regalato. A lui e a pochissimi altri.

Il principe iniziò a sfogliare il volume, poi rimase come impietrito, gli occhi tondi sgranati e fissi sulla pagina bianca dopo il frontespizio.

— Altezza… state bene?

— Steganografia!

— Cosa dite?

— L'arte di nascondere i testi segreti! Guardate qui! Questi appunti, nelle pagine bianche, scritti in caratteri minuti: sono in greco antico.

— Non lo conosco, mio signore. So appena un po' di latino.

— Appunto: solo le persone colte sanno di greco, e solo loro possono accorgersi se un testo è un po'… strano. — Pietro Leopoldo era evidentemente compiaciuto di sé, tanto da non accorgersi che il suo assistente si era adombrato. — Leonetti ha riportato di suo pugno un passo di Plotino, dalle *Enneadi*. In apparenza si è attenuto al greco antico, ma a ben vedere…

— Altezza, stento a seguirvi.

— Se fosse scritto normalmente, vorrebbe dire: *"Se consideriamo identici il vivere bene e l'essere felici, ne faremo partecipi anche gli altri viventi?"*. Ma voi non avete avvertito la presenza di suoni spuri. Varie lettere interpolate, nelle parole: lettere latine, in mezzo a caratteri greci! Leonetti aveva nascosto il testo cifrato perché fosse trovato solo da un suo pari.

Il granduca prese carta e penna e ricopiò i segni interpolati nel testo. Poi si frugò nella tasca segreta e tirò fuori il documento che conservava sempre con sé.

— Mi basterà verificare se l'inizio concorda, e se il numero di caratteri è grosso modo lo stesso…

Il principe si mise al lavoro al tavolo dello scolopio. Se il povero frate avesse potuto vederlo, il suo cuore sarebbe scoppiato di gioia.

— È incredibile. Leonetti aveva mandato a memoria tutto il testo. Certo lo aveva messo anche in chiaro, e naturalmente si è spaventato del contenuto. Per questo, forse, ha cercato di mettersi in contatto con me col sistema delle campane...

— Che dite, mio signore?

— Leonetti sapeva tutto. Forse desiderava che gli fornissi dei chiarimenti? No, non avrebbe osato. Ci doveva essere un motivo più importante per cercare di chiamarmi a ogni costo.

— Posso aiutarvi, mio signore?

— Ormai è troppo tardi. Torniamo a Palazzo Pitti.

Il granduca e il suo aiutante uscirono dalla sede delle Scuole Pie, vicino al Duomo, nello stesso perfetto incognito col quale erano entrati. Una carrozza anonima li condusse in Palazzo Pitti. Durante il breve viaggio, il principe strinse in mano il libriccino bianco di Leonetti, e non parlò mai: quell'edizione dell'*Imitazione di Cristo* voleva dire per lui molte cose, alcune delle quali erano come un messaggio in una bottiglia; altre, invece, raccontavano di tormenti inconfessabili, angosce, sensi di colpa bruciani. E non avrebbe potuto spiegarli a nessuno, tanto meno a quel giovane e spensierato segretario.

CAPITOLO XXII

Alle ore sei del mattino del 6 maggio 1776, quando quasi tutta la reggia era ancora addormentata o inoperosa, eccetto il granduca, le campane delle chiese fiorentine cominciarono a suonare. Iniziò sulla sinistra quella argentina della Reale Parrocchia di Santa Felicita, poi, di fronte, ribatté il bronzo più grave di Santo Spirito, e contemporaneamente, ancora sulla sinistra, il profondo campanone del Duomo. In quel momento attaccò anche, più avanti e sulla destra, la campana di San Felice in Piazza, insieme a quella del Carmine, alle quali seguì il Cestello. Presto, nel turbinare delle rondini e degli storni, Firenze risuonò tutta di rintocchi, un concerto in cui una chiesa sembrava davvero chiamare l'altra, come a un gioco dei quattro cantoni per il cielo chiarissimo e ancora fresco del mattino primaverile.

Quando l'eco delle campane cittadine si affievolì, si udirono, lontani ma cristallini, i rintocchi delle chiese di campagna. Pietro Leopoldo aveva quasi dimenticato il tumulto interiore di poche ore prima, e si godeva il concerto da una grande finestra del Palazzo. Si alzò improvvisamente in piedi, e il suo umore passò in un istante dalla serenità della contemplazione a un'eccitazione frenetica. Le campane! Ma certo, le campane che il povero Leonetti aveva fatto suonare dal Duomo di Pistoia, secondo il codice di emergenza da loro stabilito, e che era a conoscenza solo del Vescovo. Il Duomo di quella città lanciava il messaggio, alcuni parroci avevano l'ordine di raccoglierlo e di ripeterlo, ma non facevano altro che obbedire, del tutto ignari del significato dei rintocchi. Non era così per il Vescovo, però, che aveva certamente chiesto spiegazioni a Leonetti. Il povero padre scolopio era la sola tessera che non trovava posto nel mosaico che il principe andava ricomponendo. Non poteva credere che il matematico fosse caduto per nulla nello stato di prostrazione che gli era stato descritto, e che fosse stato vittima casuale di lestofanti da strada. C'entrava qualcosa il documento per gli americani, evidentemente, che Leonetti aveva decifrato contravvenendo agli ordini. Ecco dove cercare una traccia del collegamento che gli serviva!

Pietro Leopoldo sconcertò il cameriere personale, il maggiordomo, il suo segretario e lo stesso cocchiere, quando scese di corsa lo scalone di Palazzo Pitti, tenendosi la parrucca malferma con la mano, rischiando di scivolare sulle pietre lucide e di rompersi il collo, per raggiungere le scuderie. Ansante, si ricompose e ordinò che lo si conducesse subito a Pistoia. Il segretario protestò assai debolmente che gli impegni della giornata prevedevano degli incontri con alcune personalità diplomatiche in visita nella Dominante, ma il granduca non volle sentire ragioni, scacciò con un gesto della mano quelle stupidaggini e una volta che la carrozza fu sul selciato del lungarno, incitò personalmente il cocchiere a raggiungere e a mantenere un'andatura sostenuta.

Il viaggio da Firenze a Pistoia, oltre venti miglia per l'antica via, malmessa e a tratti anche pericolosa, non poteva prendere meno di un'intera giornata, anche sfiancando i cavalli. Pietro Leopoldo arrivò in piazza del Duomo fra l'indifferenza generale dei pistoiesi, che certo non sospettavano a chi appartenesse quella carrozza coi cavalli sfiniti e sudati, ferma accanto a una porta laterale dell'austero Palazzo dei Vescovi.

Il segretario del principe tirò il campanello del portone, mentre Leopoldo se ne stava dietro di lui, in piedi, quasi in mezzo alla strada. Era ben coperto, nonostante la stagione volgesse al caldo, e si godeva la prospettiva, per lui abbastanza frequente, del visitatore in incognito: guardava i rari passanti con curiosità, reprimendo l'impulso che lo avrebbe spinto ad avvicinarli, interrogarli sull'efficienza dell'amministrazione cittadina, indagandone gli umori, le simpatie e le antipatie.

Il segretario consegnò un biglietto al canonico che era venuto ad aprire. Dopo un istante il portone si spalancò, e i due uomini poterono entrare, scortati da un domestico che non la finiva più di inchinarsi, camminando come un gambero per non dare mai le spalle al granduca.

In pochi istanti il principe fu di fronte al Vescovo, un uomo di età avanzata, prossimo a lasciare vacante la sede, col volto segnato dallo scorrere degli anni e da una serie infinita di pene. Leopoldo non pose tempo in mezzo, e dopo un rapido baciamano entrò subito nell'argomento che gli premeva.

— Vostra eminenza, padre Matteo Leonetti vi ha reso visita in tempi recenti?

Il Vescovo atteggiò un sorriso malinconico.

— Pover'uomo, da ultimo era letteralmente disfatto. Gli ho impartito la mia benedizione, ma non credo che in quel momento gliene importasse. Purtroppo non è mai stato un buon religioso: troppo distratto dalle cose del mondo.

Il granduca non raccolse l'allusione, era ansioso di avere delle risposte.

— Cosa vi ha detto?

— Inizialmente era solo agitato, pieno di terrori. Ho cercato di imporgli di stare tranquillo, benché anch'io fossi preoccupato per le voci sul vostro conto... Ma è stato inutile, Leonetti ha preteso di usare la procedura d'emergenza, con le campane, per rintracciarvi. E io, secondo gli accordi, ho acconsentito.

Il Vescovo sembrava chiedere perdono con lo sguardo, e Pietro Leopoldo se ne accorse.

— Vostra eminenza, credetemi, è stata la mano di Dio. Col suono di quelle campane ho potuto localizzare la mia posizione, e quindi...

Ma il granduca si fermò, perché comprese che proprio le campane avevano innescato una spirale di morte.

— Ditemi, Leonetti era tanto ansioso per qualche motivo in particolare? Si è confidato con voi?

— Intendete la prima o la seconda volta?

L'osservazione dell'alto prelato lasciò Pietro Leopoldo di stucco.

— Credevo che Leonetti fosse venuto qua per segnalare con le campane, il giorno 21 aprile.

— Ero certo, mio signore, che foste al corrente anche della seconda visita dello scolopio, quella avvenuta quattro giorni più tardi. Mi riferivo soprattutto a quest'ultima volta, quando parlavo di un uomo pressoché distrutto...

— Di grazia, che cosa è venuto a fare qua, una seconda volta?

— Delirava, credeva di aver trovato quelli che definiva "gli assassini del granduca"... Non ho potuto fare a meno di pensare che il pover'uomo avesse smarrito la ragione. Ma voi siete vivo e in salute, grazie a Nostro Signore.

La mente di Pietro Leopoldo, con fatica ma con progressione, vedeva allentarsi le pesanti cortine che oscuravano la verità. Un sottile spiraglio era davanti ai suoi occhi, ma ancora non possedeva gli elementi per fare più luce.

— Sono vivo, sì, ma per miracolo. Devo conoscere ogni parola di quello che vi ha detto Leonetti, la seconda volta che è venuto a Pistoia. Perché non mi avete comunicato subito questa circostanza?

— Altezza, sono mortificato: l'eloquio dello stimato matematico era incerto, a tratti frenetico, ha fatto più nomi di quanti io ne conoscessi. Ripeto, delirava, e comunque per me sarebbe impossibile restituirvi un resoconto verbale.

— I nomi, quelli che ricordate!

Il granduca sembrava spiritato, la sua voce si era fatta stridula, e questo allarmò il Vescovo.

— Insisteva su una terribile colpa, l'avervi nascosto una sua grave mancanza nella città di Livorno. Parlava di una spia straniera che l'aveva seguito. Ha detto di essersi recato da Francesco Pratellesi, per chiedere aiuto, ma che lì ha visto una cosa orribile, e un uomo che non era un uomo... Altezza, vi ripeto che Leonetti era fuori di sé, tanto che l'ho fatto riaccompagnare in Firenze da un mio sagrestano, con una carrozza privata. Continuava a parlare come un folle di stranieri di Livorno, di travestimenti immorali, di inganni orditi da fuori Toscana...

Pietro Leopoldo era eccitato, rosso in viso. Non poteva credere che quel sant'uomo di fronte a lui avesse ignorato così negligentemente un patrimonio di informazioni tanto cruciale.

— Cosa vuol dire tutto ciò, ditemi... — Pietro Leopoldo si rese conto che stava maltrattando ingiustamente un principe di Santa Romana Chiesa, e si pentì. Chinò la testa. — Vi prego di perdonarmi... C'era nessuno, con voi, durante quel colloquio?

L'alto prelato scosse la testa, però sorrideva. Cercò una chiave in una tasca e con quella aprì uno stipetto di uno scrittoio in noce, nell'angolo della fredda e austera sala della canonica.

— Altezza, non abbiate tanta ansia, ve ne prego. Quel giorno Leonetti ha scritto su questo foglio una frase per me incomprensibile: voleva che mi rivolgessi a un uomo del governo granducale e che la facessi pervenire addirittura in America! Poi è entrato definitivamente in crisi, ha pianto, e ha appallottolato lui stesso la carta, gettandola via in malo modo. Io l'ho raccolta e l'ho conservata...

— Eminenza, voi non avete idea di quanto siate stato lungimirante.

Pietro Leopoldo quasi strappò il foglio dalle mani del Vescovo, e lesse la frase che conteneva. Quando vide le prime parole ebbe una delusione, perché sembravano proprio i deliri di un uomo con la mente sconvolta. Ma poi il resto del messaggio, che indubbiamente doveva apparire privo di senso a chiunque altro, fu tanto chiaro da gelargli il cuore. Ma chi era lo straniero di Livorno? Chi lo aveva mandato? Il principe cominciava lentamente a capire. Ripensava alla sua politica, ai ribelli delle colonie, a Jefferson e Franklin, alla carta americana, allo sconcerto che in tanti aveva suscitato con le sue radicali riforme economiche, e ai piani che aveva in mente per quelle politiche. Sentì per la prima volta il soffio freddo del pericolo, l'angoscia della congiura, l'insicurezza di chi forse è contornato di traditori anche negli ambienti meno sospettabili. E, per la prima volta in vita sua, la visione del futuro non fu più così eccitante, solare, luminosa e spensierata come era sempre stata. Pietro Leopoldo divenne vittima del dubbio doloroso, e la sua vita cambiò.

Quella sera, tornato nel suo studio segreto a Palazzo Pitti, il granduca prese un gran foglio di carta bianca, vergata, di ottima manifattura. Fece spazio sul tavolo ingombro di lettere, dispacci, appunti vari, e lo dispiegò davanti a sé. Poi scelse la sua penna preferita, con l'asta di vetro multicolore, e iniziò a scrivere una lista di nomi.

Il primo era quello di Bartolomeo Taddei, l'ingegnere ritrovato cadavere ormai oltre un mese prima: l'omicidio che aveva dato il via a tutta quella storia. Poi il principe vergò, e mentre lo faceva quasi piangeva di commozione, il nome del giovane Neri, massacrato con tutta la scorta e il cocchiere nell'agguato sulla strada vecchia per Modena. Si dispiaceva di non ricordare i nomi degli altri sventurati, un capitano, quattro soldati e il grasso conducente del legno. Per loro scrisse dei numeri e una breve descrizione. Anche per i dieci contadini, operai della strada ammazzati dai birri di Cutigliano mentre fuggivano dalla prigione, mise delle cifre.

L'inchiostro era esaurito, intinse di nuovo il pennino e proseguì nella lista dei caduti. C'era il soldato ucciso dall'infezione, e di quello ricordava bene il nome, Lapo Ferrati, perché se ne era occupato a Melo. Esitò, prima di farlo, ma poi scrisse anche delle brevi descrizioni dei briganti rimasti uccisi nello scontro con i soldati tedeschi, al rudere di Andia. C'erano state delle vittime anche tra gli imperiali, ne era certo, ma non avrebbe saputo dire quante. Erano già quasi trenta morti, in pochi giorni!

Pietro Leopoldo rifletté a lungo, tanto che l'inchiostro si seccò nel pennino e dovette pulirlo con uno straccio, e intingerlo di nuovo nel calamaio. Era la volta del capitano di giustizia. Qui il granduca si fermò, e senza volerlo, pur pentendosene subito, sorrise. Se le morti precedenti avevano una spiegazione nella logica delle indagini fin lì svolte e delle conclusioni a cui Pratellesi e i suoi erano giunti, quella del capitano restava difficile da digerire. La sua scomparsa era stata voluta solo da una scalcinata banda di cospiratori, capeggiata da un nobile spiantato e un mercante arricchito? Difficile crederlo: le cose a conoscenza di quel funzionario dovevano invece essere gravissime. Cose, oppure persone. Per inserire il suo omicidio in un quadro coerente c'era un'unica e atroce possibilità. Pietro Leopoldo amava davvero le penne e gli inchiostri, di cui possedeva una piccola collezione: cercò un prezioso vasetto di liquido rosso, proveniente dalla Cina, e scelse un'altra penna. Sottolineò il nome del capitano con quel colore.

C'era quindi Leonetti: il principe era convinto che la morte del suo cifrista personale fosse la chiave di tutto. Era ormai certo che il padre scolopio fosse incappato in un intrigo, legato in qualche modo alle altre tragedie, anche se non gli era perfettamente chiaro come tutto ciò potesse quadrare in un unico disegno. Così sottolineò anche il suo nome con l'inchiostro rosso. Infine il vecchio conte Anziati, il capo dei congiurati, ucciso per quella che gli spagnoli chiamavano la *ley de fuga*. La chiave di volta era il collegamento fra la strage degli operai, in montagna, e l'agguato teso per uccidere lui, il granduca. Anziati e i suoi accoliti non potevano essere sicuri che si sarebbe mosso personalmente per andare a controllare la situazione a Melo; dubitava che fossero indovini. C'erano troppe variabili: il come, il quando, i dettagli del percorso, la strada...

Pietro Leopoldo tirò una linea verticale al centro del foglio, e sulla parte destra iniziò a vergare i nomi dei sopravvissuti a tutta quella storia. Per amore di completezza, mise in alto il suo stesso nome, poi quello di Pratellesi, della sua ex amante Fiammetta, fresca vedova di Anziati, di lady Gwendolyn Ausbury, del padre rettore e del vescovo di Pistoia. Poi il primo vero scampato alla strage: il Lupo, chiuso in una prigione segreta e guardato a vista dai soldati imperiali, misterioso e crudele, eppure generoso, ostinato nel non voler rivelare alcun particolare in più rispetto a quanto aveva dichiarato subito dopo la cattura. Anche il Lupo reggeva tutto il castello di intrighi, ovviamente: Pietro Leopoldo prese l'altra penna, e con l'inchiostro rosso collegò quel nome al suo, a quello di lady Gwendolyn e di Pratellesi, quattro persone unite da un messaggio scritto con l'inchiostro simpatico. Quindi segnò, sempre dalla parte dei vivi, il nome del maggiore tedesco che aveva comandato la spedizione ad Andia, unendo anche lui, con un filo rosso, al nome del Lupo. Seguì quello del messaggero americano, André Duchamp: doveva pur metterlo, perché una linea lo univa necessariamente al povero Leonetti, che gli avrebbe dovuto consegnare il documento per Jefferson, se ne avesse avuto modo.

Ma il posto d'onore, per cui utilizzò un inchiostro diverso, il verde, lo riservò al misterioso straniero che aveva seguito Leonetti, e che certamente ne aveva causato la morte. L'uomo senza nome che collegava strettamente le due vicende, e di cui il biglietto datogli dal Vescovo costituiva un'amara conferma.

Pietro Leopoldo osservò compiaciuto il doppio elenco di nomi e l'intrico di linee rosse che li univano, ma era anche costernato, per certi inevitabili collegamenti. Era chiaro che le cose non potevano essere andate in nessuno dei modi che gli erano stati prospettati fino a quel momento, perché la morte di Leonetti, e soprattutto la rivelazione che aveva avuto dal vescovo di Pistoia con quel triste biglietto, non lasciavano margine ad alcun dubbio: il documento per Jefferson e gli altri rivoluzionari americani era collegato a tutto il resto. Forse avrebbe potuto lasciare che le cose rimanessero in quel modo, pensò per un attimo: la congiura contro di lui c'era comunque stata, e l'inchiesta era chiusa. Sarebbe risultato impossibile, malgrado il suo potere assoluto, manovrare Pratellesi e costringerlo a rimettere tutto in discussione; e, d'altra parte, non avrebbe potuto mantenere il controllo sulle eventuali indagini. Non disponeva di alcun altro collaboratore fidato.

Il principe girò la chiave che portava sempre con sé, agganciata a una catenella d'argento, nella serratura della piccola porta del suo studio segreto. Mentre apriva, udì un rumore provenire da dietro, come una pila di fogli che fosse caduta per terra. Si immobilizzò, trattenne il respiro e ascoltò: nulla, nessun altro cenno di vita. D'altra parte, chi mai si sarebbe potuto introdurre? Le finestre erano sprangate, e così la porta, che non recava segni di scasso. Pietro Leopoldo si fece coraggio, aprì lentamente l'uscio e vide subito la pila di fogli riversa sul pavimento, accanto al tavolo dove era solito lavorare. La stanza era piccola, e gli bastò un'occhiata per rendersi conto che dentro non c'era nessuno. Poi scorse un'ombra muoversi per terra, e capì.

Un gatto d'angora giocava con una palla di stracci, che si era certamente portato fin lì dalle stanze dei principini. Era impaurito, probabilmente affamato: il principe chiamò con il campanello il suo segretario personale, e intanto si divertì un poco a giocare col gatto. Mise la palla al centro della stanza, poi si fece da parte e attese: il micio esitò, quindi attraversò la stanza dirigendosi verso il suo giocattolo preferito, ma Pietro Leopoldo fu lesto ad afferrarlo, lo prese in braccio e lo accarezzò.

— Buono, micio, buono... Ti sei fatto prendere, eh? Non sei troppo furbo...

E all'improvviso, di colpo, il principe ebbe spezzato il filo dei suoi pensieri. Avvampò di rabbia e vergogna, lasciò andare l'incolpevole felino, che ricadde sulle zampe senza alcun rumore, e schizzò fuori dallo studio.

— La palla! L'ho messa io per attirare il gatto in trappola! Maledizione alla mia cecità!

Pietro Leopoldo richiuse bene a chiave la porta, mentre continuava a imprecare a mezza voce, destando la preoccupazione del segretario, che intanto era accorso. Ridiscese con una certezza cruciale in più, ma col cuore in tumulto: se era vero quel che pensava, sulla Toscana era passato il Diavolo in persona, era stato compiuto del male con una crudeltà e un cinismo che lasciavano sbigottiti. Ma c'erano ancora molte domande senza una risposta. L'unico modo per arrivare al capo di tutti i fili, e con una sola mossa, era allo stesso tempo semplice e azzardato: occorreva giocare una posta assai alta con la sorte, puntare su di un nome solo e sperare, o temere, che il gioco si scoprisse per conto suo.

Per mettere in pratica il suo progetto, il granduca avrebbe dovuto agire in perfetta solitudine, uscendo dalla Reggia: una follia, anche il solo pensarlo… Eppure, l'idea di abbandonare per un po' la sua gabbia dorata, senza scorta, lo seduceva in sommo grado, gli dava una sensazione d'energia, un brivido di piacere fisico. Come avrebbe potuto evitare, però, di essere riconosciuto nei necessari spostamenti? Il suo volto era ben noto ai notabili fiorentini, ma certo assai meno, se non per niente, al popolo minuto della città. Doveva avere una notte tutta per sé, senza il rischio di incontrare individui conosciuti, e c'era un solo modo per ottenerla.

CAPITOLO XXIII

La grande festa a tema, ordinata da Pietro Leopoldo per celebrare il suo rientro sano e salvo a Firenze, fu una sorpresa per tutta la Corte. Sembrava proprio, infatti, che il principe volesse far passare sotto tono la sua disavventura, anche per comprensibili motivi di segretezza. Invece il granduca radunò i suoi migliori architetti, scenografi e costumisti; fece chiamare d'urgenza le compagnie di attori più rinomate, nonché i cantanti e i ballerini più popolari, in alcuni casi cancellando recite già programmate al teatro della Pergola. Come scenario, visto il clima che si faceva sempre più mite, volle che fossero utilizzati i grandi giardini di Boboli, dietro la reggia di Palazzo Pitti, recintati e controllati da guardie armate lungo tutto il perimetro.

Fu Leopoldo in persona a scegliere il tema della festa, un mito greco a cui lavorò per ridurlo a balletto. Non c'era il tempo per far comporre al Sarti o ad altri musicisti fiorentini una partitura *ad hoc*, così fu lo stesso principe a curare un "pasticcio" di arie di autori diversi, unite da brevi intermezzi originali. Per molte sere, così, si udirono le esercitazioni del granduca al violino, e in certe notti di luna piena la musica uscì dalle finestre più alte del Palazzo e raggiunse il centro di Firenze, destando la meraviglia degli insonni che ebbero la ventura di ascoltarla.

Il magnifico scenario e l'alternarsi di boschetti all'italiana del giardino di Boboli si prestavano alla perfezione per il "pasticcio" preparato da Leopoldo. Gli architetti organizzarono tutto senza alcun risparmio di mezzi, i migliori pittori fiorentini allestirono scenografie degne delle leggendarie feste medicee del Rinascimento, e una grande quantità di fiaccole fu sistemata a segnare un lungo percorso, che partiva dal teatro all'aperto e si snodava fino alla vasca dell'isola, posta in basso, all'altezza della Porta Romana. Il teatro in stile neoclassico, ricavato nel giardino subito dietro il palazzo, fu decorato con una profusione mai vista di fiori e di piante, talune di provenienza esotica, così da simulare un Giardino dell'Eden.

Il balletto, con musiche di Gluck, Tommaso Traetta e altri compositori prediletti dal granduca, si intitolava *Bellerofonte e Iobate*. Era un'azione muta, esclusivamente coreografica, in cui si evocava il mito dell'eroe domatore di Pegaso inviato dal re Preto in Licia, alla corte del suocero Iobate, quale latore di una misteriosa lettera sigillata. La moglie di Preto, Stenebea, si era invaghita del giovane, ma da lui respinta, l'aveva accusato di violenza, e il re non aveva voluto macchiarsi del sangue di un ospite. All'arrivo in Licia, il padre di Stenebea gli aveva augurato il benvenuto, e solo dieci giorni dopo aveva aperto la lettera, nella quale Preto lo pregava di uccidere il latore della stessa. Ma Bellerofonte era ormai ospite di Iobate, che aveva gli stessi scrupoli di Preto. Iobate allora aveva ordinato al giovane di compiere varie imprese. Lo aveva alla fine mandato a sconfiggere le Amazzoni, ma al suo ritorno come vincitore, Bellerofonte era caduto in un'imboscata tesagli dallo stesso Iobate, e aveva ucciso tutti i soldati lici inviatigli contro: sconfitto, Iobate aveva confessato tutto e gli aveva mostrato la lettera segreta, facendoselo alleato e dandogli in sposa una delle figlie, Autonoe, insieme alla metà del suo regno.

Il mito era stato modificato dal granduca con un quadro che

lasciò tutti perplessi, perché sembrava legare poco con la vicenda originale: una parte del giardino di Boboli era stata ricoperta di terra e rocce brulle, e si era costruita una sorta di strada romana selciata. Dei figuranti, con una statua di cartapesta sulle spalle che rappresentava un elefante, dovevano percorrerla lentamente, mentre un altro gruppo la attraversava in armi. Un soprano mascherato, vestito in abiti alla foggia antica, si presentò nel mezzo dell'azione cantando un'aria di Antonio Caldara dal dramma pastorale *La costanza in amor vince l'inganno:*

Selve amiche, ombrose piante,
fido albergo del mio core,
chiede a voi quest' alma amante
qualche pace al suo dolore...

L'orchestra della Pergola, incaricata di suonare il "pasticcio" del principe, era composta da diciannove violini, quattro viole, due violoncelli, quattro contrabbassi, due cembali, due flauti, due oboi, un fagotto, due corni, due trombe e timpani. Per la gioia degli invitati, al *Bellerofonte e Iobate* seguì una serie di arie celebri e alla moda, cantate dagli artisti più popolari, fra i quali spiccavano Giovanni Manzuoli, Antonio Raaf e Anna Maria De Amicis.

Ma quello che destò più scalpore fu uno dei quadri liberi rappresentati dai ballerini in chiusura della festa: era decisamente azzardato, perché una splendida fanciulla dalle lunghe chiome bionde si presentò sulla scena imitando Eva nel Paradiso Perduto. Indossava una calzamaglia color carne e poche foglie d'edera avvolte con nastri intorno al corpo. Il granduca era stato caldamente consigliato di soprassedere a questa attrazione, ma Pietro Leopoldo era risultato irremovibile.

Alla festa furono chiamati, con una forma perentoria che non lasciava possibilità di declinare l'invito, gran parte dei notabili fiorentini, e in specie tutte le legazioni straniere presenti in città. Sembrava un piccolo congresso di politici, più che un'occasione per festeggiare il rientro a Firenze del principe. Gli astanti si stupirono del rigore con il quale le guardie di palazzo controllarono gli inviti e di fatto impedirono l'uscita di chiunque, per tutta la notte, salvo alcune limitatissime eccezioni.

La festa iniziò alle otto di sera e proseguì fra luminarie stupefacenti, danze e altri spettacoli. Ma Leopoldo si presentò con molto ritardo, rispetto agli usi consolidati da secoli d'etichetta, e fu notato mentre evitava di intrattenersi con le personalità che sempre lo assediavano in simili occasioni. Non mancò di dare un certo scandalo anche il ballo che il principe volle fare con lady Gwendolyn. Il fatto che la famiglia di Leopoldo fosse presente al completo sconcertò i meglio informati. Fu impossibile, inoltre, non notare che appena il granduca, per impegni tanto urgenti quanto incomprensibili (oppure, secondo altri, per un leggero malessere) si fu ritirato nei suoi appartamenti, anche lady Gwendolyn abbandonò la festa. Nemmeno i più candidi poterono esimersi dal correre alle conclusioni che parevano più ovvie.

Nessuno, in effetti, aveva potuto ascoltare quello che il principe e la sua amante favorita si erano sussurrati durante il ballo, osservati da centinaia di occhi curiosissimi, alcuni malvagi, altri semplicemente invidiosi.

— Ebbene, mia cara, devo chiederti ancora un servigio.

— Stavolta a chi tocca ricevere il messaggio segreto? A qualche infiltrato nella legazione russa?

Il principe non sorrise alla battuta scherzosa.

— Mia cara, quello che mi è successo, che ci è successo, non è stato quel che è sembrato.

— Che intendi dire, amor mio? Siamo stati rapiti da terribili briganti, non ti basta?

— C'è molto di più. Qualcosa di importante che non ti posso rivelare, per il tuo stesso bene. Sei venuta alla festa col tuo solito vestito di foggia maschile, a cavallo?

Lady Gwendolyn rise. Sapeva quanto Pietro Leopoldo, sotto una maschera di bonario rimprovero, apprezzasse quel suo vezzo.

— Certo. Il mio cavallo aspetta nelle scuderie.

— Ebbene, lascia la festa senza farti notare. Prendi il cavallo e vai sul Lungarno, al Ponte a Santa Trinita. Ti raggiungerò entro mezz'ora. Aspettami, ti spiegherò tutto quando ci ritroveremo laggiù.

— Tu? Da solo? Ma come puoi…

Il granduca ebbe un moto di tristezza.

— Sì, ti sembra impossibile. Ma oltre che un principe, sono un uomo, anche se molti sembrano dimenticarsene. Mi vedrai arrivare da solo, non temere.

La coppia si divise pochi minuti più tardi. All'ora concordata lady Gwendolyn riuscì a sganciarsi dalla folla dei suoi ammiratori e delle sue nemiche, e a raggiungere l'uscita. Era arrivata da sola alla festa, come aveva previsto il granduca, così per lei fu un gioco da ragazzi cambiarsi d'abito e allontanarsi non notata dai giardini, per piazzale Pitti e poi per Borgo San Jacopo, lungo l'ininterrotta fila di palazzi che si affacciavano sull'Arno.

Per Pietro Leopoldo, invece, fu tutto molto più arduo, anche se aveva preparato accuratamente la sua sortita. Era difficilissimo, per un principe, rimanere davvero solo. Per fortuna, però, il granduca era assai più colto della grande maggioranza di coloro che gli facevano da balia, e conosceva certi recessi e passaggi segreti del Palazzo meglio dei ciambellani e dei maestri di cerimonie. Con una certa difficoltà, passando da una stanza all'altra, da un salone a un ballatoio, sempre quasi di corsa, riuscì a seminare la maggior parte dei suoi angeli custodi. Finalmente, una volta raggiunti i suoi appartamenti privati, congedò anche il suo cameriere, che lo aspettava nello studio adiacente.

— Andate pure. Avete il permesso di non farvi trovare per tutto il tempo che rimane fino al termine della festa.

Il cameriere, che ben conosceva il significato di un certo tono della voce del suo padrone, ubbidì prontamente.

Pietro Leopoldo si tolse la parrucca e il vestito da cerimonia e indossò una delle sue consuete marsine anonime, di foggia dimessa: nella tasca interna inserì accuratamente le sue carte segrete. Avrebbe voluto anche procurarsi degli stivali, ma i magazzini del Palazzo erano per lui irraggiungibili senza l'aiuto del primo cameriere, e non voleva – né poteva – chiedere nulla a nessuno.

Si guardò allo specchio: a parte gli occhi tondi e la carnagione assai chiara, poteva sembrare un fiorentino qualunque. Solo le scarpe non erano adatte alla bisogna, e se ne rammaricò. Uscì dalla camera con il cuore in gola, facendo il minimo rumore possibile: prima di richiudere lentamente la porta, guardò bene a destra e a sinistra, poi, come un ladro, camminando rasente ai muri, nascondendosi dietro colonne e tende al minimo rumore, si allontanò dagli appartamenti privati di Palazzo Pitti.

Ora le cose erano relativamente più facili, perché il suo volto non era ben noto alla gente del popolo. Allora il principe cambiò atteggiamento: camminò a passo svelto e sicuro, a testa alta, come un arrogante funzionario di Palazzo pieno di sufficienza, se non di disprezzo, nei confronti di quel popolo che invece tanto amava. Tutto andò magnificamente, perché nessuno lo notò fino ad una delle porte di servizio laterali. Appena uscito, sentì un caratteristico rumore di tacchi: una sentinella lo aveva riconosciuto, nonostante tutto, e se ne stava lì impalata, al debole chiarore della luna, senza dire una parola, gli occhi sbarrati come se avesse visto Domineddio in persona. Il granduca lo fissò un istante, quindi si mise un dito davanti al naso per suggerirgli il silenzio e sparì nel buio della piazza.

Sul Lungarno, la luce della luna disegnava appena i contorni dei palazzi, nella notte tiepida del maggio fiorentino. Pietro Leopoldo camminò lungo i muri delle case, a capo chino, fino al luogo dell'appuntamento con lady Gwendolyn. La vide, accanto al suo cavallo bianco, quando era ancora lontano. Bellissima, nonostante l'abito di foggia maschile, aveva un che di militaresco nel portamento, che però gli evocava per contrasto il calore del suo viso, la morbidezza dei suoi lunghi capelli biondi. Rimase un minuto fermo, a contemplarla sospirando, poi affrettò il passo e la raggiunse.

CAPITOLO XXIV

Pietro Leopoldo e lady Gwendolyn dovettero condividere lo stesso cavallo durante la breve corsa nella notte fino alle prigioni delle Stinche. Li attendeva un uomo di assoluta fiducia del granduca, funzionario del Palazzo, aio dei suoi figli e suo amico personale. Come d'accordo, si comportò col principe senza alcun formalismo. Leopoldo saltò a terra e aiutò Gwendolyn a fare altrettanto, poi legò personalmente il cavallo a un anello di ferro.

— Nessuno sospetta?

— No, non vi conoscono. Ufficialmente siete un inviato del capitano dei Dragoni, venuto a controllare la salute del prigioniero. Devo dire che i soldati hanno preso alla lettera le vostre raccomandazioni; hanno completamente isolato quel mostro, nessuno lo ha più potuto avvicinare dal momento in cui è stato rinchiuso.

— Andiamo, allora.

— Un attimo. La signora è bene che schiacci meglio i capelli dentro la cuffia, e tenga il cappello ben calcato. Non è un ambiente adatto a una donna.

La scena che si presentò agli occhi di Pietro Leopoldo e lady Gwendolyn andava al di là non solo delle loro aspettative, ma anche delle loro peggiori fantasie. Prima, però, furono colpiti dall'odore del luogo, un tanfo di sangue, sudore e urina, acido e acre, che bruciava nella gola. Il granduca era sconvolto, e glielo si leggeva bene in faccia, anche se tentava in ogni modo di dissimulare la sua immensa pena: non solo sapeva che la tortura era caduta in disuso già da molti anni in Toscana, ma lui stesso aveva dato precise disposizioni che non fosse più somministrata ad alcuno. Perché si era contravvenuto così platealmente ai suoi ordini? Per un attimo pensò di rivelare la propria identità, chiedere ragione di quell'obbrobrio, punire tutti i responsabili, dall'esecutore al più alto dei mandanti, ma capì che in quel modo avrebbe rovinato i propri piani. Lady Gwendolyn era pallidissima: salda sulle proprie gambe, nonostante tutto, si aggrappava però al braccio del principe.

Il Lupo giaceva per terra, incatenato, in una cella lurida e stretta, isolata da tutte le altre. Aveva accanto a sé una ciotola d'acqua, ma era sporca di sangue, come del resto la sua faccia e la barba che aveva esibito con tanta fierezza. Non lo si poteva dire seduto: era abbandonato sulla terra battuta, le gambe stese in avanti, la schiena appoggiata al muro sporco che grondava una materia nera e viscida, come un manichino di sartoria sbattuto in un angolo di una bottega abbandonata. Sulle caviglie e sui polsi portava i segni inequivocabili della corda, il tormento più diffuso, ma gli occhi di Pietro Leopoldo si posarono con raccapriccio su indizi evidenti di bastonate, bruciature, tagli.

Il brigante teneva gli occhi chiusi, e non li aprì nemmeno quando l'aguzzino mormorò qualcosa aprendo la porta della cella e facendo entrare i visitatori. Solo allorché il principe gli rivolse la parola, li spalancò: occhi chiari che esprimevano un terrore cosmico, senza fine. Anche la bocca si aprì, mostrando una cavità martoriata, nera di sangue rappreso e in cui non si scorgevano denti, tanto che sia il granduca che la nobildonna voltarono la testa di scatto. Pietro Leopoldo si fece forza e guardò ancora il Lupo negli occhi: vide l'abisso del terrore, ma intuì che la causa di quella pena non stava nella morte che lo attendeva. Il brigante aveva dovuto certamente subire tormenti spaventosi, ma il granduca, in quello sguardo senza più le trasparenze che conosceva, lesse l'angoscia incontrollabile di un orrore più grande e inevitabile.

— Dio mio... non sapevo, vi giuro, io non sapevo... farò punire questi boia, credetemi.

Il prigioniero richiuse la bocca e scosse lentamente la testa. A Pietro Leopoldo parve, assurdamente, di scorgere su quelle labbra tumefatte e informi l'ombra di un sorriso.

— Devo parlare con voi, Lupo. Devo sapere alcune cose importanti, che non mi avete detto sull'Appennino.

Il principe rivide le strade profumate della montagna pistoiese, risentì i canti delle ghiandaie, i versi dei gufi e dei barbagianni, quando aveva dormito in un letto di foglie; vide di nuovo correre gli scoiattoli e le linci, indovinò la sagoma nera dell'orso, percepì ancora il sapore dolciastro del pesce crudo, il gusto amarissimo delle erbe raccolte dal brigante, e li paragonò a quell'orrore. Non riusciva a cogliere un senso, in tutto ciò.

— Voi avevate ricevuto l'ordine di uccidermi, non è vero? Mi avete risparmiato perché ho suscitato la vostra curiosità. In seguito mi avete salvato la vita, facendomi scampare alle cannonate dei miei stessi soldati. Ditemi del conte Cosimo Anziati, del veneziano, dei vostri rapporti...

Il Lupo, nonostante tutto il dolore, ebbe uno scintillio negli occhi. Poi tirò un profondo sospiro e iniziò a parlare con voce flebile, quasi in un soffio.

— Signore... avete dato ordine che non mi uccidessero.

— Sì, certamente.

— Avete messo una bella paura a questi carcerieri. Mi hanno battuto ben bene, come vedete... ma hanno anche dovuto penare a mantenermi in vita.

— Non capisco, che cosa significa?

— Che i vostri ordini si sono scontrati con altri, e per il momento ha avuto la meglio la mia pellaccia. Ma ditemi voi, prima di andare avanti: è tutto sistemato? Oltre a me, gli altri colpevoli hanno pagato?

Pietro Leopoldo non comprendeva l'atteggiamento di quell'uomo: sembrava ragionasse secondo una logica diversa non solo dalla sua, ma da quella del pensar comune.

— Sono qui proprio perché le cose non tornano. Mi assicurano che avete ricevuto l'incarico di uccidermi dal conte Anziati, che aveva ordito una congiura contro di me per meschini motivi di vendetta e per velleità restauratrici, senza alcun seguito nel popolo e...

Il Lupo interruppe la foga del principe con il suo consueto gesto della mano, che sembrava volere addirittura cancellare del tutto il discorso.

— Io ho avuto in effetti l'incarico di uccidervi... non ho rispettato l'impegno, però, per la prima e l'ultima volta in vita mia.

— Ma il conte Anziati?

Il brigante non rispose subito. Sembrava perplesso, quindi tirò di nuovo un lungo sospiro e voltò la testa da un lato.

— Di quale conte parlate? Lasciate perdere, almeno per un momento, la ricerca dei particolari, le responsabilità minute. Voi siete vivo. Il vostro potere è di nuovo saldo?

— Significa che prima non lo era?

— Signore, se vi trovate in un bosco in balia dei capricci di un vecchio brigante assassino, in quel momento il vostro potere è assai scarso... Insomma, datemi una risposta, non ho molto fiato: siete nel pieno dei vostri poteri?

— Dio mio, sì! Lo spero, almeno!

— Perché allora siete qua in segreto, con la vostra donna?

Pietro Leopoldo si rese conto che la situazione era in effetti strana, ma non sapeva come spiegare tutto in così poco tempo.

— Lupo, abbiamo un'ora, al massimo due. Se sono qui, ripeto, è per sapere alcune cose vitali.

— Ho capito, ho capito. Seguite quello che vi dico, allora. Voi siete il futuro della Toscana. Forse non solo della Toscana, ma addirittura del mondo intero. È un bel risultato, modestamente: nessuno avrebbe dato un soldo per la vostra vita, soltanto quindici giorni fa, e invece siete di nuovo saldo in sella. Bene, bene, mi compiaccio di me stesso. Se le cose stanno come credo, nessuno avrà più il coraggio di torcervi un capello, adesso.

Il granduca, con i pomelli delle gote rossi come il fuoco, batteva con insistenza un piede per terra.

— Chi, Lupo, chi?

— Che importanza ha? Nessuno oserà più attentare alla vostra vita.

— Ma io non so chi ha davvero cercato di farmi uccidere, e per quale ragione. Se rimango in questa ignoranza, la mia vita sarà sempre in pericolo, perché non saprò da chi difendermi. Aiutatemi, Lupo. Aiutatemi ancora una volta...

Il bandito, che ormai sorrideva apertamente, tornò di nuovo cupo. La bocca sanguinolenta si atteggiò a una smorfia.

— Certo, potreste commettere qualche passo falso, non conoscendo la verità... ho paura che dovrò rivelarvi qualcosa, per mettervi in guardia.

Il Lupo esitò un attimo, poi prese fiato e ricominciò a parlare con voce lenta.

— Caro Granduca di Toscana, uomo saggio e illuminato ma troppo ingenuo, guardatevi da tutti quelli che credete amici. Da tutti, intendo, anche da chi vi è più vicino.

— Siate più chiaro, niente mezze parole, vi prego.

— Mio appassionato Leopoldo, sapere tutto vi nuocerebbe più di ogni altra cosa. E poi, molto lontano da qui ma sempre vulnerabile, c'è la mia famiglia, esposta a terribili vendette da parte di uomini che non conoscono frontiere. No, non saprete altro, da me, che l'essenziale per salvarvi. Fate i vostri passi con attenzione, copritevi le spalle.

Pietro Leopoldo si era come inchinato davanti al brigante, per ascoltarlo meglio, e ora batteva il pugno sulla lurida pietra dell'impiantito.

— Insomma, spiegatevi!

Il Lupo sembrò di colpo ritrovare le energie, prese per il bavero il principe e se lo accostò al viso. Leopoldo sentì l'atroce afrore del corpo martoriato del gigante biondo, e provò una nausea violenta.

— Pietro, ti chiami Pietro, no? Io sono già morto, ascolta le mie parole. Taglia i ponti con tutti, non confidarti con alcuno, brucia le tue carte più pericolose. E distruggi allo stesso modo i tuoi collaboratori più fidati, quelli più vicini a te. Non perdere tempo in indagini, nei processi che ti piacciono tanto, fai quello che ti dico! Distruggili, annientali! Lo farei io per te, se potessi!

— Voglio una spiegazione più chiara, Lupo, pretendo nomi e cognomi, esigo...

Con enorme sorpresa di tutti, il brigante proruppe in una delle sue antiche risate.

— Sei buffo! Un granduca nel pieno del suo potere che non può ottenere quello che vuole da un brigante mezzo morto e in catene! Se ti ho salvato, è perché voglio che le tue idee procedano per la loro strada. Vuoi i nomi? Ma te li ho già detti: distruggi i tuoi collaboratori più stretti, annientali! Resta solo sul tuo trono. Vuoi il perché? Non pensarci, non chiedere troppo a te stesso, non potresti sopportarlo.

A quel punto il Lupo si chiuse di nuovo nel silenzio, che sembrava definitivo, e anche Pietro Leopoldo smise di interrogarlo: lo guardava solo negli occhi, con insistenza. Poi il brigante fu scosso da un tremito.

— Torna al tuo palazzo, rifletti. E agisci! Loro sapranno che sei stato qui; io sarò morto entro domani.

Lo sguardo del Lupo era di fuoco, mentre pronunciava queste ultime parole.

— No, tu avrai il tuo processo. Ti devo almeno questo.

— Allora anch'io ti devo un'altra cosa. Cerca il cavaliere che ha segnalato il tuo passaggio dalla strada vecchia per Modena, il giorno dell'agguato, con una fascia bianca di seta legata in vita, e annienta anche lui.

Pietro Leopoldo, il suo uomo di fiducia e lady Gwendolyn uscirono dalla terribile prigione. C'era una carrozza ad attendere il principe, e da un lato sbuffava il cavallo della bella aristocratica inglese. La donna era pallida, e la sua fronte stillava sudore. La prigione delle Stinche era un luogo che poteva tormentare i sonni di un visitatore per dei mesi.

— Puoi far portare il mio cavallo a casa? Vorrei fare un po' di strada con te.

— Certo.

Lady Gwendolyn entrò col granduca nella carrozza, e l'uomo di fiducia di Pietro Leopoldo prese in consegna la cavalcatura, seguendo il legno a breve distanza.

La nobildonna guardava in silenzio Pietro Leopoldo, nella penombra della carrozza. Il giovane principe sembrava insieme affranto e pensieroso, come se non riuscisse ancora a sciogliere tutti i capi di quel groviglio. Lady Gwendolyn pensò che una spiegazione razionale dei fatti avrebbe in qualche modo placato la sua ansia. E in fondo il Lupo, con le sue allusioni, le sue mezze frasi, le aveva fornito gli elementi per una possibile soluzione.

— Chissà quante magnifiche carte geografiche avrai nella tua reggia, e i libri con gli alberi genealogici dei regnanti d'Europa, miniati d'oro... Ho sempre desiderato visitare la tua biblioteca.

— Anche tu, adesso, parli per enigmi?

— No, cerco di risolvere quelli del Lupo. Pensa a cosa succederebbe alla Toscana se tu non ci fossi più... pensa a chi prenderebbe il potere, e a come cambierebbero gli assetti internazionali.

Il granduca si voltò verso la sua amante e la afferrò per le braccia, scuotendola quasi con violenza. Lady Gwendolyn si impaurì un poco per la strana foga di Pietro Leopoldo.

— Le carte, gli assetti internazionali... ma cosa vuoi dire? Forse tu sai chi voleva la mia morte?

— Sei tu che lo sai già, amore mio, anche se non te ne rendi conto. Non lo vuoi accettare, perché per te, come ha detto quel bandito, è causa di troppo dolore. Io non voglio addolorarti ancora di più, mio caro bene, ma cerca nella tua casa.

— Qual è, per voi tutti, la mia casa? La mia famiglia, la granduchessa, i miei figli? Ti stupiresti se ti dicessi che anche tu, per me, fai parte della mia famiglia?

Lady Gwendolyn piangeva, sommessamente.

— Fai fermare la carrozza, ti prego. Voglio scendere qua.

— No, siamo ancora lontani dal Lungarno.

— Ti prego, sono sconvolta. Voglio andare da sola col mio cavallo, sentire il soffio del vento sulla faccia.

Pietro Leopoldo non volle insistere. Lady Gwendolyn era stata certamente provata da quella orribile visita in prigione, e poi era giusto che le cose seguissero il loro corso. La bellissima inglese salutò il suo uomo con un piccolo bacio, scese dalla carrozza e si fece riconsegnare il cavallo dall'uomo di fiducia.

Ma invece di andare a casa, si recò direttamente in un palazzo del centro. Nessuno poteva aspettarsi che una donna, per di più in abiti di foggia maschile, bussasse a un portone, da sola, a quell'ora di notte. Ma le fu aperto subito, e fu introdotta in uno studiolo tappezzato di libri. Un uomo di mezza età, piccolo di statura, era seduto a capo chino davanti a una pila di fogli, che distruggeva ad uno ad uno. Un servitore era sulla soglia, con altre carte in mano, che sembravano dispacci appena giunti. L'uomo sollevò la testa e sorrise.

— Un'ora molto tarda per rendermi visita. A meno che non ci siano cose assai urgenti da comunicare. Buona sera, lady Gwendolyn Ausbury.

— Buona sera, Francesco Pratellesi.

Pietro Leopoldo passò il resto della notte e tutta la mattina successiva nello studio privato degli "scandali". Si fece servire un pranzo frugale, e in molte ore uscì solo un paio di volte dalla stanza, sempre richiusa a chiave, per farsi consegnare certi volumi conservati nella biblioteca del Palazzo. Consultò attentamente l'*Almanacco di Gotha* delle famiglie regnanti d'Europa, molte carte geografiche e alcuni documenti riservati. Ma prima di tutto, mentre rientrava a Pitti ed era ancora nella carrozza, provvide a far chiamare André Duchamp, il messaggero americano che viveva a Palazzo da oltre una settimana, e lo tenne a colloquio direttamente nel suo studio, dove di solito non faceva entrare anima viva.

Quando Duchamp fu convocato, era certo che fosse giunto il momento tanto atteso: del resto doveva ormai partire, per raggiungere in tempo la nave di Marsiglia, secondo il calcolo che aveva improvvisato al granduca otto giorni prima. Nonostante avesse già avuto modo di parlare col principe altre volte, rimase di nuovo colpito da quanto, vestito con un abito di foggia modesta, fosse simile a un qualsiasi gentiluomo di campagna delle Colonie: non si stupiva del fatto che fosse amico di Jefferson, Franklin e Mazzei. Ma il granduca lo sorprese con una richiesta che proprio non si attendeva, anche se indubbiamente gli offriva delle opportunità insperate.

— Ho con me il testo: rischiamo, dunque, e prendetelo senz'altro in consegna. Anche se siete stato seguito fin qui da agenti o informatori, è troppo tardi per depistarli ancora.

Pietro Leopoldo si frugò nella tasca interna e trovò la busta azzurra con i due documenti, quello cifrato e quello in chiaro. Estrasse solo il primo e lo appoggiò sul tavolo.

Duchamp fissò il plico con sollievo, ma anche con una lieve aria di sospetto.

— Ne avete altre copie, signore?

— Questa è sufficiente. Partirete domani mattina. Ma vi chiedo un servigio, amico mio, prima del vostro rientro in America.

— Altezza, i vostri desideri sono ordini.

— Vi recherete subito con un mio lasciapassare alla prigione delle Stinche. Andrete lì armato, sostituirete l'uomo mandato di guardia dall'esercito imperiale e vi assicurerete che al prigioniero registrato sotto il nome di Lupo non venga torto un capello. È assai probabile che qualcuno venga alle Stinche con ordini che riguardano quel prigioniero: voi impedirete qualsiasi mossa esterna, anche se vi dicessero che proviene da me. A chiunque si presenti con ordini che riguardino quell'uomo, voi opporrete questa lettera. Vi informerete sull'identità degli eventuali visitatori e mi riferirete ogni particolare. Poi sarete sostituito nuovamente dalle guardie. Quel prigioniero deve restare in vita a tutti i costi, è chiaro?

Duchamp, un po' interdetto, si limitò ad annuire con un cenno del capo.

Pietro Leopoldo firmò un biglietto che aveva già preparato nel pomeriggio. Poi prese un candeliere acceso e lo pose fra sé e il suo interlocutore, mentre apriva un cassetto del tavolo da lavoro. Il volto, dietro alle fiammelle, parve all'americano assai simile a quelli dei ritratti di nobili e regnanti parrucconi, appesi alle pareti di quello sterminato palazzo: dimenticò i pensieri di prima e provò un'acuta nostalgia per la vita spartana delle Colonie, senza aristocratici fra i piedi.

Il principe estrasse dal cassetto una bacchetta di ceralacca rossa e l'appoggiò sul tavolo. Si sfilò dal dito un anello d'oro con il sigillo granducale, scaldò la ceralacca sulla fiamma di una candela fino a fonderla, quindi la posò sul foglio e vi premette sopra l'anello. Aspettò che la resina si raffreddasse, piegò il documento e lo consegnò al messaggero.

— Domani, entro mezzogiorno, tornerete a Palazzo e mi sottoporrete un resoconto completo, con tutto quello che avrete udito e visto alle Stinche. A questo punto, penso di potermi fidare solo di voi. Ma prima di domani, naturalmente, non vi muoverete di lì per nessun motivo.

Dopodiché il granduca prese dal cassetto tre grandi fogli stampati, li firmò più volte e li piegò con cura.

— Questi sono lasciapassare molto speciali, che vi saranno consegnati domani mattina dal mio giovane segretario. Sarete considerato alla stregua di un mio ambasciatore privato, con un nome di fantasia che ho inventato io stesso. — Il principe sorrise compiaciuto. — Ma poiché la prudenza non è mai troppa, ve ne consegnerò anche uno in bianco, dove potrete mettere un altro nome qualsiasi, se ne avrete la necessità.

Finalmente Pietro Leopoldo porse al messaggero la carta cifrata che sarebbe partita per le colonie americane, così da permettere a Jefferson e Franklin di mantenere gli impegni presi. Era già piegata in quattro parti, e non prendeva più spazio di un quaderno. Afferrò un foglio bianco, lo firmò in vari punti, e con esso avvolse il documento, formando così un pacchetto che sigillò con la ceralacca e lo stesso anello d'oro.

— Bene, andate, è urgente. Molto. Confido in voi.

CAPITOLO XXV

Mentre Pietro Leopoldo studiava l'*Almanacco di Gotha*, parecchie cose sgradevoli accaddero a Firenze dopo il tramonto del 12 maggio 1776.

Gli amici del conte Cosimo Anziati, saputa tramite il suo decrepito servo la morte non proprio limpida del vecchio aristocratico, avevano ritenuto opportuno consultarsi d'urgenza. Il terrore li bloccava nei pensieri e nei movimenti, e solo uno di loro comprese in pieno il pericolo mortale che correvano, e si rifugiò nella sua villa di campagna. Gli altri commisero il peggior errore possibile, decidendo di protestare preventivamente la loro innocenza di fronte alla prima autorità che poterono raggiungere. I birri inviati da Pratellesi per arrestarli attesero troppo, così non li trovarono nelle loro case, né nei rifugi di cui notoriamente disponevano.

Sei uomini armati si mossero per tempo da una villa privata fuori città. Due erano su una carrozza, il cui conducente faceva parte della loro stessa congregazione, un gruppo certo poco dedito alle preghiere e alla beneficenza. Il legno e due cavalieri entrarono in Firenze prima che gli ingressi venissero chiusi per la notte, da Porta a Prato, sul lato nord-est delle mura trecentesche. Rimasero per un po' ad attendere in una strada defilata, quindi ripresero il cammino. Gli altri due cavalieri proseguirono invece all'esterno della cinta, lungo tutte le due miglia e mezzo della via regia, fino a Porta alla Croce, e poi per le campagne fino al confine con Pontassieve.

La carrozza si fermò nell'antico centro di Firenze, la Cerchia Antica cantata da Dante nella *Commedia*, sull'angolo fra via dello Studio e il Corso. Il cocchiere scese, intabarrato come d'inverno, e prese la testa del suo cavallo fra le braccia, mormorandogli dolci parole all'orecchio e portandogli una carota alla bocca. I due passeggeri tirarono ripetutamente la corda del campanello dell'abitazione di Foscolo Dati, membro del gruppo di cospiratori di cui aveva fatto parte il conte Anziati. Un servitore venne subito alla porta e gli uomini entrarono senza dir parola, quasi sfondando l'uscio. Il trambusto, all'interno dell'austero palazzotto trecentesco, si sentiva anche dalla strada, ma il cocchiere era pronto a intervenire con adeguata decisione, se ci fossero stati dei problemi.

Dopo pochi minuti, un uomo evidentemente impaurito e furente, ma pieno di dignità e tutto sommato tranquillo, scese in strada tenuto strettamente dai due uomini che l'avevano tolto con malagrazia dal talamo nuziale. Protestava, ma le parole gli uscivano soffocate e indistinte, sembrava che avesse un fazzoletto ficcato in bocca. L'uomo fu sospinto all'interno della carrozza. Il cocchiere carezzava con amore il collo del suo bel cavallo, mentre dal legno provenivano rumori sordi e urla subito spente. Poi tre colpi battuti dall'interno dettero il segnale di ripartire, e il legno si avviò di buon trotto verso il Duomo.

I due cavalieri entrati in città avevano intanto raggiunto la chiesa di San Pier Buonconsiglio, dove il vecchio Ugo Armieri, membro di una famiglia che dal Quattrocento aveva dato numerosi Priori alla Repubblica, si era come barricato, tremante, dopo essere fuggito da una finestra della sua abitazione. C'era un prete, con lui, che gli parlava sottovoce nell'orecchio, per esortarlo e consolarlo. Uno dei due messi di morte legò il cavallo a un anello di bronzo ed entrò in chiesa. Si tolse il cappello, ma non accennò al segno della croce. Il prete capì subito, e gli venne incontro quasi di corsa.

— No, no, signore, questo è un luogo sacro. Chi cerca rifugio nella Casa di Dio è come se fosse inviolabile, la legge...

— La legge è temporaneamente abrogata. Qua dentro non accadrà nulla, state tranquillo. Dite a messer Armieri di non fare storie.

— Ma non posso permettere...

Armieri era seduto nella prima panca davanti all'altare: aveva le mani sul capo, era completamente bagnato di sudore e osservava la scena con occhi vitrei, spalancati, senza riuscire a capire bene le parole ma senza nemmeno osare avvicinarsi.

— Non avete nulla da permettere, né potete impedire alcunché. Non credo che avreste piacere se qualcosa di sgradevole accadesse qui dentro. E nemmeno il vostro signor Cardinale.

— Sua Eminenza, Gesù mio. No, no...

— E allora tornate in sacrestia. Contate fino a cento, oppure dite il rosario, e poi potrete anche rientrare. Non troverete più nessuno.

— Io, io... Sua Eminenza... la legge...

L'uomo aveva preso il prete per il braccio e lo portava senza troppi riguardi verso l'uscio della sacrestia. Quando se ne accorse, Armieri lanciò un urlo acuto che rimbombò nel tempio vuoto. In quel mentre l'altro cavaliere entrò e si diresse a passi veloci verso il nobile fiorentino. Allora questi corse verso il prete, lo implorò di aiutarlo, gli si attaccò ai piedi, ma quello lo guardava con fastidio e ribrezzo, e si liberò dall'abbraccio arrivando anche a pestargli le mani. L'uscio della sacrestia si richiuse. Armieri non riusciva più nemmeno a gridare: uno dei due sicari gli mise un sacchetto di tela nera in testa, quindi venne sollevato di peso e portato fuori. Appena superata la soglia, gli fu passata una cordicella intorno al collo, subito stretta da mani di ferro. Il corpo fu lasciato due strade più in là, in un angolo maleodorante, dove sarebbe stato ritrovato solo l'indomani.

La carrozza, intanto, si era messa vicina all'uscita del Teatro del Cocomero, nella via omonima. Stava ferma sull'angolo della piazza del Duomo, perché la strada era troppo stretta e ingombra di gente che usciva dallo spettacolo. Quando Gerolamo Santoni, figlio ultraconservatore di un vecchissimo ex ministro di Gian Gastone de' Medici, varcò il portone insieme a una bella dama, uno dei due passeggeri del legno balzò a terra, si avvicinò alla coppia e si tolse il cappello con un perfetto inchino.

— Messer Santoni? Sono latore di un invito di Sua Altezza.

La donna che era con lui si illuminò tutta, e strinse forte il braccio del suo accompagnatore. Santoni, invece, impallidì.

— Il granduca? Che vuole da me, il tedesco?

— Invitarvi alla sua festa, signore. C'è una carrozza che ci aspetta.

La donna era raggiante.

— Una festa a Palazzo Pitti! Che meraviglia! Sì, sì, andiamo...

Ma Santoni appariva assai meno entusiasta.

— Non è possibile. La festa a Palazzo è finita, non ho ricevuto alcun invito, né potrei, e...

Una mano d'acciaio si strinse intorno al suo polso.

— Che c'è? Che succede? Badate che io chiamerò...

Santoni si voltò intorno ma non scorse i suoi servitori, che sembravano essersi dileguati. Lo strano messaggero granducale stringeva ancor di più il pugno, e lo trascinava verso la carrozza. Santoni, terrorizzato, incespicava, cadeva, ma l'uomo lo rialzava prontamente. La donna, che non capiva assolutamente nulla di quello che stava succedendo, gli veniva dietro estasiata dalla prospettiva di un invito a Corte. Quando fu sospinto dentro il legno, e vide cosa c'era dentro, Santoni fece per urlare, ma l'altro uomo che attendeva seduto non gliene diede il tempo. La dama occasionale rimase stupita, sul marciapiede, guardando la porta richiudersi e la carrozza allontanarsi senza di lei.

La cosa fu un po' più difficile per la coppia di cavalieri che si era diretta nel frattempo fuori città, nella casa di campagna del vecchio conte Saratti, amico personale del defunto Cosimo Anziati. Il nobiluomo, più vecchio ma anche più coraggioso degli altri suoi amici, si era preparato a resistere con le armi, insieme ai suoi servi e ad alcuni giovani contadini. Ci mancò poco che uno dei cavalieri ci rimettesse la pelle, per un colpo di pistola partito da una finestra della casa. Ma la reazione dei due sicari fu talmente decisa e violenta che i contadini e i servitori, impauriti, abbandonarono l'aristocratico al suo destino, fuggendo per i campi. Entrati in casa da una finestra sul retro, i due dovettero abbattere il Saratti a colpi di pistola, dopo aver sfondato la porta della sua camera da letto, dove si era barricato.

All'alba del 13 maggio 1776 tutto era finito, all'insaputa di molte persone.

Il granduca ascoltò il resoconto del suo ministro occulto con sdegno crescente. Era stanco, aveva gli occhi cerchiati, e stava assiso su una sedia non imbottita. Aveva lasciato aperto, su un tavolino di mogano con intarsi di vari colori, un libro di grande formato, rilegato in marocchino rosso, con degli stemmi nobiliari sul piatto e sul dorso. Pratellesi era altrettanto provato, in piedi davanti a lui ma a rispettosa distanza, e teneva in mano un foglietto con degli appunti vergati di gran carriera.

— Anche il marchese Ugo Armieri ha subìto la stessa sorte. È stato trovato pugnalato in un vicolo, fra i rifiuti e gli escrementi dei cani. Con licenza vostra, Altezza.

Il principe voltò di scatto la testa da un lato, inorridito.

— E il conte Saratti?

Pratellesi chinò il capo e chiuse gli occhi. Non ebbe bisogno di aggiungere altro. Pietro Leopoldo si alzò ed esplose di rabbia come una furia.

— Così niente processo, vero? Tutti morti, spariti! Scommetto che domani saranno già sepolti, senza funerali! E quindi nessuno scandalo, tutto all'insaputa e contro il volere del vostro sovrano! Ebbene, Pratellesi, stavolta non starò al gioco. Voglio sapere immediatamente chi ha ordinato queste uccisioni. Siete stato voi personalmente, non è vero? Non mi importa se la prassi lo consentiva o meno, voglio che gli esecutori materiali siano qui davanti a me, stasera stessa!

Pratellesi guardava il suo principe con l'espressione tipica di chi osserva un bambino molto dotato mentre non capisce una lezione ovvia. Non era lui il responsabile di quell'ennesima carneficina; qualcun altro aveva preso in mano la situazione, certamente assai critica, e non c'era verso di spiegare al principe cos'era successo in quei terribili giorni. Cosa avrebbe dovuto fare, ora, lui, Pratellesi, evidentemente esautorato d'imperio dai suoi mandanti e ridotto all'impotenza? Chi avrebbe pensato alla sua famiglia? L'aveva fatta partire in tutta fretta, nella notte, per Bologna, nello Stato della Chiesa, ma in nessun luogo sarebbe stata veramente al sicuro. Per un attimo pensò di aprire il suo cuore al sovrano e amico di un tempo, ma poi riprese saldo il controllo.

— Il servizio segreto che io indegnamente dirigo, mio signore, non è certo l'unico in grado di agire con larghezza di mezzi e di uomini.

— Che intendete dire?

— Ci sono altre forze in campo. Stavolta i miei uomini non

c'entrano.

— Maledizione, Pratellesi, volete scherzare? Siete il capo del mio servizio di spionaggio! Ripeto, siete stato voi a dare quest'ordine?

Pietro Leopoldo era sempre più furioso. Vibrò un tal pugno sul tavolino che il volume che vi era appoggiato sopra, per quanto assai pesante, sobbalzò e poi cadde per terra. Pratellesi si precipitò a raccoglierlo. Mentre era in ginocchio, con il volume in mano, guardò dal basso verso l'alto il suo granduca.

— Non sono stato io, sul mio onore, ma non è comunque previsto che in certi casi vostra Altezza sia necessariamente informata. I vostri umili servitori non osano importunarvi con questioni così tristi e brutali, specie quando è in ballo la Ragion di Stato. Penso che quei signori dovessero sparire al più presto, senza dar scandalo...

— Sparire, certo! Per la Ragion di Stato! E tutti voi avreste voluto farmi bere la storia di un nobile spiantato che ha architettato una cospirazione di questa fatta, attirandosi chissà come l'aiuto di complici altrettanto improbabili... Avete perso la testa, tutti quanti: sono morte decine di persone, nobili, borghesi, soldati, contadini, briganti e disgraziati qualsiasi. Non si era mai visto tanto sangue. E ora pretendereste di gettare un secchio d'acqua su questa lordura, e amen! Tutto un giro di poteri che si muove a mia insaputa, a dispetto mio, addirittura contro di me! Ma non è finita qui, amico mio, non è come pensate tutti!

Pratellesi ascoltava immobile, in silenzio. Pietro Leopoldo sembrava essersi calmato, dopo quella sfuriata, e si era messo di nuovo a sedere. Sfogliava distrattamente il volume, che era stato appoggiato con cura sul tavolo e riaperto alla pagina esatta in cui si trovava all'inizio. In quel momento il suo cameriere personale bussò alla porta, e avuto il permesso di entrare, consegnò al principe un biglietto ripiegato, bisbigliandogli qualcosa all'orecchio.

Il granduca lesse il messaggio, richiuse di scatto il libro che aveva davanti e guardò il suo collaboratore un tempo così fidato con occhi di fuoco, come colpito da una rivelazione improvvisa, anche se non era affatto così. Le sue guance erano diventate rosse come quelle di un bambino che aveva dovuto subire una punizione ingiusta.

— Ebbene, Pratellesi, ora ho le prove. — Pietro Leopoldo sventolava il foglietto che aveva appena ricevuto. — Due uomini si sono presentati stamani alle Stinche, dove è tenuto prigioniero il brigante, il Lupo, con un ordine di trasferimento immediato firmato da voi, nonostante tutte le mie precedenti istruzioni contrarie. E dopo – badate bene, Pratellesi, dico dopo – che io stesso avevo parlato al prigioniero, travestito e irriconoscibile. Non fate quella faccia, lo sapevate già! Anch'io so prendere iniziative poco ortodosse. Un agente degno della mia fiducia, appena giunto nella prigione, lo ha saputo e ha provveduto a informarmi immediatamente.

— Quale agente, mio signore?

— Un americano, Pratellesi, un sano e onesto coltivatore delle colonie britanniche. Non un agente dei vostri, avvezzo al doppio gioco!

Pratellesi ora capiva; stava per sorridere, e invece scosse la testa. Non provò nemmeno a controbattere, tutto sarebbe stato inutile e anche controproducente. Capì che ormai era solo, abbandonato alla tempesta in nome di interessi superiori. Provò una punta di amarezza pensando a tutto quello che aveva fatto, a quanto si era prodigato, ma accettò il suo destino.

Pietro Leopoldo, invece, non si rassegnava. Stringeva il biglietto in una mano e fissava con gli occhi spalancati il suo consigliere, immobile come una figura dei grandi arazzi che coprivano una parete dello studio.

— Allora? Ditemi qualcosa, parlate!

— Altezza, posso solo ripetervi che non siamo stati noi a eliminare i congiurati.

Il granduca voleva sentire la verità dalla voce del suo antico amico, non sopportava l'offesa che lo feriva come un coltello rigirato nella carne. Fino a che punto mentiva, il suo consigliere? Benché ormai per lui fosse tutto chiaro, Pietro Leopoldo non lo poteva credere capace di tanto.

— Ma allora rivelatemi chi è stato, di grazia!

Pratellesi allargò le braccia, con uno sguardo triste da uomo avvezzo a una lunga servitù, rimastagli incrostata sulle ossa.

— I sicari non sono conosciuti. Abbiamo fatto interrogare in modo approfondito i testimoni, specie quelli che si trovavano all'uscita del Teatro del Cocomero quando è stato prelevato Santoni. Il fatto che nessuno di quegli individui ci sia noto, mi porta a concludere che i sicari non fossero in alcun modo dipendenti, né direttamente né indirettamente, dai poteri di Firenze.

— Ammettete dunque che sono agenti stranieri?

Pratellesi sapeva di avere ormai perduta la sua personale partita, ma non voleva né poteva dire di più. Provava per il suo principe, costernato e ancora incredulo, una grande pietà, benché fosse lui, e non Pietro Leopoldo, a un passo dalla morte, e per di più infamante. Dire e non dire, continuare a rivolgersi all'amico di un tempo con suprema ipocrisia, costituiva per l'anziano funzionario toscano un sordo tormento.

— Altezza, lungi da me fare deduzioni avventate. Ma voi suggerite una possibilità concreta.

Pietro Leopoldo era sconvolto. Dunque anche Pratellesi confermava che l'eliminazione dei congiurati era stata decisa fuori dalla Toscana. Non c'era più alcuna possibilità che il quadro spaventoso che si era fatto fosse fallace.

— Altezza, io... la mia famiglia è in pericolo. Vorrei raccomandare alla vostra clemenza...

— C'è un tempo per ogni cosa. Adesso ci dedicheremo a un'incombenza assai più importante: ripasseremo insieme un po' di politica internazionale.

Il granduca e il suo consigliere erano in una biblioteca del Palazzo, in una piacevole penombra.

— La causa di tanti morti, Pratellesi, è una carta che porto sempre con me. Se avessi sospettato che avrebbe generato tali sciagure, forse non l'avrei mai scritta.

Pietro Leopoldo chiuse gli occhi; com'era solito fare quando era intento a uno sforzo intellettuale, appoggiò le mani sul tavolo intarsiato di legni pregiati che era appartenuto a Francesco I, il Medici triste e studioso, e iniziò a declamare lentamente.

— *Noi crediamo che queste verità siano di per sé evidenti: che tutti gli uomini sono stati creati uguali, che sono stati dotati dal loro Creatore di certi inalienabili diritti, e che fra questi ci sono la vita, la libertà e la ricerca della felicità. E che per assicurare questi diritti, sono stati istituiti i Governi fra gli uomini, che derivano i loro poteri dal consenso dei governati, e che ogni volta che i governi negano queste libertà, è nel diritto del Popolo di cambiarli o di abolirli, e di istituirne di nuovi.*

— Dio mio, altezza... quando sarà reso pubblico questo documento?

— I primi di luglio, secondo Thomas Jefferson. Forse il giorno Quattro. Sarà un momento cruciale, voi capite bene perché.

Pratellesi assentì, con un sorriso triste.

— In altre parole, mio signore, Washington, Mazzei e Franklin fanno sul serio. Le colonie proclameranno la loro indipendenza dalla Corona britannica e si costituiranno in... repubblica.

La parola "repubblica" fu pronunciata da Pratellesi con uno

strano tono, che a Pietro Leopoldo parve a tutta prima di disgusto, ma che invece aveva una connotazione particolare, come di orgoglio ferito. Il principe, al contrario, dimentico per un attimo della tragedia in atto, irraggiava felicità.

— No, non ancora. Le colonie, una volta vinta la guerra contro gli inglesi, cadrebbero nel caos politico e istituzionale, a causa di temibili nemici interni ed esterni. C'è perfino, nel Congresso americano, chi vorrebbe chiedere perdono a re Giorgio e tornare sotto la sua protezione. No, lo Stato di Diritto che Jefferson e io stiamo preparando ha bisogno provvisoriamente di un tutore, una forma di monarchia costituzionale, fondata sul giuramento a questa carta.

— E chi sarebbe, nei vostri progetti, questo monarca illuminato che dovrebbe regnare Oltreoceano?

— Io stesso, oppure uno dei miei figli, magari anche il principino Francesco. Non ha una grande importanza, Pratellesi; quel che conta è che le Colonie d'America si troveranno protette da un'autorità europea intangibile. Edificheremo oltreoceano la libera terra della giustizia e dei diritti dell'uomo. Poi, quando i tempi saranno maturi, gli americani voleranno con le loro ali, e i monarchi cadranno nell'oblìo. In nome della felicità del popolo.

— È pur sacrosanta, la ricerca della felicità...

— Non solo! Noi crediamo nella felicità in una società di uomini che sono stati creati uguali, con gli stessi diritti e doveri, individuali e generali.

Pratellesi rivolse al suo principe un sorriso sfumato, appena percettibile, di cui Pietro Leopoldo neppure si accorse.

— Intendete certamente di fronte a Dio, mio signore.

— No, non solo: di fronte a Dio e di fronte agli uomini! *"Ogni volta che i governi negano queste libertà, è nel diritto del Popolo di cambiarli o di abolirli, e di istituirne di nuovi..."*.

Pratellesi giunse le mani e vi appoggiò il volto, socchiudendo gli occhi.

— Mio signore, così viene meno la sacralità del regnante…

— Il regnante torna ad essere quello che era in origine e dovrebbe essere, Pratellesi: il garante dei diritti di un popolo che si governa liberamente tramite un Parlamento, liberamente ne accetta l'autorità e…

Pietro Leopoldo si fermò, come se quello che stava per dire fosse grave anche per lui stesso. Aveva addirittura le lacrime agli occhi, allorché riprese a parlare.

— …E se questo viene meno alla legge fondamentale dello Stato, legittimamente lo destituisce. In America ci sarà la figura simbolica del Re, ma solo per un breve periodo. In Toscana forse rimarrà più a lungo, ma la carta avrà il medesimo valore.

Pratellesi era pallido: non per le rivelazioni del granduca, perché sapeva già tutto da molto tempo. Tremava per il fatto che ora quelle idee si sarebbero tramutate in realtà, mandando a rotoli il lavoro di anni.

— Altezza, questa è una vera e propria rivoluzione…

Ci fu un attimo di silenzio assoluto, e la parola "rivoluzione" echeggiò nelle orecchie di entrambi.

— Che avverrà contemporaneamente nella più antica nazione d'Europa e nella più giovane del Nuovo Mondo! Non vi pare uno scenario grandioso? Sul mio documento, che dichiara l'indipendenza delle Colonie, ho apposto il solenne giuramento con cui accetto temporaneamente la sovranità degli Stati Uniti d'America, sulla base del patto rigoroso che vi ho già detto. Senza questo atto formale, Jefferson non potrebbe far accettare la svolta al Congresso.

Il giovane principe era raggiante, e per lui Pratellesi era tornato per un attimo l'amico e il confidente di sempre. Ma il sentimento non era reciproco.

— Quindi occorre, perché tutto questo vada a buon fine, che

la carta col vostro testo e col giuramento controfirmato arrivi in tempo nelle mani di Jefferson...

Pietro Leopoldo declamò a memoria la parte conclusiva di quell'atto formale:

— *"Au nom du peuple des libres Etats Américains Unis j'assume la responsabilité de protéger l'Union entre les Etats, responsabilité que ce même Congrès m'a donnée. Je jure de respecter le pacte solemnel entre le Souverain, protecteur de l'Union, et ce Congrès qui seul gouverne au nom du peuple de ces etats..."*.

Pratellesi ascoltava impassibile, mentre il granduca riprendeva a infervorarsi.

— L'importante è il giuramento: il Congresso ha già stabilito di riunirsi entro i primi giorni di luglio; non possono perdere altro tempo, ne va delle sorti della guerra. Il testo, invece, è già sostanzialmente a conoscenza di Jefferson; ne abbiamo discusso per molti mesi con la nostra corrispondenza cifrata.

Pratellesi alzò un sopracciglio. Per la prima volta, appariva sorpreso. Dolorosamente sorpreso.

— Quale corrispondenza? Noi...

— Già. Voi non ne siete mai stato al corrente, perché ho usato altri sistemi, diversi dai soliti. La *Chiffre Indechiffrable* e i servigi del nostro amico Mazzei.

Pratellesi ora aveva ben chiara ogni cosa, anche il perché della sua personale rovina. In qualche modo, si sentiva giocato. Aveva sempre creduto di sapere tutto, e invece era stato tenuto all'oscuro di particolari di importanza vitale.

— Altezza, per voi sarà la catastrofe, il granducato degenererà entro breve tempo, la vostra Casa perirà nel caos...

— Avete una così scarsa stima dei vostri compatrioti? Li amo e li ammiro molto più io, che per nascita sono straniero. Questo è il naturale sviluppo della mia politica di riforme. Se ho cercato di mantenere il segreto assoluto, ed evidentemente non ci sono riuscito, è perché temevo appunto gravi complicazioni internazionali, e volevo mettere tutti dinanzi al fatto compiuto. Non a caso qualcuno ha tentato di fermarmi. E chi voleva la mia morte non era certo spinto da alti ideali, sia pure reazionari.

Pratellesi adesso sembrava addirittura sconcertato.

— Cosa volete dire?

— Bene, è giunto il momento di dedicarci a un piccolo studio di araldica: siete un esperto, mi dicono, certo più di me.

— Altezza, cosa dite…

— Naturalmente conosco il mio albero genealogico. Ma certe sottigliezze è meglio ripassarle, almeno ogni tanto, non vi pare? Queste vecchie famiglie europee, tarlate da incroci fra consanguinei, sembrano a volte dei labirinti, nelle loro ascendenze e discendenze.

Pietro Leopoldo riaprì il grande volume rosso e tornò rapidamente alla pagina che stava leggendo prima della visita di Pratellesi.

— Dunque, io sono granduca di Toscana quale secondogenito del defunto granduca e imperatore. Sono il sovrano indipendente di uno Stato anche formalmente autonomo. Grazie agli accordi fra le potenze europee, infatti, la Toscana è passata sotto la sovranità di mio padre, come eredità della casa di Lorena. Mio fratello Giuseppe è imperatore e, alla morte di mia madre, regnerà sui possedimenti ereditari dell'Arcicasa. Sembrano ragnatele medievali, Pratellesi, ma hanno consentito di mantenere intatto l'ordine internazionale, almeno fino ad ora.

— Altezza, su queste ragnatele si incardina il Diritto sovrano, la base di tutto…

— Questo è difatti il primo punto, amico mio. Mio fratello l'imperatore è vedovo e senza figli, e non intende risposarsi. Che cosa deriva, da tutto questo?

— Che la linea di primogenitura è monca.

— Giusto. Di conseguenza, il primo figlio del secondo figlio dell'imperatrice madre diventa primogenito, alla morte di mio fratello. Qui io non entro in gioco, ovviamente. Ma qual è l'effetto più importante di tutto ciò?

— Che la secondogenitura diventa primogenitura. Alla vostra morte, il vostro primogenito eredita il trono imperiale.

— Infatti! E cosa penserebbero gli inglesi, per esempio, di un Sacro Romano Imperatore che è anche il Protettore – lo *stathol-der*, come direbbero gli olandesi – delle libere colonie americane? Cosa ne sarebbe dell'equilibrio fra le potenze europee, della supremazia inglese sui mari oltre i confini del vecchio continente, della politica coloniale francese? E l'Impero, Pratellesi, tradizionale alleato continentale dell'Inghilterra, che conseguenze patirebbe dopo aver turbato così l'equilibrio europeo? E infine, quel che ci interessa di più, che fine farebbe la corona separata e indipendente di Toscana?

— Alla vostra morte, la Toscana perderebbe la sua indipendenza e passerebbe all'Impero.

— *De jure* e *de facto*, Pratellesi. Ma c'è qualcosa di ancora più importante. Che succede, invece, se io vivo, pongo le Colonie d'America sotto la mia protezione, e magari prima o poi do una Carta ai Toscani e il granducato diventa una monarchia costituzionale? Voi sapete che Sua Maestà, mio fratello, invece di restituire i diritti ai suoi popoli, riformandone le vecchie istituzioni rappresentative, le abolisce e vuol trasformare l'Impero in un unico grande Stato accentrato. Pratellesi, pensate forse che l'Impero, come anche il regno di Francia, accetterebbero una Toscana costituzionale e quindi ancora indipendente? Rispondetemi voi.

— Altezza, l'Austria, l'Impero, perderebbero per sempre il controllo della Toscana, l'asse territoriale che parte da Vienna, supera gli Appennini grazie alla parentela col duca di Modena...

— ...Per il quale la nostra strada regia è stata approvata con entusiasmo a Vienna, ma per motivi ben diversi dai nostri, non è vero? Per noi era il segno del progresso, le catene del commercio spezzate, la libertà di movimento verso il centro dell'Europa, aggirando lo Stato Pontificio e i suoi vincoli. Per loro, una via militare per giungere il più velocemente possibile nel cuore dell'Italia. E che altro perderebbero, così?

— Il controllo del porto di Livorno.

— Che è il loro unico sbocco sul mare Tirreno.

Pratellesi finalmente aveva capito. Il suo principe pensava di essere stato tradito per delle questioni di frontiere.

Pietro Leopoldo perse d'un botto il suo contagioso entusiasmo, tornò cupo e chiuse il grande librone dorato. Ora guardava il suo consigliere con un nuovo, incolmabile distacco.

— Così gli imperiali, la mia stessa Casa, informati dei miei accordi con Jefferson, la cui conseguenza sarà il distacco totale della Toscana dall'Impero, hanno pensato fosse meglio eliminarmi. Far fuori un giovane principe idealista e sognatore, ingenuo fino alla malattia, il "dottorino", come mi chiamano, che gioca con cose più grandi di lui.

Il granduca ora piangeva, ripensando a sua madre, ai suoi fratelli e sorelle, agli antichi giochi d'inverno nel Palazzo di Vienna, alle corse a perdifiato nella bella stagione, a Schönbrunn, alle guance rosse per l'affanno della sua sorellina Maria Antonietta, ai sorrisi di una madre che ora pareva matrigna. E pensava anche ad un altro sorriso, quello puro e radioso della sua prima e giovanissima amante viennese.

— Non sarebbe bastato richiamarmi a Vienna: per loro, ormai, sono completamente pazzo, chissà cosa avrei detto e fatto, Oltralpe. Meglio farmi sparire, invece, e in modo misterioso. Con benefici dinastici immediati. Tutto questo, Pratellesi, grazie alle complicità dei miei più stretti e amati collaboratori fiorentini. Sì, amati, mio vecchio amico.

Pratellesi seguiva quel filo logico con sincera ammirazione per chi l'aveva scovato. Pietro Leopoldo prese a camminare in circolo per la stanza, come era suo solito nei momenti di massima tensione.

— A Vienna si è preparato un piano diabolico, atroce. Sono stato *attirato* in quell'imboscata. Qualcuno ha fatto tanto male a degli innocenti, con spietatezza estrema, che mi sconvolge nel profondo dell'anima, solo perché io mi recassi a un appuntamento con la morte. Si è fatto leva sull'interesse che ho in tutte le faccende toscane, sulla mia volontà di seguire tutto personalmente, anche le cose più minute... e chi altri che voi, Pratellesi, poteva prevedere ogni mia mossa, scrutare con tanta sicurezza nel mio animo, guidarmi per mano come un bambino, fino all'orlo dell'abisso?

Le parole del granduca di Toscana, pur dette senza particolare enfasi, vibrarono come revolverate nella stanza, e a Pratellesi sembrò come se echeggiassero in una cattedrale, alte e solenni. Parole che plasmavano la Storia come creta, e che sarebbero rimaste sepolte per sempre, con ogni probabilità, negli archivi più inaccessibili di quelle stanze, forse percorse per decenni da un principe col cuore schiantato dal dolore.

— Il Lupo sa tutto, ma non parla, perché vuole proteggere la sua famiglia, nascosta da qualche parte in Croazia, o chissà dove, da una terribile rappresaglia degli imperiali; tuttavia, ha saputo mettermi lo stesso sulla buona strada, e presto o tardi dirà tutto. L'unica persona che era in grado di farlo, stanotte, vi ha informato delle pericolose allusioni di quello strano tipo di brigante, e il Lupo ha rischiato di essere portato via dalla prigione e certamente ucciso, perché non rivelasse la verità. Solo che io avevo preparato ad arte la cosa, per far scattare una trappola. Mi sono calato nei panni del gatto, Pratellesi: sono stato topo per troppe volte.

Il consigliere del principe restava silenzioso, quasi immobile, non riteneva più utile interloquire.

— Voi, Pratellesi, siete stato informato e avete tentato di far uccidere il Lupo.

Non c'era ormai più tensione da sciogliere, e quelle fatali parole del granduca di Toscana, rivolte senza particolare enfasi a colui che era stato uno dei suoi collaboratori più stretti, si spensero quietamente nell'esile eco della stanza. Pietro Leopoldo guardava fisso negli occhi Pratellesi, quasi per supplicarlo di parlare, di discolparsi in qualche modo, ma il capo dei servizi restava in rispettoso silenzio.

— Avete usato come pedina ignara quel povero imbecille di Anziati, e provocato voi stesso la strage che lui non avrebbe mai potuto nemmeno immaginare. Voi, che eravate amico mio, vi siete prestato a collaborare a questo progetto atroce... mi avete spezzato il cuore, sapete?

Pratellesi lo sapeva bene, e benché avesse in effetti collaborato al piano che doveva eliminare il suo principe, gli dispiaceva in sommo grado. Non cercò affatto di negare, ma nemmeno di rivelare a Pietro Leopoldo tutta la verità. Scuoteva il capo, rassegnato ma sinceramente addolorato. Se doveva andare a finire così, pensò, tanto peggio. Poi parlò un'ultima volta, per congedarsi.

— Altezza, vi raccomando ancora la mia famiglia; voi siete un uomo giusto, loro non hanno alcuna colpa. Proteggeteli e fate in modo che possano vivere dignitosamente, vi imploro.

— Pratellesi, cosa dovrei fare, adesso, secondo voi?

Era singolare davvero che il granduca chiedesse aiuto a colui che aveva ordito, quanto meno a Firenze, la trama per ucciderlo. Ora si sentiva svuotato, abbandonato da tutti, tradito anche negli affetti più intimi. Dov'era finita la serenità dell'azzurro cielo toscano? Forse avrebbe dovuto lasciare tutto, andare in America con Mazzei e Franklin, a combattere per la libertà delle Colonie e per la dignità dell'Uomo, come aveva intenzione di fare Lafayette.

— Altezza, saranno altri a mettere a posto ogni cosa. Non dovete preoccuparvi.

— Ma cosa dite? L'Impero voleva uccidermi! Sono un morto che cammina, Pratellesi, e non posso far niente per difendermi!

— Mio signore, vi sbagliate: l'uomo morto sono io, ed è giusto che sia così. Questa assurdità è fallita, voi siete saldo al potere, ogni trama segreta è bruciata. La mia stessa fine la faranno anche molti altri agenti doppi, o addirittura tripli, servitori più o meno fedeli di vari padroni. Anche se darete seguito ai vostri piani rivoluzionari, non potranno colpirvi impunemente. State solo accorto, non fate viaggi per un po' di tempo, nemmeno quello a Gorizia che avete promesso all'imperatrice vostra madre.

— E far finta di nulla, con la mia famiglia, con l'Impero...

— Certamente, mio signore. Non deve cambiare nulla, è impossibile fare altrimenti. Quando vi comunicheranno la mia morte, o la mia improvvisa sparizione, fate uccidere i capi delle altre polizie dalla vostra guardia personale, i Dragoni, che non sono mai stati coinvolti in queste trame. Sarà un segnale forte per gli imperiali, e allo stesso tempo li priverà dei loro informatori privilegiati.

— Pratellesi, è proprio questo che non tollero! Abbiamo parlato tanto di Stato di Diritto, di certezza del Diritto... abbiamo passato notti intere a disquisire sulla necessità che la Giustizia sia uguale per tutti, amministrata in modo equo, e che non ci debbano essere eccezioni per nessuno, nemmeno per me! Cosa dovrei diventare, ora? Un principe rinascimentale, un Medici, un Borgia, e fare infilzare tutti i cospiratori dai miei sgherri, uno per uno, o magari avvelenarli a un banchetto? Non vi pare che tradirei i miei stessi principi fondamentali?

Pratellesi era pallidissimo, ma il fervore di Pietro Leopoldo, così addolorato, così offeso, gli riscaldava comunque il cuore.

— Altezza, permettetemi di essere franco. Voi avete splendidamente riformato lo Stato, anzi, lo avete praticamente creato dal nulla. Ma non potete pensare di aver cambiato anche le anime, in così poco tempo. Una cosa è la vostra politica, altra è la prassi di chi detiene l'effettivo potere esecutivo, quello di basso livello. Accadrà quello che deve accadere, fatalmente, non tanto contro il vostro volere, ma in modo automatico *malgrado* il vostro volere. L'antica macchina procede per forza d'inerzia, e noi non la controlliamo. Ora siete di nuovo saldo al potere, come ho detto: ebbene, la macchina vi proteggerà, e con gli stessi mezzi di sempre.

— Questo io non lo voglio. Userò il mio potere assoluto, che io stesso metto in discussione, anzi aborro, per impedire che l'antico mondo prevalga!

— E cosa vorreste fare? Un grande processo pubblico, con funzionari di altissimo rango che confessano di aver cospirato in nome della Casa Imperiale per eliminarvi? Vi figurate? Lo scandalo minerebbe alle fondamenta proprio quello Stato moderno che voi e anche noi auspichiamo. Nello stesso tempo, la vostra autorità come monarca assoluto, quella che vi ha dato il potere di compiere riforme così radicali, verrà fatalmente diminuita e messa in pericolo. No, chi ha fallito nell'impresa di eliminarvi deve morire, in silenzio, discretamente, per la Ragion di Stato. Così accadrà, malgrado i nostri ideali.

Pietro Leopoldo sembrava un uomo che avesse subìto un terribile lutto, e così era, in qualche modo. Faceva pena perfino a Pratellesi.

— Anche voi, che eravate l'amico mio carissimo? Anche il mio amato consigliere ?

— Sì, anch'io.

— Ma perché, Pratellesi? Perché lo avete fatto? Vorreste darmi ad intendere che credete nella sacralità dell'Impero? O avete agito per denaro? No, ne avete abbastanza, siete uno degli uomini più ricchi di Firenze, e non siete avido... Per qualche senso di appartenenza di casta? Voi? Il più illuminato dei miei consiglieri? Non posso crederlo. Ci deve essere qualche altra ragione, che non riesco a intravedere. Perché, amico mio, perché?

Pratellesi, con le lacrime agli occhi, fu a un attimo dal rivelare al suo granduca quel perché che implorava, ma sapeva di non poterlo fare. Ciò nonostante non voleva dirgli addio, dopo tante idee, progetti, entusiasmi, lasciandolo con quella profonda amarezza. E allora mentì, ma lo fece cercando un qualche valore che potesse comunque riscattarlo agli occhi del Principe.

— Ho creduto di salvare la Monarchia per diritto divino, di evitare la barbarie repubblicana.

— Non mi ingannate, amico mio, non mi ingannate, non siete bravo come attore! No, io voglio sapere il vero perché!

— Altezza, lasciate a un uomo che muore il bene ultimo di un intimo segreto, che non cambia nulla di quanto a voi serve per conservare il potere.

— No, Pratellesi! Voi non morirete così. Avrete il vostro processo, ve lo garantisco fin d'ora. Ma un'ultima cosa, prima di dirci addio. Chi altri è implicato oltre voi? Non voglio che veniate interrogato dagli sbirri, ho visto come si comportano. Dite subito tutto a me, e andrete direttamente al processo, senza passare dalle galere.

Il consigliere non raccolse l'invito, e il Granduca capì dal suo sguardo che sarebbe stato inutile insistere. Le cose sarebbero andate per il loro corso naturale.

— Vado a raccogliere le mie carte, mio signore, se voi me lo permettete. Vi do la mia parola d'onore che non cercherò di fuggire. Ve lo giuro sulla testa dei miei figli.

— Vi concedo questo privilegio, in nome della passata amicizia. Ma vi avverto che fuori della porta troverete due delle mie guardie personali, che vi scorteranno fino al vostro palazzo e lì vi terranno sotto sorveglianza giorno e notte. Consideratevi già da ora agli arresti.

Pratellesi voleva dire ancora qualcosa al giovane e affranto granduca, che potesse in qualche modo spezzare il gelo. Ma il principe aveva iniziato a scrivere, e non alzava più gli occhi dal foglio. Così il consigliere privilegiato di sua Altezza si inchinò leggermente e uscì in silenzio dallo studio. Le due guardie armate che attendevano non ebbero bisogno di sfiorarlo né di dire alcunché.

CAPITOLO XXVI

Quanto ho sofferto, per te, amore mio… — Lady Gwendolyn abbracciò teneramente Pietro Leopoldo, con le lacrime agli occhi per il tumulto di emozioni che sembrava squassarla.

— Quanto devi aver sofferto tu, allora, quando hai dovuto attraversare il bosco da sola, fra mille pericoli.

— Ma ero accompagnata da uno di quei briganti, che mi indicava i sentieri, dopo avermi sciolta dai legacci.

Il granduca rise, divertito da quella che sembrava una dimostrazione di candore.

— Eri tranquilla perché stavi con un brigante! Quanto ti ho amata, mia cara, per queste tue sortite così ingenue!

Lady Gwendolyn si imbronciò, e si sciolse dall'abbraccio del principe.

— Perché usi il tempo passato? "Mi hai amata"? Non mi ami più?

Per tutta risposta, il granduca le prese le mani fra le sue e le strinse forte.

— Quella foresta è orribile, e quell'uomo altrettanto spaventoso. Ti ha importunata?

— Non dirmi che sei geloso di un bandito!

— No, no… non prendermi in giro. Si è comportato bene? Ti ha usato il rispetto dovuto?

— Te l'ho già raccontato.

— No, non mi hai riferito i particolari. Ti ha accompagnata fino al limite del bosco?

— Certo. Fino a una strada, in vista di case. Poco prima mi aveva liberata da corde, benda e bavaglio.

— Se n'è andato subito?

— Sì, subito.

— Cosa hai fatto, a quel punto?

— Ma perché tante domande, amore mio?

— Sei andata fino alle case. Case di contadini. Non sono rimasti perplessi a vedere una dama da sola per quella strada?

— Oh, ma io... Be', certo, erano stupiti.

— Ti hanno aperto subito la porta, ti hanno invitata ad entrare, ti hanno rifocillata?

— No, il carro mi ha portata subito a San Marcello.

— Non hanno fatto domande? Ti hanno obbedito seduta stante, ti hanno messo a disposizione un contadino e un carro? Subito?

— Perché mi assilli? Non comprendo cosa tu...

— Voglio solo capire bene quel che è successo.

— D'accordo. Sono entrata nella casa, mi hanno offerto da bere...

— E anche qualcosa da mangiare, e ti hanno preparato un bagno, scusandosi per la povertà della loro dimora.

— Sì, sì, sono stati gentilissimi.

— Ma non avevi detto che eri ripartita subito, senza entrare?

— Oh, mio Dio, Pietro, io non ricordavo...

— Non ricordavi. Ma hai bevuto, mangiato, ti sei presa un bagno. C'erano delle donne che ti aiutavano?

— Naturalmente. Pensavi forse che mi avessero aiutato degli uomini?

La voce di lady Gwendolyn era diventata improvvisamente

metallica e con un'intonazione che pareva sarcastica.

— Ma no, ma no, mia cara. Andiamo avanti. Dopo circa un'ora sei ripartita, accompagnata da almeno un contadino. Che aspetto aveva? Come si chiamava?

— Non crederai che mi ricordi il nome del villano che mi ha portata a San Marcello!

— Già. Ma almeno il suo aspetto, lo ricorderai.

— Piccolo, bruno...

— Il colore della marsina, il cappello?

— Ma non posso rammentare dettagli tanto...

— Coraggio, uno sforzo!

— Lasciami andare via, ti prego. Ma perché mi assilli?

— Sono curioso. Marsina e cappello. Di che colore? Non puoi aver dimenticato!

— La marsina era marrone, sì, marrone, e il cappello dello stesso colore. Stoffa povera, da contadini.

Pietro Leopoldo lasciò andare le mani di lady Gwendolyn, che fino a quel momento aveva tenuto strette tra le sue.

— I contadini non si vestono così di giorno feriale.

— Si sarà rivestito per l'occasione, per onore a me.

— Ma non hai protestato? Non avevi una gran fretta?

— Certo! La tua vita era in pericolo! Non ho pensato molto, le cose sono successe da sole.

— Va bene, va bene, stai tranquilla. Sei giunta col carro a San Marcello. Avevi aperto la mia lettera?

— Certo che no.

— Non c'era una busta, era solo piegata...

— Ma io non l'ho aperta.

— Dove l'hai portata?

— Da Pratellesi, come mi avevi comandato.

— Chi c'era con te, da Pratellesi?

— Nessuno. Eravamo da soli. Mi avevi raccomandato la massima riservatezza.

— Me lo giuri?

— Perché dovrei giurare? Amore mio, si può sapere dove diavolo stai cercando di arrivare?

— Guarda questo biglietto.

Lady Gwendolyn prese il foglio spiegazzato e annerito che Pietro Leopoldo le porgeva, ma non provò neppure a leggerlo. Il principe le scosse un braccio, impaziente.

— Avanti, cosa c'è scritto? A voce alta, per favore.

Controvoglia, la dama inglese dai capelli d'oro lesse le poche righe vergate da una mano incerta.

— *"A Livorno sono stato seguito da uno straniero, certamente una spia, che aveva interesse alle carte del granduca, certo assai importanti perché io ne conosco il contenuto. Ho poi rivisto quell'uomo da Pratellesi, insieme a una donna travestita in foggia maschile. Una donna bionda, vestita da uomo, il giorno 24 di aprile"*. Che significa? Chi ha scritto queste righe?

— Un uomo troppo ingenuo, che ora è morto. La donna bionda naturalmente eri tu, mia cara.

— Certo! Sono andata da Pratellesi come mi avevi ordinato di fare! Se l'uomo che ha scritto questo biglietto mi ha vista, non vedo che importanza abbia.

— Quell'uomo, un povero frate malato e sconvolto, ti ha vista con una spia straniera, che lo aveva seguito a Livorno mentre era impegnato in una missione molto delicata.

— Anche fosse così, che significa? Forse da Pratellesi ho incontrato uno straniero, ma non so certo chi sia. Il tuo amico spione vede un sacco di gente, in casa sua.

A Pietro Leopoldo dispiaceva che Gwendolyn stesse perdendo la sua dolcezza. Si difendeva malamente, con arroganza, senza stile.

— Proprio il mio amico spione è il problema, mia cara. E lo

sono il tuo cavallo, una tua sciarpa bianca che conservi nell'armadio della torre, e altri particolari. Quando sei stata portata dal brigante sulla strada, non sei andata in alcun cascinale, perché in quel punto non ce ne sono; il più vicino è a dieci miglia. Ti sei incamminata e dopo poco hai incontrato qualcuno che ti aspettava per condurti dritta a Firenze. Prima sei passata dagli imperiali, perché presti i tuoi servigi anche a loro, non è forse vero? Oltre me, spiavi qualcun altro?

Lady Gwendolyn, pur terrorizzata, sentiva il desiderio irrefrenabile di schiaffeggiare il granduca, ma non osò. Raccolse le sue cose, pallida in viso, e cercò di andarsene, ma Pietro Leopoldo la trattenne per un braccio, così violentemente da farle male.

— Da Pratellesi hai incontrato quella spia tedesca, che controllava il povero Leonetti a Livorno. Volevate sottrargli la carta, o almeno assicurarvi che non ne parlasse con nessuno, che il segreto non si diffondesse.

Lady Gwendolyn, a quelle parole, tornò improvvisamente calma e controllata, anche se restava bianca in viso.

— Di quale carta parli?

— Quando sono partito per Modena, sulla strada vecchia, tu non mi hai preceduto, come d'accordo, ma al contrario ti sei informata con Pratellesi del tragitto esatto che avrei seguito. Hai atteso la partenza della mia carrozza e a cavallo, da sola, con la tua solita foggia maschile, mi hai seguito a debita distanza, con una sciarpa bianca di seta legata in vita e un cappello che ti nascondeva completamente il viso. Sono certo che le due sciarpe bianche non sono più nel tuo armadio alla torre, dopo quel che ci ha detto il Lupo, mia cara.

Lady Gwendolyn arrossì violentemente: una visione che in altri momenti sarebbe assai piaciuta al granduca.

— In prossimità del luogo dove mi aspettavano i briganti, hai superato la carrozza, per dare il segnale del mio passaggio...

Chissà, forse ti ho vista transitare, forse no. Non riesco a ricordare, per quanto ci abbia disperatamente provato. Poi ti sei fermata, in vista del luogo dell'imboscata. Non saprei dire se ti ha spinto a farlo il rimorso, oppure il tuo animo crudele. Credo che tu sia di un cinismo spaventoso, e forse ha giocato la semplice curiosità. Ma per te è stato importante, perché hai visto che, contravvenendo agli ordini, il Lupo non mi uccideva ma mi portava via. È stato dunque necessario, perché io venissi comunque ammazzato, mandare addirittura un piccolo esercito. Dove, esattamente? Ve l'ho rivelato io stesso, con una scrittura segreta sul bordo del biglietto. Pensavo che sarebbe finito in buone mani, non in un nido di serpi. Poi, a Firenze, dopo essere stata con me alle Stinche, ti sei precipitata da Pratellesi, gli hai detto che il Lupo mi aveva rivelato cose pericolose. E lui ha mandato due suoi sgherri a prenderlo, per tappargli la bocca. Ma io avevo preso le mie contromisure, mia cara: non ti sei chiesta perché Pratellesi non era alla festa?

— Io stessa ti ho messo sulla buona strada, amore mio, non ti ricordi? Come lo spieghi, questo?

Sul volto di lady Gwendolyn era apparso un leggero sorriso. Il principe, invece, versava nello sconforto. Ripensava a due notti prima, alla carrozza che li riconduceva entrambi a Palazzo Pitti, dopo aver visitato il Lupo nel terribile carcere.

— Volevi che cercassi fra le persone più vicine a me. A chi pensavi? A mia moglie, ai miei figli? Speravi forse che mi liberassi di loro? È vero, mi hai messo sulla buona strada, sulla strada di Vienna, ma non era certo questa la tua intenzione.

— Tu sei accecato, vuoi solo credere nel teorema che ti sei costruito: quel che ti ho dato, la vita che ho messo a repentaglio per te, non contano più niente. Vuoi solo che il tuo castello di carte stia in piedi.

— Tutto ti accusa, Gwen. A iniziare da Pratellesi, che ha praticamente confessato... Cosa vuoi che sia, il tuo tradimento, contro quello del sangue del mio sangue?

— Tu mi hai amata. Forse mi ami ancora, e adesso mi credi colpevole addirittura di tradimento. Vuoi che io muoia, che scompaia dalla faccia della terra.

— No, tu tornerai in Inghilterra, partirai oggi stesso. Gli imperiali dovranno fare a meno di te. Ti prego, sparisci per sempre dalla mia vista, non posso farti processare, e nonostante tutto non voglio che tu venga giustiziata.

— Pietro, ascoltami, non puoi pensare davvero...

— Mi hai spezzato il cuore. Non abbiamo altro da dirci.

— Amore mio, ti scongiuro di...

— Basta così. Vattene, Gwen.

Lady Gwendolyn Ausbury non se lo fece ripetere. Con un gran sospiro di sollievo, incredula della fortuna che aveva avuto e con una gran fretta di sparire da Firenze prima che il granduca ci ripensasse, girò i tacchi senza ulteriori proteste. Nelle ore che seguirono, obbedendo al consiglio di tornare in Inghilterra, badò solo a salvarsi la vita.

Il principe, invece, pianse amaramente la fine della sua giovinezza.

PARTE QUARTA

L'inganno

La Grazia delle punizioni, che è la più grata prerogativa della sovranità, viene sempre riservata alla libera volontà del Granduca e perciò da, qualunque sentenza condannatoria per qualunque delitto, potrà assolvere totalmente, o graziare parzialmente, da qualunque pena imposta mediante l'autentica manifestazione della Sua volontà...

dal progetto di Costituzione toscana di Pietro Leopoldo

CAPITOLO XXVII

Altezza, abbiate la cortesia di obbedire ai nostri comandi. Alzate la vostra veste e appoggiatevi al tavolo nel modo che vi abbiamo indicato...

— Vi sembra giusto quel che state per fare? Voi, il mio aio, il mio educatore? In che cosa ho peccato?

— Voi avete infranto le regole, mio signore, e io devo somministrarvi la giusta punizione.

L'arciduca quindicenne Pietro Leopoldo aveva le lacrime agli occhi, ma non voleva mostrarsi debole. Più che la paura delle frustate, gli bruciava l'ingiustizia.

— E mio fratello, allora? Mio fratello, sì, che è stato scoperto qui a palazzo, con una cameriera di Sua Maestà, e che adesso sta bevendo e scherzando coi suoi amici!

— Lui si è comportato nei limiti del lecito. La vostra condotta è stata assai più grave. Del tutto inescusabile.

— Anche lui ha conosciuto l'amore carnale, perdio! Nella stessa stanza dove è successo la prima volta fra me e...

— Tirate giù i pantaloni, alzate la veste e appoggiate il busto sul tavolo. E non usate espressioni improprie, ve ne prego, altrimenti dovrò essere ancora più duro.

— Voi siete duro nel cuore, come tutti gli altri!

Pietro Leopoldo ricordò la scena: suo fratello scoperto negli appartamenti privati con una cameriera. Vide di nuovo Giuseppe che rideva per darsi un contegno, mentre si faceva spogliare dalla bruna ragazza viennese; sentì ancora le risate di lei, mentre il futuro imperatore si affannava a togliersi il peso di una verginità imbarazzante. Poi pensò al volto della bionda fanciulla di cui era così innamorato.

— Perché mio fratello no? Rispondete...

Il primo colpo di verga si abbatté sulle natiche bianche di Pietro Leopoldo, facendolo sussultare.

— Altezza, vostro fratello non è stato così ingenuo. Scappare con la giovane Erdony gettando nel dolore la madre, dama di compagnia di Sua Maestà, e facendo ritardare la partenza per l'Ungheria del conte Tzcheky, cui la giovane era promessa ...

Arrivò la seconda vergata, assai più forte della prima.

— Il conte Tzcheky ha settant'anni!

Il terzo colpo giunse così violento che fece davvero male al quindicenne appoggiato al tavolo, con i pantaloni calati alle caviglie.

— E Vostra Altezza voleva sottrargli la moglie... l'ha addirittura rapita!

Il quarto colpo di verga, a differenza degli altri, fu inferto dall'aio con mano esitante.

— E soprattutto Vostra Altezza è fuggita di casa. Ricomponetevi, ora. E sappiate che la compassione non è il cibo più adatto per la salute dei potenti.

Pietro Leopoldo ingoiava le proprie lacrime, mentre con una mano tentava di tirarsi su i calzoni di seta dorata. Odiò con tutte le sue forze quel mondo, quella morale ipocrita, quella durezza senza cuore.

CAPITOLO XXVIII

Il granduca di Toscana, in una sola giornata, aveva perso la serenità, il candore, l'amore e la giovinezza. Perfino la sua stessa famiglia, la madre e il fratello, erano diventati improvvisamente dei nemici. Ma non ebbe pace neppure quando intorno a lui si fu fatto il vuoto.

Verso il mezzogiorno del 14 maggio 1776, il principe ricevette un messaggio dal carcere delle Stinche. I militari imperiali di guardia alla cella del Lupo lo avvertivano che c'era qualcosa di molto strano che riguardava il prigioniero in attesa di processo. Pietro Leopoldo spedì subito alle Stinche il suo segretario, e quando questi ritornò, nel pomeriggio inoltrato, era pallido in volto e le sue parole esitanti.

— Altezza, il Lupo sta male. Dorme da molte ore, e non riescono a svegliarlo.

— Ma che diavolo è successo, perdio!

— Già due giorni fa lo hanno visto agitarsi come un dannato; aveva smesso del tutto di assumere cibo. Dava segni di grande eccitazione, a tratti rideva in modo sconsiderato, quindi andava su tutte le furie... Nessuno, peraltro, ci ha badato più di tanto.

Pietro Leopoldo fremeva per l'ansia.

— E poi, cos'è successo? Ditemelo, maledizione!

Il giovane segretario si faceva sempre più bianco, come la

biacca dei pittori.

— Non rispondeva a nessuno… si è messo sdraiato per terra e si è assopito. Quando sono stati certi che dormisse, i secondini l'hanno toccato, ed era tutto diaccio, respirava male.

— Che un medico sia mandato subito alle Stinche!

— Mi sono già permesso di provvedere in tal senso, mio signore. Se volete, posso seguire personalmente la cosa.

— Vi trasferirete subito alle prigioni e veglierete su quell'uomo. Dormirete lì, se necessario, e mi farete pervenire un bollettino medico ogni ora.

Il segretario seguì con scrupolo le istruzioni del suo sovrano, ma le condizioni del Lupo non migliorarono, neppure dopo che fu chiamato addirittura il medico personale della famiglia regnante, su indicazione dello stesso Leopoldo. Il prigioniero si era addormentato la sera del 12 maggio, dopo il tentativo di rapimento da parte degli uomini di Pratellesi, e non si era più mosso. Avevano provato più volte a scuoterlo per svegliarlo; si erano accorti che aveva il respiro corto, quasi un rantolo, la cute fredda come il marmo mentre una schiuma bianca gli usciva dalla bocca. I medici avevano applicato vari empiastri sul petto e sulla testa del prigioniero, ma senza alcun risultato.

La mattina del giorno 15, il granduca si recò personalmente alle Stinche, da solo, provocando un autentico terremoto. Stavolta fece il diavolo a quattro, vedendo in che stato era ancora tenuto il Lupo, steso sulla paglia nella stessa cella umida e buia nella quale l'aveva lasciato. Ordinò che fosse immediatamente trasferito in una stanza luminosa e asciutta, ripulito e rivestito. Poi parlò a lungo con i militari e i medici, che erano terrorizzati e sopraffatti dal fiume di domande del principe: ma nessuno sapeva dare una spiegazione a quel che era successo, né azzardare una previsione sulla sorte del prigioniero. Era stato sempre guardato a vista, né anima viva gli si era mai avvicinata.

Pietro Leopoldo, scienziato autodidatta, riuscì dove due illustri medici avevano fallito. Si fece condurre all'antica farmacia di San Marco, presso il convento che era stato del Savonarola, e rintracciò colui che riteneva il più affidabile tossicologo fiorentino, un giovane di statura singolarmente modesta, che fece distaccare subito presso le Stinche.

Il piccolo frate farmacista giunse alle prigioni a bordo della carrozza granducale, con una gran borsa piena di erbe e di piccole ampolle multicolori. Appena entrato nella cella, volle essere lasciato subito solo col moribondo; perfino il granduca fu degnato di un vago cenno di saluto, e nulla più. Con l'aiuto dei secondini riuscì a fare ingurgitare al Lupo un impasto nero di carbone vegetale; dopodiché, fra lo sconcerto generale, tramite un imbuto e una cannula che gli infilò in gola, versò molta acqua nello stomaco del disgraziato incosciente, ripulendogli le viscere. La fuoriuscita del contenuto dello stomaco, una schiuma biancastra mista al tossico, cadde in un catino preparato alla bisogna, ma si spanse anche per il pavimento, ammorbando la cella.

Due giorni dopo il Lupo dette lievi segni di miglioramento, e il 18 maggio riprese conoscenza. Il principe gli tenne personalmente la testa sollevata, mentre il frate di San Marco gli inumidiva le labbra aride con un fazzoletto bagnato e poi gli faceva bere una tisana a piccoli sorsi.

— Lupo, Lupo... ma cosa ti è successo?

Il brigante abbozzò un cenno con le dita della mano destra, per chiedere tempo. Poi finalmente riuscì a emettere un filo di voce appena percepibile all'orecchio del sovrano.

— Hanno pensato di uccidermi con facilità, ricorrendo al veleno. Erba del diavolo, una dose sufficiente per due uomini più robusti di me. Ma ricordi le erbe che mangiavo, non è vero? Ne so sempre una più di loro... ho imparato a difendermi da ogni pericolo.

Il piccolo frate asciugò il sudore del Lupo col dorso della mano, e per la prima volta parlò.

— *Datura Stramonium.* O *Mela della morte,* come dicono oltreoceano, ma anche *Noce puzza, Erba dei ladri.* In Emilia la chiamano *Tromba del giudezz,* in Francia *Herbe aux sorciers*, in Austria *Stechapfel*, mentre in alcune contrade del vicino Oriente…

— Veleno, insomma!

— Sì, mio signore. Semi di stramonio, in quantità copiosa. Mi stupisco che non sia morto, davvero. Deve essersi mitridatizzato…

— Abituato al veleno, in altre parole.

— Esatto. Con piccole dosi subtossiche e assunte di frequente, anche se con gli alcaloidi è quasi impossibile.

Il Lupo sembrava agitarsi di nuovo.

— La mia famiglia… proteggete la mia famiglia…

Il principe smaniava, angosciato come davanti al capezzale di un familiare in gravi condizioni di salute. Non riusciva a darsi pace per quell'estrema offesa arrecata a un prigioniero di cui si sentiva personalmente responsabile. Tutti gli astanti erano terrorizzati per le possibili conseguenze, ma nessuno, in cuor suo, sapeva darsene ragione, e presto la voce si diffuse anche fuori delle Stinche e girò mezza Firenze. Pietro Leopoldo se ne stava devotamente seduto, accanto alla branda su cui era stato fatto giacere il brigante.

— Ebbene, Lupo, chi è stato ad avvelenarti? Devo saperlo.

— Tu garantirai la protezione della mia famiglia.

Non era una domanda, bensì un'affermazione, come il volere di un sovrano assoluto.

— Va bene, Lupo, ti do' la mia parola d'onore. Dimmi dove si trovano i tuoi cari e manderò un plotone di soldati a proteggerli da ogni insidia.

Il brigante accennò al granduca di avvicinare l'orecchio alla sua bocca, e gli mormorò qualcosa in gran segreto.

— Sarà fatto, te lo giuro. Ora dimmi, ti prego.

Il Lupo scuoteva la testa in senso di diniego, stavolta con un sorriso enigmatico sul volto gonfio. Con la mano, abbozzò il gesto di scrivere.

— Sai scrivere?

Il principe rimase sommamente meravigliato: solo una parte minima della popolazione toscana sapeva leggere e scrivere, figurarsi un brigante, per di più di origini incerte.

Il Lupo mosse il capo in un "sì" deciso.

Pietro Leopoldo si frugò in una tasca e trovò un mozzicone di matita e un foglio di carta spiegazzato, che porse delicatamente al Lupo. Questi, con somma fatica, scrisse il nome esatto della località dove era nascosta la sua famiglia, e le istruzioni per arrivarci. Il granduca gli prese la carta e la matita dalle mani e lesse la breve frase sul foglio: scritta in latino! Quel malfattore non sapeva scrivere in alcuna delle principali lingue europee moderne, ma lo poteva fare in latino? Che mistero era quello? Il gigante biondo lo guardò negli occhi e parlò con voce un po' più ferma e chiara.

— Nei boschi ti ho detto che la conoscenza non è nei libri, ricordi? Ebbene, non è vero. La conoscenza è proprio nei libri. La strada, cos'è? È freddo, fame, paura. Si impara solo a sopravvivere, ma la verità è altrove.

Il principe assentì col capo, in silenzio. — Lupo — riprese in tono lento, un istante più tardi — ora devo sapere chi è stato a tentare di ucciderti.

— La spiegazione che ti hanno offerto non ti soddisfa, altrimenti non saresti qui. Sapresti già chi mi ha fatto questo...

— Sarei venuto comunque. Tu mi hai salvato la vita. Farò

punire severamente chi ti ha ridotto così.

— Perché? In un certo senso, questo crimine lo hanno commesso senza malizia.

— Insomma, chi ti ha avvelenato? Uomini di Pratellesi, oppure gli austriaci direttamente? Dimmi!

Il Lupo pensava alla sua famiglia, lontana, in Croazia. Sarebbe stato capace, quel giovane principe idealista, di fare in modo di proteggerla dalla vendetta di gente fanatica, pronta a qualunque bassezza? Decise che doveva fidarsi di Pietro Leopoldo: lo aveva salvato, dopotutto, e quindi doveva anche dargli fiducia.

— Farai un'altra cosa per me?

— Farò quanto potrò, nel rispetto delle leggi. Ti ascolto.

Il brigante esitò, quindi fissò Pietro Leopoldo con uno sguardo che dimostrava paura non per la propria sorte, ma per quella del principe.

— Hai sempre quelle preziose carte con te, vero?

Il granduca spalancò gli occhi, che fino a quel momento aveva tenuti bassi, per non indugiare su quel povero corpo martoriato.

— E tu come lo sai?

— Non sono un indovino, non temere. Hai dormito, quando ti ho trasportato... non ti ricordi più?

— Sì. E ho anche sognato. Un sogno terribile e bellissimo.

— Ebbene, allora ho visto le carte. Che hai scritto tu, di tuo pugno, non è vero?

Il principe era esterrefatto, e rimase con la bocca aperta.

— Tu, certo. Hai ideato quel documento insieme a Thomas Jefferson, e ve lo siete scambiato più volte, in cifra, attraverso l'oceano. Ma l'ultima spedizione, quella più importante, è stata intercettata.

— Intercettata? Allora...

Il Lupo afferrò la mano di Pietro Leopoldo.

— Ti prego, mi resta così poco. Vorresti avere la degnazione di leggermi quel documento? Le parole sull'uguaglianza... Ho fatto tutto questo per quelle parole, amico mio.

Pietro Leopoldo aveva sempre con sé il documento redatto in chiaro, ma non aveva bisogno di estrarlo dalla tasca segreta per accontentare il Lupo. Iniziò in inglese, per poi passare all'italiano:

— *We hold these truths to be self-evident,* che tutti gli uomini sono stati creati uguali, che sono stati dotati dal loro Creatore di alcuni inalienabili diritti, e che tra questi ci sono quello alla vita, alla libertà e alla ricerca della felicità...

— Queste sono parole meravigliose, che ti hanno salvato la vita, perché in ossequio ad esse ho tradito chi mi aveva assoldato per ucciderti. A chi ritieni che potrebbero causare più danno, se messe in pratica?

Pietro Leopoldo si rabbuiò, pensando al supremo tradimento del suo stesso sangue.

— Lo sai: l'impero. Non potevano tollerare che io realizzassi concretamente i miei sogni di progresso. Né qui in Toscana, né...

— Né in America, giusto?

— Lupo, ma come fai a sapere tutto questo?

— So dei tuoi accordi con Jefferson, certo. So del tuo giuramento, che ora pensi sia in viaggio verso i tuoi amici rivoluzionari. So della tua idea di un protettorato della tua persona, quale monarca costituzionale, sulle Colonie libere d'America, una volta conclusa la guerra; e so che Jefferson sarebbe stato in grado di far accettare tale prospettiva al Congresso. Tu hai il cuore ferito, perché sei convinto che la tua stessa famiglia ti volesse morto. Che faresti se io ti dicessi che non è così? Che sono stati ingannati anche loro, che hanno tentato *davvero* di salvarti, sia pure senza riflettere abbastanza sulle conseguenze delle loro mosse?

— Mi ridaresti la vita, ma come…

Il Lupo scosse la testa.

— No, sostituirei un dolore con un altro. Preparati a soffrire molto, mio buon principe. Tu mi hai lasciato, piegato nel fisico ma ancora in salute, con un americano a guardarmi.

— Ti ho lasciato con André Duchamp, il messaggero di Jefferson, che ora è in viaggio per l'America, con la carta.

— E che ha provveduto, prima di andarsene, ad avvelenarmi. È stato abile, deve avere una bella pratica.

Il silenzio, nella linda cella del Lupo, era come quello che cala dopo il chiudersi di una pietra tombale. Pietro Leopoldo riuscì solo a balbettare una frase.

— Francesco Pratellesi… Lui ha mandato due uomini a prenderti per farti sparire, dopo che la sua spia, la donna che era con me, lo ha informato delle tue rivelazioni…

Per la prima volta, il bandito parve sorpreso.

— Quella donna era una spia di Pratellesi? Ah, perbacco, questo non lo sospettavo davvero. È la prima volta che vengo ingannato da un bel volto, dopo tanti anni! Certamente sarebbe andata come dici, ma l'americano non poteva rischiare di essere scoperto da te come un nemico, mentre era ancora alle porte di Firenze. Così ha obbedito ai tuoi ordini, ha impedito che i sicari di Pratellesi mi prendessero in consegna, ma ha provveduto a tapparmi lo stesso la bocca, senza che nessuno potesse poi riferirti in tempo utile la notizia della mia morte. Ora Duchamp è certamente indisturbato su un vascello, in mezzo all'Atlantico, con la tua carta. Che probabilmente avrà un destino diverso da quello che sognavi.

— Pratellesi, innocente? Ma come è possibile?

— No, no, Pratellesi è colpevole, solo che fa parte di una

congiura ben diversa da quella che sei convinto di aver smascherato. Duchamp ha obbedito a ordini superiori, e quando Anziati si è rivelato utile per fornirti delle prove convincenti senza poi poterle contestare, è stato Pratellesi a farlo uccidere. Ma quando gli altri falsi congiurati non sono più serviti, e anzi sono diventati pericolosi, perché tu eri sulla strada di convincerti di una trama imperiale, la stessa organizzazione che mi ha assoldato è intervenuta in prima persona e li ha eliminati. E se quella splendida donna inglese...

Fu Pietro Leopoldo a finire la frase.

— Lady Gwendolyn.

— Se ha portato davvero la notizia delle mie parole a Pratellesi, allora anche lei fa parte della congiura.

— Certamente. È una spia degli imperiali.

— No, Leopoldo, tu sei caduto nell'ultimo inganno, ordito contro di te da gente che vive solo per un'idea... una visione che occupa le loro vite come unico scopo. La congiura è stata del tutto diversa da quello che pensi. L'impero non c'entra, né i nobili reazionari, a qualsiasi livello: io sono stato assoldato per ucciderti da gente che è all'opposto esatto di codeste forze! Uomini di varie nazioni, uniti in una rete che coltiva piani ambiziosi per il futuro. Hanno cercato di indurre l'impero a neutralizzarti, ma non ci sono riusciti. Il tuo messaggero di morte è partito dall'America quando il silenzio dall'Europa si è fatto intollerabile. Allora hanno chiamato me... ma io sono un po' strano, e questo non l'avevano previsto. Sono uomini che vogliono cancellare il potere assoluto dalla faccia della Terra, e sostituirlo con la Repubblica degli Uguali. E questo è bene, dal mio punto di vista... però sono anche disposti ad annegare nel sangue dell'Umanità intera, purché la loro idea prevalga.

Pietro Leopoldo protestò, pieno di nuovo di fierezza, tanto che il Lupo sorrise.

— Pure io coltivo la stessa idea! Ho lavorato più di tutti, col mio potere, per assicurare il trionfo del Diritto dei popoli su quello dei monarchi assoluti. E Jefferson, e Franklin, e Mazzei mi hanno seguito...

— Tu resti comunque un principe di Asburgo Lorena. Eleggeresti un gatto a capo di una nazione di topi?

— Che cosa vuoi dire? Che io non sarei in grado di rinnegare il potere assoluto?

— No, solo che saresti un gatto a capo di una nazione di topi. Per quelli che mi hanno assoldato, non è possibile tollerare che un principe depositario di un potere assoluto metta in pratica, prima che i tempi siano maturi, la grande rivoluzione che loro stessi stanno preparando...

— Come puoi pensare una cosa simile? È assurdo!

— Leopoldo, prova a immaginare un regno d'America e un granducato di Toscana democratici, retti da un sovrano costituzionale... ruberesti il mestiere ai profeti più radicali del Mondo Nuovo, e soprattutto ai rivoluzionari di professione... e forse risulterebbe di fatto impossibile, per loro, realizzare il grande sconvolgimento che stanno già allestendo, e di cui la Rivoluzione americana è solo il primo atto, una prova generale.

— Pratellesi, Gwendolyn...

— E molti dei tuoi amici americani, e inglesi, ma soprattutto francesi... tutti rivoluzionari radicali che mi hanno assoldato per tagliarti la gola... per distruggere la tua pacifica attività riformatrice, tale da poter indicare alle genti d'Europa una via diversa, altrettanto giusta ma assai più mite... Leopoldo, ora comprendi? Comprendi perché costoro dovevano essere sicuri, assolutamente sicuri, che la tua carta non arrivasse in tempo a Thomas Jefferson?

— E tu hai disobbedito ai loro ordini, perché i toscani, senza spargimento di sangue, potessero riavere i propri diritti originari, calpestati dai sovrani assoluti. Ma il povero Leonetti... perché ammazzare anche lui?

— Perché tutti quelli che erano a conoscenza della carta dovevano morire. L'uomo di Livorno era certamente André Duchamp, il messaggero che mi ha ridotto in questo stato. Leonetti avrebbe potuto fornirti una sua descrizione, e anche per questo è morto.

— Ma tutti quei soldati, venuti alla torre con le colubrine! Erano stati mandati da Vienna per fare *tabula rasa*, anche di noi due!

— Rifletti, Leopoldo: sapendo come stavano in realtà le cose, pensi che ti avrei mandato da solo a Cutigliano? Ricordi come ti hanno accolto le truppe, quando sei arrivato al paese?

— Sì, all'inizio non mi avevano riconosciuto, ma poi, sul balcone, gli ufficiali si sono dimostrati devoti.

— Gli imperiali sono stati ingannati, da qualcuno che ha portato loro un'informazione falsa: Pratellesi o la tua lady inglese, se, come affermi, era al suo servizio. Sei stato al sicuro appena ti sei consegnato agli imperiali. Ma le trame dei tuoi collaboratori, traditori, prevedevano un altro scenario: le truppe, ingannate sulla reale consistenza della nostra forza, avrebbero stretto una tenaglia mortale da nord, mentre Pratellesi sarebbe risalito da sud con alcuni suoi sicari, per tagliare la gola a me e soprattutto a te, durante la nostra fuga. Ma io sono stato più furbo di loro... so più cose... molte più cose, amico mio.

— Chi sei, Lupo? Chi sei, davvero?

— Un giorno lo saprai. Cerca fra i più reietti, dall'Appennino al Danubio.

— Non ti capisco, ma rinuncio a tormentarti. Nonostante la tua carriera di assassino, mi dispiace che tu debba morire. Quanti morti... a cominciare da quei poveri contadini innocenti, massacrati dal corrotto capitano di giustizia; e anche lui, poi!

— Ucciso a sua volta perché non rivelasse troppi particolari della congiura. Ma perché li definisci innocenti, quegli operai? Hanno pagato a caro prezzo, d'accordo, ma la loro coscienza era ben sporca.

Il Lupo, miracolosamente rinvigorito, si sollevò un po' sui gomiti. E anche Pietro Leopoldo si alzò in piedi.

— Ma cosa dici? È stata un'orribile montatura!

— Sì, lo è stata. Ma quei contadini erano colpevoli. Sono stati davvero loro a fornire la mano d'opera per uccidere quell'ingegnere, il Taddei, l'esca che doveva servire a prendere il pesce più grosso: tu, con rispetto.

— Questo è chiaro, si voleva la mia morte, ma i contadini...

— I contadini ti odiavano, e ti odiano ancora. Non tutti, certo. Le tue riforme hanno causato sofferenza, anche quando i tuoi intenti splendevano di nobile sollecitudine. A Cutigliano e a Melo, molti vivevano delle servitù e delle *corvées* per il conte Anziati, che tu hai provveduto ad abolire. Le braccia che hanno ucciso Taddei erano davvero quelle degli operai della tua bellissima strada postale.

Pietro Leopoldo piangeva mentre il Lupo gli rivelava piano piano la verità, con dolcezza, per non ferirlo troppo. Piangeva in silenzio, con lunghe lacrime che cadevano sulla sua marsina di fattura modesta, che un ricco mercante plebeo avrebbe di certo disdegnato.

— Sì, quei contadini si sono prestati a fare da braccio armato nella congiura ideata per toglierti di mezzo. Hanno dato inizio a tutto, massacrando quel povero ingegnere, e forse erano i più colpevoli. O forse no, erano totalmente inconsapevoli, nella loro completa ignoranza. Questo lo lascio decidere alla tua coscienza. Che ironia, eh? Sei stato preso in trappola mentre andavi a investigare sulla morte di alcuni brutali assassini...

Il granduca lasciò il Lupo che si era fatto molto tardi. Aveva recuperato i suoi familiari, l'imperatore suo fratello e sua madre, che in cuor suo aveva considerato come morti. Ma l'idea che i rivoluzionari avessero decretato la sua eliminazione era lo stesso dura da accettare. Tornò al Palazzo e si mise a letto molto presto, tuttavia non dormì. All'alba del 15 maggio 1776, era già in piedi, a contemplare il sole mentre sorgeva.

CAPITOLO XXIX

Il povero sovrintendente Bartolomeo, figlio di un nótaio fiorentino e ingegnere laureato a Pisa, è sorretto dalle braccia forti come l'acciaio di due operai della strada, mentre gli altri, intorno, lo insultano, lo coprono di sputi, gli tirano calci al basso ventre. Poi uno di loro si avvicina con la vanga in spalla, gli si mette di fianco e gli assesta un terribile colpo sul capo. Taddei si svuota rapidamente di vita, e il sangue schizza con violenza dall'atroce ferita che gli ha staccato l'intera nuca, sulla quale i pochi capelli sono legati da un nastro rosso in un breve codino.

Il corpo del sovrintendente se ne sta inerte in un fosso, vicino alla strada quasi terminata, buttato lì dai due assassini che lo avevano tenuto fermo, mentre il terzo getta non lontano la vanga tutta rossa. Il sangue macchia il granito grigio dai riflessi di metallo e la neve sporca di terra e di rena.

Sulla fredda strada della montagna pistoiese, le tasche dell'ingegnere vengono svuotate con cura, il suo abito frugato in ogni piega. Le cose che ha con sé vengono gettate poco lontano. Uno degli assassini controlla il contenuto di una busta con alcuni fogli, contenenti lettere false del fiorentino conte Cosimo Anziati, che getta accanto al morto, e poi tutto è finito. Taddei fissa il cielo quasi bianco con occhi spenti, mentre il suo corpo comincia a richiamare i piccoli abitanti della montagna, che hanno assistito di lontano alla scena.

CAPITOLO XXX

Siamo spiacenti, signore, non possiamo fermarci come avete richiesto. Abbiamo ordine di condurvi immediatamente alla vostra dimora.

— Vorreste negarmi un conforto religioso? Datemi un'ora per pregare.

I due birri si guardarono dubbiosi. Uno di loro era un ufficiale che aveva spesso accompagnato Francesco Pratellesi in missioni riservate, e stimava l'uomo. Diede un colpetto alla sua spada e fissò negli occhi l'ex consigliere privilegiato di Pietro Leopoldo.

— Siamo vicini a San Lorenzo. Vi concederemo cinque minuti, fateli fruttare al meglio.

Pratellesi scuoteva la testa.

— Cinque minuti soli per prepararsi all'Eternità?

— Di più non possiamo, signore.

— Datemi mezz'ora, passerà in un attimo. Ma non qui, portatemi alla chiesa di San Procolo.

— È un po' fuori strada, signore.

— Verrò impiccato, lo sapete? Non accade quasi più a nessuno, in Toscana; invece io morirò senz'altro, senza processo, domani all'alba. Portatemi là, vi prego.

Il terzetto attraversò il quartiere centrale della città, che era tutto un intrico di vicoli maleodoranti e assai poco sicuri. La chiesetta di San Procolo era quasi mimetizzata in un filare di case, lungo una strada stretta e buia. Pratellesi si fermò davanti agli scalini del piccolissimo sagrato.

— Ci sono solo due porte, è una chiesa piccola. Uno di voi può rimanere qui, l'altro mettersi all'uscio della canonica. Avete la mia parola d'onore che non cercherò di salvarmi.

I due birri esitavano, ma l'ufficiale ormai aveva deciso di assecondare fino in fondo l'illustre condannato.

— Venti minuti, signore. Poi verremo a prendervi.

L'ex consigliere di Pietro Leopoldo entrò nella chiesa immersa nella penombra. Dette un'occhiata alle panche, però non scorse nessuno. Era fresco, là dentro, ma nonostante tutto sentiva un prurito più forte del solito alla testa: allora si tolse la parrucca e, come sua abitudine, si passò una mano fra i radi capelli bagnati di sudore. Era presto per l'appuntamento, eppure sospettava che il giovane uomo che doveva incontrare fosse già al corrente dei suoi guai, e che fosse venuto lì per tempo ad aspettarlo. Gli occhi si abituarono presto alla semioscurità, poi lo vide: era seduto su una panca laterale, al suo solito. Come accadeva sempre, Pratellesi sedette su quella davanti, quasi fosse ancora tempo di trame segrete, e finse di pregare per la propria anima, in cui non credeva.

— Il mio giovane veneziano. Ma siete davvero della Serenissima? Non ve l'ho mai chiesto.

Vincenzo Scarpa pensò in fretta. Poteva permettersi di gettare la maschera, almeno con quell'uomo e in quel particolare frangente?

— No, signore. Sono francese, di Arras.

— Perbacco… mi sembrava ben strano il vostro accento. Come vi chiamate, allora?

— Ha importanza, signore? Non ne ha avuta per i nostri

amici. Vi dirò che è stato un onore servirvi.

— Vi hanno informato degli ultimi sviluppi?

— Ero sicuro di trovarvi qui; è stato un magnifico luogo per parlare in pace. Le cose certo potevano andar meglio, ma non è detta l'ultima parola. Mi hanno riferito che vi siete comportati bene.

— Siete venuto per aiutarmi?

— Sono qui per questo.

— Vi hanno mai scoperto?

— Non preoccupatevi, sono stato ben nascosto. Spero anch'io di aver svolto un buon lavoro.

— Un ottimo lavoro, abbiamo fatto molto bene ad essere prudenti e a utilizzare un capro espiatorio credibile. Anziati e i suoi amici erano pur sempre degli autentici oppositori; non credo che il granduca tornerà indietro, non è certo uno stupido.

— Sono ormai consegnati per sempre all'ignominia di un complotto contro il principe.

— Sono consegnati all'*oblio*. La Provvidenza ci ha servito una conclusione ancora migliore della faccenda, anche quando le cose si sono volte al peggio.

— La Provvidenza? È buffo sentirvi usare questo termine.

— È l'abitudine, forse.

Vincenzo Scarpa si schiarì la voce, e cercò di assumere un tono contrito.

— Signore, i nostri amici non possono rischiare che il granduca vi sottoponga a un processo, sia esso pubblico o a porte chiuse. Non possiamo mettere in pericolo il nostro futuro proprio ora; è necessario lasciare la porta aperta per un'altra occasione.

Pratellesi rabbrividì e sentì il sangue che gli si ghiacciava, nonostante si aspettasse una conclusione del genere.

— Non dovete scusarvi. Non posso restare, è vero. Non posso neanche andarmene via, mi cercherebbero. Mi farete male?

— Spero di no. Quando ve lo dirò, abbandonatevi completamente.

— D'accordo, grazie. Ma ditemi il vostro nome, vi prego. È la mia ultima curiosità. Siete un giovane così sorprendente...

— Ebbene, mi chiamo Maximilien. Maximilien de Robespierre, signore.

Pratellesi tirò un lungo sospiro, e poi, improvvisamente, proruppe in una bestemmia spaventosa, complicata, sanguinosa, orrenda, che fece rabbrividire perfino il suo sicario.

Il sedicente veneziano fu abile, almeno all'inizio. Non avvertì Pratellesi, che era seduto davanti a lui: tolse da una tasca, in assoluto silenzio, un filo di seta rinforzato e in un istante glielo girò intorno al collo. Strinse il cappio con forza selvaggia.

Pratellesi non gridò, accettò la morte, ma questa purtroppo tardava. Allargò le braccia con le dita delle mani aperte in uno spasimo infinito, quindi emise un suono orrendo, un gorgoglio disumano, mentre la lingua gli penzolava fuori dai denti e il suo povero corpo reagiva alla sofferenza in vari altri sgradevoli modi. Al sedicente veneziano si accelerarono i battiti del cuore, divenne rosso in viso. Cercando di non allentare troppo la stretta, si alzò in piedi, montò sulla spalliera della panca davanti a sé e mise un ginocchio sulla schiena della sua vittima, per trovar modo di aumentare la forza dei suoi non ancora vent'anni sul cappio. Dal collo cominciò a colare del sangue. Nonostante ciò, il gemito innaturale proseguiva e Pratellesi, che era diventato nero nel volto, iniziò a dibattersi. Il francese era ormai in preda al panico, lasciò andare il corpo del disgraziato, che rotolò sul sedile e diede in un rantolo sonoro. Con la mano tremante, prese il corto pugnale che teneva in una piega dell'ampia camicia, tappò la bocca all'infelice e gli piantò la lama nel collo, provocando una violenta emorragia che gli inzuppò in parte la marsina. Finalmente tutto finì, e il giovanissimo Maximilien de Robespierre, in fuga dal suo collegio, uscì con la massima calma possibile dalla porta principale, passando davanti all'ufficiale di guardia.

— C'è un uomo che si sente male, là dentro.

Il soldato schizzò all'interno, e poi con un urlo chiamò il suo compare.

EPILOGO

Pietro Leopoldo si trovava nello studio "degli scandali". Eccezionalmente c'era con lui il suo segretario personale, un giovane studioso che non si intendeva di cifrari e inchiostri simpatici, e non bazzicava circoli reazionari o di corte, e nemmeno le legazioni straniere.

— Intendo concedere la grazia a quel bandito, il Lupo. Preparatemi le carte, renderemo pubblico il provvedimento subito dopo la sentenza.

— Altezza, non è possibile.

— Scherzate? Non ho io il potere assoluto, quello che voi tutti avete difeso a costo della vita? Ebbene, al diavolo! Per una volta userò il dispotismo che tanto aborro.

Il giovane segretario si rabbuiò.

— Altezza, io sono sempre stato un servo fedele, mai ho avuto contatti con i vostri nemici. Nemmeno con i vostri amici.

— Lo so, lo so, voi siete innocente. Lo siete davvero, mentre altri resteranno impuniti. E io dovrei far impiccare l'uomo che mi ha doppiamente salvato la vita... ma neanche per sogno! Preparatemi le carte.

Il segretario non capiva.

— Altezza, voi potete graziare chiunque. Ma per il Lupo la cosa sarebbe talmente inopportuna da minare alle fondamenta tutta la vostra politica.

— La pena di morte, in realtà, non è più applicata in Toscana da oltre trent'anni.

— Non è questo il punto, purtroppo. Il Lupo ha ucciso molte persone, in modo crudele. Ha fatto scempio delle loro spoglie mortali. Ma soprattutto vi ha rapito e ha chiesto un riscatto. Non sono crimini che si possono ignorare. Un vostro atto di clemenza, in questo frangente, non solo non sarebbe compreso ma minerebbe il vostro potere: e mi avete detto che il momento è delicato...

— Aboliremo la pena di morte. Voi lo sapete, questo?

Il segretario rimase interdetto. Pochi erano a conoscenza di quel piano, che albergava da tempo nel cuore del principe.

— Non lo sapevo, mio signore. Se posso permettermi, l'atto in questione è già stato redatto? Manca solo la vostra firma?

— No, deve ancora essere scritto in forma definitiva.

Il segretario abbassò gli occhi, sinceramente dispiaciuto.

— Allora non c'è nulla da fare. Altra cosa sarebbe stata se fosse solo mancato il sigillo: avremmo potuto predatare l'atto, rinviare il processo, e poi farlo svolgere a pena soppressa. Ma così è impossibile, il rimedio sarebbe peggiore del male. Purtroppo il processo dovrà svolgersi come avete ordinato, cioè entro pochi giorni.

— Voi dite questo, caro amico, e avete ragione. Ma non si può chiedere ad un uomo di rinunciare a tutto in nome delle proprie idee. Continuerò a credere fermamente che il potere assoluto è un relitto del passato, che la certezza del Diritto deve d'ora in poi governare la vita dei cittadini. Ma non ho alcuna intenzione di mandare il Lupo al patibolo, dopo quello che ha fatto per me e dopo quello che ha sofferto col veneficio. D'altro canto, la legge vigente permette che chi ha salvato il Sovrano possa ottenere la grazia. E io farò così.

Il segretario era pallido e tremante: aveva poco più di vent'anni e stava sopportando una discussione così grave con il granduca di Toscana.

— Altezza, perdonatemi, vi prego, se oso dirvi quanto segue: ciò che avete intrapreso con le riforme, e soprattutto quello che avete in progetto, implica un grande costo per tutti. Per i vostri sudditi, che devono comunque patire cambiamenti drastici, e per voi stesso, mio signore. Le vostre responsabilità sono un terribile fardello, che per essere sopportato deve ignorare sentimenti e affetti. Quel che è consentito a un uomo comune, non è consentito a un principe.

Il povero segretario aveva gli occhi rossi, si mordeva le labbra per aver osato tanto, ma Pietro Leopoldo non badava certo alla sua impudenza. Era passato in un attimo dall'irritazione allo scoramento.

— Sono solo, mio giovane amico. Più solo di quanto possiate immaginare. Forse sento addirittura attrazione per quell'assassino: l'unico che mi ha dimostrato dell'affetto, che mi ha salvato la vita a prezzo della sua.

— Altezza, consentitemi l'ardire, ma potete contare su vostra moglie, i vostri figli meravigliosi...

— Siete ben giovane, voi. Anch'io lo ero, fino a non molti giorni fa. Io amo la mia famiglia, e anche mia moglie, che già concede troppo affetto a un uomo che la tradisce continuamente. Ella è un'ottima sovrana, conosce i suoi doveri e dimostra una straordinaria dolcezza nei miei confronti, cura i miei figli con immenso amore, ma sinceramente credo sia difficile per lei fare altrettanto con me. E delle altre donne, che pure ho amato, che dovrei dire? L'ultima mi ha distrutto la vita.

Quel giovane segretario non era certo abituato a ricevere le confidenze intime di un sovrano. Era davvero troppo per lui, e quando il principe se ne accorse, sorrise e per un momento dimenticò il suo dolore.

— No, il Lupo non morirà: faccio violenza alle mie idee in nome di un ideale più grande. Non immolerò quel bandito in ossequio a leggi ormai obsolete, anche se quel che avete osservato è fondamentalmente giusto. Avrà la galera a vita, in una prigione decente, e che questo sia uno dei miei ultimi atti da sovrano assoluto. Orsù, dunque, preparatemi le carte.

Il segretario si inchinò, muto e rispettoso, pur disapprovando in cuor suo l'ordine del sovrano. Il granduca si alzò in piedi e andò verso la porta, seguito immediatamente dal giovane. Ma sulla soglia si voltò.

— Preparate tutto per il viaggio a Vienna, temo che non sia più possibile rimandarlo. Dovremo farcela entro la fine di giugno: voglio che i primi del prossimo mese ci trovino già nella Capitale dell'impero.

Il tribunale se la sbrigò in pochi giorni, benché il prigioniero si fosse rifiutato costantemente di parlare. L'ordine di non fargli alcun male era stato preso tanto alla lettera, vista la determinazione del principe, che nessuno osò alzare le mani su di lui, e ci si limitò a un verbale in cui si constatava il mutismo del Lupo e perfino l'impossibilità di stabilire la sua precisa identità. Prove della sua colpevolezza ce n'erano a scialare, e comunque sarebbe bastata la scarna testimonianza rilasciata per iscritto dallo stesso granduca. I delitti di cui si era macchiato erano così gravi (la morte e la distruzione dei cadaveri di tante persone, la resistenza alle truppe imperiali, e soprattutto il crimine di lesa maestà), che non ci fu praticamente alcun dibattimento, e non fu possibile evitargli, almeno formalmente, la pena di morte. Era comunque già pronto l'atto di clemenza di Pietro Leopoldo, che commutava la pena nel carcere a vita.

Il Lupo rimase sempre chiuso nel suo silenzio, nei primi giorni della detenzione, che passò ancora nel carcere delle Stinche. Il giovane segretario del granduca, dopo ricerche personali per le quali usò anche gli elementi più fidati dei disciolti Servizi di Pratellesi, trovò finalmente alcune notizie sul suo conto, che riportavano alle più intricate vicende dell'*Ancien Regime*.

Fu trovata traccia di un tal Gaspero Mecatti, nato nel 1743 nella comunità di Gavinana, sulla Montagna di Pistoia, e arruolato nella terza Compagnia Granatieri, i più alti e robusti, del Reggimento Real Toscano. Formato nel 1758, quel reparto era stato messo a disposizione della Real Consorte da Sua Maestà Francesco Stefano, e mandato a combattere contro i prussiani nel nord della Slesia. Nel giugno del 1758, molti toscani erano morti per espugnare la fortezza di Neisse. Il reggimento aveva svernato in Sassonia nel '59, e in seguito aveva combattuto ancora. Vi erano state molte diserzioni e malattie fra la truppa. Le caratteristiche somatiche del Mecatti corrispondevano a quelle del prigioniero.

Il segretario andò alle Stinche per interrogare di nuovo il Lupo, ma questi, per tutto il tempo, lo guardò sorridendo e scuotendo la testa, senza dir nulla. Le parole di quel segretario gli evocavano uniformi bianche con risvolti rossi e bottoni d'argento, una bandiera lacera con lo stemma Lorena-Medici e l'immagine della Vergine. Rivide un giovanissimo tamburino terrorizzato dagli scoppi e dalle urla, malato, rimasto indietro, poi ripescato e aggregato a un reggimento croato. Ma che non era lui.

Il segretario, su istruzione di Pietro Leopoldo, provvide a far sì che il brigante fosse trattato con umanità e sistemato in una cella asciutta e pulita. Durante un trasferimento (quando il granduca era ormai a Vienna da dieci giorni), il Lupo fu trovato impiccato a una trave del soffitto, nella piccola cella delle prigioni di Pistoia, una tappa intermedia prevista fin dalla partenza. Si pensò subito al suicidio, eppure lasciò interdetti la corda che gli stringeva il collo, certo non presente nella stanzetta. Ma quel demonio aveva mille risorse, come testimoniarono i secondini.

Così, dei tragici avvenimenti dell'aprile e del maggio 1776 non rimase in vita davvero nessun testimone, a parte ovviamente il granduca.

Pietro Leopoldo non volle mai sapere con precisione come era morto il Lupo. Gli ultimi giorni di giugno era partito con la granduchessa per Vienna, senza i figli. Aveva pensato a lungo se mettere Thomas Jefferson a conoscenza della verità; tuttavia, anche se era certo della buona fede dei suoi amici americani (altrettanto non poteva dire degli altri), preferì far finta di nulla.

Jefferson rimase sconcertato della scomparsa del messaggero che aveva mandato in Toscana a prendere il giuramento di Pietro Leopoldo: il poveretto non aveva mai raggiunto l'Europa, era stato gettato in mare in mezzo all'Atlantico. Sulla base dei suoi appunti e delle lettere scambiate con Pietro Leopoldo, ma anche con la collaborazione del pratese Filippo Mazzei, redasse la *Dichiarazione di Indipendenza degli Stati Uniti d'America,* e il 4 luglio 1776 il documento fu votato dal Congresso Continentale, senza alcun riferimento alla Toscana e al suo principe.

André Duchamp, l'emissario dei radicali che avevano tentato di uccidere il granduca, combatté eroicamente durante la Guerra d'Indipendenza americana. Nel 1789 tornò in Francia e partecipò alla Rivoluzione, distinguendosi in seguito fra i seguaci di Maximilien de Robespierre. Il quale, non ancora ventenne, aveva svolto nel più assoluto segreto la sua missione a Firenze, rientrando addirittura nel collegio di Luigi il Grande, dove seguiva gli studi di Giurisprudenza.

A Vienna, Pietro Leopoldo passò molte giornate in solitudine, sfuggendo il più possibile le occasioni ufficiali e perfino gli incontri familiari. Passeggiava con aria assorta nei giardini di Schönbrunn, riflettendo sulle intricate vicende degli ultimi mesi. Andava spesso a meditare alla *Gloriette*, il nuovo padiglione rialzato di fronte al palazzo, al culmine dell'enorme spianata dei giardini, con aiuole all'italiana disposte su un leggero pendio. La loggia era proprio in cima alla salita, e da lì si scorgeva, in lontananza, il profilo del castello.

Capiva che per lui non c'era posto fra gli illuminati del Mondo Nuovo: non voleva certo stare "in Paradiso a dispetto dei Santi", come si diceva nella sua amata Firenze. E d'altra parte, ormai, non c'era più verso di salvare il suo progetto. Però, poco prima di ripartire per l'Italia, capì che la sua *Dichiarazione dei Diritti dell'Uomo* sarebbe vissuta comunque, con altri padri adottivi, e sperò che la sua luce si diffondesse presto, e pacificamente, per il mondo intero.

Lui avrebbe fatto una Costituzione per i soli toscani, a Dio piacendo.

APPENDICE:

Postfazione e tabella cronologica

POSTFAZIONE AL ROMANZO

di Franco Cardini

Nel 1966, quando l'Arno uscì dal suo alveo, molti fiorentini si accorsero – qualcuno con meraviglia – fino a che punto, anche molto lontano, tanta gente amasse loro e la loro città. Meraviglia, dico: perché a ogni vero fiorentino, che conosca bene la sua città e se stesso, apparirà del tutto logico che si possa amare Firenze: sarebbe mai possibile il contrario?

Ma l'amare i fiorentini è cosa che nessun fiorentino potrebbe mai ritenere possibile, se non come frutto d'una singolare ignoranza o d'una ridicola ingenuità, o d'una inquietante perversione. Eppure, in quel terribile inizio di autunno del 1966, il fiume d'affetto e d'amore che si riversò sulla città e i suoi abitanti fu quasi più irruento di quello di fango e di nafta che era sembrato distruggerla.

Non furono in molti, allora, a rendersi conto come soprattutto al di là dell'Atlantico, tanto nel New England quanto dall'altra parte del continente, in California, Firenze sia, forse insieme a Venezia e seconda (ma chissà...) solo a Roma, a Napoli e a Palermo, amata e popolare. Al di là dell'ormai più che secolare vicenda dei nostri emigranti, ben oltre l'ammirazione per l'arte del Rinascimento, c'è qualcosa di più. Di recente, la Firenze livida e sulfurea di *Hannibal* ha costituito l'ultimo pegno di un grande, più volte documentato amore che da molti decenni percorreva le strade della città toscana e dei suoi bei dintorni: l'amore che invade Firenze dallo *Harry's Bar* sul Lungarno fino alle pendici dei colli fiesolani dove la *Harvard University* è insediata nella splendida villa che già fu di Bernard Berenson. L'amore degli "americobéceri" che si sono insediati in città al seguito e sul modello degli "anglobéceri" e, col tempo, hanno finito quasi col sostituirli e comunque con l'ereditarne le tradizioni.

Non sono un giallofilo, quindi poco posso dire sulla giallistica. Ma agli amanti della letteratura che tiene svegli la notte posso a cuor leggero e in piena coscienza lodare questo libro di Leonardo Gori (un romanzo del resto, appunto, contrassegnato dal *mystery:* semmai "giallo-nero", dunque). Perché è un bel libro di storia, per quanto non narri una vicenda storica. E le cose che racconta rinviano – dalla presenza di Filippo Mazzei alla Costituzione di Pietro Leopoldo, in cui spira qualcosa di più d'un soffio del vento di Filadelfia – a un legame stretto fra le rive dell'Arno e quelle del Potomac (e magari dello Hudson: non abitava forse in uno splendido attico sullo Hudson il grande Prezzolini, al quale anni fa si rivolse – guarda caso – un'allora giovanissima studiosa fiorentina, Anna Martellone, impegnata in una ricerca sugli immigrati italiani nel North-End di Boston?).

Non è stata quindi retorica la commozione speciale con cui i fiorentini, gente ben refrattaria alle lacrime, hanno accolto la notizia della tragedia dell'11 settembre 2001. È stata quella, trentacinque anni dopo, la risposta all'ondata d'affetto e di solidarietà che c'investì dopo l'alluvione, e della quale restammo sorpresi e commossi.

Ecco perché in fondo ci voleva un libro che disegnasse le fila dei destini incrociati tra la Toscana e quel Nuovo Mondo che in Amerigo Vespucci e in Giovanni da Verrazzano ha conosciuto i suoi "padri fondatori".

La voleva davvero, l'America in Toscana, Pietro Leopoldo? E nella sua indignazione contro re Giorgio d'Inghilterra, che cosa contava di più: il *philosophe* offeso nei suoi sentimenti umanitari, o il figlio di Maria Teresa che a inglesi e prussiani non aveva mai saputo (né voluto) perdonare l'umiliazione della guerra dei Sette Anni? E che cosa poteva poi sul serio conoscere di Leon Battista Alberti e dei suoi sistemi crittografici?

Ma in fondo la questione, qui, non è quella di sforzarsi a indovinar la fine: tanto, nei gialli che si rispettano, come nella storia e nella vita, c'è sempre l'imponderabile, l'inatteso che spiazza il lettore più sagace. È la frode che impera: ma che dà anche sapore al resto. Con *I delitti del Mondo Nuovo* si gode una bella storia dove c'entrano dei briganti, l'Appennino pistoiese, una palla, un gatto, i teatri del Cocomero e della Pergola, la musica di Gluck (che non era Mozart: ma, alla buon'ora, Firenze non era Vienna, Boboli non era Schönbrunn, Pietro Leopoldo non era Giuseppe e via dicendo).

Io so che mi porterò a lungo dentro, chiuso con me nel ricordo e nella coscienza, il peso del cruccio segreto del "mio" Granduca e Imperatore, l'uomo che avrebbe voluto abolire la pena di morte in Toscana e stampare un'*Enciclopedia* degna di star alla pari con quella di Diderot e di D'Alembert; l'uomo non insensibile al Cristianesimo severo e sofferto di Port-Royal. Lasciamo Leonardo Gori, con la gratitudine che gli è dovuta per questo bel libro, al suo giallo e al suo nero. E fermiamoci su questo despota illuminato che si serve del suo dispotismo (che aborriva?) per graziare un brigante. In tempi come quelli odierni, in cui la scena politica del mondo è dominata da un personaggio che ha fatto carriera respingendo le domande di grazia che gli pervenivano quand'era Governatore – e guadagnandosi così il consenso della parte più forcaiola ed evidentemente, ahimè, anche più influente del suo elettorato – quest'esempio che ci perviene dal Settecento riformatore risulta tanto più prezioso.

Franco Cardini

TABELLA CRONOLOGICA DEI PRINCIPALI EVENTI STORICI CITATI NEL ROMANZO

1760: re Giorgio III sale al trono d'Inghilterra

1763: viene firmato il trattato fra l'Inghiterra e la Francia che mette fine alla guerra franco-indiana. Il Canada e il Continente a est del Mississippi vanno ad arricchire l'impero della Gran Bretagna.

1765: Pietro Leopoldo di Asburgo-Lorena, figlio di Francesco III, diventa granduca di Toscana e si trasferisce a Firenze.

1768: truppe britanniche arrivano a Boston nel mese di ottobre.

1773: nel mese di dicembre, un gruppo di patrioti del Massachusetts, travestiti da indiani mohawk, contestano il *British Tea Act* gettando il carico di tè delle navi nella baia di Boston.

1774: nel mese di gennaio Benjamin Franklin giunge a Londra. In settembre si riunisce a Filadelfia il primo Congresso Continentale.

1775: scontri a Lexington e a Concord. *I Minute Men* ricacciano le truppe britanniche in Boston. George Washington prende il comando della *Continental Army,* l'esercito dei ribelli indipendentisti.

1776: a gennaio viene pubblicato *The Common Sense,* di Thomas Paine, che diventa subito un best seller e contribuisce a spostare l'opinione pubblica americana verso l'indipendenza. Quattro luglio: la *Dichiarazione di Indipendenza* di Thomas Jefferson è ratificata dal Congresso. Una grande forza britannica approda nella baia di New York per spezzare la ribellione. Il 26 dicembre, Washington attraversa il fiume Delaware e sconfigge gli inglesi a Trenton, New Jersey. Sempre a dicembre, nel bisogno disperato di aiuti finanziari e di armi, il Congresso spedisce Benjamin Franklin in Francia, nel tentativo di spingere la nazione europea a un'alleanza con l'America.

1782: nel settembre è pronto il testo della Costituzione per la Toscana voluta dal granduca Pietro Leopoldo. Il sovrano ci pensa dal 1779 e ci ha lavorato dal 1781 insieme al senatore Francesco Maria Gianni. La costituzione (destinata a rimanere un progetto, prima per la prospettata riunione della Toscana ai domini ereditari asburgici, poi per l'assunzione al trono imperiale dello stesso Pietro Leopoldo) prevedeva delle camere di rappresentanza provinciale e una "Assemblea Generale dello Stato" cui era assegnato il compito di approvare o rigettare le decisioni del sovrano, così che, nelle materie di governo, ogni risoluzione doveva risultare come l'espressione della *"concorde volontà"* fra la *Nazione toscana,* rappresentata dall'Assemblea, ed il Sovrano (art. 40). Di fronte all'Assemblea Generale, tutti i successori al trono di Toscana avrebbero dovuto giurare di osservare la costituzione *"prima di poter essere riconosciuti come sovrani"* (art. 15).

Finito di stampare nel mese di giugno dell'anno 2003
presso LegoPrint S.p.A. - Lavis (TN)